長夜半生

擦亮一根火柴，照明一個時代

一片時代，幾個角色，縱深半個世紀的時空。小說以當代滬港雙城的變遷史為背景，寫出了都市人彷徨的生活歷程，迷惘的精神世界以及始終處於取捨不定的激烈碰撞中的價值觀和人生觀。而這，正是作者那代人所歷經的生命現實。

本書為當代著名作家吳正的長篇力作，具有相當高的思想內涵，哲理境界和藝術造詣。作者一改以往寫實的創作風格，獨闢蹊徑，以幾個人物心理世界的衝突和演變，演繹出了當代中國社會的歷史巨變：以嶄新的意識流、心理流、夢幻流、時空流和語言流等交替疊更的創作手法，精彩地刻畫了所謂「生活的斷流」狀態。而於小說創作的藝術方面，作家更在傳統——現代，真實——虛擬，表敘——幻化的統一與整合性上達到了一個水乳交融的新境界。

——編者按

內容梗概

1949年，被譽為「東方巴黎」的中國大都市上海關閉了她通往世界的所有門戶，直至1979年再度打開，其間整整三十年……

1979年，上海重新融入了國際社會，而後，經歷的是另一個天翻地覆的二十年，社會的一切生態都已發生了根本意義上的變異……

與此同時，香港，這座「東方倫敦」，一百五十四年的殖民長河也終於流盡，流到了1997年7月1日，這個大限的懸端崖沿，日子開始飛瀑而下……

這是中華民族史上的一個非常時期，謎一般的時代，謎一般的城市，謎一般的整整一代人。一切無可奈何，一切總也可以奈何：而不可理喻的結局永遠是終能理喻。

有這麼四個人物兩對夫婦，已齡屆中年。每一個時代都在他們心靈的深處刻下了不同形態的、難以磨滅的刀創斧痕。小說以其為承重樑柱，支撐起了這麼個特色時代的整座舞台，然後再讓一幕幕的人間悲喜劇在此上演。背景人物不停地變幻，夢境現實時刻在交替，理念與意識反覆重疊。在這個價值觀、生命觀、理想觀都嚴重錯位了的時代，人們的肉體和感官都在享受，在醉生夢死，精神卻在掙扎，而精神所付出的代價正是肉體所耗去的……

精緻的思維，精緻的心理，精緻的刻畫，精緻的語言，精緻的細節，構築成了當代中國社會最精緻的一個階層的日常點滴與其豐富多彩的精神圖貌。猶若一個明清朝代的精瓷花瓶，珍貴卻十分脆弱、易碎，她在半明半晦的光線中閃爍著一種誘人的幽光。這是當代中國文學與世界文學相切面上的某個最短兵相接的觸點，與眾多的以「黃土地」為題材的文學作品，互相對峙，然而又不對立，它們共同構築起了立體中國形象的雙重個性。

真相，就離他一步之遙。

他站立在原地猶豫了兩三分鐘。……但他平靜，平靜得出奇，也很理智，理智得出奇，就像一個第三者在觀看一幕與己完全無關的電視連續劇中的高潮戲一般。他想，他也沒甚麼，他不就是將一件他在三十多年前偷搶來的物品歸還了原主……

他打開了大門的保險，打算從正門離去。離去，然後回到他的太湖度假村繼續他的寫作。……但就在此時，房中傳出來的呻吟聲突然響亮了起來，這是她的聲音，他太熟悉這種聲音了。他把剛打算跨出門檻去的一隻腳又收了回來。……但他告訴自己說，快走，你要趕快走！……他在客廳裡左右環顧地尋找了一番，發現了一份掛曆。他掏出筆來，他要在上邊做個記號，一個很明顯的，只有他兆正才有可能留下的記號。在那一天的那一個時刻……

就這麼個亮點，或者說是黑洞，構成了他對於事件的全部反應與報復……

有時，「人生的緣分有點像七巧拼板，盈缺凹凸，這個人此一刻的鑲入處正是那一個人那一刻的凹缺處。」

就這麼樣的一部有著強烈中國特色的「新雙城記」，在大文豪狄更斯離世150多年後的今天再度問世……

時代是平面的，生命是縱直的，一線生命洞穿過多少面繽紛而又奇異的時代，而一片時代又切斷了無數條偉大或者可憐的生命。

命運很無情，但很公正……

2004年7月12日

於上海西康公寓

Intersection
-A Synopsis

In 1949, China’s cosmopolitan Shanghai, 「the Paris of the East」, closed all her gates to the outside world, until 1979. It was a lapse of thirty years.

1979 saw Shanghai re-immerse herself into the international community, followed by another earthshaking twenty-year, when the entire social ecosystem went through fundamental changes. Meanwhile, Hong Kong, 「the London of the East」 witnessed the 154-year old colonial river to have flowed to its end at the year 1997, to the edge of steep cliffs where things started to swirl downward like a huge cascade.

This was a critical moment in Chinese history, an era of mystery, mysterious cities and mysterious generations. Everything leaves no choice, but everything is tolerated one way or another. All the inexplicable endings will always be elucidated eventually.

There are four characters-two couples, all in their mid ages, in the story. Each era has inflicted in the depth of their soul different shapes of, and in-eradicable wounds. The story takes this theme as its pillar that lifts up the whole stage of that distinctive era, where scene after scene of human comedy and tragedy is being played. Background and characters keep revolving; fantasy and reality keep interchanging, and ration and consciousness keep overlapping; it is going over and over again. In this era, when perspectives on value, life and ideal are gravely dislocated, human flesh and sense organs are seeking pleasures whereas their spirit is struggling. It is the sensual pleasures that wear away the spirit. Refined thoughts, vibrant psychological flow, vivid depiction, cultivated language and sophisticated details, all carve out the most exquisite social class of contemporary China, their bits of daily life and its rich spiritual world. It is just like a delicate ancient china vase, precious but very fragile, glimmering an alluring gleam in the dim light. This represents a cross point where the contemporary Chinese literature and the world literature meet and combat face to face. Compared with all other Chinese literary works that takes「yellow earth」as their theme, this novel stands out in stark contrast, but not in conflict with each other; both themes together build up the two sides of the personality of a multi-dimensional China .

The truth is nothing but one step away.

He stood there, hesitating for a few minutes…But he was so calm, surprisingly calm; and he was also very rational, amazingly rational, as if he were just a spectator watching a climax scene in a TV series, completely irrelevant with him. He thought it' s OK, and that he was, after all, only returning the thing to the owner that he stole or robbed some thirty years ago?

He opened the security lock, trying to leave through the front door. He was going to leave this place to return to the Lake Resort to continue his writing. But exactly at this moment, the moan in the room was becoming louder. It was her sound of moan. He was too familiar with that sound. He pulled back his foot in the air half way over the threshold. But he was telling himself: get out, and get out as fast as possible!··· He now was in the living room, looking around for something, and he found a wall calendar. He took out a pen, and he wanted to make a mark on it, a mark so noticeable that only he could have possibly left: at this moment on this day···

It is a spotlight as well as a black hole that constituted his complete response to and total revenge on this event···

This A New Tale of Two Cities with glaring Chinese characteristics comes into the world 150 years after the decease of the English literature giant Charles Dickens···

Eras are horizontal planes whereas lives are vertical threads. A thread of life pierces through many dazzling but bizarre eras while a slice of era cuts off numerous lives, noble or miserable.

Fate is merciless but very fair···

目錄

壹　兆正離家走上街去的時候，兩旁的街燈恰好在那一刻間開始熠熠放亮……033

他不知道，如能讓他從頭來過，重經一次生命歷程的話，他會不會再去愛？又會去愛誰？

Exactly at the moment when Zhao Zheng left home and set his foot on the street, the lights on both sides of the street started glowing

He wondered, if he could re-start his life and go through it again, whether he will be able to love again, and whom he will then love ?

貳　回去少年時……038

半晌，他才敢偷偷地抬起眼皮來。坐在他前排斜對面的她的半片腮頰落入了他的視線範圍內：雪白之中滲透著一種隱隱約約的粉紅色，一綹鬢髮垂下來，繞過她的耳畔，越過她的耳垂，因此也就超越出了他的視野的疆界。

Back to his Teenage

After a long while, he was able to gather up enough courage to lift his eyelids to steal a look at the profile of her face two rows across in the

front: her snow-white skin with a touch of pink, a lock of hair draping down around her ear, over her eardrop, and therefore out of the range of his sight.

我說：當年，能擺脫那種強大漩渦的向心力的與今天能跳出這種虛無潮流的是同一種人。這種人都是極少數，但這種人是成功者。因為歷史需要的成功者永遠也只是極少數。

The HE that Zhao Zheng mentioned is ME

I said, those who managed to shake off the gravity of the whirlpool of that era, and those who managed to keep away from the illusory trend of today are of the same kind. They are scarce, but they are winners; because winners, as history needs, are always limited.

上午十時許，耀眼的陽光從紅磚拱窗間射入房來，偶爾有鴿群從窗口間弧飛而過。對面馬路的廠裡正播放第三套工間體操的音樂，透過夾竹桃的葉影，能見到一排列隊在人行道上的戴工作帽穿藍白大褂的工廠人員正作出大兜腰的伸展動作。

1964：that alley, that house, that broad stairs with round handrail

Around ten o' clock in the morning, the dazzling sunshine pierced through the redbrick arc window; occasionally some pigeons fluttered curving past the window. In the factory across the street the loudspeaker was broadcasting some exercise music for the recess; through the leaves, one can see workers with caps and overalls in white and blue were stretching their waists.

伍　湛玉和那份月曆牌……………………………………………………065

湛玉的目光從廚房裡退出來，來到了飯廳裡。它們掃到了掛在牆上的一幅很普通的月份的掛曆牌，便隨即垂落了下來。

Zhan Yu and that wall calendar

Zhan Yu took her eyes back from the kitchen, and cast them into the dinning room. She shot a glance at that very common calendar hung on the wall, and then dropped her eyes.

陸　復興別墅：二十世紀五十年代………………………………………070

就這樣，我們的小小舞蹈家便經過油站，走進了那條弄堂裡。夏日的晌午，弄堂裡安靜的不見半個人影。別墅是公寓式的

花園洋房，有赭紅色的尖頂和矮矮的赭紅色的園牆，這一排的前花園對著那一排的後花園。

Fu Xing Villa: in the 50s of Twentieth Century

This way, our little ballerina passed the gas station and walked into that alley.

At the mid noon of the summer, the alley was quiet with no one in sight. The villa was a garden house with dark red pointed top and low dark red walls. The front garden of one house faced the back garden of anther house.

我們於是分手。待我從牆角轉彎處忍不住回望時，她的身影已在夜色之中消失，幾輛自行車正慢悠悠地從我身旁經過，搖響了車鈴。

Zhan Yu and Me: thirty years prior and after

We parted each other on the street. When I walked around the corner of the wall and could not help turning my head around to steal a look at her, her figure had already vanished in the darkness of the night. A few bicycles were slowly passing away, cranking their bells.

捌　白老師的目光……………………………………………………089

她只知道，記憶有時會將那四束目光纏繞在一起，叫她分辨不清楚：哪兩束是兆正的，而哪兩束是白老師的。

The look in Mr. Bai's eyes

She only felt that memories would sometimes blend the four rays from their eyes. She could not distinguish between the two from Zhao Zheng and the two from Mr. Bai.

玖　黃昏，那同一個黃昏…………………………………………097

其實，所謂名字，只是人的一個存在符號，是每當提及某某或某某時率先進入說者與聽者思想螢幕的一團音容笑貌形態動作的印象拼圖而已。莎士比亞說，人叫甚麼名字其實沒甚麼意義：一種叫玫瑰的花，假如更改了花名，還不一樣的香？

Twilight, in the same twilight

In fact, the so-called names are nothing but symbols for human existence. When one's name is mentioned, It is just some bits of impressions of a person pieced together reflected in the mind of the speaker or listener, the bits of one's face, voice, smile, gesture and manner etc... Shakespeare once mentioned as a matter of fact, the name of a person means nothing; a rose is so called, the aroma still remains even if

its name is changed.

拾　拔河賽：兆正變成了我與湛玉間的那根繩索……………………107

我向湛玉說：「你我都能從他的作品中讀出來的是一種評論家學者和教授們永遠也讀不出來的感覺：這是一種隱隱的心痛，隱隱的悲哀，隱隱的愛，隱隱的恨，隱隱的決心，隱隱的一些不知名的甚麼。」

A tug of war: Zhao Zheng became the rope between Zhan Yu and me

Once I said to Zhan Yu,「What you and me can obtain from his literary works is a feeling that neither critics and pundits can ever get. This is a type of faint heartache and grief, lurking love and hate, hidden resolve, and some other inexplicably secrets.」

拾壹　雨萍·童年·東上海……………………………………………………114

在這她從小就生活慣了的環境之中，她不明白這一切的一切為甚麼會突然顯得如此新鮮，如此陌生，如此感人，如此就具有了某種異樣的生命涵義？

Yu Ping·Childhood·Eastern Shanghai

Here she had got used to all the living conditions since her childhood. She did not understand why all those memories had all of a sudden become so

fresh, so unfamiliar, so touching, so imputed with an altered content of life.

拾貳　兩條人生平行線…………………………………………127

有時，我真不知道，他是否有意給我們讓出了時間和空間？我向湛玉說，真的，我一直有這樣的一種預感。

Two parallel lines in life

Sometimes I really wondered if he had chosen to give us the time and space, I said to Zhan Yu. Really, I have such a feeling for a long time.

拾叁　湛玉眼中的某個 1964 年初夏的上午…………………………137

就這麼通上的電，歡樂與希望的彩燈一下子全點亮了。就這麼一次的這麼個瞬間，人生的節日前夜有時比節日之本身更令人難忘。

An early summer morning of 1964 in Zhan Yu’ s eyes

So here comes the electricity. The colorful lamps of joy and hope are lit up at that split second. The eve of the holiday of life is sometimes more unforgettable than the holiday itself.

拾肆　我與湛玉牀笫間的一次對話…………………………………147

……在我們青春發育期的信仰模式的強行灌鑄對應著在我們更年期的對價值觀劇變的殘酷適應。我們一直是落伍者。

A dialogue between Zhan Yu and me in bed

...Just as our beliefs were forged in coercion during our youth, our adaptation to the rapidly changing value during our mid ages is also brutal. We have been dropouts all along.

拾伍 究竟，那件「千結衫」去了哪兒？……151

奇怪的是：等到跨過了某個生命階段的門檻之後，如今，他最想回去看看的又漸漸變為了他從前生活過的那個地方了。人生是個圓周，不知從何時起，他的人生軌跡又在不知不覺中向著它的始點回歸了。

Where is that sweater?

Strangely, when he walked past a certain threshold in life, what he most wanted to look at when he returned was actually the place where he had lived before. Life is a circle. From some point in his life, now the track was returning to its starting point before he knew it.

拾陸 都整整三十年了，但路又是怎麼一步一個腳印地走過來的呢……163

他說：「這是真的嗎？」在這黃昏的光線中，他的那對烏黑烏黑的眸子深邃悠遠的像是條沒有盡端的巷弄。她使勁地點了點頭。他一把擁抱住了她：「謝謝你，親愛的，謝謝你！……」他的聲音遙遠含糊朦朧得像是夢囈。

A whole thirty-year is gone. But how each and every step has been walked on this road?

He said, is this true? In the twilight, his dark eyes, deep and quiet, were just like an unending alley. She was intensely nodding her head. He grabbed her into his arms. 「Thank you, sweetie, thank you ! ...」His voice was remote, vague and hazy, like dream talk.

謝的故事的後文，那倒是幾十年後我再從湛玉那裡聽說的。後文的場景變成了刑場。他，她，她以及我。於是，便徐徐地織網出一個可以互相貫通的人生故事來，而當一個局外人的謝姓的他突然失足，跌進深淵，他絕望了的驚呼從三十年前的谷底傳上來，至今讓人聽了毛骨悚然。

Let time roll back once more. In the year 1968, a clear summer night of 1968.

The sequel to the story of Mr. Xie was related to

me by Zhan Yu several decades later. The scene of the sequel had become the execution field. He, she, she and me then have gradually knit a web of life stories that have connected all of us. While the outsider Mr. Xie suddenly slipped and fell into an abyss, his desperate scream from the bottom of that abyss thirty years ago still echoes up and sends chill feelings down one' s spine even today.

雨萍說，我們不要太多的錢——我們幹嗎要很多很多，多得可能一生一世都用不完的錢呢？錢的數額以及用處僅僅是用來過活的——在這條標準線之下，錢的作用是正面的。再超過，錢就會逐漸變質；它會變成一個掠奪者，錢將本應屬於人的很多東西都一一掠奪走了：理想、時光、情趣、寧靜的心情，還有良心良知的原始美。

Behind the wealth

Yu Ping said, we don' t want too much money—why do we have to make so much money that we can' t even spend all during our life time? The amount of money and its expense are only for a living—with this standard, the effect of money is positive. If in excess of that standard, money will

常會交錯輪番地在她的心中上上落落，出出沒沒，不可捉摸得有時連她自個兒也未必分得清楚甚麼才是甚麼。

That redbrick jewish old house: from which memories refreshed and disappeared

As she grew up, those two opposite complexes of her life emerged from the depth of her heart, so haunted, so subtle and so interwoven that even she herself did not know who was who, and what was what.

貳拾壹　夜，深沉的夜，房內沒點燈……………………………225

他一個躍身騎了上去（此時，他已經汗流浹背了），只記得那一刻，他覺得自己生平第一次像個凱旋的騎士，高高在上，榮耀回歸。

That Night. That deep night. No lights in the room

He leapt on (even though he was already sweating all over). What he only remembered was that for the first time in his life he felt like a triumphant knight, riding high and returning in glory.

貳拾貳　機場遇故……………………………………………………241

她從桌的對面笑眯眯地望著我，她的眼中調皮著一種淺淺的酒的醉意。她說，怎麼樣，不肯給人面子呀，大老闆？但不

知道為何，我望著她，突然語塞，我沉默了。

Bumping into old friends in the airport

She was looking at me with a smile across the table. Her mischievous eyes carried some slight drunkenness. She said, can’t you give somebody the honor, high roller?

I didn’t know why, but I was only staring at her, suddenly lost for words. I fell into silence.

那時，他們一家三口就是這樣溫馨而滿足地生活在用這套傢俱佈置出來的兩室戶的老式工房裡。哪一天，等秀秀結了婚，有了孩子，成了個中年婦人，當她也向她的孩子講述起她的童年往事的時候，那套亞光柚木貼面的傢俱便無形之中成為了她的故事的背景編織材料了，就像那幢紅磚老洋房，那座拱型門窗和室內露台在她母親的記憶中所占的位置相類似。

The world spreading out in Xiu Xiu’s eyes

At that time, their family of three were living in that old-fashioned two-room apartment, happy and content. When one day Xiu Xiu gets married, and she herself becomes a mother, and a middle-aged woman, when she tells a story to her own children, that set of teak-skimmed furniture will become the

A photo was standing on the low dressing table, facing the huge bed

All of a sudden, Zhan Yu wanted to know all of this. Her hunch further told her, at the moment, Yu Ping couldn’t be her rival; but what about in the future? Nobody could tell what will happen in the future.

雨萍拖著腿回到家中，心情沮喪得幾乎想大哭一場——於她，這是很少有的事。多少年後，當她第一次隱隱約約地聽說兆正表哥最近與他同班的一位女同學有如何如何往來的時候，她幾乎能夠在第一時間裡就肯定：所謂她，就是她。

「Somewhere In Time」

Yu Ping dragged her legs home, and her heart was so grief-stricken that she really wanted to cry hard. For her, such things had rarely happened before. After so many years, when she first heard about Cousin Zhao Zheng being recently together with a girl, she could almost ascertain immediately, the girl must be her.

內座上的光線很暗，有一條湖綠色的泡泡紗長裙的裙邊在飄動。但立刻，她前行的腳步停住了。她畏縮地朝後退去，

貳拾玖　獨行，在香港太平山頂的山道上……………………………335

這些臆想有夢的成份也有現實的。我又一次地混淆了自己的角色和立場，我究竟是「他」還仍然是我自己？我生活在之前，之中，之後？我在記錄著一個真實事件？在講一個故事？在繼續著一篇小說的創作？還是……

Walking alone along the path on the upper Peace Mount in Hong Kong...

Such imagination is embedded with both dream and reality. I once again got confused with my role and stand. Am I now HE or still myself? Am I living prior to, or in the middle of, or after? Am I recording a truth event, or telling a story, or continuing to write a fiction, or...

叁拾　算不上是真相的真相……………………………………………346

就這麼個亮點，或者說黑洞，構成了兆正對於事件的全部反應與報復。

The truth untold

It was the spotlight, or the black hole that constituted Zhao Zheng' s complete response to and revenge on this event.

叁拾壹　尾聲………………………………………………………………359

有時，人生的緣分有點像七巧拼板，盈缺凹凸，這一個人此一刻的鑲入處正是那一個人那一刻的凹缺處。

The coda

Sometimes the fate of human relationship is just like a chessboard, or a jigsaw puzzle. Each piece has something more that another has less.

代後記　愛的反面……369

創作談　別裁人生的嘗試……372

創作談　立體創作與當代……381

天黑寂寞路，孤身上

壹

兆正離家走上街去的時候，兩旁的街燈恰好在那一刻間開始熠熠放亮。

他不知道，如能讓他從頭來過，重經一次生命歷程的話，他會不會再去愛？又會去愛誰？

Exactly at the moment when Zhao Zheng left home and set his foot on the street, the lights on both sides of the street started glowing.

He wondered, if he could re-start his life and go through it again, whether he will be able to love again, and whom he will then love ?

長夜半生

兆正離家走上街去的時候，兩旁的街燈恰好在那一刻開始熠熠放亮。

這種青銅質的，巴黎式路燈是近幾年來上海市政改造的特色之一，尤其在這個地區。人們竭盡努力地從已發了黃的史料與圖片之中，也從老一代人的記憶的底層，挖掘出百多年前租界時代的點點細節來裝飾來復舊這個改革開放後的上海，上海的這片「上隻角」地區。

路燈所發出的光芒顯得極之柔和，襯托在這一片青白未退的天空光的明亮背景上，你只知道，路燈已全被點亮，卻還遠沒能發揮出它們的夜間照明功能。九月底的仲秋季節，氣候爽淨，街道兩邊的梧桐樹葉仍很茂密，深綠色之中夾帶著一斑一塊的金黃。人行道是在新近才完成陶花街磚的鋪設的，樹冠自青銅路燈的尖帽頂上層層密密地覆蓋下來，街道兩邊洋味兒十足的餐廳酒吧的霓虹光管也開始蒼白地閃爍了起來。

兆正逆著人流向前走去，正是下班時分。過兩條橫街便是淮海路，現一刻，從那主幹道上分流出來的歸家的人潮在這橫街之上突然氾濫起來：滿目的黑與白，這是今秋國際服飾的流行色。單個的，三兩並行的，有說有笑，閒雅沉思。但也有面紅耳赤，嗓門兒特別響亮的那一類，他們揮動著的手臂一瞥而過，像是在形容白日裡的某個激動時刻。有人在街邊截停的士，車門打開後，人先鑽進車去，最後，一條穿著絲襪的玉腿一縮，門便關上，車也跟著啟動了。也有人推門進咖啡店裡去。其實，只要見有人在門口一站，咖啡店的落地大玻璃門便會被率先拉開，穿紅白藍黃各色制服的帶位小姐身影一閃：「歡迎光臨！」讓你本來還有些猶豫的腳步也不由得踩進了門去。

兆正突然覺得自己好寂寞，好孤獨，也好可憐。他感到有一股寒意由內至外地透出來，他不由得把外套將自己緊了緊。

他開始沿著牆邊走。咖啡吧開啟的門縫中有奶油的香味飄出來，好幾家咖啡店的活動長玻璃都打開了，一扇扇地朝著人行道開啟。鋪草綠方格枱布的咖啡小桌一直擺放到街道中心，一幅十足的巴黎街畔景致。店堂深入一點的地方，光線已呈幽暗，朵朵燭光在那暗處躍動；只是近街的部位光線依舊充沛，一對青年男女相對而坐，男的面前擺著一枝清啤，女孩正低著頭，用小湯匙在咖啡瓷杯中慢慢攪動，她高梳起的髮髻之下露出半截長長的白色的頸脖，與她那烏黑的套裝衣領形成了一種強烈的色調對比。

立刻，他的感覺便潮湧了起來。女性的玉頸，尤其是十八、二十幾歲少女的玉頸，是令他感性以及感性器官們驟然升溫的身體部位之一。他幻想著那種將他濕濡濡的嘴唇按上去，然後再慢慢磨蹭時的感覺。他喜歡半閉著眼地來享受這種感覺一寸寸的延伸，同時也耐心地等待著那塊面孔緩緩地擰轉過來——他幻覺有兩片玫瑰花瓣樣的朱唇向他迎送過來。

兆正擅長於這種介乎於性愛與情愛之間的幻想是與他從事的職業有關。他已是個出版有多部小說、散文和詩歌集，很享有些名氣以及聲望的作家了，在上海，全國乃至海外。應該說，他是個才華橫溢之人，不僅是文學；音樂、繪畫、建築、攝影乃至政治、經濟、歷史、宗教和心理學的領域上，他都常會有出其不意的想像和思考。只是他都將它們逐點逐滴地凝結成了方塊文字，文字被印刷在書頁上，於是，他便沒成為音樂家、畫家、攝影家、建築師，而成了作家。

對於女人白頸脖特別敏感的另一大原因是因為了他和湛玉。那時的他老喜歡，她也老喜歡他，在她的後頸脖的部位上軟軟柔柔地親吻，那種癢癢的感覺，從他的嘴唇傳遞到她脖子細嫩的皮膚上，於是便再往各自的心中去了。

那時，他倆愛得如膠似漆。

兆正在一家服裝店的櫥窗跟前放慢了腳步。這是家西服店，在背景佈置成了十分高雅的深棕色格調的櫥窗裡立著一尊沒有腦袋也沒有下半肢的模特兒。它寬厚的胸脯雄健，將那件烏黑筆挺的西服上裝支撐著一種氣勢一種魅力一種可供依靠的安全感來。而米黃色的射燈光從頂篷上的某個角落投射下來，暖融融的，照耀在那朵內襯的領結上以及從西服斜插袋裡抽拔出來的半截白絲質的餐巾上，又增添了幾分柔情與服貼。

一切都是完美的，對於女人也對於男人。

但他聯想到的卻是湛玉的那副猶若冷霜打過的面孔，她面部的一切器官的輪廓都顯得異常分明，刀子一般鋒利的目光從她那對曾溫柔、美麗，即使到了今天，仍不失幾分嫵媚的眼睛中輻射出來。她那兩片相諷相譏的嘴唇一樣鮮紅一樣潤澤，一如昔時。她說：「你難道就沒見過世界上有這麼一種男人嗎？其實，根本就不能算是個真正的男人。男人只有當他在女人的眼中成為一個男人時，才是個真男人。」她說話時的語調顯得輕鬆、淡定、若無其事，仿佛她只是在提及一個與她和他都毫不相干的誰一樣。

那女人呢？——女人應該是男人眼中的女人呢？還是女人自己眼中的女人？

兆正很想反問一句，應該說，他真的也很想知道這個問題的對應答案究竟是甚麼？但他卻永遠也不會真正如此這般地說出口來——或者，這僅是他的小說人物間的某句對白罷了。通常在這一類的場合，他只會保持沉默；好像他根本沒有聽見甚麼，又好像，聽見了也沒往心中去。

於是，他又覺得自己很萎縮，很卑微，很無能，很……甚至連自己是個作家的他也很難找到某個狠狠卻又貼切的辭彙來打擊自己來挖苦自己從而自反面來激勵自己。他面對著櫥窗裡的那個沒有腦袋的模特兒模仿著地也挺起了胸脯來，但他立即感到有一股強制性的反張力自他的後脊樑骨間產生，令他隨時準備恢復到原來的形態中去。

一對情侶從西服店裡挽著膀子走出來，女的靠在男的肩頭上，她的粉拳細雨點般地敲打著男人的那塊胸膛：「儂——老壞喔！……」兆正望著他倆，目不轉睛的，甚至相當有些不禮貌的用目光追隨著他們的身影，轉過臉去之後再轉過身去，直至他們完全溶入到了人流之中無法辨認為止。

他不知道，如果讓他可以選擇用他以半生努力換來的那十多部著作以及人生成熟再去換回一段青澀而又火熱的生命，他會不會願意？他不知道，假如能讓他從頭來過，重經一次生命歷程的話，他會不會再去愛？又會去愛誰？

貳

回去少年時

半晌，他才敢偷偷地抬起眼皮來。坐在他前排斜對面的她的半片腮頰落入了他的視線範圍內：雪白之中滲透著一種隱隱約約的粉紅色，一綹鬢髮垂下來，繞過她的耳畔，越過她的耳垂，因此也就超越出了他的視野的疆界。

Back to his Teenage

After a long while, he was able to gather up enough courage to lift his eyelids to steal a look at the profile of her face two rows across in the front: her snow-white skin with a touch of pink, a lock of hair draping down around her ear, over her eardrop, and therefore out of the range of his sight.

貳

上課鈴聲驟然響起的一刻，兆正剛好氣急敗壞地奔到校門口。他右手提著書包，紅領巾的結頭都已飛歪去了脖子的一邊。大冬天，滴水成冰。呼呼的西北風中，他的鼻尖與耳根都給凍成了通紅。老校工胡伯從傳達室裡走出來，他戴一頂泥黃色的「羅松帽」，帽沿寬厚的摺疊部分全都垂放了下來，只露出兩隻溜溜的眼睛，在洞開的帽面之後轉動。「怎麼，又遲到？」他藏在呢絨料背後的嘴發出一種模糊的音調。

兆正站在校門口，還在大口大口地喘氣。他不敢正面對視蒙面露眼的胡伯，垂下了頭去。他只見到那頂「羅松帽」的絨頂球在風中抖抖顫顫的，絨頂球的背後是一幅白底黑漆字的豎牌：東虹中學，在這冬晨八點的陽光裡裸露著一種青白色的寒意。

他向校門口擺放著的那張值日枱走去，佩帶值日帶的同學在枱後站成了一排。這都是些高年班的學生，此刻都用一種帶了點鄙夷的目光注視著這個不守紀律的低班生。兆正默默地摘下紅領巾和校徽，一一交上。然後，提起書包，撒腿跑過操場，跑進了教室大樓。

他從寬大、冰冷、寂靜無人的水磨石扶梯上一路奔跑上去，教室裡已響起了此起彼伏的朗讀聲，也有老師在高聲發問時的音調。他在三樓拐上了另一條小扶梯，然後，在一條窄木地板嘰嘎作響的走廊裡，他飛跑著的腳步突然一環更一環地緩慢了下來，一塊寫著初一（×）班的短短橫牌在視野裡向他逼近過來。他在灰黑色的，油膩膩的棉布大簾前收住了腳步。第一堂是地理課，那位教地理的樂老師，光禿禿的前額，白皙的面孔上架著一副沒有邊框的細腿金絲鏡。據高班生說，樂老師以前是高年級的語文老師，後來反上了右派，下放去總務處刻蠟紙，直到最近才恢復教職，派來低年班教地理課。

兆正聽見樂老師那帶點兒女尖音的聲調在課堂裡回蕩「……地中海氣候是一種特殊的氣候模式，溫暖、潮濕，四周陸岸風景如畫……」他掀開了一角門簾，那副在晨光之中閃閃發亮的金絲鏡轉過來望著他，望著他的那個已被解除了領巾與校徽的學生，他講課的手勢還停頓在半空，沒來得及放下。在他背後，全班同學的目光都一齊「唰唰」地射向兆正。樂老師略為皺了皺眉，便用嘴角向他作出了個回座位去的示意動作。他像耗子般地低著頭，迅速地從眾人交錯的目光之中溜過，溜回自己的座位上去。他的臉蛋熱乎乎的，腦子裡一片混亂，久久，不能凝神。他只聽得地理老師的女尖聲還在課堂裡回響：「……地中海的沿岸國家有法國、希臘、土耳其……這些國家一般都土地肥沃、物產富饒、文明發達……」半晌，他才敢偷偷地抬起眼皮來：坐在他前排位斜對面的她的半片腮頰落入了他的視線範圍內：雪白之中滲透著一種隱隱約約的粉紅色，一綹鬢髮垂下來，繞過她的耳畔，越過她的耳垂，因此也就超越出了他的視野的疆界。

這是他在偷偷看湛玉時的習慣。那些年來，他從沒敢全身的，整個兒的，哪怕只是側面或背影地望過她一眼。他總愛將自己觀察她的目光嚴格地斷分為兩截：第一截是從她的眼眸之下到她的頸脖之上；第二截則是從她的小腿的下端到她擺動的雙腳。如此觀察角度的裁剪法既令他能在感覺上得到滿足，又可以避免了萬一兩人目光相遇時可能產生的尷尬與慌亂。於是乎，他便對她在那個時期的辮式與髮夾，鞋襪與裙邊的款式和顏色的記憶特別深刻。等到他倆結成了夫妻的多少年之後，他還都能連粗帶細的，繪聲繪色的，且嚴格區分了季節與年代的一一報上。最初，這種特殊的示愛方式曾令她高興、感動，某個遙遠髮夾的款式和卡普龍絲襪的圖案也可以讓她從自己的記憶深處鉤起一連串早已模糊了的往事。但漸漸地，她變得冷淡、麻木，甚至有些不耐煩起來。到了再後來，他的這些性格的怪誕細節竟也都歸納進了她譏嘲他的龐大而豐富的理據庫之中。她不直接說誰，而是瞅東打西，借題發揮。她說，不是嗎？——有些人從小就有心理麻煩。看人，尤其看女人，從來便是偷偷摸摸，不敢正面瞧一眼。讓他聽得心裡明白，但又無言以對。

其實，他只是對她才如此的。他生性敏感，敏感到常會站到他人的位置上來敏感自己。他的生性也很脆弱，脆弱到自己還沒傷害別人時就怕別人已感到了傷害。然而，他還不致於敏感脆弱到對任何人都不敢正面瞧一眼。從一開始，她便是他的偶像；他不能肯定自己是否在暗戀她——這種中學生萌生的愛情，在那個時代是犯大忌的——但他只敢用這種攝影上的取景法來觀察她，來觀察他的一個美的偶像。他覺得，這裡還包含有一種對美不敢也不願用俗化了的目光去褻瀆的意思。再說，這也是一門藝術，他後來將此法用於他小說和詩歌素材的剪裁上，果然也很有效。再後來他瘋狂地沉湎在了文學創作中，就像當年他瘋狂地迷戀她一樣。她冷冷地對他說過不至一次了：「難道，這也不算是另一種戀情別移？」他想，她的話說得多少也是有點道理的，當然，那些都是後話了。

第一眼見到湛玉是在小學升入初中的第一天的新生會上。那時他只有十四歲，還是情戀觀混沌未開的大男孩，只是經常在為自己喉音與體毛的悄悄變化而暗暗羞澀和擔憂。於是，他便突然見到了她。她比他可要成熟多了，少女的花骨朵兒開始綻放出了一個含苞待放的形態來了。就從這一刻開始，他便整個兒被攝魂了過去。他時時刻刻留意著她每一個舉動的每一個細節，儘管她毫無察覺。她怎麼會察覺呢？他望她的目光是經過精確剪裁的；而他接觸她的氣息是當她在某處呆了一會兒離去之後的很久，他才替自己找一個藉口去到那裡，然後再張開肺葉來盡情呼吸。至於觸感，那就只能全部依賴幻想了——他從小便有一種特殊的幻想天份，裙邊的飄動，髮梢的掠過，甚至當她那雙黑布面的方口鞋在操場上奔跑而過後，那些泥塵紛紛落地時的質感與慢動作的呈現他都能幻想得異常真切，真切得就像這些泥塵是直接飄落到他臉上來一般。但他的幻想僅限於此，領口之裡裙邊之上，他那即使是再蓬勃的想像力也是從不敢越雷池一步的。然而，即使如此，他都已經有了一種強烈的犯罪感，在那一個時代，每個人都用不著別人來向你指出，便能夠自然而然地生長出一種悟力來，它能讓你知道罪惡究竟藏在何處？

許多年後，正是憑了這份異稟的幻想力，兆正才成為了一個才華出眾的作家。

而多少年後，當他將真相毫不保留地向湛玉全盤坦露時，湛玉告訴他說，當時，她的確對此毫無察覺，不過她是一直敏感到有人在暗中留意她的——當然，她是指留意她的遠遠不止他一個——女人的身後都是長有眼睛的，她嘻嘻地笑著說，這，就叫女人！

那時，他倆的感情十分融洽。

每個星期六的晚上，不管工作再忙，家務再多，他們也會不顧一切地放下一切，去淮海路找一家咖啡館過上幾個鐘頭兩人世界的生活。那是在八十年代中期的事了。那時上海的咖啡館還不普遍，店內的裝飾也都是模仿三十年代式的那種深棕色格調的。幽暗的壁燈在店堂的牆上開放出一種遙遠了時空的記憶來。他倆通常會揀一張角落或窗邊的座位對坐下來，避開那些吞雲吐霧的生意人的喧嘩與粗魯。老實講，直到那時他還擺脫不了那種有點像是在夢境中的感覺：她怎麼真會成了我的妻子的呢？他想。他倆說著笑著，用眼光調著情。那時，兆正正在寫他的第一部長篇，他經常是攜帶著稿件去咖啡館的，激動時，他會輕輕念出一段來給她聽，讓她聽得既入神又驚喜！而湛玉本人也在一家出版社當編輯，這是一份既合拍她的興趣又使普通人羨慕不已的體面職業。每天，她投入地工作，審閱著一篇又一篇美妙的稿件，領略著改革開放後湧現的各種文體與流派的風采。她興奮，她驕傲，她滿足，她的前程充滿了金色的誘惑——再說，哪一個出版社的領導和同事不知道，這個以美貌和聰明出眾的女編輯還嫁了個頗有文學前途的作家？儘管從那時候開始，她就不太願意在此事上與人共進話題。

那時，他倆正值三十多歲，精力和經驗的坐標恰好在蓬勃與成熟的顛峰位上相交。一段綿綿的兩人話題之後，他們便頂著夜空和星光回家去，回到他倆早期的那層兩室戶的舊式工房的家中去。夜涼如水，她緊緊地挽實了他的手臂，取暖。回想起文革與下鄉的那段艱苦歲月，現在的日子簡直就像是跨進了一座自由天堂一般地忘憂。

貳

他們將鑰匙塞入鎖孔，悄悄地開了門，又悄悄地關上門。他們倆，一人拎著一對鞋，打赤腳躡手躡腳地從走廊裡經過，怕吵醒了早已由安徽小保姆帶睡了的三歲的女兒。他們回到了自己的房裡，房間裡氣氛溫馨，燈光柔和，陳設有一套亞光柚木貼面的六件頭臥房傢俱。而他與她的那張在無錫黿頭渚蜜月旅行時拍攝的「包孕吳越」的放大彩照就掛在牀頭那一邊的牆上。

只剩下他們倆人了。他們滿懷深情地互相望著對方，目光流溢出欲望。他一把將她抱起來，放到了牀上；她咯咯咯朗聲地笑著，推就著的就與他扭作了一團。他倆火熱地做愛，在每個星期六的夜裡，幾乎都要持續一兩個鐘才肯甘休。反正明天不用上班，對了，不用上班！他們互相安慰互相激勵著對方，體味著每一個動作的必要以及奢侈，他們笑得更歡樂更放肆了。

對於那段日子的記憶，兆正感覺朦朦朧朧的。距離他在亮燈時分離家，然後向著淮海路方向一路走去的那個黃昏，差不多有十五、六年的光景了吧？那時的他們倆沒太大的名，沒太高的社會位置，更沒太多的錢，但他倆卻愛得幸福，愛得陶醉、愛得肉體與心靈都能得到極大的撫慰和享受。而且，也愛得彼此之間從沒計較過任何得失。

他來到了橫街和淮海路的交叉口上，駐足、停望，考慮著，該轉往哪個方向走一程才最合符他現一刻的心情狀態，他決定向西轉。

兆正出生在上海東區的一條偏窮的街上。他的父母都在小學教書，那是在解放初期的事了，政府的統配職業，一幹也就幹了一世。只是父親早年因肺病而輟職，在他童年和青少年的記憶中，家裡的開支常年都是靠母親那五十來塊的工資苦撐著的。永遠的生活流程都是：月底靠借債度日，月初拿到了薪水，一還債倒已去了大半截。剩下的幾張薄薄的票子還要對付大半個月的生活。尤其是那幾個大饑荒的年頭，又適逢他生長發育的生理期。缺乏油水的胃腸好像永遠都填不飽似的。清瘦體弱的父親只能在五更的天色就拎一個小菜籃上菜場去，與人推呀擠呀的，無非就是希望能為他多準備些價廉而又不憑證的主食和副食品。但儘管經濟緊絀，他出門，不論是上學還是上街，都還像個樣，像個從知識份子家庭出來的孩子的樣。衫褲再舊再打補丁，總還是洗摺得乾淨且有縫道的，這是他父親再窮也要堅守的持家的宗旨。有一次，父親帶上他搭車去上海西區的一親戚家串門，他便一下子，就像走進了一個完全陌生的世界般地愣然了。下了電車，父親帶他在街上走的時候，他覺得自己都有點兒暈暈乎乎的，像是犯了病。那時他還很幼小，他不知道這是甚麼區的一條甚麼街：尖頂的洋房，大鐵門，紅磚圍牆或是柏油油黑了的籬笆後面婆婆娑娑地長滿了高大的樹木。街上的行人很稀少，只有梧桐葉投下了滿街滿道的斑影。他問父親：這裡是哪裡呀？父親漫不經心地答道：這都是那些有錢人住的地方。有錢人住的地方？自此之後，一個暗暗的，然而卻是堅定的決心便與他漸漸成熟的心智同步成形了：長大後，他也一定要搬來這裡住。後來，他搬了家，搬離了東區，搬離了那條窮髒之街。這是他剛結婚不久後的事，這間兩室戶，是湛玉工作的單位分配給編輯這一級職稱人員的住房，雖算不上怎麼樣，但在黃浦與靜安的交界處，朝上海的西區，他已跨出了一大步。第二次搬家是在十年前，他們搬到了這條位於淮海路和復興路之間的橫街上。他不知道，這裡是否就在當年父親帶他去的那裡的附近？六層高老公寓的四樓的某個單元，四室一廳雙廁連一個十分寬敞、明亮的大廚房。陽台是朝南的，連接著客廳與主臥房，站在彎圓型的陽台上能俯瞰到復興中路上一片郁郁蔥蔥洋房區的花園以及梧桐人行道——這是作家協會分配給他的一套住房。

應該說，他已搬到了上海西區的中心段來了，小時候的夢想實現了——但又怎麼樣？他不見得因此而更快樂些。但此一刻，當他在淮海路口站住，猶豫不定轉向的時候，那些童年時代對於貧的恐懼與窮的記憶，那些寒酸所帶給他的心理創傷又突然從他記憶的底層甦醒過來，向他提供了一個一閃而過的堅定念頭：向西——一直，向西！

淮海路上西轉後的第一個門面是一家台商開設的婚紗店。從光線亮麗的落地大玻璃望進去，有好幾對新人正在店堂裡站著，坐著或走動著。新娘們一律有一截惹人遐想的鵝白色的玉頸，而新郎們則個個英姿勃勃，每一塊西裝領帶的年青胸膛上都有一股那截櫥窗模特的英武氣勢。兆正站在門外的櫥窗邊，晚風吹來，他感到有一股沁骨的涼意了。他抬頭望去，天空已泛成了一片暗藍色，淮海路上人熙人攘，推推蹭蹭，華燈已經全部開放。他有點迷惘起來，在這夜色和晚風裡，他更感到有一種腰酸氣虛的眩暈，這一兩年來，他常有這種感覺。他下意識地跨進了一家與婚紗店毗鄰的中成藥店裡去，他的目光朝著一幅蘭州某中藥廠出品的「六味地黃丸」的看板凝視。他想：只有光陰才是最真實的，光陰給予了你一切，旋即，光陰又會帶走一切。甚麼回春丸，甚麼長生不老丹，盡他媽的胡扯，連皇帝老子都尋覓不到的東西，還輪到你？他將略微帶一絲冷笑與自嘲的臉轉回來時，發現有一個站在櫃枱後的女售貨員正目不轉睛地望著自己。她問，這不是某大作家嗎？我在書頁的封面上見到過您的照片！她，像個剛從中學堂裡畢業出來不久的小知識份子，瘦小蒼白，一副黑金屬絲窄框架的眼鏡之下散佈有幾粒淡淡的雀斑，此刻都因為羞怯和興奮而染上了一片暈紅。兆正不置可否地唔了聲，眼睛也不望一望人家；心頭卻不由得升起了一縷暗暗的欣喜——但隨即，他就將它狠狠地掐滅了，他帶點兒慌亂地逃離中藥店就如逃離一個是非之地。只有他才了解他自己：他一直有一種強烈得無法排遣的自卑感，他感覺自己是個從某類生活沙場上撤退下來的敗北者。

兆正覺得自己的心又在隱隱作痛了。他知道這痛源自於心的某個很深的角落。在那裡，他始終朦朦朧朧地保存著一幅記憶場景：一個塗著金輝的黃昏，有街景，有樹葉，有下垂的窗簾，還有潤潤濕濕的氣息和那種薰薰然然的初夏的風。

不錯，這種氣候、氣溫以及氣氛是很適合人們去幹某件事的。只是這種事已不屬於他，他似乎愈來愈遠離人的某種功能而去，而這又是一種一旦失去便可能永遠也別想再找回的功能。現在，他只能用一種很理智的，中性的、帶點距離感的記憶來判斷說：這是人的一種與生俱來的、平等的享受權，無論富貴顯赫卑微窮困，沒有了它，人生的那盞燈便不再會有炯炯生輝的一刻。但他，卻失去了。

這是兆正此刻的心情，也是他心作痛的第一層含意。除此之外，應該還有些其他的甚麼。因為說到底，他從來也沒有真正確定那個幻影一般的黃昏是否真在他的生命中出現過？假如有一天，有人對他說，這只不過是你的一個幻覺罷了，他想，他會馬上相信——他也願意馬上相信。還有那三個虛擬的人物，襯托在這片夕輝閃閃的金色背景上，其真實性彷彿也都成疑。他竭力地辨認著：一個是湛玉（因為從邏輯的推斷上說來應該是她）；一個是他自己（因為除了他，不可能再有第二個）；還有一個，則無論他如何努力，他都無法看清楚那個人的面容以及五官，但兆正想：這是「他」。

叁

兆正所說的「他」，就是我

我說：當年，能擺脫那種強大漩渦的向心力的與今天能跳出這種虛無潮流的是同一種人。這種人都是極少數，但這種人是成功者。因為歷史需要的成功者永遠也只是極少數。

The HE that Zhao Zheng mentioned is ME

I said, those who managed to shake off the gravity of the whirlpool of that era, and those who managed to keep away from the illusory trend of today are of the same kind. They are scarce, but they are winners; because winners, as history needs, are always limited.

兆正所說的「他」，就是我。

或者人，真有所謂命運層面之一說？不要說兆正，這麼個才思與感情都如此敏感豐富的大作家了，就連我，也在五十天命年過了之後常作類似的不著邊際的聯想，我是誰？他是誰？我會不會是那個命運層面上的他？而他，會不會又是這個命運層面上的我？

那湛玉呢？湛玉是一個實體與影子的分身，屬兩個不同的命運層面？是嗎——是這樣嗎？

有時，我真也讓自己的胡思亂想給搞糊塗了，我想過去看精神或心理科醫生，覺得自己老喜歡鑽某種思維的牛角尖會不會是一種病態？

但我卻因此而寫詩。我在經商之餘寫了大量很不錯的詩。有時，詩潮一漲上來，整個人便生活在漫天繽紛的意象之中了，分不清了那條幻與真的界線。待到思緒紛紛沉澱下來時才發現，原來自己不還兩腳站地地生活在這個地球上？而那些來若煙去若風的意象都已凝結成為了幾冊擱放在了案頭的，作者欄目裡真真實實寫著自己名字的詩集，心中感到既充實也惆悵；既欣喜又著色了些許無緣無故的失落與空虛感。

但人家說，這便是詩人的憂戚病了。這不是甚麼真病，反倒是，一旦再也找不回了這種病症的詩人才是個詩源告涸的普通人。對此看法，我始終有些疑疑惑惑。後來，我發現，原來兆正的思路也是經常會在這方面產生偏執與傾斜的，這個發現令我情緒振奮，心情也踏實了不少。

這都是在我對他的作品仔細閱讀和推敲之中體味到的一些飄飄忽忽的感覺，而且，連湛玉也都曾含含糊糊地提到過他的那些思路異常，「神經兮兮的。」她說。

但我不以為然，我說：「兆正是個天份與稟賦都很高的作家，凡這麼一個人，同時存在有某些異於常人的性格特徵沒有甚麼奇怪。」

但她只是笑笑，笑中有一絲冷冷的意味。

我又說：「他從來就是個孤獨者，難道你不了解他？」

「孤獨者？孤獨的本身就是某種陰暗心理的投影。」

真的，這個世界不因為有了矗立與壘起才有了陰暗面的產生？原始的大片沙原上，一切都是平坦和光明磊落的。再說，沒有投影的思想也不會有曝光上的層次感——這要看你從哪個方面來談論這件事了。或者她說的也不是沒有道理，我於是只有用沉默來表示不再反對她甚麼。

其實，我對兆正的讚辭以及辯護都是由衷的。湛玉呢？假如從來都沒有對他肯定過的話，她又怎麼會將她的整個人連同靈魂都給了他？在那個時代，她之所以會不顧一切愛上他的原因是她覺得：在這個世界上，只有她一個人才真正了解他。他需要她，他是因為她才不致於淪為一個徹底的遺世者的。她愛他，在當時是帶點兒衝動以及自我奉獻的性質的。

但她不知道，在這世上了解兆正的人還有我。我對他的了解與理解是與年齡和人生閱歷同時遞增的，而她對他的，恰恰相反。以致到了今天，我經常會扮演他倆關係拔河賽中的她的對立面。我說，當兩個孤獨者剛走到一起時，大家都會感到一種不約而同的充實和安慰和突然被人理解以及理解人的感動，甚至由此感動而引發出來的愛。但漸漸地，他們又各自孤獨去了——沒甚麼，因為孤獨就是他們的本性。在我解析他倆關係時我常說一些諸如此類的邊緣模糊，含意隱晦之語。我又說，在我們年青時代的政治高壓期，物質極端匱乏，但一樣有某個瘋狂的精神旋渦中心，來供社會能量凝聚，來令人產生某種自我價值感的幻覺。到了今天，物質氾濫了，信仰卻崩潰了，一切心靈都隨波逐流在一條精神虛無疟的河牀中，大江東去。當年，能擺脫那種強大旋渦的向心力的與今天能跳出這種虛無潮流的是同一種人。這種人都是極少數，但這種人是成功者。因為歷史需要的成功者永遠也只是極少數。而這種人又命定會是脫離了那一大片的遺世孤獨者。他們之中的有些人能堅持到生命的終點，有些則不能。他（她）們抵抗不了這種長期孤寂的痛苦，他（她）們會在不同的生命階段不自覺地滑出那條既定軌道，滑入另一種更大眾化，因而也是更熱鬧的生命模式中去。

不錯，說這些話，我是有所指的，有時指他，有時指她，有時也不知是指誰——或者是指我自己。

但湛玉望著我，不語。

而且，我在說這些話時還會有一種強烈的投入感，仿佛這是一場戲劇，而我正進入到兆正的角色之中去代他思維，代他說話，代他在人生舞台上演出。我成了我自己和他共同的代言人。

我的這種奇特而不可思議的感覺一直可以追溯到三、四十年前。那時，我倆是同班同學，我坐這一行，他就坐在隔鄰一行的後兩排位。

他很少作聲，不與人合群。他的成績不好不壞，相貌也不俊不醜。同學們不太留意他的緣故可能是因為他不希望別人太留意他的緣故。大夥兒對他的突出記憶除了常遲到，被值日生沒收了校徽與紅領巾後溜進課堂的狼狽樣之外，似乎再也找不出別的甚麼獨特之處來了。多少年之後，當他已成了一名出色的作家，並與她結合成了夫妻，老同學們在聚會之時，大家都不無感慨地談起這一件事來。大家都說，他是真人不露相啊，然而，最「識貨」的，仍還不是湛玉？

我想分辯，說，不！還有我呢。但想了想，還是作罷。因為，豈止「識貨」，我簡直感到，有時，我不就是他？他那兩道壓抑的眼光所包涵的思想，讓我在一不小心接觸到它們時便能產生心的不由自主的顫動和共振；而我自己的目光，會不會也以同一種的傳遞方式去到他的感覺中樞？這點我不知道。我平時嘻嘻哈哈，活躍而健談，我成績優秀受同學包圍受老師讚許也受湛玉的青睞；而他，整日沉沉鬱鬱，寡歡又寡言，但我卻從來沒有停止過對他在一切生活的細節上的留意和觀察，我想，會不會我只是台前的他？而他則是在台後操控導演著我的另一個「我」？

我知道——我明白無誤地知道，而且，也只有我一個人知道——他在追求湛玉，暗地裡追求她，並且在與我使著腕力與手勁的暗地裡追求她。一旦發現了這個秘密後的我的心情是複雜的：妒意有時會被一種莫名的興奮所替代，所壓制；我與他在生存位置上的某種神秘關聯並非無跡可尋。她後來真的屬於了他，他

叁

又寫文章又當作家，我並不感到太驚奇，我覺得其中是藏著些必然性的。就像我與他的表妹會陰差陽錯地結合，而且我也寫詩——是那種止不住衝動地想寫詩，（有時，命運可以有多重變奏，我從來就將經商看作是它的一個變奏。）會不會對於我倆說來，所有這些只不過是一種殊途同歸的表象呢？

這些想法我都曾陸陸續續地表達過，是在我與湛玉做愛後，雙雙將手臂壓在頸脖之下，眼望著天花板，用一種有一句沒一句，說一句停一句的方式說出來的。我說，或者有一天，一切又都會顛倒過來，但故事仍是同一隻。

然而，我不明白為甚麼，她突然間便抽泣了起來，她將手臂復伸回暖烘烘的被窩中來，使勁地抱住了我。她的手和手指都冰冷，但軀體卻滾燙得可怕，我感到它們都在顫抖。

肆

1964：那條弄堂，那幢洋房，那條帶圓把的闊扶梯

上午十時許，耀眼的陽光從紅磚拱窗間射入房來，偶爾有鴿群從窗口間弧飛而過。對面馬路的廠裡正播放第三套工間體操的音樂，透過夾竹桃的葉影，能見到一排列隊在人行道上的戴工作帽穿藍白大褂的工廠人員正作出大兜腰的伸展動作。

1964：that alley, that house, that broad stairs with round handrail

Around ten o' clock in the morning, the dazzling sunshine pierced through the redbrick arc window; occasionally some pigeons fluttered curving past the window. In the factory across the street the loudspeaker was broadcasting some exercise music for the recess; through the leaves, one can see workers with caps and overalls in white and blue were stretching their waists.

湛玉的那截玉頸與腳踝令他被強壓了多少日子的想像力終於邁前了出格的一步是在兩年之後。

那一年，我們這屆學生初中畢業。兆正跟隨一大班同學去湛玉家開小組會。湛玉是大隊學習委員，班幹部又兼語文課代表。別看兆正現在當上了著名作家，當年，可是她的作文屢屢被老師念出來，學校的壁報上抄出來，甚至有一次還在某市級的中學生徵文比賽中得過一個獎。湛玉是全班，也是全校的光榮。當然，兆正自己的作文成績也不俗，有好幾次上過壁報不說，還曾在那份油印的《東虹文藝》上刊登過出來——對於當時在校的學生來說，這可是一個不小的榮譽。但老師以及全班全級同學的注意力仍都聚焦在湛玉身上。兆正最為她在初三年級時寫的一篇作文所折服，語文老師將它當眾朗讀了出來，而且還朗讀得抑揚頓挫。時間相隔這麼久遠，他的記憶也有些模糊之處，只記得是一篇寫魯迅小說《祝福》讀後感的文章。她的文章一開場便氣勢恢宏。她沒去寫人，去寫祥林嫂如何在雪地裡掙扎然後跌倒然後僵斃的詳細過程，而是去寫那根她支撐著挨家挨戶去行乞的竹竿，晃晃悠悠的，終於倒下，擱在了一戶院前的籬笆上。此時，大雪鵝毛片片，竹竿的頂端指向天空，指向被鉛灰色的烏雲沉沉壓迫著的，無邊無際的天空，像是對那個人吃人的萬惡的舊社會作出的指天的控訴！

他覺得她的描寫精彩極了，很有一種木刻和版畫的味道，很接近他讀過的十八十九世紀的法國與俄羅斯小說上的插頁所留給他的印象。他對她佩服得不得了，佩服得連將裁剪好了目光向她偷偷投去，都覺得有些不合資格了。

又有一次，語文教師解釋一篇課文中遇到的成語：癩哈蟆想吃天鵝肉。他陡一聽，便漲成了個大紅臉。他不敢抬起頭來，生怕老師看見他，更怕她偶而掉轉頭來向坐在後排的誰借一塊橡皮或一枝鉛筆甚麼的時候，不要也將目光掃到了他。

從此之後，他更無故地躲避著點她，直到那一次。那一次他隨一大群同學一塊去班幹部的她的家中開一個畢業班學生的「一顆紅心幾種準備」的思想交心會。她家住在離學校不遠幾條街之外的一條弄堂裡。這是一條很寬敞的弄堂，包括兩三幢紅磚的法式老洋房以及幾處栽種有夾竹桃和梧桐樹的園子。他還記得有一家街道工廠甚麼的在街對面，咣咣的機牀聲一刻不停。一家賣南北乾雜貨的小店就毗鄰弄堂進口處而開設。他後來向父親問起過這條弄堂，父親回想了一會，說，大家都稱這條弄堂為「外國弄堂」，是二次大戰滯留上海的猶太人回國後留下的產業。也算是附近這一帶的高尚的住宅段了，別看那幾幢老洋房喔，父親說，裡面還住了蠻多幾個有錢有面的人呢。再後來，兆正又專程去那裡看過，雜貨店不見了，工廠的部份建築和附近的棚戶屋都已拆除，弄堂也拓寬成了馬路，並與外馬路連接了起來。只是那幾幢老洋房還在，夾竹桃還在，花園以及圍牆也都在，且粉刷一新。霓虹燈光在房頂與圍牆四周閃爍個不停，一幅氣派堂皇的「皇朝海鮮城」的燈光招牌豎立在花園門口，兩個著高叉錦緞旗袍的女郎一邊一個，隨時準備為打算進入海鮮城去吃飯的人拉開大門來。當然，這些都是三十五年以後的情景了。

當時的這條弄堂很安靜，有些樹蔭，也有些綠草沿著牆角悄悄地生長。沙礫地面上留有幾條自行車駛過時的車轍。同學們嘻嘻鬧鬧地蜂擁進弄堂去，再蜂擁上她家的那條帶有巨大球型把手的柚木闊扶梯。但兆正，始終留在了人群的最後。

湛玉站在扶梯的上端迎接一個又一個同學的到來，她剛洗過頭，長長的髮辮高盤在頭頂上。可能因為是在自家屋裡的緣故，她穿了件睡褲，赤腳拖一雙拖鞋。這是一種透明硬塑膠的露趾拖鞋，透過紅色的刻塑花紋能隱約見到她肉白色的腳背，而她那幾隻裸露的腳趾像幾粒可愛的小白蟲，擠爬在拖鞋的前端。兆正是沿著扶梯一級一級走上去的，她睡褲的褲端、腳踝、拖鞋以及腳趾便一樣樣地進入到他的視野中來。但他絕想不到十年之後，那雙白嫩的雙腳會經常擱在他的雙膝上，讓他輕輕地撫摸。他用指尖從她的腳背腳趾腳底那麼一路地溜滑過去，再從腳底腳趾腳背一路溜爬上來；那時候的她，一般都是在浴後，半坐半躺在一張三人沙發上。孩子和保姆都已經去睡了，客廳中只留下他們兩個人。她用眼睛望著他，瞳仁中透出一種極之柔和的光芒來。他笑著告訴她說，你知道嗎？我第一次用目光偷偷撫摸過這雙腳是在甚麼時候？是的，就那一次。

湛玉見到了那最後一個上樓來的他。她滿臉都綻放著燦爛的笑，甚至還有點兒意外的驚喜。她說，你也來了呀？怎麼拖在最後一個呢？仿佛在暗示說，他才是他們一群之中最受她歡迎的一個。或者說她與他的關係不同一般，假如他來她家，為甚麼不該是帶頭上樓來的那一個呢？

兆正很意外，很感激（當然！），同時，也都有點惘然興奮得不知所措了。這是他第一次能正面將她那截玉雕般的長頸脖與她整塊面孔以及面孔上分佈著的精美的五官都連成了一片來觀望，並能將這種觀望所得的印象及時輸入大腦，作出一番相對從容的拼版與消化。

他覺得她真是美得不得了。

他後來問她，他當時自己的表情以及表現。她說，她只覺得他很可愛，憨得可愛。就這麼一點？他笑。她認真地想了想，說，真也說不出第二點來。女性的心理有時很複雜，也很神秘、微妙，沒有甚麼可供推理的邏輯——不問不究也罷。

湛玉把大家都請進房間裡，也將他請進了房間裡。她替他找了個最舒適的位子，讓他坐下。這是一張單人的木柄沙發，能環顧到整間房間，還能望到窗外。這間三十來平方米的洋房正間應該是她父母的睡房，一套深棕色的柚木傢俱襯托在淺色印花的牆紙上，有沙發，有落地燈，有收音機，有鬧鐘，有亮晶晶的玻璃擺設，還有碩大的玻璃缸裡堆壘著紅紅綠綠黃黃的好多水果，色澤十分鮮豔。（後來兆正才知道：原來這些都不是真水果，而是蠟質的仿製品——這是他倆婚後不久，她笑著告訴他的一個小小秘密。）房中隱隱約約著一股好聞的氣味，從牀罩，從傢俱，從牆紙，還是從早出晚歸的居住人的身上發出的，他搞不清；反正，這種房間佈置與氣息是他家沒有的，也不會是他居住的那條街上的哪一家人家的屋裡可能有的。房間的盡頭有一大片室內露台，從巨大的法式拱窗的框架間望出去，能望見夾竹桃的枝葉，之外是弄堂，再之外是馬路，是工廠廠房的平頂上的水箱、鐵梯，一隻戴斜角帽的鐵皮煙囪正將淡薄的煙縷吐向藍空。上午十時許，耀眼的陽光從紅磚拱窗間射入房來，偶而有鴿群從窗口間弧飛而過。對面馬路的廠裡正播放第三套工間操的音樂，透過夾竹桃的葉影，能見到一排列隊在人行道上的戴工作帽穿藍白大褂的工廠人員在做出大兜腰的伸展動作。

人的記憶的變化有點兒像幾何學裡的正弦曲線。從兆正離開了婚紗店大櫥窗的第一刻起，西服俊男與婚紗美女的強烈印象便開始從峰巔之上滑落，開始褪色，而在經過了那個中藥店雀斑售貨女的事件後，這種褪色更加快了速度。

人，曾擁有過無數無數的記憶斑塊；人，又哪能留得住這麼多這麼多的記憶痕跡？

比方說，他對她盤起了髮辮後的那截玉頸，那雙拖鞋，那幾粒肉白裸趾的記憶；比方說，她半躺在沙發上，用熱浴後的那種倦慵而又煽情的目光望著他的記憶；又比方說，更久更久以前，當他還是個為自己的體毛和喉節在偷偷疑慮和困惑不安的大男孩的時候，他已從他的座位的橫斜裡將目光裁剪成了一束捕捉的射線，並讓其中只包含了她的一綹散發，一隻左耳以及半邊粉頰，如此記憶，如此記憶。

然而人沒有了記憶的食糧又是不能活下去的。

但他覺得這都是些遙遠如夢的另一個邊緣的事了。那時他的心臟如何狂跳，現在也一樣；那時他的手如何顫抖，現在也一樣；那時他的呼吸如何急促，現在也都沒甚麼兩樣。同樣的生理反應的背後襯托著完全不同的人生記憶。

兆正從浴室裡出來的時候，已三番五次地作出了復查和確認：再沒甚麼可供挑剔，沒甚麼可作發難的藉口的了，然後，他便跨出了門來。

他知道湛玉有潔癖，而他自己又一貫在生活細節方面隨便、邋遢、無能得有時候幾近於童孩。他曾笑著說她所以才是個女人啊，而她則也曾在大庭廣眾面前好幾次高談闊論過此事：太愛乾淨的男人算個甚麼男人，這是上海人稱為的「娘娘腔」！最叫女人受不了——但這些都是他們倆之間很久很久以前的話題了。

現在，她等候在浴室門口，就像一隻大花貓等在鼠洞口上一樣，極有耐心。他呆呆地望著她隨即便轉身進入浴室去的優雅姿態與背影：她的後頸脖還是一樣的白嫩和潤澤，她拖一雙輕質泡沫的軟底拖鞋，幾根菱形的尼龍編織絲網住了她的足趾和半個腳背，從後面望過去，只見她的那對白淨的腳跟和腳踝連著半截小腿曲線，一起一落，一掀一合，十分好看。歲月似乎並沒在她的身上留下太多的刻痕，除了體形稍比她的少婦時代寬肥了一些之外。

他覺得自己像一個在法庭之外等待陪審團商決結論時的被告。

她出來了，臉色不很好——應該說是很不好。她沒向他說甚麼，甚至也沒朝他望多一眼，就徑直朝女兒和保姆的房間方向走去了。她邊走邊大聲嚷嚷著，說：這是誰幹的，啊——誰幹的？！她提出了一大串的浴室異象，馬桶坐圈怎麼用後也不抬放上去？家裡又不全是女人，萬一有人小便小在邊上，一坐上去，豈不坐了個一屁股的尿？而他想，家裡不也就他一個男人？肥皂，她接著又說道，肥皂怎麼不放在肥皂缸裡，又跑到洗手盆的邊上來啦？都說過不知多少回了，肥皂這東西滑膩膩的最麻煩，萬一掉到地上，讓人踩了滑一跤，可不是好玩的！這硬磚地，現在人的年紀也都大了，骨質疏鬆……她常常善於用一個較低層次的生活化的話題推導出某個更高層面的綱領性的隱患來。還有，她說，掛起的毛巾怎麼也不拉開拉直拉挺？——他想，這點，他倒是注意到了的，還是各自對於開、直、挺的標準有所不同？——也說過多少回了，這絕不是個美不美觀的問題，下次輪到誰用，皺成了一團糟的毛巾有一股水臭味……。最後，她又「噔噔」地跑回浴室門口，指著乳白門框上的一個清晰的藍色指紋印說：這又是甚麼？他慚愧地望了望自己的中指，在中指與食指間的捏筆部位，他今天下午發現長出了一個小水泡來，水泡破了，他去浴室搽了點紫藥水。

女兒和小保姆都明白內裡，躲在房裡沒人吱聲。而兆正當然很清楚：這些都是他幹的好事。

湛玉於是又去廚房取來了一團墨綠色的粗海綿，跪在地上，開始擦拭浴室門框上的那塊記印。樣子像個幹慣了粗活的勞動大姐。他內疚兮兮地走過去，小聲說，讓我來幹吧。但她不作聲，不說好也不說不好。她還在加倍努力地幹著，而且還讓頭髮也振動得散落了一綹下來。

他心情不安極了的在客廳之中踱步，又停下來，坐了一會兒。他想看電視看書或看會兒報紙，當然覺得在這種場合和時候很不適合。所以復又起身踱步，他發現自己的心跳手顫與氣喘症狀又開始發生並在加劇中。他患有一種神經症，醫生說，這叫焦慮症。焦慮病人的個案各不同，這是因為每個患者的性格各有不同之故。他的那種更多時是內省式的，他習慣將任何精神上的痛苦都埋在心中，久而久之，它們便轉化為了一種感受的礦藏。但醫生說，有一點是一致的，那便是：患者最怕的是心情的不安與一種有口難辯的情緒壓力，而最有利的則是在病症一旦開始發生時，就儘快能擺脫那種可能形成你不安與焦慮的環境源頭。他踱到門背後，取下了一件外套，穿上。

湛玉恰好擦洗完門框，端著一盆髒水回廚房去，水中還漂浮著那塊綠海綿。她走過正在穿衣的兆正的身邊，朝他望了一眼，便過去了。但兆正卻一直望到她的那雙輕沫軟底鞋的銀閃閃的內裡一前一後一隱一沒地消失在廚房的門口。他的心中有一份說不出的惘然和惆悵，他的神經焦慮症讓他把她的那最後一瞥目光解讀成了：「看你今晚上就甭回來，最好永遠也別回來了，哼！」

但他還是平平靜靜地開了單元的門，出去了。他沿著這老式公寓寬大而冰冷的磨石扶梯一路下樓去，走廊中的奶白頂燈剛剛開亮，照在扶梯級前沿的黃銅嵌滑條上，有一種幽靜的反光。

公寓的大堂裡沒甚麼人，只有一個早下班的畫家鄰居正歪著頭在信箱的排格裡掏些甚麼。見到兆正下樓來，便說，出去走走啊？嗯，他漫應著，回報以一個適度的笑容。秋日的黃昏應該是捕捉靈感最好的時分，畫家笑道。但叫他說些甚麼呢？他只能「唔」了一聲，不置可否。他推開了公寓笨重的橡木大門，走下台階，走到了街上。

他突然覺得這個世界和在這個世界上的生活都有點像是在舞台上演戲。而這一切——這街道，這街道上密密匝匝的行人；這公寓，這公寓大堂裡的一排排信箱；這畫家，這公寓裡的某個單元以及單元中的她都有些不真實的感覺。它們都存在著，它們離他很遠很遠但又很近很近。近得就在邊上，遠得又像是隔了一層永遠也不能互相觸摸到體溫的玻璃罩。人只能看到別人的生存的表面，而又有誰會了解到誰的生存內裡呢？兆正將外套的拉鍊拉上了，朝著淮海路的方向走去，而兩旁的街燈恰好在此時開始煜煜地放射出亮光來。

伍

湛玉和那份月曆牌

湛玉的目光從廚房裡退出來，來到了飯廳裡。它們掃到了掛在牆上的一幅很普通的月份的掛曆牌，便隨即垂落了下來。

Zhan Yu and that wall calendar

Zhan Yu took her eyes back from the kitchen, and cast them into the dinning room. She shot a glance at that very common calendar hung on the wall, and then dropped her eyes.

已經記不得是哪位作家在哪篇作品中的一段話了：其實，每個女人，尤其是漂亮、聰明、能幹和出眾的女人的內心從來都是不肯安守本份的。湛玉想，她有可能就是那一類女人？

湛玉的怒氣是在兆正離開時輕輕帶上了大門的一刻之間突然消散的。她也說不出個原因來，她只知道，她每次宣洩怒氣都需要有一個相對明確的目標，一旦目標消失，怒氣也便立即煙散了。

她不知道自己的那團無名怒氣從何而來？這些年來，她老覺得自己的胸中日積月存著一大堆一大堆的怨憤，舊的未消，新的又來。她對周圍的甚麼都看不慣：社會上的，單位裡的，同事間的。還有，還有就是他。這種怨憤堆積著，腐爛著，發酵著，而她的那股無名怒氣其實就是從這堆怨憤之上不斷散發出來的一種腐敗氣味。

尤其是對他。是的，對他。但，他的甚麼？他的哪裡？他的怎麼樣？她覺得她無法很清晰地界定出一些內容來。

兆正是個極不易被人了解的人，但偏偏，她又對他太了解了。這，難道就是問題的根源所在？他，懦弱、內向、敏感、憂憂戚戚，還時不時有意無意地隱藏了一些心理的暗面。從前，她就喜歡他的這種個性。她認為，這種性格上詩化了的陰柔正是他才華顯露的另一個切面，同時，也是他隱秘人格的魅力所在。她想起了十多年之前的一個個週末之夜來。他倆對坐在裝飾有棕色護牆板和磨砂壁燈罩的咖啡館裡，他為她念出一段小說，或抑揚頓挫地輕輕朗誦一首詩歌，這都是他寫的，而且通常還是些未曾面世的新作。她感染無比地望著他，望著他在幽暗燈光下閃閃發亮的眸子，想：一位少女的她曾心儀萬般的青年時代的大作家大藝術家不就在她咫尺之外的眼前坐著？而且，他還是她的另一半啊！一件多麼不可思議的事，在這囂騰雜亂的世界上的某一個角落，知道有這麼一個他存在著的人只有她，他只屬於她！她感動得連眼眶都有些濕潤起來了。

後來，他倆回家去，互相依偎著從夜涼如水的街道上走過，回到了自家的那間溫馨的斗室裡。一下子，她便將她的那份壓抑著的激情盡泄而出了。他倆在那張雙人牀上放肆地翻騰著扭曲著叫喚著，只有那套默默地旁觀著的亞光柚木面的房間傢俱才知道他們幹了些甚麼。很久很久，他們才平復下來，一切重新歸於寧靜，日子如常，直到下一個週末的再度來臨。如此週而復始。

但後來，後來怎麼樣了呢？她惘然地站在客廳中，覺得這之後的十多年來的生活就像是一團亂麻，攪繞在她的心中，抽一根斷一截。

她下意識地計算著兆正下樓去的時間，然後打開落地敞門走到露台上去。從露台上，她能望到公寓大門的進口處，幾級弧彎型的台階之上有一扇油漆斑剝的笨重橡木大門。她見到一個鄰居的畫家匆匆回家來，手中握著一捲報紙。畫家推開木門進入了公寓之後好一會兒才見兆正從大門間走出來。他在台階上站定了，他緊了緊自己的那件外套，又朝天空望了望，然後才慢步走下台階去。

她細細地觀察著他，從一個俯瞰的角度。她之所以能如此從容而中性觀察他的原因是因為她明白他並不知道她正在觀察他。她見他在路邊又站定了，他左右環顧著，最後拉上了外套的拉鍊，朝著一個方向轉離而去——這是通往淮海路去的方向。

應該，這是她離開露台回屋裡來的時候了，但她的雙腳就像是被椿釘在了地上似的，不想移動。她的目光一直隨著他的背影追趕了上去。她望著他那略略稀禿了髮縷的頭頂和半截尼龍外套的身影在梧桐葉叢間忽隱忽現，直到它們完全消失。她感覺她的心中空洞洞的像被掏去了點甚麼，而街兩邊的青銅路燈恰好在此時開始放射出熠熠的光芒來。

她終於從露台上回到屋裡來了。而此刻，屋裡又恢復了平時的生氣，小保姆和女兒都從房裡出來，拖椅的拖椅，開電視的開電視，像是夏日午後的一場陣頭雨，驟聚驟散，烏雲開始退去時，明晃晃的日頭又重新照耀大地了。但她的心情與他人的就完全不同，這個差別就像她是個在外邊遭雨淋濕淋透了衣衫剛歸家之人，而他人則是暴雨時躲在家中，現在雨停了，一個個地又推窗開門出來準備一享這美麗的陽光和清新的空氣了。

她感覺，這個世界有點像是衝著她一個人來的味道。

她站在露台的門口久久地環視著這個家：盥洗間的門依然半開著，那塊紫斑從乳白色的門框上奮力擦去之後留下了一灘比周圍的白色更白色了的不規則圖案。毛巾已經拉開拉直拉挺，應該說，已完全符合了她心目中的那種所謂掛毛巾的標準了。此刻，它正靜靜地垂掛在毛巾架上，從門縫裡望進去，能瞥見它的半截側面。而坐廁的塑墊圈早已掀起，一切都已如她所願了。她的目光再從盥洗間裡退出來，沿著過道的牆壁一路溜滑過去，它們溜滑進了廚房裡：水斗的不銹鋼台盤上還擱著那個臉盆，一塊墨綠色的粗海綿擦巾就搭在盆邊上。她問自己，她剛才都做了些甚麼呀？還有，她到底想證明點甚麼？想得到點甚麼？她發覺自己的腦海中一片空白。

小保姆望著她，問：「今晚先生不回來吃飯啦？」這是她準備晚飯的時候了，她理應問清楚。但聽她的口氣，她倒仿佛已經肯定就是那麼回事了，湛玉的心裡不由得又竄冒起一股無名的怒氣來。但她壓制住了，不好聲不好氣地「嗯」了聲。女兒秀秀作乖些，她問她母親的時候，音調是低沉的，眼睛也沒有直接去望母親。她仍是朝著電視機的光屏望著，只不過，她已預先將電視機的音量校到了最小。她說：「那，爸今晚上又不回來睡覺了嗎？」湛玉說：「她也不知道」——事實上，她真也不知道。

但湛玉的目光仍沒停止遊動，它們又從廚房裡退出來，來到了飯廳裡，它們掃到了一幅掛在牆上的月份的掛曆牌，便隨即垂落了下來。這是一份很普通的月份牌，佔據那個牆面位置已經好多年了，總是舊的去了又換上了新的，年年如此。而長久以來，月份牌顯示日期的功能似乎更多地讓位給了充當一本記事簿的，湛玉將好些日子都用不同的顏色筆圈勾出來，再在它們的隙縫間填進了很多密密匝匝的文字，提醒說自己在哪一天該做甚麼和不要忘記甚麼。近來，湛玉老覺得自己的精神有些恍惚，尤其在當她面對這份月曆牌和月曆牌上密密麻麻的字跡時，她的眼前一片模糊。她向著正在看電視的女兒說道：「走，秀秀，今晚我們不在家吃飯了，我們吃麥當勞去。」

陸

復興別墅：二十世紀五十年代

就這樣，我們的小小舞蹈家便經過油站，走進了那條弄堂裡。

夏日的晌午，弄堂裡安靜的不見半個人影。別墅是公寓式的花園洋房，有赭紅色的尖頂和矮矮的赭紅色的園牆，這一排的前花園對著那一排的後花園。

Fu Xing Villa: in the 50s of Twentieth Century

This way, our little ballerina passed the gas station and walked into that alley.

At the mid noon of the summer, the alley was quiet with no one in sight. The villa was a garden house with dark red pointed top and low dark red walls. The front garden of one house faced the back garden of anther house.

吃麥當勞毫無疑問是最能令秀秀雀躍的一件事了。但她知道母親其實並不歡喜那些漢堡包和奶昔一類的食品，而且她也不贊成女兒去吃太多那一類的食物。今晚，母親之所以會主動提出去那兒的原因首先是為逃避點甚麼，其次是那家新近才開設到離她家兩條橫街之外，整日整晚都亮著大圓頭「M」字母的麥當勞速食店是母親最近經常喜歡提到的一個地方。她說，那兒的前身是一家「牛奶棚」——當然，那是幾十年之前的事了。

所謂「牛奶棚」，這是父母親那一代或更上一代的上海人對一些專賣乳製品店鋪的稱呼。不要看今日的上海已是一大整塊的市區了，而且連黃浦江的對岸也都現代建築林立，算作了浦東新區。在父母親的童年時代，或更早一些的外公外婆的年青時代，上海的浦西是分割成一塊一塊的租界區的，租界全由外國人來治理，這是上海歲月裡的黃金期。那時候的浦東還完全是個鄉下地方，是菜農和雞農們的天下。每天，天還朦朦的沒完全放亮，戴草帽擔扁擔的農人們便挑著成筐成簍新鮮的菜蔬和黃嘴黃腳的浦東雞渡江過來「上海」賣。他們將浦西才稱作為上海。而他們則必須趕在日頭爬上屋頂前又回到他們的浦東鄉下去忙碌田間的農活。那時候，他們通常是不讓進入傳統上的租界區去的，屬於他們售賣的區域因此便多集中在了虹口、閘北一帶。母親說，她的小時候還有這樣的記憶片斷：初夏時節的清晨，彎彎窄窄的人行道的兩側都停歇滿了筐筐簍簍，筐簍的後面站立著高捋起泥褲腿的浦東鄉民。他們摘帽充扇，說一口鬆脆硬朗的浦東鄉音。他們自編的篾竹筐裡頭鋪擺著剛摘下來的蔬菜、蓮藕、菱角和黃澄澄的誘人的玉米棒子。

然而，牛奶棚裡是從來不售賣這些東西的。牛奶棚的老闆一般都是外國人，而顧客也多為住在租界裡的外國僑民和生活洋派的高等華人一族。有的牛奶棚前鋪後場，當堂在後場裡擠了奶，製成了新鮮的乳酪製品就提到前鋪來賣；有的則將農場辦在了虹橋那一帶，每天清晨都有專車將牛奶及其製品運送到市區的店裡來。那年代牛奶棚有大也有小，有俄式的，意式的，英式的；但有一點都是確定的：只有在租界區裡的那些所謂牛奶棚裡，人們才能吃到最純正和最新鮮的各式歐陸風味的乳製品。

這些都是母親後來講給秀秀聽的。近些年來，母親老喜歡回憶過去的事，她給秀秀講秀秀外公和外婆的故事，講她自己童年和少年時代的生活片斷，而這家牛奶棚就是她的很多故事和回憶片段裡經常出現的場景。秀秀想，今晚，她要帶我去的地方準是那兒。

女兒很聰明——一般當人女兒的常會有某種聰明的，她們的直感往往都很對。不一會兒，她們母女倆便已面對面地坐在了麥當勞速食店臨街轉角位環型落地大玻璃窗前的一張小方桌的兩邊了。女兒面前是一份大份的麥香雞套餐，母親面前卻只放著一杯孤零零的熱牛奶——她說，她沒甚麼胃口，她也不想吃那些油膩膩的食品；再說，到這裡來喝一杯牛奶，多少也帶點回味的意思。

秀秀將兩根麥管一齊塞進了一大杯的冰可樂中，深深地吸了一口。一股清涼刺激的感覺令她一下子醒神了許多。她抬起頭來望著她的母親，她覺得她母親的目光有點稠迷有點曖昧，總之，有點兒缺乏聚焦感，它們像是在回望著她，又像是在望著窗外的某處。她想，她應該與母親談點甚麼。其實，她最想問的是有關爸爸的事，嚴格地說，是有關爸與媽的，爸與這個家庭之間的一些事。但每次都是這樣的：她愈想問，她便愈不敢問。

母親終於開口說話了。她說，不就那兒嗎？……她所說的「那兒」是指斜對街的一片加油站。

加油站就在對面街的另一個轉角位上。這是一個十字路口，而加油站與麥當勞的臨街的落地窗恰好互為對角線位。從環圍著的大玻璃望出去，落入她們母女倆視野的恰好是那座加油站的寬闊的停車坪。有彩色的汽球從加油錶座的上方串掛下來，它們在晚風裡飄動著，幾條廣告橫幅——包括一家傢具公司的，說甚麼，傢具大超市，盡在「菱方圓」之類——拉扯在加油站的上空。有一個工人正在洗刷一輛桑塔那 2000 型轎車，時而再用水管沖洗一番。

下班時分，十字路口顯得格外繁忙，而天空漸漸深藍黝黑下去，兩邊的街燈便顯得愈發明亮了起來。躲在梧桐葉叢後面的交通燈紅黃綠地變化著，馬路四個埠上的車流便一會兒被截斷，一會兒又奔騰而出了。加油站處於市中心的一個黃金位置上——在復興路與它的一條橫街的交界口上，它的一邊與一大片庭園式公寓群落相連接，這是市區的一條著名的高尚的住宅弄堂。從麥當勞圓環型的玻璃大窗望出去，她能清晰地望見在車流的一來一往的間隙裡被遮蓋去了又露出了，露出了復又被遮蓋去的弄堂的入口處，這是兩扇被油成了烏黑光亮的鑄鐵大門，一盞碘鎢強光燈照射下來，「復興別墅」幾個金字閃閃耀眼。她又見到一對銀髮蒼蒼的老夫妻——看來一定是這條弄堂裡的所謂「老克拉」住戶了——在這街燈剛開始光亮起來的傍晚時分提著兩個塑質食品袋自淮海路的方向走過來，進弄回家去，老太太挽著老頭兒的手臂，步履悠緩得來都有點蹣跚了。

湛玉記得它從前的模樣。

那時候的弄堂口也有一塊牌招，但不是鍍金機壓的那一種，而是古樸的鑄鐵型的，深褐的基色中帶著些鏽斑。再說，牌招也不是豎掛的，而是橫匾在弄堂進口的拱樑上方，沒有眩耀的射燈光來作陪襯。無論颳風下雨烈日寒暑也就那麼平庸無奇地橫在那兒。弄堂口的那兩棵大榆樹還在，左邊一株右邊一株，它們茂密的枝葉幾乎將整片弄堂的進口都覆蓋了起來。那時在弄堂裡，不要說在弄堂裡，就是在街上，人也非常稀少。弄堂口有沒有鑄鐵大門，她已經沒有甚麼印象了，反正她只記得有一座給看弄人住的用木板搭蓋成的小屋，從弄口望進去，有很好的景深度，家家戶戶的前後庭院裡都是一副花盛葉茂的樣子；這情形倒有點像此一刻她從對街麥當勞餐廳望出來的景象：她也一樣能從弄口一眼望到弄底的那一戶的花園。

那時，她大概七、八歲。

當年的她當然還不明白自己在大人們眼中那副可愛樣。其實，豈止可愛，簡直是一個迷你型的小小美人兒！每星期有兩次，星期三與六的下午，她都會著著一套粉紅色的芭蕾舞服，就是裙子張揚起皺摺裙邊的那一種，再披一件淺色的毛線套衫，拎一個裝有一對小小芭蕾舞鞋的小草包去到「復興別墅」的一家私人舞校去學芭蕾舞。這是她母親替她安排的，母親與那家舞校的一位老師是熟人；再說，母親的一位閨中好友琴阿姨的女兒也已一早在那兒學舞了。

儘管她還年幼，但每次，她都一個人單獨前往——母親只是在帶她報名時去過一回——她從小做事便獨立，有主見。從虹口去那裡要轉好幾趟車，坐5路有軌電車從淮海路上一路過去，然後又在某個路口下車來，轉乘主車後還拖帶一節拖斗車的，塌鼻樑的42號公共汽車。車就在那十字路口上停有一站，恰好是在那家牛奶棚的門口。那時候，牛奶棚原來的外國老闆已經回國去了，老闆換成了一個大紅鼻子的和藹的老頭，每次見到湛玉走進店來，便會大聲地嚷嚷道：「哈！小阿妹，儂又來啦？——」夏日的晌午，外面的街上驕陽如火，一片囂鬧的蟬叫聲，但牛奶棚裡卻很涼爽，店堂裡沒甚麼人，幾把柚木吊扇在高高的頂棚之上悠轉悠轉。老頭從立式大冰櫃的冰水裡撈出一瓶「光明牌」優酪乳來，他邊拉開蠟封線，掐著紙瓶蓋，邊笑眯眯地朝櫃枱的那一邊走過來。她剛有櫃面那麼高，便踮起腳來，將小草拎包擱在櫃面上。她從芭蕾舞鞋的鞋肚裡掏呀掏地掏出二毛二分錢的紙幣來，這是她母親一早已經疊放在了那裡的。這是由兩張一毛錢外加一張小一號尺碼的二分錢的紙鈔所組成——當時的中國社會還沒流通使用硬幣。

小女孩從牛奶棚裡走出來，便這麼樣地一邊用麥管吮吸著優酪乳一邊渡過馬路去。如今的她只要稍加想像便能在眼前出現當年的一個活生生的自己來。她望著她自己如何從空無一人的，陽光斑斕的復興路上渡街過去：裙擺是嫩粉色的，頭髮往上梳成了一個髻，盤得老高，露出了一截頸脖和兩隻細白的小腿，一擺一擺的，怎麼不會是一個人見人愛的小小可人兒呢？

有一個戴著兩片紅領章的員警站在四岔路口的街心，用警棍指揮交通，他的雪白的制服在猛烈的陽光裡顯得十分耀眼。當她從街中央那麼一路走過時，他朝她和藹地微笑著。

街對面便是那家加油站，加油站的邊上是「復興別墅」。她已來到了別墅的弄口，正打算進去——但慢著，她向秀秀說，她還沒來得及向她形容一下油站當年的模樣呢。油站一般沒有事可幹，一則因為當時的轎車數量極少，再說又是在夏日的午後。有幾個穿工裝背帶褲的工人坐在建築的陰影裡，他們也都認得她。見到她來，便全都衝著她笑，一齊高聲喊道：「小小舞蹈家，跳隻芭蕾舞給阿拉看看，好嗎？」但他們絕無邪意，他們都是善意的。他們只是太喜歡她了，喜歡她的裝束喜歡她的神態喜歡她的那股說不出來的稚氣十足的優雅風度。這點她分辨得很清楚，別看她那時年紀小，但她對大齡男人們的這些方面始終是十分敏感且特別留意的。

有時候，油站裡也會停泊有一輛黑色的蘇製大轎車，是尖鼻子圓屁股的那一種，窗口還下著紗簾。或者就是那類像小甲殼蟲樣的「奧斯丁」——這車她最認得了，公私合營前她父親就擁有一輛——遇有這種情形，大男人們通常都不會有那份閑興來與她開玩笑打招呼了，他們都湧去幹活了。

就這樣，我們的小小舞蹈家便經過油站，走進了那條弄堂裡。

夏日的晌午，弄堂裡安靜得不見半個人影。別墅是公寓式的花園洋房，有赭紅色的尖頂和矮矮的赭紅色的圍牆，這一排的前花園對著那一排的後花園。午睡時間，家家戶戶都打開了門窗，下著綠色的防蚊紗簾，隔著朦朦朧朧的簾層，能見到悠悠然打著蒲扇的人影。她就這麼一路走過去，呼吸著兩邊的綠色植物們在當空烈日之下散發出來的那種熱騰騰的氣息。她來到最弄底的那一幢房子跟前，步上幾級台階，按響了門鈴。

這便是那家私人舞蹈學校。有一個保姆打扮的女人來應的門，隨即將她引進一間寬敞的大廳裡。所謂大廳，其實是公寓的客飯廳打通後連接而成的，四壁都裝鑲著落地的大鏡子，有一條周身都給摸得通亮的柚木圓棍扶手繞牆一周。那時代，還沒甚麼空調，大廳裡轉動著幾把吊扇，大廳四周的窗戶也都打開著，窗外全是綠盈盈的葉影，讓人有一種像是給網在綠紗罩裡的感覺，自然也就清涼不少。大廳的一個角落裡擺著一張長桌，上面放著一排冰鎮過的檸檬水；另一個角落裡則站立著一架鋼琴。一溜排細窄的柚木地板剛用打蠟鋼刷拖過，乾淨光亮得能照出人影來。來學舞的都是與湛玉年齡相若的小女孩，早她來到的已蹲在地上換鞋的換鞋，站著換舞服的換舞服，一片嘰嘰喳喳的吵鬧聲。湛玉在人堆裡找到了琴阿姨的女兒莉莉，另一個與她同齡的小女孩，一樣的漂亮、可愛和體面，只是可能還不如她那麼地更俊俏和惹人注目罷了（至少，這是湛玉自己在心中的悄悄認為的）。她與她是好朋友。

她與她是那麼樣的一種好朋友：她父親是她父親的朋友，她母親是她母親的朋友，而她是她的。但她倆的交往也僅限於每週那兩個學舞的下午以及一同搭乘「回家去的那段路途」上的時間。莉莉在常熟路淮海路口上就下車了，而她還要一路過去，轉車，去到虹口。有時，父母也會帶她上莉莉家玩去，不過，那一般都是在過年過節或假期裡。每逢有這種機會，她都會高興得蹦跳了起來。她最喜歡去莉莉家了，一套寬敞而有氣派的大公寓：朝南，臨淮海路的那一邊有一長排淺灰色的細格鋼窗，其中有兩扇落地，通往一座環形的大露台上去。站在露台上，你能從高處俯瞰著遮遮掩掩在梧桐樹葉影下的淮海路上來來往往的行人與車輛。「那可要比咱們現在住的那套氣派多啦。」湛玉望著女兒這樣說道，「首先，這是一幢沿淮海路而建築的大樓，不像我們的那幢，座落在橫街上。而那一套公寓才算是一套真正的豪華級的大公寓，少說也有六七間，這間套那間的，讓我們這些小孩子鑽來鑽去，過癮得像是在捉迷藏！客廳更是寬闊得像個大球場，一排長條形的柚木地板朝著落地長窗的方向一直展伸過去。冬日裡的晴朗天，耀眼的陽光從落地窗的玻璃間照射進來，幾乎鋪滿了大半個客廳。暖水汀打開著，整間屋裡都暖融融的，各人只穿一件羊毛衫，恍如春天……」

女兒靜靜地聽著，望著母親的那種投入的神情，沒有言語。倒是湛玉自己，說著說著又漸漸讓自己沉浸到了另一幅回憶的場景之中去了。此刻，她能活龍活現地回想出郝伯伯——就是莉莉的父親——的那副腦滿腸肥大腹便便的模樣來。他就在大客廳中央的一張圓把手的英國式的皮沙發中坐著，整個人都舒坦地陷了進去。沙發是高背的，綴滿了本色皮的泡釘，有三人座兩人座和單人座各一張，三面環圍而放，中間鋪著一幅巨大的騰龍祥雲的羊毛織毯，而一張橢圓型的彎腳矮幾和幾把直腳的轉角茶几分別擺放在了地毯的中央和沙發的兩側。面對沙發和茶几圍座而放的是一個桃木質地的圓肚大酒櫃。酒櫃深棕色，鑲有雅緻的暗色花紋裝飾，它的光亮無比的櫃面上陳列有一溜長排的盛滿了酒的長頸酒樽和闊口圓口的玻璃酒杯。酒櫃的大圓肚皮中裝著雪茄煙，這一點她最記得清楚不過了。有時，郝伯伯走過去，滾圓的人的肚皮對著滾圓的櫃的肚皮，他拉開了櫃肚，取出了一隻木盒裝的雪茄煙來，然後放到櫃面上，順便也取出了幾顆錦紙包裝的糖果來，晃一晃，逗一下她說：來，小湛玉，郝伯伯請你吃酒心巧克力！

聽父親說，郝伯伯是一位很出名的大資本家，在市工商聯擔任職務，平時工作又忙，交際應酬也多。但郝伯伯就喜愛她，老喜歡在她粉嘟嘟的小臉蛋上輕輕捏一把，或索性蹲下身來，將他那油亮光禿的大腦袋「呵呵呵」地直往她的小臉上鑽，又說道：這小姑娘，長大後還怕不成了個大美人？她父親也知道這一點，因此每回去郝家總帶著她。過年過節的時候不用說，即使在平時，他們大人們見面要有正經事談，母親提醒說，這合適嗎？父親也都堅持要帶她同往，他說，你不見老郝見了這小丫頭時的那副高興勁嘛？他的心情會好不少的……

於她，這當然是件求之不得的事啦。每次，他們兩家見面，她的父親和莉莉的父親總喜歡揀一張轉角幾的位置打斜對坐；一個肥胖，陷在單人沙發裡銜一截雪茄，吞雲吐霧神態悠然，而另一個精瘦，半個屁股坐在三人沙發最靠邊的那個座位上，湊過身去，不停地說話又不停地往茶几上的煙灰盅裡按煙頭。兩個人老兄長老兄短地經常聊得哈哈大笑。每逢這樣的場合，她的母親便會拉著琴阿姨去了房間。她們有她們的話題，無外乎是服式鞋式或是給誰的誰介紹女朋友或是給誰的誰介紹保姆之類。而她的玩伴自然是莉莉了。她們乘電梯上到公寓的頂層，然後再爬幾級水磨石的扶梯來到大廈的天台上。在還沒有多少高層建築的五十年前的上海，這裡可算是一處風光無限的制高點了。兩截小小的人兒，佇立於一片廣闊的天地間，凜洌之風將她們髮辮都吹散吹亂了。她們遮額望去，東西南北，一大片灰紅色的上海弄堂房屋就在她們的眼底之下經緯縱橫地展開，不是一直通往遙遠遙遠的江水的邊上，就是止於呈朦朧青綠色的郊田的邊緣。而假如這是個晴朗的夏夜，她們還會搬兩張竹榻上去，雙雙仰面躺在竹榻上數星星，或望著曳著長尾巴的流星自墨藍的夜空裡划過，許願。

但最多的時候，她倆更喜歡一塊擠到莉莉房裡的她那張小銅牀上去。那裡很溫暖也很隱私，很合乎七、八歲小女孩的年紀以及趣味。她們用被子將自己從頭到腳都窩起來，在一片漆黑之中竊竊私語地講講女孩子的悄悄話。有一次，她聽得莉莉在黑暗之中對她說：「我們是好朋友，是嗎？」她說：「是的。」「我們是這世界上最好最好的好朋友，是嗎？」她再說：「是的。」「那我們互相講一講自己最最心裡的心裡話，好嗎？」「最最心裡的心裡話？那你先講。」——她從小便擁有一種從來都不先透露自己的機警。「……你有愛上過甚麼人嗎？」「愛上人？……」「我是說，你有偷偷地愛上過誰，而誰又不知道你在愛他嗎？」「你有嗎？」黑暗中，她能聽到莉莉急促而沉重的呼吸聲，熱乎乎的鼻息幾乎全都噴到她的臉頰上來。「白老師，」莉莉飛快而短促地說著，「我覺得他的影子白天黑夜吃飯睡覺老跟著我……」湛玉一下子就感到自己的心跳加劇了，全身血液突然澎湃了起來，臉蛋滾燙滾燙的，怎麼也會是他？她在心中暗暗地呼叫了起來。

柒

湛玉和我：三十年之前與之後

我們於是分手。待我從牆角轉彎處忍不住回望時，她的身影已在夜色之中消失，幾輛自行車正慢悠悠地從我身旁經過，搖響了車鈴。

Zhan Yu and Me: thirty years prior and after

We parted each other on the street. When I walked around the corner of the wall and could not help turning my head around to steal a look at her, her figure had already vanished in the darkness of the night. A few bicycles were slowly passing away, cranking their bells.

假如人生的場景也能像在影片裡一樣被任意剪輯和疊化的話，此一刻，覆蓋在毛毯之下的臂膀和身軀已換成了湛玉的四十多歲的了。它們全都赤裸著：不是別人，而是我，躺在她的邊上。

是的，就是那一回。

她用手臂死勁地摟抱著我，冰涼的手指幾乎要掐到我的皮肉裡去。她肉甸甸的軀體帶點兒壓迫性地挨貼著我，讓我都有點兒喘不過氣來的感覺了。她說，她怕這又是一場夢，夢醒了，她會再一次地失去一切。

我安慰著她，一遍又一遍地撫摸她那渾圓肩胛和臂膀。我不能看見它們，但我能感覺它們：細膩、光滑、柔軟而顫抖。當你的指尖在上面溜滑而過時，你仿佛感到有一股電流在之間通過。

我記得這手臂，第一次讓我止不住心跳口渴是在一個黃昏已逝，黑暗開始籠罩下來的時分。教室裡的日光燈全部打開了，我與她正並排站在學校的壁報前聯合作業。我見到有一截細細的小臂，上半段裹在白府綢襯衫窄窄的包袖中，它正在我的左邊優美地，小幅度地揮動，幹練而流利地在壁報上勾畫出一些圖案來。有一層粉筆塵降落在手臂的肌膚上，在慘白色的日光燈的照耀下，反射出一些絨絲絲的反光來。

我天天都與她坐同桌，一起朗讀書本，一起默寫課文。在老師發問的當兒，它不也是時時在我的一邊嫩藕出水一般地舉起？但為甚麼一定要到了這個偏晚時分，同學們都走光了，只留下我與她兩人在這間空蕩蕩的教室裡時才會有這種奇異的感覺突然襲來？我想，當時的我還沒達到一個能夠解釋清楚這種生理現象的年齡。我的第六感覺又出現了：我覺得我與這個手臂之間一定會有某些命定的甚麼關聯的——但想不到竟推遲了三十多年。

我發覺，手臂的書寫速度突然減慢了，然後停了下來。我轉過臉去，見到湛玉也正好轉過臉來望著我。她的臉色一下子漲成了緋紅。在這青少年生理與心理的敏感期，男女間的某些感覺都是通過生物電波來傳遞的。她說，時間也不早了，沒搞完的，明天再搞吧。我說，好。於是，我們便熄燈離開課室。教室大樓的走廊裡已空寂無一人了，我倆沉默不語地走著，一間間空蕩蕩的容納著一排又一排課桌椅的教室蹲在走廊的兩邊，黑洞洞的門口將我們迎來了，又送去了。

我倆來到學校的大門口，大門早已關閉。老校工胡伯端著一個搪瓷飯碗走出來，他正準備將傳達室的小門也上鎖。見到是我們（應該說，見到是她），便笑嘻嘻地走上前來：「出壁報一直出到現在哪，該回家去吃晚飯啦！」他始終是朝著她說話，連望都沒望她身邊的我一眼。

老校工拉開了小門讓我們出校去。仲春的傍晚，在空氣中能嗅到一股濃濃的氣息，這是樹木剛爆出來的新嫩與城市中固舊沉澱的混合氣息，暗藏著一種遙遠的蠢動與記憶。一盞薄邊斜罩的門廊燈之下，一塊「東虹中學」的白漆校牌豎掛在灰褐色的牆身上，在這濕霧迷茫的夜的背景上，顯得特別地明亮與溫暖——對於所有這一切，至今，我都保存有一種清晰的電影場景式的記憶。

我們站在校牌一邊的人行道上，竟然彼此都忸怩猶豫得有些不知該說甚麼好了——之前，每次出完壁報，我倆不都是一路上和著晚風和夜色，說說笑笑回家去的？

她說，「我想打這邊走，你……？」

我當即明白了她的話意。「正好，我也要去郵局寄一封信給父母，還必須趕在它關門之前，」我慌慌忙忙地說。我的父母親早年就去了香港定居，只留下我一人至今還住上海。這些，我相信，她都知道。而郵局的方位又正好與她打算走的方向相反。

我們於是分手。待我從牆角轉彎處忍不住回望時，她的身影已在夜色之中消失，幾輛自行車正慢悠悠地從我身邊踩過，搖響了車鈴。

後來，湛玉告訴我說，她也一直牢牢記著那一晚我倆在路邊分手時的一切細節。我們甚至各自掏出了各自的記憶筆記本來逐一核對。就像各自晾出各自箱底的陳年舊藏一樣，呼吸著這種存在在記憶裡的遙遠的氣息，我倆都有些醉了。她說，這是我們初三畢業年的最後一學期。我說，是嗎？她說，為甚麼她能如此確定呢？因為就在那次我倆單獨留在教室裡出壁報的前一個星期，同學們去她家開過一次有關畢業分配的思想「交心會」，那次兆正來了，你也來了。我說，我也記起來了。那天，兆正就坐在你家的那張面朝窗口的單人沙發裡，在眾多的同學之中，他顯得十分突出。那天，你似乎特別興奮，滔滔不絕之外，臉色也顯得格外地暈紅……

「不就從那次之後嗎？」她說著，用眼睛幽幽地望著我，流溢著一份留戀，一份遺恨，一份不知名的甚麼。

湛玉與我說這些話的時候，正就座於皇朝海鮮城二樓的某張臨窗而放的雙人位上。桌面上鋪有漿熨過的雪白枱布，細白瓷的茶具以及鍍銀的擱筷架等餐件散佈桌上。有一盞冷束光的射燈從天花板上的某個方位照射下來，令枱面上的一切都閃閃發亮。不遠處，有人在操奏揚琴，是一個著著細腰身旗袍的女子。悠揚的琴聲蕩漾在這座法式的老洋房中，氣氛十分典雅。她用目光丈量著，說，那兒不就是放她父母那張紅木大牀的位置嗎，她記得再過去是一口柚木雕花大櫥，緊靠大櫥而放的是一張攤手柄的單人沙發——就是同學聚會的那次，他坐的那張。

她又指指我們正就坐的那張桌子，說，這裡應該就是以前帶拱型窗框的室內露台的位置了。她前前後後左左右右地環顧了好一會兒，儘管又是鋁合金窗又是中央空調又是大堂又是包房，但她說，她可以肯定這是那露台的位置無疑。每天，她都能從這裡望見街對面的一家工廠的斜脊廠房。早晨七點半鐘，正當她提起書包準備開門上學去的時候，她總能見到帶濕霧狀的煙縷開始從半截斜戴帽的煙囪之中升起來，在天空中稀薄地散開了去。煙囪是安裝在一方帶水箱和鐵梯的平頂曬台上的，常有鴿群在那裡降落了之後又再起飛。

湛玉是兩眼望著窗外，自言自語地說著這一番話的，仿佛在憶述一場 30 年前的夢中的場景。現一刻的窗外，黝黑的天邊沉澱有一層迷濛的玫瑰色的淺紅，那是遠遠的市中心的霓虹燈在夜的雲層之上的折射光。而那塊皇朝海鮮城的閃爍著的燈光招牌，在對面的那幅老磚牆上製造出了紅一陣紫一陣的迷幻效果。弄堂如今早已拓寬，開闢成了兩邊有人行道，中間可以行車的馬路了，馬路與上海的一條著名的食街相連接。這裡的矮房與陋建都已清拆乾淨，有些骨子和風格的洋房留存了下來，被人承包，開成了飯店。

我記得，這是我倆在分別了三十餘年後第一回再見面。

其實，那次我是考慮了很長一段日子之後才下決心去她住的那條街的附近溜達的——一位舊同學告訴了我她家新近搬去的住址——看看會不會有小說中所描寫的偶遇的那一類情節發生。但沒有，我按捺不住，還是跑上樓去，按了鈴。

是一個安徽小保姆來應的門。「是誰呀？」，湛玉從公寓內裡的一間房間中探出頭來，於是，我們便見面了。

兆正不在家。我是說，他是那種在晚上也不會回家來的不在家——他請了創作假去太湖湖畔的一座甚麼渡假村寫東西去了。我有點高興、有點失落、有點惆悵也有點充滿了某種莫名的預感時的興奮。當湛玉出去倒茶的時候，我就一個人坐在兆正的寫字枱跟前。他的一張鑲在有機玻璃框架中的照片就站在我的對面望著我，我只知道，他很有些改變了，眼前的這個才是四十歲的他。照片大概是在長江三峽的某處風景點拍攝的，前面是渾濤翻滾的江水，背景是亂石和小松樹林，江風正將他長長的頭髮吹揚起來。我再認真地看一遍，不錯，是他。但我發覺自己就怎麼也不能將四十歲的他的某些臉龐特徵有效地存進記憶中去。我用手指撫摸過疊放在案頭的那排書籍，有些是別人的，有些是他自己的著作。我只要流覽一下書名就知道了，他每出一本新書，我都要在市場上及時買回來讀，我記不清他的臉，我卻能背出他寫的不少精彩的句子。

湛玉端著茶杯回進房裡來了，見到我在做甚麼。但她甚麼也不說，放下茶杯，坐了下來。她問我說，你現在的生意做得不錯了吧？聽說都在金橋加工區開廠了？我支吾以對，心裡卻想著要告訴她，這兩年我也寫了不少東西並出版過幾本詩集，其中有一本還是在她工作的那家出版社出的。但轉眼一想，她也不會不知道，她既然不提起，這是因為她不想提起。我這主動一提，不反而顯得彆扭？我於是便同她談點兒自從我們分別之後他與她的共同情況。再談下去，話題便自然而然地集中到了她一個人的身上去了。她開始眉飛色舞起來，並帶點兒滔滔不絕的態勢。她摸出一張她的名片來，上面除了印有她的名字外，還有一個「副編審」的頭銜。她提及了一大串大作家們的名字，並開始細數起他們各自的創作風格、成就以及特色來。她說，她與他們之中的不少人還都有過直接的往來，她是他們的「責編」麼，他們都十分尊重她，也很器重她。

但她沒提到他。

我婉言而旁敲側擊地提醒她說，這些作家，有的在本世紀三、四十年代已經成名，最近的也是屬於「五七」戰士的那一批了。是不是該有些新的呢？而假如能讓我來作出選擇的話，我倒更會去欣賞……

但她的表情陡然變得有點鄙夷和激昂起來，打斷了我：都說諾貝爾文學獎與我們中國作家無緣了，就連那些大作家們（她當然是指那些她提到過大名的作家）都望洋興嘆了，就更別說是正跟在他們後面爬行的那些個了……

那些個？那些個爬的人是指誰？我終於在這片談話雷區的邊緣地帶停止了向前推進。天黑了下來。

快近晚飯時分，她提出請我去一家「很不錯的」也「很有意思的」飯店用餐。出門來，我們叫了輛的士。的士穿街奪路，途經復興路、瑞金路、淮海路、南京路，最後馳過了蘇州河上的某一座橋進入了東區。車窗之外的霓虹燈招牌，行人以及其他車輛的前燈與尾燈湧過來又退回去，我說，這不快到我們的母校啦？的士最後在一條馬路旁眨著黃邊燈停了下來。我鑽出車廂來，只覺得這兒的燈光要比市中心區稀落了些，但就一下摸不著頭腦這是在市區的哪一個方位上？湛玉也鑽出了車來，胸有成竹地帶領我朝前走去，來到了這家「海鮮城」的掛著兩個喜氣洋洋大紅燈籠的朱漆雕花門前。兩個著織錦緞旗袍的女郎同時拉開了兩邊的大門，說：「歡迎光臨！」就在這一刻，我仍懵然不知，這條馬路的前身原是一條弄堂，而這幢「海鮮城」原是一座法式老洋房。

後來，我當然很快便知道了這裡是哪裡了。二十世紀九十年代之末的上海的一切，市容、建築、時尚，文化以及人們的價值觀都已變得面目全非。這些都是怎麼變過來的？但定神一想，一切不也就這麼一步步地走到了今天這個模樣？好像這是件天經地義的事兒，好像過去歲月的種種壓根兒就沒有存在過一樣。其實，對於這一切，我最有發言權：四人幫一倒台就去了香港，直到浦東開發才回來。其間十八個春秋的時空跨度，仿佛就像舞台背景的幕布在一拉一扯之間就換成了另一批演員另一套戲服，再度嘻嘻哈哈地重新登上台來，舞棒弄棍一番。人生如戲哪，我將我的感受形容給她聽，她笑笑，沒說甚麼。在射燈的強烈光照中，她的眸子盈汪汪地像是含著點甚麼，我沉默了。

後來，我又回想起這一天來。算一算日期，恰好是西方的愚人節。我一下子有點發怔：究竟是誰被愚弄了？是她？是我？還是我們倆——甚至包括兆正——都讓命運給作弄了？

捌

白老師的目光

她只知道，記憶有時會將那四束目光纏繞在一起，叫她分辨不清楚：哪兩束是兆正的，而哪兩束是白老師的。

The look in Mr. Bai' s eyes

She only felt that memories would sometimes blend the four rays from their eyes. She could not distinguish between the two from Zhao Zheng and the two from Mr. Bai.

再讓故事回到湛玉的那一頭去。

白老師就是湛玉與莉莉學芭蕾舞的那家舞蹈學校的鋼琴伴奏老師，一個二十不幾的年青男子。談不上甚麼英俊瀟灑，小生奶油的特質，但他身材頎長，皮膚卻黝黑得很，臉龐更是削瘦得有點兒可憐了。四十年後，當湛玉再在回憶之中將他從頭到腳仔細審視一遍的時候，她想，令她和莉莉共同對他暗暗著迷的原因除了其他之外，很可能就是他的那對眼睛：徹底憂鬱型的，而且目光始終向下，永遠含有一種說不清的思念和苦惱——小女孩們的心態有時有點不可理喻。

她後來愛上了同班的兆正，其緣故多少也是與他的那對眼神有關。別人都覺得她的選擇有點不可思議甚至荒唐，但只有她自己明白，她是無法抵禦那兩束攜帶有一股稟賦力與磁性的目光的。它們從不直接望向你，但似乎總能透過某個特定的折射角度，恰如其分地點觸到你的心的那個部分上去，讓你無力招架。就是這麼樣的兩束目光：你從未注意到過它們則罷，哪一天，你留意到了，你便開始不能自拔，且會愈陷愈深。

那時的湛玉十五、六歲，正處於一個少女情竇初開的人生季節上。她隱隱約約地注意到許多人都在暗地裡窺視她，找這樣那樣的機會來向她大獻殷勤，但她從來就是厭惡那些人的那類舉止的，她覺得他們粗俗、平庸，有時候肉麻得令她作嘔。在學校，在弄堂、在街上，她沒遇到過一張能使她留下印象的笑臉。但她還是很享受這種感覺的。她覺得滿足，她覺得滿足是因為：她能從他人情不自禁流露出的眼神之中活生生地捕捉到自己的那種無可抗拒的魅力——她可管不了這種魅力會對一個盲目的誰產生一些甚麼樣的生理與心理效應——但她喜歡自己擁有這種魅力。

後來，她就注意到了他，注意到了他的那兩束不尋常的目光。有好幾次，她讓自己突然之間掉過頭去，但她一次也沒能成功地捕捉到他真正的眼神。這反而令她心靈顫動，她覺得他很特別，而且，這還是一種別人從未發現過的特別，她有點暗暗竊喜了，她竟將這種發現視作為了她的一種珍貴的私人收藏。

她還發現，原來她心底藏著的「他」的原型是這樣的一個男孩：腼腆、內向，假如你不向他表示點甚麼他就永遠也不會來向你表示點甚麼。甚至，他還不是個可以讓你去依靠，反而是個要對你時時刻刻懷有一種牽腸掛肚的，帶點兒病態式的思念和暗戀的脆弱型的男孩。她覺得，她會喜歡這樣的一種男孩。那時，她畢竟還太年青、幼稚，她還沒能察覺到這其實是與一段遙遠記憶之中的某個暗藏的情結有點兒關聯的，她只知道，記憶有時會將那四束類似的目光繞纏在一起，叫她分辨不清楚：哪兩束是兆正的，而哪兩束是白老師的。

白老師之所以會令女孩們對他產生一種言語不清的迷戀之情的另一原因可能是舞蹈學校裡的另一位教師——田老師。湛玉不知道莉莉是怎麼想的，至少，她是這樣認為的。

田老師是負責訓練女孩子們舞蹈基本功的。其實，所謂舞校，教師也就這麼兩個，一個教舞，一個彈琴。而所謂芭蕾舞，在她童年的用無數個星期三和星期六的下午串連而成的漫長的記憶裡，永遠就是擺佈那幾個千篇一律的舞蹈姿勢和重複若干枯燥至極的訓練動作。舞蹈表演者們在舞台上如春花盛開之燦爛，如蜻蜓點水之輕盈的那種真正的芭蕾舞，對她們來說，仿佛都成了一種永遠也不可能會成全的境界了。

其實，那時的田老師在女孩子們的眼裡已經是個十足的老太婆了，臉上的皺痕刻劃得十分兇狠，而下巴之下的皮肉也開始垂蕩下來，像隻大火雞。但她卻保持著美妙的少女身材，婀娜腰束，兩腿細勻而修長。這令她正面與背面形象的反差大到叫人驚訝，也讓人覺得有點不忍心。她從不苟言笑，甚至說話也很少，肅穆了一張黃臉地叫著口令：「一二——一二！」，她對每一個學生都充滿了一種天生的挑剔：一班二十幾個學生，每一回當大家擺好了姿勢之後，練習廳裡便留下一片寂靜。田老師挨個挨個地檢查過來，挨個挨個地校正每一個人的每一丁點令她感到不滿意的動作細節。然後她才回到她的圓心位置上來。她說：「大家注意了，一二，一二——開始！」她連臉都沒向屋角裡的那個放鋼琴的位置上轉動過去一下，她只是輕輕點了點頭，鋼琴聲便響起來了。這是一首單音節的圓舞曲，是根據一首類似於蘇格蘭民歌改編的旋律。時隔幾十年，湛玉還能熟背如流地哼出它的那麼幾句簡單不過的四分之三拍的主題調來。是白老師坐在鋼琴背蓋的後邊，響起了的鋼琴聲給孩子們帶來了一種解脫感和舒坦感，而鋼琴的再單調的音符中似乎也都溶入了一縷隱隱約約的憂鬱——就如白老師的目光。

湛玉已經忘了，這是她從她母親那兒聽來的呢，還是從莉莉那兒；或者是她的母親與莉莉的母親在談話時被她倆一齊偷聽到的？甚至，可能只是女孩們間的一種子虛烏有的傳聞而已，不知道始於誰終於誰的一種傳聞——那個年歲上的女孩們老喜歡將所有收集來的訊息，都合成為一個繪聲繪色的故事，無論對不對，合不合理，互相傳來傳去，好像就確有了其事。傳聞說，田老師和白老師現在是那種沒有名份的夫妻關係。之前，田老師是結過婚的，她的丈夫就是開辦這家私人舞校的一個外國人。外國人回了國，就將這間學校和這套公寓都留給了她。

自從聽說有這麼一個故事後，湛玉便愈看愈覺得是那麼回事。比如說，每一場練舞的間息時，白老師總是搶先從琴凳上站起來，自扶竿上取了一條白色的大毛巾先給田老師遞去，讓她擦汗。而自己則回到長桌邊上，取了一瓶檸檬水來，開了瓶蓋，插上一隻麥管，再替剛擦完了汗的田老師送回去。每次課程結束，通常的程式都是學生們先走，然後他們才離去，留給女傭來收拾那場地。但有時也有例外，遇到他倆有甚麼急事要先走的話，田老師通常會當著她的那麼多學生的面，尖聲尖氣地喚一聲：「白老師！」說話之間，便已伸出了一隻手來。而白老師聞喚便急忙跑過去，先替她套上外套，然後再給自己穿上。他也伸出了自己的臂膀來，讓田老師給挽住了，然後便雙雙離去，翩翩然的，宛若一對情人，但更像兩母子。

然而，白老師也不是完全沒有他放鬆和開懷的時候。有時，田老師因單獨約了甚麼人要先離去，舞蹈班的收場事宜便就由白老師一個人負責來完成了。他先將學生們一個個都送走，然後再打發走了女傭。之後，便留下湛玉和莉莉——好歹他和她們的母親都是熟人。他看上去很興奮，他彈琴給她倆聽，臉上始終浮動著笑容。有一次，他邊彈邊唱了起來，他唱的是一首南斯拉夫民歌，叫《深深的海洋》，深深的海洋／你為何不平靜？/不平靜就如我愛人那顆動盪的心……其實，當年的湛玉根本就不知道這首歌的歌名，她只覺得一個成年男人的聲調是那麼地深沉那麼地厚實那麼地有磁性那麼地叫人著迷。尤其是當它與鋼琴鍵盤上彈奏出來的旋律充分融化、匯合成了一股聲流時，它們簡直變成了一股帶酒意的熱流，流入她一個八歲小女孩的心田裡去，讓她都有點醺醺然的不知身在何地何處的感覺了。後來，她長大了，她在外國名歌兩百首的冊子裡發現了這首歌，她無緣無故地就特別迷戀起這首歌來，其中就是帶了點童年的記憶成份的。

同是那一天，白老師的興致似乎一直保持在高昂狀態，不肯潮退下來。彈琴唱歌之後，他還帶了她倆一同去到淮海路的一家叫「寶大」的西餐館裡去吃西餐。餐館不大，但很精緻，一排排高背皮質的座卡位裡坐著一對對情侶，而牆上的壁燈的光線幽暗得也是十分有情調的，酷似三十年後她與兆正常去的那幾家咖啡館裡的燈光。那時的兆正已是個略有點名氣的作家了，而她是作家的妻子。他正在一瀉千里地完成他的那部長篇處女作。後來她想，那時她之所以專門喜歡揀那一類光線與情調的地方去喝咖啡，其中也是不無白老師的影子。因為她忘不了那一次的記憶，她生平第一次由白老師帶領著去到有那種情味的西餐館裡，而且，在她與莉莉之間，白老師似乎對她更親密。他讓湛玉與自己坐在同一排座上，而讓莉莉坐在長桌的對面。他手把手地教她喝湯與喝咖啡時的禮儀以及如何掰開麵包搽果漿搽牛油的方法。她覺得對面座上的莉莉已在開始暗暗地嘔氣了，但她只覺得得意覺得好笑，她裝得似乎對甚麼都一無所知。

還有一次，也是一個星期六下午。事後回想起來，湛玉覺得很有點兒像是那個她在喝完了一瓶兩毛二分錢的光明牌優酪乳，徑直從牛奶棚踱過馬路去到舞校上課的盛夏的星期六下午。因為那種悶熱的夏天的下午往往會有雷陣雨，那天也一樣。下午五時許，課程完畢，她與莉莉一離開舞校門前的那幾級台階後，天色就開始陰沉了，狂風驟起，吹得滿弄堂的藤枝都歪倒了一邊去。還沒等她們來到弄堂口，豆粒大的雨點便劈打了下來。兩個穿芭蕾舞裙的小小人兒便只能奔跑進了加油站裡，與那些穿工裝背帶褲的大男人們站在一起，從油站的水泥沿簷下向外望去。

一會兒的工夫，十字路口上已空無一人了。斜對街的牛奶棚已完全籠罩在了茫茫的雨霧裡，空氣中彌漫著一股濃濃的雨的腥味。拖著拖斗的公共汽車從煙雨中馳來，箭開一條水路，在靠近車站的街中央停了停，又開動，消失在迷茫的雨的背景上。湛玉見到有兩個人影從「復興別墅」的弄堂深處走出來，是白老師和田老師，合頂著一把窄小的遮陽單人傘。是白老師打的傘，他儘量將傘的全部都護住了田老師，而讓自己的幾乎大半個身體都暴露在如注的暴雨裡。人影在車站上停住了，等了好一會兒，公車才到。雨實在太大了，停在街中央的公共汽車上的售票員甚至都沒敢將售票視窗打開。只有車的前門打開了，黑洞洞的像一個大口，等待著上車的乘客。其實，車站上等車的乘客也只有田老師和白老師兩個人，只見白老師在白茫茫的雨霧中蹲下了身去，他的一隻手仍撐著傘。他捲起了褲腿，順便用另一隻手協助田老師跨到他的背上去，然後，他才晃晃悠悠地站直起身來。他一隻腳跨進了幾乎要淹沒到人行道上來的路邊的積水裡，一步一顫地朝前走去。打開了的車門仍然黑洞洞地等待著他倆，他在車門口的邊上將田老師放下來，他還為她打著傘。他一直用傘遮護著她，直到她一步兩步三步地登上了車廂為止。然而，此時此刻的白老師自己已由頭到腳都被淋成了一隻徹底的落湯雞了。

湛玉望望莉莉，莉莉一言不發。她當然也目睹了這一切，她直直的目光透過了這白花花的一片雨簾一直望出去，望到了車站，望到了停在街中央的公車的車門邊上。而就在這一剎那之間，湛玉的一個小女孩的對一個成年男子的某種激情突然呼啦一下崩堤而出了。幾十年後，她已完全成了個成熟的婦人了，每次當她回想起這一幕人生場景的時候，她的記憶功能就會變得異常強烈，強烈得能將其中的每一個細節都奇跡般地串連到一起去，形成一幅完整的畫面。只是她始終無法為當時的自己的那種奇特的感情衝動找出個確切的詞彙來定義。她為此事感到惘然，感到困惑，甚至還有點兒虛飄飄的感覺。

玖

黃昏，那同一個黃昏

其實，所謂名字，只是人的一個存在符號，是每當提及某某或某某時率先進入說者與聽者思想螢幕的一團音容笑貌形態動作的印象拼圖而已。莎士比亞說，人叫甚麼名字其實沒甚麼意義：一種叫玫瑰的花，假如更改了花名，還不一樣的香？

Twilight, in the same twilight

In fact, the so-called names are nothing but symbols for human existence. When one' s name is mentioned, It is just some bits of impressions of a person pieced together reflected in the mind of the speaker or listener, the bits of one' s face, voice, smile, gesture and manner etc... Shakespeare once mentioned as a matter of fact, the name of a person means nothing; a rose is so called, the aroma still remains even if its name is changed.

黃昏，那同一個黃昏。往往，當小說要向整塊生活去隨意截取一小片斷面時，某一個特定的黃昏或者清晨很可能就成了它的一切記憶與場景的凝聚中心。而那一個黃昏，就是這樣的一個黃昏。

此刻，黃昏的短暫已完全消失，夜色網蓋下來，徹底地籠罩了上海這個東方國際都會。兆正在彩燈流溢的淮海路上一直向西端走去，尋找他童年時代的安全感，尋找連他自己也不清楚在何處的，今晚的歸宿。

從他身旁過去的人群似乎個個都興高彩烈。有喧嘩的笑聲，有驚鴻一瞥的眼神，有可口可樂的泡沫和氣味，有女人手腕與耳垂上的亮晶晶的甚麼一閃而過。商店裡的 HiFi 先將某首港台的流行勁歌壓縮進兩個半人高的烏黑烏黑的喇叭箱，然後再面朝著大街吼放出來。每天，只要一進入這麼個夜色時分，整個上海市面似乎都像在慶賀一個甚麼節日一般地沸騰起來。

但他像一片飄蕩在人海中的孤舟，又像是一個穿過羅布泊的旅人，整個世界與他形成了一種一與無窮的對比。

兆正天生（還是所有的作家們都天生）就是個宿命主義者，從小便對人生命之中某一層面上的含意特別敏感。特別喜歡對生命的終極含意刨根究底的他，更不用說是在過了五十，這個「天命」之年後了。比方說，五十年前的淮海路與今日的淮海路；比方說，四十年前的中國社會與今日的中國社會；比方說，三十年前的湛玉和他與今日的他和湛玉；比方說，改革開放之前的上海與今日的上海；再比方說，十年前上海的某一片舊區某一條舊式弄堂某一幢舊宅與今日的它們的命運。歷史以循環的方式重複同一個故事，孩子們在重複中長大（我們都曾是孩子），而我們在重複中老去（我們的父母都曾是我們）。有誰站立在高處，微笑地看著這一切而無言呢？沒有甚麼是永恆的。

每每在這種時候，他就會想起「他」來。

其實，所謂名字，只是人的一個存在符號，是每當提及某某或某某時率先進入說者與聽者思想螢幕的一團音容笑貌形態動作的印象拼圖而已。莎士比亞說，人叫甚麼名字其實沒甚麼意義。一種叫玫瑰的花，假如更換了花名，還不一樣的香？伴隨你我他（或她）的適用性和泛指性而存在的也有它們的混亂性和混淆性，但人一生的長長的記憶拖影的本身不就是一種顛倒與混淆？這便構成了現代創作觀念上的一個革命性的突破：小說即混淆，混淆即小說。

是的，有點荒唐，有點故作玄虛，還有點不太合情理——不合某種傳統意義上的情理。然而，你卻不能全盤否定說，這就不是一種更能貼切生活本身之存在狀態的創作和創意形式。

事實上，從我們當學生的年代開始，兆正已經在下意識地這麼做了。他是個天才，天才的視角與思維往往出人意料。比如說，他從來便在心中將我喚作為「他」，好像我生來便是個無名氏似的。而且，他還常常將那位只存在於假定式中的「他」時刻作為一個在與他自己較量手勁的隱形對手——當然，這些都是在很遠久很遠久之前的事了。那些學生時代的往事留存在我與他共同的已經開始變黃了的記憶裡，有時迷濛，有時清晰；有時連貫，有時斷層；有時真實，有時虛幻；有時確確鑿鑿，有時，也難免常常會張冠李戴了。

玖

初一新學年一開學，我便被指配與湛玉同坐一張課桌椅，而晨操與課間操的隊形，我又恰好都排在了她的後面。這些他連做夢都在盼待的好事竟然都讓我一個人給占了去，連讓出一丁點份給他的份額都沒有。甚至，當他將精確剪裁好了的目光向她投射過去時，也免不了要瞥到我一眼半眼的。他羨慕，他妒嫉，但沒法，最後也都只能歸於無奈。

自然，這些都是我站在今天的立場上，在故事的講述過程中，對當年的他進行的一種心理探究。在我的設定中，他變成了一出默劇中那位獨腳戲演員，扮演著一個沒有對手沒有道具甚至連舞台背景也只是一幕白布的拔河賽的賽手。雖然可笑，但日復一日，他在自己的心中倒也將之演繹得有聲有色有起有伏有得有失有驚有險有踉蹌撲地的慘敗也有人仰馬翻的大獲全勝。

二十世紀五、六十年代，班上同學的家境一般都以貧困為主。除了湛玉家能住猶太洋房外，就剩下我家還能佔有一幢「新裡」住宅的全層樓面了。但這，並不能算是一件完全的好事；一般家境較富裕的同學的家庭出生必屬另類。她出生資產階級，而我則更駭人聽聞——海外關係。

家庭出生的壓力畢竟還是很大的。儘管平日裡大家嘻嘻哈哈打打鬧鬧，但一遇上甚麼嚴肅的政治課題，即使是十來歲的小毛孩也都懂得如何來收斂笑容和堅定立場。面對一張張突然之間就變了形的冷漠面孔，坐在同一排座上的湛玉與我，仿佛就變成了一對海島上的孤兒。

每逢這類場合，兆正心中便竊喜。他將他清貧的教員出生也當作為一種優越感，暗藏在了心的一角。

在戰鬥調門高昂火藥味十足的政治形勢報告會上，他的那些打補丁的衫褲是他最可靠的心理安慰：他幻想著，賽繩那一頭的對手在開始氣喘、失控，連步態也顯露出某些不穩的跡象來了。

雖然，那種事在那些年頭常有發生，但畢竟不可能持續太久。只要形勢稍有寬鬆的跡象，學習又成了學生們的主業。而他的那份偷偷的優越感又馬上便變得微不足道起來，如同晨空裡的半彎白月，蒼白得連他自己都感覺到可有可無了。湛玉仍舊是全校全班同學的聚焦中心；她的出生並沒有影響校長對她的和藹可親以及班主任老師對她的特別關心。這種和藹和關心遠遠超出了對於出身貧民家庭，上課經常遲到和早退的他。就算是我，在兆正的眼中，雖然時刻都背負著父母在香港那頭不知道天天都在幹些甚麼不可告人勾當的嫌疑的黑鍋，但我秉性聰明，又好學，成績門門優異不說，到了期末的學位排名，全班能與湛玉一爭高下的，也就是非我莫屬了。而這一切，又哪是他那一兩篇偶爾能上壁報的作文可以相提並論的？

於是，他又復感自卑。

他一直在暗中留意著我倆，他愈來愈覺得我倆才是「天設地造」的一對（這是他剛從某篇文藝作品之中讀到的一句表達詞，便立即像針刺一般地點中了他的心的那個困結）。我倆坐同一桌，湛玉一有甚麼困難和需要，我是第一個能伸出援手來相助的。而平日裡，只要是我說的笑話，湛玉總是全班女生中「咯咯咯」笑得最猛的一個。她的笑聲浮在一切的笑聲之上，比任何人的都更響更亮更銀鈴。難道，這還不說明問題？

最令他羨慕的是我寫的一手漂亮的仿宋字體，而湛玉又偏偏又能畫一手體面而優雅的報頭畫。在這方面，我倆又是老拍檔了，每期到了學校出壁報的日子，大夥兒一早放了學，只剩下我們倆還孤男寡女地留在了燈火通明的教室裡，趕時趕工，加班加點。等到天全黑透了，才抖去一身的粉筆灰，回家去。我倆有說有笑地上路，而我，更因此每一回都擁有了一種能順路先將湛玉送回家去的特權！

第二天一早，全班的同學便能見到我倆昨晚的合作成果了，雷鋒同志的那四句人生格言讓我用粗條的白粉筆寫完之後再由她用細紅粉筆勾出個邊影來：對同志像春天般的溫暖，對工作像夏天般的火熱，對個人主義像秋風掃落葉，對敵人像嚴冬般地冷酷無情。而毛主席的題字「向雷鋒同志學習」幾個大花草體，也給臨摹得幾近亂真。湛玉的報頭設計也十分富有創意。除了雷鋒的那幅戴棉軍帽的胖嘟嘟笑眯眯的標準像之外，還有手粗臂壯的中國工人階級正高舉一爐鋼水，頂天立地而站的形象，或是戴星點高帽米字高帽的「美英帝國主義」在地上爬行時的那副鬼模樣，遮頭遮眉，企圖抵擋一個正躍馬騰空跨欄而來的，高舉著五星紅旗的旗手劈面踩下的馬蹄。諸如此類。同時，她還不忘在壁報的空隙角落裡巧妙地裝點一個又一個大小不一的「衛星」群，象徵著當時的中國社會，無論是工農兵學商的各行各業都不斷有「衛星」放上天的喜訊傳來。

我倆天衣無縫的合作常常引來老師同學們的一片讚譽之聲。

兆正在打算退出這場無形的角力賽了，事實上，他在心理上已逐步退了出來——直到初三畢業年的那次去湛玉家開小組交心會之前，形勢對他始終是灰暗的。

他在紅綠燈位前停步，舉步過好多回，他又經過了很多條橫街。都近甚麼位置了？遠遠的，徐家匯商業區的上空煙霧迷濛，霓虹燈和鐳射燈的光柱在騰霧裡晃來晃去像是在天空中搜尋甚麼目標。但他仍在沒頭沒腦地想著那些紛亂的往事。怎麼後來，湛玉變成了他的，而「他」倒成了他的表妹夫？他經常在懷疑，這會不會是一場類似大衛變走自由神像的魔術遊戲？第二天一早醒來，他們四人間的關係故事會不會是另一個？

兆正突然覺得些氣喘，人也有些虛汗淋漓的搖晃。他用眼光四下裡尋找，他想幹點兒甚麼，但又始終也沒幹成甚麼，最後，他還是將自己穩定在了「美美百貨公司」的幾扇巨大而堂皇的大櫥窗跟前，望著櫥窗裡的那幾個衣著亮麗的模特兒也正沒心沒肺地望著櫥窗外的他。

他決定繼續往前走，向西，繼續向西。

玖

她的形象再一次地從兆正的記憶裡浮出水面來，不過這一次仍然還是三十年前的她：嫩嫩白白的膚質，不高也不矮，身材略顯肥胖。她，就是他的表妹，叫雨萍。

雨萍是他的一位表舅舅的女兒，小他三歲。兆正對她從來都沒甚麼太深刻的印象，只記得童年時代的她梳著兩條烏油油的粗黑辮，一笑起來，兩粒深深的唇角渦，給人一種可愛的感覺。長大成少女了，大家都說她長得「甜」，也有說她長得「福相」的，「一白遮三醜」的，但他想，所謂「一白遮三醜」，還不是「醜」字打頭？就這麼一些記憶碎片了，可有可無，他將它們當作書簽，那麼不經意地往自己成年後的回憶影集裡一夾，幾乎湮沒。

還有一些記憶情節的：小時候，兆正常去她家玩的緣故是他們兩家住得很近。從自家弄堂的後門口一溜出去，穿過一片狼藉著垃圾的小菜場，再打斜裡奔過兩條橫馬路，便能到達她家。她家開一爿小南貨店，在沒人見著的當兒，他常使喚她去把風，自己則爬上高高的櫃枱，從斜擱在櫃面上的闊口玻璃瓶中抓起了一把又一把的黑棗桂元和松子糖塞入口袋裡去。他將漁獲也分她一半，而自己的那一半則足夠可以讓他享用整整一個禮拜天的上午了。

以後兆正長大了，雨萍也長大了，見了面便難免會有幾分羞澀與忸怩，但這並不表示點甚麼。他最受不了她的那種目光了，只要一有交投的機會，那目光便綿綿脈脈地望著他，好像總想要訴說些甚麼似的。有一次，他不小心，無意之中觸摸在了她的一條腿上，感覺非常柔軟。他不怨自己粗心，反怨她。他想：一個女孩兒家，也不將自己的大腿收收好！他因此有好幾個禮拜沒上她家去，後來即使去了也不與她多搭腔。

又有一次，她竟大紅了個臉地告訴他說：「表哥，你知道嗎？其實，你是這個世界上最叫我崇拜的人……」僅這一下，便令他無端地大起反感，而且反感到連她童年時代的木訥與笨蠢的某些細節也被誇大地回想了起來，他決定對她冷淡——十二分地冷淡。當然，這種所謂冷淡是絕不可能持續太久的，在那些年月裡，表舅表舅母家畢竟是他跑得最多最勤的一處去處。再說，那些闊口瓶中的零食，對他的誘惑力更不會因為這樣那樣的原因而有所減低。
多少年後，也不知是誰帶來的訊息——可能還是湛玉從編輯部那邊來的消息吧？她先說到了我，說我已經去了香港好多年啦，現在可了不得，都成了大老闆了！湛玉說這句話時，眼睛是炯炯放亮的。後來，她才說到了雨萍。
湛玉說，她應該是見到過她的，不就是你的那個皮膚白白嫩嫩的表妹麼？在你們的那條虹口老街的閣樓上，只要你從鄉下一回來，她總會跑過來看望你。都說她長得帶點兒福相了，你看，去成香港了，還嫁了這麼個的老闆級的人物。兆正想，是的，這倒也是的。
只是，將闊太太的形象硬往雨萍身上套搬，兆正始終不習慣這種思路，始終覺得有一種古怪的面具感。有時，偶爾在香港的八卦週刊上見到香港富商的太太們盛裝出席舞會的照片，兆正就會聯想到她。但理性告訴他，直感更告訴他，說，這裡面的出入一定會很大，只是他缺乏依據而已。所以他也只能讓這些雜念一閃而過，之後，書簽還是書簽，湮沒了的頁碼不知道要過多久才能被重新翻閱到一次。
表妹在他腦海裡的這種影像疊合處理一直到了好些年前，在她的真人面前才定下型來。她沒有甚麼特別，離開那個住在他家過兩條橫街外的南貨鋪女兒也沒有甚麼太高太大太懸殊的層次飛躍。她更胖了些，眼角多了不少魚尾狀的放射紋。唇角渦仍在，不太能見到它們的緣故是：她現在不太愛笑了，她的眼光充滿了憂慼。

「世事難料，再說，無巧也不成書啊……」兆正感慨著地說此話的時候也是在好多年之前了，他倆還是坐在那張長沙發上。還是在浴後，而湛玉，還是那個半躺的姿態。她的雙腿擱在兆正的膝上，任他輕輕地揉摸著她的腳趾。「始終感覺像場夢，會不會在哪天醒來，發覺原來全然不是那麼一回事的一場夢？——」「難道你不覺得幸福嗎？」她向他投來一片月色朦朧的目光，她將她的一隻腳借勢擱到了他的肩膀上來，這是一個只要他微微側過頭來便能吻在了她的腳趾尖上的姿勢。他將濡濕的嘴唇在她淡粉紅色的腳趾上和白嫩的腳背上來來回回地摩挲著，發出了一種含糊不清的音調：「當然，當然……」「你不覺得滿足嗎？」，「當然，當然……」他感覺到她的腳趾正輕輕地彈動著，令他的半邊腮頰有一種酥酥痳痳癢癢的感覺，好不舒服。

她復將腿放下，人也坐直了起來。她緊緊地挨坐到他的身邊來，讓他給摟抱住了。他開始親吻她的後頸脖，並用舌尖在她的耳根部位上熟練地舔滑著——他知道她需要甚麼。她開始呻吟，一股淡淡的檀香皂的氣味從她那寬大鬆垮的衣領間散發出來，他解開了她浴袍的腰帶。

拾

拔河賽：兆正變成了我與湛玉間的那根繩索

我向湛玉說：「你我都能從他的作品中讀出來的是一種評論家學者和教授們永遠也讀不出來的感覺：這是一種隱隱的心痛，隱隱的悲哀，隱隱的愛，隱隱的恨，隱隱的決心，隱隱的一些不知名的甚麼。」

A tug of war: Zhao Zheng became the rope between Zhan Yu and me

Once I said to Zhan Yu,「What you and me can obtain from his literary works is a feeling that neither critics and pundits can ever get. This is a type of faint heartache and grief, lurking love and hate, hidden resolve, and some other inexplicably secrets.」

老記不清他的臉部特徵與表情細節的情形在我遙遠的學生時代就已經存在。

我將此事求證於湛玉。她想了想，說，這也沒甚麼特別啊。比方說她，她就對我與兆正兩人的臉部特徵甚麼也都記不住。有時候，她說，她會將我的表情特徵張冠李戴到了兆正的那張面孔上去，於是，便出現了一幅怪誕而又真切畫面，這類情形在夢中最常發生。

就像人對人的觀察，人對事的觀察，愈貼近反而愈失真。兆正於她，或者是因了日日相對夜夜共枕的緣故，但我於她呢？還有兆正於我呢？我還是答不上來。但湛玉問我說：你有過在鏡子裡，在照片上，在答錄機的膠帶上突然認不出這是你自己的容貌或聲音來的時候嗎？

我猶猶豫豫地笑了，不得不承認她問得有理。

課間操通常都安排在上午第二堂與第三堂課之間。當「運動員進行曲」的音樂在操場四周圍的擴音喇叭中再次高亢起來時，做完體操的學生們的行列開始踏著步朝前縮短。在音樂富有節奏感的間隙之中不斷地插入了「一二！一二！一二三——四！」的操步指令。一位身穿一套運動衫褲，綽號叫「長腳」的體育教師站在高高的水泥觀台上，一個繫大紅綢帶的「銅叫扁」甩甩蕩蕩在他黝黑粗壯的脖子上。他腰杆筆直，神態嚴峻，自個兒作出的高抬腿的踏步動作配合著他自己喊出的口令，要比任何一個他的學生都來得更一絲不苟。他紅黑的臉膛上更永遠都保持著一種「召之即來，來之能戰」的戰備神態。同學們一隊一隊的隊形都要在他的面前踏步拐彎而過，每個人都大甩著臂膀，踏著步，走進了教學大樓的陰影裡。然後，然後便「嘩啦！」一下地，一哄而散了。

每一天都上演那同一幕場景。

隊形散開後的第一目標通常都是廁所，同學們瘋喊瘋叫著地湧向那裡，剎那之間，無論是男廁還是女廁便都裡三層外三層地擠滿了嘰嘰喳喳的學生。女同學們「咯咯咯」地無緣無故地癡笑，男同學們則喜歡故扮深沉、老練、幽默和博學，說出些不著邊際的笑料來，並故意讓自己正在變聲中的嗓音能響亮地傳到隔牆的女廁所裡去。

好不容易輪到我。我跨上一步，對著牆面正準備有所動作，突然發現站在我邊上的原來是他。這是我倆第一次也是唯一的一次如此緊密地挨著，身後是人頭攢動的輪候者，面前是一幅已被無數股年輕力壯的尿液衝擊成了泛黃兼凹凸不平的白瓷磚牆，周圍彌漫著一股強烈的尿臊味。就是這麼一種上下文的記憶場面，之後便開始斷章。但不是，好像還有一些記憶之餘文的。我記得，他向邊上使勁挪了挪，似乎是為了給我讓出一個儘可能舒適一點的空間來，又似乎害怕身貼身地與我挨得太緊。我說不清那時他在想甚麼，也說不清那時我自己在想甚麼，反正也就是那麼幾分鐘的當兒。

但湛玉始終是最出眾和引人注目的。當她從女廁所裡出來，力排眾擁地一路擠到扶梯口上時，女同學們都在她的背後斜著眼睛打量她，然後，便三五成堆地竊竊私語。而男同學們說笑話的聲浪更響更放肆，勁頭也更大了。她在扶梯口上遇到也剛從男廁所裡出來的兆正，便站住了。他也停下，站住。我就離他們幾步之遙。我見他倆互望了一眼，這一望之中含有些隱性的甚麼。突然，他倆倏地分開了，她撒腿沿著扶梯飛奔而下，而他則三級並作為二級地沿扶梯奔跑而上。下一堂課的上課鈴聲很快就響了，我回到教室時，見到他倆也都自不同的方向氣喘吁吁地奔回教室來，他的臉色蒼白，她的緋紅。而夾著教室誌，捧著碩大地球儀的樂老師也已經接踵而至了。

我記得，這應該是個介乎於五、六月間的潮濕的晚春天。每逢那種季節，學校教學大樓成排成排灰褐色水磨石的扶梯把手都會「出汗」——那些細細痳痳的小水珠不斷地滲冒出來，再沿著梯壁掛滴而下。假如你將手掌按到這片硬冷溜滑的磨石面上時，這種濕濕滑滑的感覺就像是摸在了一條爬行動物背脊上一般的滑膩、肉痳。

後來這些感覺細節我都在兆正的作品之中，形變了意象的讀到過。不過，這都是憑了我的一個詩人的第六覺悟出來的。我很想能有當面問他一次的機會，但始終緣慳一面。我老覺得命運是在故意隔離著我倆，就像手掌與手背的關係，翻過來見到了我，他便又被翻轉到背面去了。

於是，我便問湛玉。她好歹也是個事件的經歷者。她倒是十分認真地聽完了我對作品字裡行間的意味的分析，一臉迷惘。她說，她對那次遙遠的原始場景好像還有一點模糊的記憶，但至於說是……

我便說出了是他哪一部小說的哪一節裡的哪一段。又提到了他的一篇散文和詩歌甚麼的，說，其中就有這同一種暖暖濕濕的遙遠的氛圍，你感覺到了嗎？我想，這都取材於同一出源處。

她有些驚訝地望著我。

我已經猜到了，這些作品她未必讀過，甚至可能連篇名都沒有聽說過。我說，是這樣嗎？

她點點頭。在我面前，她無需偽裝，這個主題我們已探討過好多回了。我想換個話題，但還是忍不住繞了回來：「有一本關於他的作品的論文集中，有一位教授曾經提及過……」

她猛地抬起了眼來，她感覺自己有點兒失態，復又將它們平望了下去。她那仍不失有幾分嫵媚的臉龐帶著刀刻般的深秋的霜冷。她說，「如今的教授專家研究員的頭銜氾濫成災，如今的教授已像薺菜一樣貶值，一割一大把！」

但我穩穩地望著她，顯得有點胸有成竹，也顯出一種絕不讓她把話題引向歧路上去的神情。我說，再沒人比你更了解他了。你是在一切人之先知道他將成功為一位作家，一位優秀作家的——你是幾時停止讀他的作品的？很久了？很久很久了？

她並不作聲。

他很脆弱，也很孤獨，而且，他永遠會是脆弱和孤獨的。我眼也不望她一望地繼續順著我的思路說下去，就生怕一望她便甚麼也說不成了。當全世界都向他關起門來時，他認為，他至少還有你。他的生命的一大部分至今還沉浸在過往日子溫馨的夢鄉裡，故他創作不斷。他的作品是他童年與青春夢痕的記錄，是你我夢痕的記錄，是我們這代人夢痕的記錄，是我們當年身處的那個時代的各種夢痕的記錄。從宏觀和長遠而言他作品的價值就在於此。他不在乎別人讀不讀他的作品，但他在乎我們這一代人，尤其在乎你，讀不讀他的作品。而你可以公正而輕易地評讀任何他人的作品，好或者差；就偏偏無法忍受讀他的。差了，不行；好了，更受不了。你熱切盼望他成功的路途的盡頭竟然成了如此一個局面？我將目光收回來集中在了她的臉上，我告訴你，他懂得這一切，他全懂。

你是他的誰？你是否代他來質問我？她說。

應該說，我算是你的誰？我說。

……他知道我倆目前的關係嗎？……她說。

知道。應該講，猜都猜得到——憑他一個作家的直覺和敏感，我說。

我是指，他是不是已經全部而真實地知道了這一切？她說。

為甚麼就一定沒有這種可能呢？我說。

哪，他又會怎麼想？她說。

不怎麼想，我說，他是個智者，他明白：要來的擋都擋不住；要去的，拖也拖不牢。你我都能從他的作品中讀出來的是一種評論家學者和教授們永遠也讀不出來的感覺：這是一種隱隱的心痛，隱隱的悲哀，隱隱的愛，隱隱的恨，隱隱的決心，隱隱的一些不知名的甚麼。這種對我說來最珍貴的感覺反而成了你的負累。太了解他，太深刻了解他的動能可能是逆向的，我倆對他的感覺感受與感情可能源自於同一出處，你從正面走向了反面，而我則從最反面回歸來了正面——你有想過我們三個人之間的這種怪趣現象嗎？

終於，湛玉不再說甚麼了。或者她想說：你說的關於他的不就像他曾說的關於你的？這在好多年之前了，你的第一本詩集在我們的出版社出版後，我便立即帶回家來給他看。那個晚上，他很激動，他說了很多很多。

但她終沒將這些話說出口來，她咬緊了自己的下唇，忍住。她從來就是個在關鍵時刻能克制住自己不作輕易流露之人。

拾

拾壹

雨萍・童年・東上海

在這她從小就生活慣了的環境之中，她不明白這一切的一切為甚麼會突然顯得如此新鮮，如此陌生，如此感人，如此就具有了某種異樣的生命涵義？

Yu Ping·Childhood·Eastern Shanghai

Here she had got used to all the living conditions since her childhood. She did not understand why all those memories had all of a sudden become so fresh, so unfamiliar, so touching, so imputed with an altered content of life.

拾壹

一個常常縈繞雨萍的夢中場景是故居後弄裡的那條狹窄而悠長的甬道，一直朝著弄堂口的那片有陽光透射進來的方向通出去。甬道的路面坎坷不平，陰溝明渠沿牆邊蜿蜒而行，因為經常有菜皮餿飯和爛布巾淤塞了溝渠的緣故，甬道間總是彌漫著一股酸溜溜的臭味。甬道兩邊暗紅色的磚牆面對面地相距很近；斑斑剝剝，凹凸不平的牆面上塗鴉滿了弄堂小子們用拾來的粉筆頭繪製的大型「壁畫」。有圓腦袋大嘴巴的「流浪記」中的三毛的形象，叉手張腿地站在那兒，手指頭畫得跟胡蘿蔔乾一般粗；也有第三次「世界大戰」時的激戰場面，坦克飛機軍艦全面出動，一隻正在射擊中的卡檳槍噴射出火焰來，說是「砰！」地一聲響，頭號帝國主義份子，美國國務卿杜勒斯便應聲倒地了。還有一些表達頑童們強烈意願和深奧幽默感的口號，諸如「打倒狗腿子張三！打倒跟屁蟲李四！」或者「阿三——老鷹來咯！」（甚麼意思？至今都是一句讓我，可能也是讓雨萍，困惑不解的晦語）諸如此類，與里委會幹部張貼在牆上的「我們一定要解放台灣！」「三面紅旗萬歲，萬萬歲！」的嚴肅的政治標語並立而存。

其實，這裡只是雨萍家後門開出去的地方。她家的前客堂充當一家賣南北乾貨的店堂。前門開向一片菜場，菜場裡密密匝匝的攤檔幾乎淹沒了全條人行通道以及人行道邊的各種店鋪，一年三百六十五天，幾乎沒有一天這裡不是垃圾狼藉，臭氣薰天的。而這類鋪子，其實，根本就算不上是甚麼沿街面的店鋪。外人無法發現它們，只有住在附近的鄰居們才會在生活上有需要時，上店來油鹽醬醋肥皂草紙的作一些日用品的添補。

雨萍記得，她家隔壁是一家叫作「白玫瑰」的理髮店。總共也不過二、三把鏽跡斑斑的理髮轉椅，卻在門楣的廣告上標榜說：歐美最新設備，美髮權威，云云。

理髮店的老闆是個高頭大馬的男人，瞎了一隻右眼；後頸脖子特粗，好像整日負累著兩大團的肉瘤。老闆娘瘦小，但很凶也很潑，人稱「雌老虎」。與老闆兩個吵起架來，總是一個站當街，一個隱沒在店堂的陰影裡，用蘇北話互相對罵。老闆說，他要操盡老闆娘家的一切女人；而老闆娘則說，她將老闆家所有的祖宗都掘墳三尺，千刀萬剮，碎屍萬段。如此等等。

正對她家前門的那兩攤菜場的檔口，一邊是豆製品專賣檔，另一檔則是屬於蔬菜組的。每朝，在她父親卸下了店鋪的排門板後，坐在店堂櫃枱後的那張高腳凳上朝外望去，整個早晨連上午，佔據你視野的全部內容就是那個賣豆腐的女人的兩隻白裸的腿棒子在那兒不停頓地晃動。後來，就到了三年困難時期。那攤豆腐檔換成了肉檔，白腿也就換成了兩條髒兮兮的黑毛腿了。一個脾氣暴躁的男人永遠舉著一柄亮晃晃的斬肉刀朝著那一大堆擺在肉案凹窪間的鮮血淋漓的雜件劈砍下去，嘴裡不停地罵著粗口。其實，那些年的肉檔上也根本沒啥東西可供出售的。所謂那堆血淋淋的雜件也無非是一些碎豬骨、碎牛骨和一些家畜的內臟之類。還有幾個通紅通紅的豬腦袋掛在攤案之上，死豬頭耷拉著肥大的耳朵，眯著眼縫，似笑非笑，讓人見了心裡發怵。

然而，即使是為了這些食物，小菜場裡排隊爭購的人潮，每早從五更天開始已經湧動和鼎沸起來了。尤其是在那個粗暴男人的肉檔跟前，幾乎每天都有人為了爭購那一斤半斤的死豬頭肉而出口相罵，甚至傷了人被扭送派出所的，無所不有。那些年月裡，雨萍家幾乎沒有一晚能睡上個安穩覺的。她一家都睡樓上，而她家的前樓就挨著豬肉檔的簷篷頂。每天從半夜裡開始，菜場裡的鬧罵聲就會從窗縫裡鑽進屋裡來。年久失修的木窗櫺每一扇都存有很大的縫隙，別說是聲浪了，就連寒冬夜裡的西北風也都能「嘶嘶」地直灌進來。

那時，雨萍正念小學。清晨四點多，大人們起牀之後也就把她給叫醒了。每天都是相同的一套作業程式：涮馬桶，生煤爐，洗被單，煮泡飯。當她拎著書包上學去的時候，時鐘也差不多快近七點了。

中午，她回家來。菜場裡已空蕩蕩的沒有甚麼人了，一大堆一大堆的垃圾清掃在一塊，堆砌在道路的兩邊，有些又再度被人踢散和踩開了去。豬肉檔的斬肉案現在已被一群弄堂小子給佔領，成了乒乓賽枱。他們在桌子的中央擱一枝底中位騰空的竹竿，各人手握一塊硬板球拍，站在了肉檔的兩端，拉開了決賽的架勢。他們油膩污垢的書包吊在早晨掛豬腦袋的掛鉤上，悠蕩悠蕩。

即使是大晴天，菜場的地面上也是濕濕窪窪的。被千百人腳踩過後的爛菜皮裡滲出來的黃水流淌了一地，空氣中永遠彌留著一股爛菜皮與餿豆腐的氣味。而每一天，雨萍就是從這股濃濃的氣味之中，穿過攤檔與攤檔之間預留的窄隘的通道，又從那攤肉檔的篷簷邊上繞進去，最後，再從那些正處於鏖戰亢奮狀態中的「種子」選手們的邊上小心翼翼地擦身而過，回到自己家中去。

這是一幅她童年的熟悉不過了的生活場景。而那股氣息，聞慣了，也就成了生活的一部份；非但不覺得有甚麼不妥，反倒變成一種珍貴的「家鄉」氣息。多少年之後，當她一個人靠坐在香港半山豪宅的那間寬闊的客廳裡時，她還經常會懷念起這一切來。她隱隱地感覺到自己的嗅覺又在下意識地搜尋點甚麼了。她似乎又能聞那股氣味了，若隱若現，但終於還是消失。她坐在那兒，追蹤著那股變得愈來愈稀薄了的氣息記憶，感到彷徨感到惆悵。

然而，菜場情景也並不是一直如此叫人生厭惡的。夏日納涼的夜晚，便是那兒的最富於生活情趣的時光之一。在雨萍的記憶裡，這都是屬於那段悠長的似乎永沒盡頭的暑假的日子。不用上學，晌午時分外面的街上日光如烤，她放下了竹簾，再將前樓的地板先濕濕地拖上一把，然後便攤開一張草席來，就地而睡。一切陰陰涼涼的，即使有日光，也都隱隱綽綽。周圍很安靜，她悠悠地打著蒲扇，午夢中有蟬鳴聲。然後便開始近晚了，日頭西斜。住在她那條街上的人，通常都是早早地吃完了晚飯，洗好澡，便一人提一張板凳握一把扇子，走到屋外來乘涼。天色還早，天空還十分亮堂，但菜場檔口的篷簷下和過道間都已擠滿了納涼人。斬肉枱上也坐著人，都是些上半身打赤膊的男孩子，一條平腳褲，兩隻細腿晃蕩晃蕩。女孩子們矜持些，她們一般都靠人行道邊而坐；或是圍坐在檔枱的四周，或索性移凳坐到上街沿去，三個一堆五個一茬地在那兒說笑。納涼是一項很重要的社交形式；在那個時代，坊間的真假或半真半假的傳聞和社會上的資訊一般都是依靠這麼樣的一種媒介和管道來傳播的。

天色漸漸黑下來了，從檔口的簷篷與簷篷之間的縫隙裡能望到墨藍的天空上閃爍的星斗。有人開始講鬼故事了，於是，男孩女孩都向那個講故事的人坐攏過去。有時候，故事講到緊要關口，就有哪個調皮鬼的男孩子偷偷地鑽到了枱肚底下去。他伸出手來，往某條女孩子的小腿肚上猛抓一把。續一聲沒命的尖叫之後，便開始了長時間的哄笑與咒罵。

兆正表哥往往就是揀這樣的一種夜晚不期而至的。

而這，也是雨萍最驚喜之一刻了。表哥大她三歲，因而在學業上也高出她三個年級。從小，她便是用一種高山仰止的目光來看待表哥的。再說，表哥就讀的東虹中學是他們那一個地區每一個青少年都嚮往能入讀的重點學校。每一次，當她在她的那些女同學間一談起她還有個在東虹中學念初中的表哥時，她們都會一個個地眼露羨佩之色，這又令她的心中不由得蕩漾起一片樂滋滋的自豪感來。

表哥家住得離她家不遠，走到菜場的盡頭，望過兩條街之外，就能望見他家住的那條街尾最末排最末幢的那間平房了。圍牆是青灰色的，緊靠圍牆搭建了一攤自行車的修車檔。一個考不上學校又不肯響應政府號召去新疆屯邊的社會青年在那裡設攤修車混飯吃。他風雨寒暑都坐那兒，膝蓋上攤一塊油帆布，他用一個鋼絲刷，整天在那兒搓搓擦擦地，替人補胎。他的面前擺著一個舊的搪瓷臉盆，臉盆裡長年纍月盛著一盆髒水，永遠就是那麼個盆，那麼點水，那麼深淺，那麼骯髒，雨萍想，這水一整年也未必潑換一次。

再過去，雨萍就望不見再多的甚麼了。但她知道，修車檔的對面有一座帶一截水泥簷遮的露天小便池。

（有一回，姨媽差使人到她家來喚表哥回家去，並囑咐讓她也同往，說是有甚麼活兒要等她去幫手一塊兒幹的。經過小便池的時候，表哥說，他這就好，讓她在一邊等他一等。她，於是就站在那位修車人的檔篷底下的那盆髒水邊上，望著表哥的帶些動作的面壁的背影，她真有些不好意思起來了。但她見到幾乎所有的過路人都打那兒經過，男的女的，老的少的，一個個地都是一副熟視無睹的模樣，於是，她也就不感到甚麼了。）小便池的邊上是一座「給水站」。夏日的下午，近晚時分，那正是家家戶戶的洗澡的高峰時間，「給水站」外排滿了提桶拎水的人龍。一個裸露著四條短而壯的胳膊與小腿的胖女人赤足站在汪汪的一片水窪中，使用一根粗橡皮管替人放水，她的雙腳在透明的水中浸泡得雪白雪白。

儘管從前門來她家說不定還會更近一些，但表哥喜歡選擇的路線往往都是從後門進來。他先自那條細長的弄堂甬道間通過，再穿過她家的店堂間，在那兒，他喚了一聲「舅舅」和「舅媽」之後便從前門口走出來，來到了那片菜場的領地上。他走到正坐在斬肉枱一邊聚精會神聽鬼故事的表妹的身邊，他用食指與拇指製成了一柄手槍，在她的腰眼間戳一戳：嘿！他說。

見是表哥，她便立馬收了小板凳，與表哥一同回自家的店堂裡去了。店堂裡的燈光十分幽暗，一前一後總共點了兩盞十五瓦的白光燈。她繞過櫃枱，走到了坐在了高腳凳的母親的身邊。在昏暗的光線裡，她見到母親正用一把葵葉扇一下接連一下地在腿腳的暗處作出驅蚊的動作。她說，您就先去屋外乘會兒涼吧，店裡的事由我和表哥一同來照管……

母親當然很高興。她知道，只有當表哥來看望他們時，女兒才會變得如此乖如此懂事。但雨萍更了解表哥的心思。母親剛一離開店堂，她便走到櫃枱上，打開了闊口瓶薄薄的鋁蓋。不論是乾柿餅還是蜜棗還是那種用劣質彩蠟紙包裝的硬水果糖，還有一種外殼堅硬到弄不好可能會將你的牙齒都咬崩一大塊的炒貨山核桃，她都一大把一大把地直往外掏，然後再將它們塞進正在一旁站著的表哥的那條毛藍布短褲的褲袋中去。他倆聯手幹此勾當已有一段不短的歷史了，那時她還是個不夠櫃枱高的小女孩，通常都是表哥去瓶中掏貨，而她則站在門口或扶梯口替他把風。但如今，她已經能以一個——應該說是半個——女主人家的身份為他拿東西，然後再贈送與他。她了解表哥家清貧的家境——姨夫病臥在牀多年了，姨媽的工資又不高，但還得早出晚歸，每天趕去楊樹浦底的一家小學裡去上班，而表哥又正值長發頭上，年青的腸胃似乎對所有的食品都垂涎著一股永不肯甘休的欲望。此刻，當她在幽暗的光線裡，見到表哥閃動著的眼神時，她的心中充滿的是一種難以言傳的快活與滿足。

通常，表哥不會與她一塊兒在店堂裡呆太久的——儘管她很希望他能這樣。但她很理解他，因為他畢竟不好意思將他剛拿到手的食物當著她的面就大嚼起來，然而，他又無法抵禦口袋裡的那些東西對他存在著的巨大的誘惑力。他只坐了一會兒，便說要走了。她將他送到門口，望著他的背影在窄弄甬道的遠處隱入夜色，她能想像出表哥這一路回去，一顆接連一顆地享受著「伊拉克蜜棗」那種甜汁滋味時的神態與心情。她步履輕鬆地回到店堂裡來，繼續代母親看店。她不想再回去與那些男孩女孩們一塊乘涼聽故事了，她覺得他們很幼稚，也很無聊，她甚至感到自己與他們之間突然拉開了某種距離。她只想一個人留在那兒，靜靜地回想回想。她的心情快樂得很，她哼著「洪湖赤衛隊」裡的小曲。有時，她會輕輕地唱起蘇聯衛國戰爭時期的民歌「小路」來：一條小路曲曲彎彎細又長／一直通向那迷霧的遠方／我要沿著這條細長的小路／跟著我的愛人上戰場……她覺得這首歌的這幾句歌詞特別能打動她。

還有一次。這是一截上下文都隱沒在了記憶之黑暗中的斷幕情節，但她想，她一世人都會記得有過那麼一次。

那一年的雪下得特別大。應該是在春節的假期裡的某一天吧？因為只有在那段期間裡，菜場休業，雨萍家才能享受到終年難得的幾天安靜。除了安靜之外，菜場也完全改變了它平時的容貌。雨萍站在她家前樓的木窗跟前望出去，鵝毛大的雪片一刻也不斷地飄落下來，飄落下來，似乎永遠也沒個完。外面的世界變成了白皚皚的童話世界了。路上沒有行人，遠處近處，高高矮矮的屋頂上，菜場攤檔的篷篷上，斬肉枱的枱面上，大大小小的掛鉤上，甚至是那條終年都給爛菜皮佔據的菜場的通道上，此刻都鬆鬆軟軟地鋪著一層厚厚的積雪。世界突然變得潔白，變得純淨，變得如此地讓人感動！

她在窗前站了有很久，天便黑了下來。在那樣的下雪天，天色一般都暗得格外的早。地上的白雪層反射著一種幽幽的光芒，四下裡有一兩聲的爆竹響傳來。後來，於突然的一刻，路燈放亮了。其實，在這四周圍也沒幾盞路燈，而且燈泡的亮度也黯淡得除了你靠近前去才能勉強辨認出五條手指之外再沒有其他甚麼功效了。正對著雨萍家的視窗是進入一條橫支弄去的弄口，有一盞戴斜罩的燈支架從灰磚的牆身轉角處伸出來，在這寒夜裡，孤零零地懸掛在那兒；它那軟弱無力的黃光照射下來，只能照亮周圍的一小圈積雪。雨萍突然感到有一股熱辣辣的淚水向她的眼窪處湧去，她的鼻尖也變得酸溜溜的，她想能痛痛快快地流一回淚——連她自己也不知道這是甚麼原因。在這她從小就生活慣了的環境之中，她不明白這一切的一切為甚麼會顯得如此新鮮，如此陌生，如此感人，如此地具有了某種異樣的生命涵義？

她一直相信，應該就是在那一天的那一個晚上。她是站在窗前等待著誰的來到的。

春節裡這幾天是一年之中最令孩子們盼待、興奮和難忘的幾天。大人們將全年的憑證和票據都積攢起來，一直等到這時候才傾巢而出，一起派上用場。桌面上擺滿了魚丸肉丸蛋餃和糯米製作成的各式糕糰。平素裡，僅其中一樣便能叫孩子們想像和垂涎不已的食物，現在竟同時出現在他們的眼前，而且樣樣唾手可得！這不成了童話裡的天堂了？再說，只有在新年裡，所有的親友才能互相串門，從這家吃到那家。幾乎每一餐都是事先作好了排程的，你在自家招待別人用去了的所有供應額度，再可以去別人處一家家地把它們吃回來。

表哥一家都來了。她還記得大夥兒進屋時拍打著一肩一身的雪花，互道「恭喜發財！」時的情景；衣服都是嶄新的藍布棉襖罩衫，個個臉上都煥發著一種平時難得一見的飛揚的神采，仿佛艱難的日子壓根兒就沒在他們的生活中出現過。瘦弱的姨夫一進門就猛烈地咳起嗽來，姨媽趕緊走過去，扶住他，並讓他在就近的一張太師椅上先坐定下來，喘一口氣。一旁，一排栽種在水缸間的，根莖部份纏繞著一截截紅紙圈的水仙花正怒放，空氣中浮動著一股幽遠的芬香。

後來，雨萍一家，表哥一家，還有雨萍的另一個舅舅舅母都到齊了。全是大人，就她與表哥兩個孩子。大家圍著一張笨重的八仙桌就座，她與表哥坐桌子的同一邊。八仙桌就擱在店堂中央，反正這幾天店打烊，上著厚厚的排門板。屋外，漆黑的夜空裡飄著紛紛的雪花，屋裡，人語笑聲，親情融融。有一鼎紫銅質的暖鍋放在八仙桌的中央，燒紅了的炭塊在鍋肚中劈劈啪啪地不停地飛濺出火星沫子來。溫熱的紹興酒從錫壺中倒出來時，大家的情緒也當即推向了高潮。姨夫大聲地咳著嗽，顫顫巍巍地高舉起酒杯來說，祝願在座諸位在新一年裡一切都順心順境順水！又說，在我們這一桌上，共有三對夫妻：我們一對，你們一對，他們一對，是吧？但還有，他將笑眯眯的目光移向了雨萍和坐在了雨萍一邊的他的兒子的身上。他說，再加上我們這兩個孩子，不正好湊足四對嗎？

姨夫陡然說出此話來，無非是就地取材，逗趣一下，製造一種歡樂的飯局氣氛而已。眾人都「哈哈」地笑開了，說，這話妙！這話妙！

但雨萍感到心臟一陣狂跳，她迅速地垂下了頭去，連眼瞼也垂了下來。她久久都不敢將頭再抬起來，她想，虧得這火炭的熱烈將每個人的臉膛都烤紅了，否則，真不知如何自處的好了。大人們早已轉向了其他的話題，筷匙碗碟叮叮地響個不停，眾人都埋頭在了美食的霧氣騰騰的享受中。雨萍悄悄地重新抬起頭來，拿起筷子。當她將筷子點進暖鍋湯裡，準備夾起一粒魚丸的時候，也有一雙筷子迅速地伸了進來，夾走了一個蛋卷。她知道：這雙筷子是表哥的。還有一個感覺：那天，兩人都穿得非常臃腫，坐一並排，她的手肘抵住了表哥的手肘。她不由自主地將全身的感覺都集中在了那個接觸點上，總覺得好像有點甚麼會從他那兒傳送到她這兒來似的。全頓飯的工夫，她都心神不定，連望表哥一眼的勇氣都沒有。

轉眼天熱，又到了夏天。表哥還是經常會在禮拜天的上午突然上她家來。他站在她家的店堂間的門口，向著正在菜場裡玩跳橡皮筋的雨萍招招手。她當然明白表哥的意思，便很利索地將事情辦妥了。她願意見到表哥的那副心滿意足的神情。有時，表哥還會與她一同爬一把很陡的梯子，到她家的三層閣上去，盤地而坐談點甚麼。三層閣一般沒人上去，那兒整年都堆放著一麻袋一麻袋的乾貨，散發出一種乾霉的氣息。他倆放心自在地將口袋裡的東西全掏了出來，攤在地上，一同分享。表哥說，長大了，他一定要幹成一番大事業，他不能再在這兒住下去了，這兒又窮又髒又臭，他要搬到西區去。她說，西區？西區很好嗎？他說，那還用說？簡直像是在外國。她又問，外國你又沒去過，你怎麼知道外國是甚麼樣子的？他不屑地望著她，說，難道哪裡都要讓你去過，甚麼都要讓你做過，不成？他又將他讀過的十八、十九世紀的西方小說中得來的印象加上自己的想像發揮了一通。那時，他剛升入中學不久，正整日整晚地沉迷在這一類文學作品的閱讀中。有時，為了趕讀一本第二天一早就必須交還給借主的小說，他會徹夜不睡，就著一盞五瓦的小日光枱燈的蒼白光芒欲罷而不能地讀它個通宵。直到淩晨時分，才迷迷糊糊地瞌在書桌上打個小盹。待到驚醒，才發現說，啊唷，糟糕！便立即抓起書包，不顧一切地奪門而出，朝著學校的方向飛奔去。但還是免不了，他的學生手冊又添多了一道紅杠杠的遲到記錄。

這些都是後來姨媽告訴雨萍的。姨媽說，那段日子正值家裡又忙又亂之時，你姨夫病倒在牀，她自己又要忙裡又要忙外，無法分身。偏偏學校還常常找她去談話，投訴你表哥不守學習紀律的事。搞得她心力都疲瘁了，怨恨不疊。然而，恰恰就是在那時，徹底征服了雨萍的就是表哥的那種對故事的繪聲繪色的描述。她覺得從表哥口中描述出來的上個甚至是前個世紀外國和外國人其實並不是那麼陌生和遙遠得無法觸及。在當年還是個高小學生的她的心中，這一切似乎也都是他們生活中的一部份。那些人和事就活龍活現地存在在她的周圍，她能從與她共同生活的人群之中找出每一個故事人物的影子來。她對她的表哥佩服得不得了，她想，表哥怎麼會有如此大的本事呢？

幾十年之後，當她一個人坐在香港半山區的一幢巨宅的客廳之中，孤寂地回想起這一幕又一幕的場景時，她自然已能完全明白了當年她自己的那些疑問的答案是甚麼了。她輕輕地歎了口氣，將一本攤開了頁碼的書倒合在自己的膝蓋上：這是一本表哥新近完成並出版了的小說。她將頭靠在貴妃躺椅的枕把上，她覺得有點累了，她想睡一會兒。

於是，迷迷糊糊地，後弄堂的那條塗寫著「打倒狗腿子張三！」的窄窄甬道又出現了。她總覺得這是一條永遠也走不到盡頭的漫漫長路。但也有過好幾回，她終於還是來到了它的盡頭，這是一道用紅磚牆圍砌而成的小小的弄堂拱門，從那裡，她能望見兩條街以外的那排青磚牆身以及緊挨牆身搭建的那個腳踏車的補胎檔。她在盼待著有誰會從那個方向上向她這邊走過來。

拾貳

兩條人生平行線

有時，我真不知道，他是否有意給我們讓出了時間和空間？我向湛玉說，真的，我一直有這樣的一種預感。

Two parallel lines in life

Sometimes I really wondered if he had chosen to give us the time and space, I said to Zhan Yu. Really, I have such a feeling for a long time.

更令我確信我與兆正之間有一種生命的暗臍在聯繫著的另一個跡象是那一晚——就是他沿著淮海路一路西行而去的那一晚——我也恰好在同一個掌燈時分，被一種莫名的衝動激勵著地離家出門去。這是我在之後才聽說的。當時，我們不約而同地由東向西行，思考著類似的人生主題，梳理著一樣紛亂的思緒，自我安撫又自我鼓勵。對於湛玉的感覺，一個失去了，一個得到了，就如在三十年前一個得到，另一個失去一樣。但卻一樣都有一種空虛感，無奈感，飄飄然然地浮在半空好像老找不到那種能回到地面上來的腳踏實地感。

我細細地回想起了這一晚來。

當我從我居住的那幢位於港島東半山的住宅大廈的鑄花大鐵門裡走出來之前，我應該是先經過一片寬闊的停車坪的。一個熟識的大廈管理員迎上前來，堆著笑：今晚不開車嗎？我搖搖頭，我想，他一定覺察到我臉上的甚麼表情了，沒再說點甚麼，便從我的記憶之中退了場。我繞過了一輛淺灰色的「賓士」，又在一架紫紅的「積加」車的身旁經過，然後便走到了街上。

初秋的香港，天氣仍十分炎熱。近晚時分的半山區的空氣中彌漫著一種花的甜絲絲的香味，香味之中還帶有一種酒的醉意。橙紅色的落日現在已經完全沉落，落到地平線下去了——它沉沒之前的那最後一幕景像我是在我家那臨海的露台上完成觀摹的——遠處，香港中、西環商業區的高樓大廈們的簇簇的黑色巨影彼此複合重疊，像鋸齒利牙一般地割據著西邊海面上的那片仍是十分明亮的天空。而薄暮像一層輕紗，開始升起，飄逸、優雅，將這遠遠的一切都巧妙地籠罩在了其中。

那是一幅十分壯觀的場面，從東半山山脊上的任何一個方位，只要沒有建築物遮擋視線，你都能望得到。此時，在我的頭頂之上是一片寧靜無比的天空，碧澄的天幕上鑲著一兩顆明亮的星斗。路燈剛點著，橙黃色的，背景在還是相當明亮的天空上，一盞一盞地排列開去，仿佛是一長串會發光的裝飾物。蔓藤植物從兩旁的山壁上掛下來，晚風吹過，像山的一縷縷飄動起來的綠色的長髮。

窄窄的人行道上，行人十分稀少，只有晚歸的私家車從我的前方或身後無聲而疾速地馳近或超越而過。在這片高尚住宅地段，車輛一般都很少鳴號，只是在前方的某幢大廈前，一輛抵家之車會漸漸減速，黃邊燈巴眨巴眨地靠向道邊，等待大廈的鐵門為它打開。

在大坑道黃泥湧夾道的道路交匯處，我繞過了一個車輛迴旋點之後再穿越過若干條交叉的斑馬線，走上了上司徒拔道。山道更窄更陡，行人也更少了。我一路向落日沉下的方向走去。我裝得有些行色匆匆的模樣，但我是漫無目標的。我不知道，就在這同一個時分，遠在千里之外的兆正也正沿著淮海路漫無目標地一路西行而去。司徒拔道兩邊豪宅的窗洞間，燈一盞接一盞地全亮了起來，夜色開始深濃。透過寬大的露台望進去，有人影在水晶大吊燈之下晃動。有狗吠，一個身穿睡袍的年青女人坐在露台上的一張白色沙灘椅上，她的雙腳擱在另一張椅子上，她撫摸著一隻躺在她膝上的長毛狗。

我先想到了上海的她，接著便立即聯想起香港的她來。

當我在露台上觀摹完落日那最後一幕回到客廳中來時，客廳中的光線剛開始晦暗下來。在朦朧之中，傢俱們蹲伏著或站立著，像一匹匹溫順或者是居心叵測的野獸。聽到聲音，雨萍從房中急步跑出來，依在門框上，便止步不前了。她只是用目光望著我（我雖沒去回頭看她，但我能感覺到），望著我拖椅，穿衣，著鞋的一切細節。我從酒吧櫃上取了串鑰匙，掉轉頭去。不知怎麼地，只要在與她對視的一霎間，我都能在她的眸子裡找到兆正的影子。這是個消失了五官的他，影影綽綽地存在於遙遠的年代裡。這常令我對她無端端地生長出一種疏遠感來。我說，我出去一會兒。她說，嗯。之後就不再多問了，或者她知道，即使她問，我也未必會答她。

其實這一次，我真也答不上來。連我自己都不明白今晚我為甚麼要出去？出去又去哪兒以及將出去多久？

我認識雨萍在三十年前的街道青年的學習會上。那時，我們都是待配在家的應屆畢業生，每逢星期三、五都要自帶一張小板凳集中到居委會，坐在那兒聆聽二報一刊的社論或是最新最高指示的傳達。有時，街道裡委也會請來某位在舊社會苦大仇深的女工來為我們作憶苦思甜的報告會。這些滿臉皺紋，紮著髮髻的女人通常都是些上了年紀的文盲，能被請來作報告，自然覺得很光榮，教育下一代的責任也十分重大。她們因此都會全力以赴盡其所能所知地將報告作得有血有肉，生動而有說服力。她們一直從日本人講到國民黨反動派，講到資本家以及走狗，講到社會上的地痞流氓、講到「拿摩溫」。有一次，請來的是一位乾癟瘦小的矮個子老太太，講一口硬梆梆的本地話。舊社會，她是給一家人家當傭工的。老東家真是個大善人哪，阿彌陀佛！她說，穿剩吃剩下來的甚麼都讓她給帶回家去，所以那陣時她家甚麼吃穿都不愁。大熱天，每天還可以捧一個平湖大西瓜回去。隆冬天的年關前後更是糕糰南貨醃臘，她斜乜著眼睛望著屋角的某個位置，掰著手指說了一大串品名。她說她算是她的那些姊妹之中最命好的一個了，找到了個好東家。但到了現在新社會反倒甚麼都沒了，她兒子分到廠裡當學徒，每月拿十八元二毛五的赤膊工資，這怎麼個活下去法？這怎麼個討娘子法？她說說就感慨萬千起來了，她說，她只能用她的退休工資去津貼她的兒子了，其他還有啥法子可想？——她壓根兒就沒有搞清哪一截歷史應該接哪一截？哪一個朝代之後才換了哪一個？直到有人在台下聽出說不對勁，趕緊上台去把她請下來時，她還嘟嘟囔囔地爭辯說她還沒講完呢。把我們那一屋子的待配青年一個個地搞得啼笑皆非，忍俊不禁。就那一次，雨萍坐在我的邊上，一張圓而白嫩的娃娃臉，咬著下唇忍著笑的樣子十分可愛。於是，我們便互通姓名，相識了。

談到兆正，那是自然而然的第二步。雨萍說，她從小就崇拜她的表哥，她表哥是一個很聰明也是很有天賦的人。我便表示十二分的認同。她說，他畢業分配去了崇明長征農場圍海屯墾，是她替他縫製準備了全部細軟的。我說，是嗎？他每月能有三日休假回來上海，便是她最快活的日子了，她又說道，每次她去表哥家，常有另一個女的在場，據說，他們是同班同學；有時，表哥不在家，一直等到晚上也不見回來，她便猜想，十之有八、九是去了那個女的家裡。我說，噢——那一定是她了。她？她是誰？誰又是個甚麼樣的人？我簡略地說了說，其實，也說不清點甚麼。雨萍睜大了兩眼望著我，但她的眼中似乎透出了一種早就明白了事由的胸有成竹，這令我感到暗暗吃驚。

說來也有點奇怪，從此，我們間的談話就沒離開過兆正，有時當然也會帶到湛玉，但在雨萍這一頭，她還是儘量避談到湛玉——儘管到了後來，她事實上已知道了湛玉這個名字以及她與兆正之間的關係。那時候，雨萍每一次敲門上我家來幾乎都是因為她去她表哥家，而又發現他不在家之時。她有點垂頭喪氣，見到我，談談她那出眾的表哥以及那個「並也不見得太怎麼樣的女的」，談談文學（她也酷愛文學），還有那位憶苦思甜成了「憶甜思苦」的文盲老太太，她才漸漸緩過氣來，嘴唇也有了點鮮紅，臉色又像先前那般地圓而白嫩起來。其實，在那年代，雖說大家都是待配青年，但各自的背景與底細卻大相徑庭。她是因病，因了某種婦女病——這是諸多正常和說得出口的待配理由之一。而我則因了某種曖昧卻高危的內控因素。這是社會折磨人的一種絕佳手法：總讓一些似有似無的影子與你鬼魂相隨地留在某個它所不喜歡的人的社會檔案中，久而久之，讓你周圍人的目光都磨利成了一根根不懷好意的芒刺，射向你，射向你，四面八方、日夜寒暑，絕不允許你有個安穩日子想過——這種手法，在當時的那個歷史時期十分流行，即使到了今天，也不見得就完全消失了，有人說，我們這個社會，好多陋習時間長了倒成了傳統，我想這也算是一種吧。

當年，我只是個十八、九歲的青年，生活在如此的一個社會壓力鍋中，一直能熬到頭髮灰白的今天，也算是一項奇跡了。我突然就「呵呵呵」地，竟然笑出聲來了，在那個初秋的黃昏，當我沿著上司徒拔道的山路一路向西行而去時。山道上無人，有爽颯的風迎面吹來，把一種清醒灌入到我的心中去。始終是個異類，我對著山壁大聲地，放肆地叫喊了起來，你呀，你，你！政治的、社會的、文學的、生意的，甚麼都沾點邊，甚麼又都不討好！

但至少雨萍沒有這樣認為我。她照常來我家，在那些非常日子裡，每一回當她發現她的表哥自崇明農場回來休假，又不肯呆在家裡的時候。她全然不顧周圍的芒刺般的目光，她自願地走進我的這個有「反動學生」嫌疑的芒刺圈中來，與我共同分擔一份由這種目光帶來的心理刺痛。

這令我很感動。我認定她至少是個心底善良的好女孩。後來，我去了香港，我們仍保持聯繫。再後來，當她得知她的表哥已與那個「並不怎麼樣的」女人結了婚，便寫信來說，她也希望申請到香港來。我覺得無可厚非，也完全有情可願，於是，她便來了。

我們結婚後不久，中國便開放了。我常因商務需要回上海去，期間，兆正也開始在文壇嶄露頭角。我們彼此不曉得彼此在哪裡，但在有一段時期內，每次回來，我都會順便帶上一兩本他剛問世的新作集回香港，興沖沖地交給雨萍讀，去讓她高興得滿臉都放射出一種自豪的光彩來。我覺得這很好，因為，我也愛讀他的書，我愈來愈覺得他一定會成為一位優秀的當代作家的。

有時候是雨萍，而有時候是我，我們會主動將讀他作品的諸多感覺與心得提出來與對方作探討，我們從不談生意，也甚少談兩人間的感情生活，我們沒有孩子，大量的談題反而是有關文學的有關人生的有關兆正和他的作品的。在一段很長的時期內，我們一直談得相當投契。談到了興頭上，我還會拿出自己私下裡創作和珍藏的詩稿來給她看，她頗有點驚奇，說：我早就覺得，你倆像透了！我說，像在哪？她就會一一指出來說，像在這，像在那。直說得我心裡癢癢的和砰砰的，我真想脫口而出地向她宣佈說：我不就是他，他不就是我嗎？！

當然，我始終沒將此話說出過口來。

然而，有些話我卻向湛玉說了。在我們一次又一次地幹過了那事後，疲軟而滿足地並肩躺在牀上時。每一回，都是她機警地給我打電話——只要她知道我在上海——說，他去甚麼創作之家寫東西去啦，或上哪個風景點開筆會啦，又或者還是留在這個城市中，只不過是去了哪個禮堂開某某人的作品研討會去了，然後要吃飯，然後要參觀，然後——然後不到很晚是不會提著一袋禮品之類的回家的。她說，我們因而可以有相當充裕的時間！我假裝有些猶豫，但心卻狂跳得厲害；我急急地打了一輛的士，趕去。

我從那幢公寓的寬大磨石扶梯上一路奔跑上樓去，沒見一人，也希望見不到一人。有一盞幽幽淡淡的奶白頂燈亮醒著，假如時間是近晚或者是某個陰霾的雨天的上午的話。然後便在一扇深棕色的柚木大門前，我停下了腳步。是她來開的門，她一早已預謀著地將她的女傭和女兒都打發去了另一個地方。我們「砰！」地推上門，拴上了保險掣。便開始急不可耐地互相擁抱，解開對方的上衣鈕扣。一股強烈的饑渴感從心底火山噴岩般地爆發出來，我們邊擁吻邊進入她的（也是他的）臥房，我一下子便將她按在了牀上。

我知道，我的動作有些粗魯，但湛玉說，她喜歡。我雙手按在她裸白的肩上，在我火灼灼的目光之下，我看著她那暈紅色的臉頰如何在喘息與呻吟之中開放成了一朵洛陽牡丹。我們幹著，激情混合著悔疚，然而愈悔疚，我們便幹得愈投入愈忘情愈瘋狂，這是另一類補償。但每次，我們都能從容而順利地完成這件事的全部過程，從沒出過任何差錯。有時，我真不知道，他是否有意給我們讓出了時間和空間？我同湛玉說，真的，我一直有這樣的一種預感。

而且，每次，我們還都能給自己留出一段短暫但充裕的牀上休喘期，隨意放鬆地談點甚麼，交流著各自心底的思想屑碎和感覺片斷。對於有些，湛玉從不明確表態，比方說，兆正與她，我與她，兆正與我或者她與雨萍。而另一些，她又會顯得十分好奇以及興致勃勃。比方說，我是如何協調那種生意與詩人人格之間的衝突的。她很有觀點也很有看法地評論著這件事，她相信，這種衝突一定會很大，很強烈。她說，是嗎？是這樣嗎？我說，你讓我怎麼來解釋呢？又比如，我是如何安排，或者說，是如何鑲嵌這麼多精緻的詩的意象進那一大塊一大塊笨重而粗糙的生活之中去的？我是如何分配時間的？如何剪裁感覺的？如何辨味來自於不同生活領域的各種價值觀的？還如何不致於令它們互相混淆的？我是如何，如何以及如何的？

總之，對於我這麼一個能以雙重人格生活在現世的人的一切她都很有興趣。她說，作為一個資深編輯吧，她是了解文壇對於我這麼一個詩人的成型過程所懷的複雜心態的。但她承認——我想，她應該是代表了文壇上的很大一部分人承認——我不失為是另一類才華出眾之人。生活以及生意的無盡的煩慮窒息不了你詩才的迸發，然而儘管如此，文壇所能給予你的最高也是終極評定只是：儒商。儒商，她說，沒有人願意在這已經是非常擁擠了的文學隊伍中再拉多進一個分食者來了。

我笑笑說，我理解。並故意咳嗽起來，在牀頭櫃上拿了半杯剩水來喝了一口。

於是，就有點眾口煞景的味道了，她說，儒商了，也就永遠是儒商了。這是從地殼形成一刻起就已經貼在你這塊花崗岩之上的標籤，甭想改變。或者可以這樣來打個比喻：牛分兩種，一種是用以擠奶的，一種是飼養來食肉的。再老，再難於擠出半滴奶水來的奶牛還是奶牛；而你，是第二種牛。

我說，那又有甚麼稀奇的？我們都是從那種日子裡過來的人。在那個政治的高壓期，問號，一般都是隱性地打在人的檔案裡的。如今，在我作家的檔案中不也藏進了這麼個永遠也揩不掉的「商」的問號嗎？

她說，你明白便好。但我是知道的，你對自己的這種文學處境的心態不會認同也不會平衡。她的話語中含著一種乾笑的成份。

「你，也像他們一樣地認為我嗎？」我問。

「……難道，儒商不好嗎？」她停了一刻之後反問。

「難道，儒商好嗎？」我作出了反問的反問。

到了這一刻，她才提及兆正。她說，「只有他說過，詩人就是詩人，沒有甚麼商榷的餘地。這是人的另一種分類法。開了穿梭機做了總統當了老闆還是潦倒了去討飯，還是詩人。」

我想：他，畢竟是他。

拾叁

湛玉眼中的某個1964年初夏的上午

就這麼通上的電，歡樂與希望的彩燈一下子全點亮了。就這麼一次的這麼個瞬間，人生的節日前夜有時比節日之本身更令人難忘。

An early summer morning of 1964 in Zhan Yu’s eyes

So here comes the electricity. The colorful lamps of joy and hope are lit up at that split second. The eve of the holiday of life is sometimes more unforgettable than the holiday itself.

在兆正這個名字和那個相對應的形象開始在她白茫茫的感覺的背景上逐漸變得突出和清晰起來之前，學校生活對於湛玉來說，始終只是毫無吸引力可言的白開水一杯。

是的，她很出眾，無論是外貌，學習成績還是師生關係。但她從來就沒將周圍對她的讚揚和羨慕的目光太當回事。她從小就在接受這種目光，她覺得這很自然，是理所當然的，這是一件只需要她去領受，而不需要她去考慮如何作出回報的事。

升入中學了，她正在經歷一個女性一生中最重要而又敏感的生理與心理時期。羨慕的目光非但依舊，而且似乎更稠密更熱切了，她當然感到高興和滿足，但卻不會因此而讓她對學校生活產生出甚麼特別的興趣來，她天生有一股子傲氣和貴氣。其實，她的貴氣也來自於她的傲氣，她的傲氣正因為她有了這股貴氣的緣故。從骨子裡頭來說，她從沒看得起在她周圍的一切人，儘管她平時很合群，受老師稱讚也受同學包圍，但每個人都能感覺得出來他們與她之間的一種不可克服的距離感。可以這麼說，保持在一定的相處半徑之外，她是她，是一個美好可愛的她；但一旦進入了這個半徑的範圍之內，她便產生了一種排斥力，她成了一個不同的她。

但湛玉似乎很滿意自己的這種生活方式。她有一種天生的悟力，她懂得如何讓自己保持一種最有利的心理狀態，如何突出在一個具有相對高度的位置之上，讓別人可望卻不可及。為了達至這麼個目的，有時付出些孤獨的代價也是值得的。再說，她也喜歡適度的孤獨，她以別人看不透她，而她卻能一目瞭然地看通她周圍每一個人的內心世界（至少她如此認為）為快。

在那個特定的歷史時期，學校的生活是緊張而又枯燥的。緊張是指學校的教學課程，而枯燥則是指意識形態的模具在剔除了一切娛樂的雜質之後，對青少年活潑天性的壓抑、調校以及灌鑄。在那些年代中，學校的實質最高當局是黨支部，而班級則是團支部。它們對每個學生的評斷標準無非是「紅」與「專」的兩把尺子。只專不紅或只紅不專都不會是黨和人民對每個學生的要求。然而，又紅又專的個例事實上又絕少有，這更多是一種理想境界中的存在。至於說，紅與專的兩重標準究竟應各自佔有多少比例，這不僅團支部說不上，黨支部也說不清，就連市委和北京中央也都不能絕對地說出個定數和定量來，這要根據國內外形勢變化的需要來決定；根據最高領袖的最新指示或最新講話的精神來決定。

在那個政治主宰一切的年代中，社會對是非的衡量準繩是恒處於浮動中的。以今天的眼光來回首，這或者是件相當可笑而又可怕的事，但每一個實際生活在那個時代的身歷其境者，哪怕只是個剛諳世事不久的青年學生，都不會有這種可笑或者可怕的感覺，對他們來說，這是件理所當然的事，他們都已完全適應了那一套，適應了一種說變就會變的政治風向和氣候。湛玉當然也不例外，小小的年紀，已過早地學會了如何看待世事以及人心表裡不一的那套為人處世技巧了。然而就小環境而言，她則更比別人擁有多了一把尺度，而且還是永遠不會改變的，那便是她的亮麗、出眾和討人喜愛。所以她從來便是個自信心十足的姑娘。

有好幾個學期，我都是與她同坐一張課桌的。後來有一次，她連說帶笑地同我聊起了幾十年前我們當學生年代的那些陳年往事。她說，那時政治運動連綿，一次又一次地，把人心都搞麻木了。一遇有甚麼形勢上的新課題，全校的高音喇叭和有線廣播匣便一齊上陣，高聲吶喊，其火藥味之重，力度之大，似乎美帝國主義、國民黨反動派和蘇聯修正主義分子就在他們出拳便能擊中的對面站著呢。而東虹中學的黨支部裡更是通宵達旦燈光通明，人影幢幢。仿佛黨支部成員們都在面對著一幅巨大的世界地圖，研究如何打贏一場能夠解救全人類還有三分之二受苦受難人民的偉大戰役一般。於是，她便笑。她說，他們請來了各式各樣的人：工人、農民、「好八連」戰士、老校工胡伯，來作形勢報告，來作憶苦思甜報告，來作毛主席著作活學活用報告，他們把戲愈演愈逼真，他們同仇敵愾，他們刺刀上插，他們摸不著美國人的屁股，倒逮著了現成的兩個目標，那便是你與我。（她再一次幽默地笑了，神態輕鬆，仿佛她不是在談論一個嚴酷的時代，而是在講述一幕荒誕劇裡的情節。）那時候的政策，表面上是不可以歧視出身不好的子女的，但實質的掌握上當然不會是那樣；於是他們便來一個話中藏話，瞅東打西，說這指那。他們說，剝削階級人還在心不死，他們反動的意識形態就存在在我們的四周，時刻準備來腐蝕我們，來與我們爭奪下一代；又說，有人經不住資產階級糖衣炮彈的轟擊，已經倒下，階級鬥爭是複雜的，是你死我活的，是無處不在的，我們千萬不能掉以輕心啊。再說，帝國主義修正主義不就將希望寄託在你們第三代人的身上嗎？這是美國的杜勒斯講的，這是蘇修頭目赫魯雪夫講的，我們決不能讓他們的陰謀得逞了！等等，等等。這些話隔了遠久的時代鴻溝聽起來有些耳熟有些陌生更有些滑稽，但當年，人人個個不也就那麼地全情投入來扮演荒誕劇中的那個社會指派給他(或她)的角色的?但湛玉說,她倒從來就沒把這些太當回事。——真的,從沒。她表面上裝得溫順,心裡裝的卻完全是另一個世界。因為她從來就有她學校生活之外的另一片寬廣的生活天空的。但是後來,學校生活的天空開始變得愈來愈色彩斑斕起來了,那是因為她在某一天突然意識到原來有一個從前她從沒去留意過的他,已不知在何時走進並實實在在存在於她的生命之中了,他以及他的一切開始像潮汐一樣,不可阻擋地一寸更越過一寸地漫漲進她心靈的那片河牀之中來。她的那個充滿著水一般柔情的少女的年齡是一個不顧一切的年齡,她覺得,再崢嶸的歲月,再冷酷的現實,再一切的一切,也都因為他的存在和她自己的幸福一刻的到來,而被美化被感化被柔化和被神奇化了。

兆正當然不是那種藏有某種深深心機來誘發她注意力的男同學——事實上,這種手法於她也不會有用。相反,他從不在她面前表演些甚麼,或作出任何誇大的舉動和行為來吸引她。他默默無聞,他若隱若現,他只想以他獨特的方式來作出一種感情上的自我享受而已。但想不到的是:奏效的正是這種方式。能觸動她少女心事深處最隱蔽那一點的磁力場範圍極有限,可能也就是這麼一圈,而他偏偏就踩在了這條半徑線上。

湛玉開始留意他了,留意他的遲到,留意他的早退;留意他做體操時的動作,留意他緩步經過操場籃球架時的那副恍惚而又沉思的模樣。她甚至留意他如何在課間操後,隨著一群瘋瘋打打的同學們一起湧進男廁所去,然後再側著身子擠出來,默默地,一個人回教室去。每朝上學,她一般都準時到校,第一堂課起立時,她眼角的餘光便會下意識地朝她斜後方的那個座位上掃一下,假如發覺那兒是空著的話,她的一顆心便會立即被提了起來，老師在講台上講點甚麼她都聽不清楚，好像這是一件與她有關的事。一直到他被值日生沒收了校徽和紅領巾的身影狼狽地出現在教室門口，然後再在老師與同學睽睽眾目的交錯之中鼠溜回到了自己的座位，坐下，她的心才會擱回原處去。這是一份她額外要讓自己來承擔的罪，然而，她卻承擔得驚險又饒有滋味，她覺得每天的學校生活反倒因此而令她嚮往了起來。有時候，她的第六感覺告訴她，他在她的身後邊的某個方位上睃她呢，她找一個向後排同學借橡皮的機會突然回過身去，但她見不到甚麼，他那似瞧非瞧似認真非認真的目光並不對準誰或對準甚麼。她感到自己的臉頰呼地燒燙了，她少女矜持的自尊心給她自己給刺傷了。

她決定從腦海中將他的影子剔除出去——他算甚麼？她想。隨後，她便在心中計算出了一筆「他不算甚麼」或「他算不上甚麼」的細帳來。這筆細帳和兆正在悄悄拿自己與她作對比時計算出來的那一筆帳幾乎完全等同。只是這種事一旦發生在了少男少女們的身上，是絕不能靠冷冰冰的理智推理來達至結論的，結論往往是純感情用事的產物。她還鬧不清原來自己情竇的種子已在悄悄萌芽，在這春天的濕潤溫和的夜晚，無聲地抽芽無聲地破土，即使理智的大青石板再壓著，這一充盈著生命張力的愛的胚芽也會不顧一切地貼地鑽行，為了最終能冒出頭來。因為它的天性是渴望雨露，渴望空氣，渴望自由，渴望能向著藍天和陽光姿意地展開那一點一瓣的枝葉來。

入夏了，而這一天也終於來到了。

是湛玉自己向大隊輔導老師和班團支部提出的，她說，就讓那次畢業分配的交心會到她家來開吧。一則她家地方夠大，二則她明白到自己出身剝削階級家庭，所以她希望……言下之意，她都有些那個了。但她吞吞吐吐地並沒說清甚麼，其實她也說不清甚麼。她在心中說道：剝削階級，剝削階級又怎麼啦？她素來就把自己與自己的家庭看作高出別人幾個檔次的，她不願那些她瞧不上眼的同學們到她家裡來，亂哄哄的，還污染了環境和空氣。但這次不同，她是暗暗地懷著另一個目的的。然而，學校以及團支部方面都覺得很滿意：她的主動請求表明了她已有所認識，她正向又紅又專的道路上邁出了一大步。她這麼個同學，品學兼優，師生關係和影響都好，就欠家庭出生這一條，如此一來，不正說明了我們按照黨的政策培養革命事業接班人和向資產階級帝修反爭取下一代的成功，還說明了甚麼？

但她心裡頭裝著的全是他。

她一會兒估計他會來，一會兒又估計說，他或者不會？父母都上班去了，她一個人留在家中，摸摸這理理那。她將一張朝窗口而放的彎腿的單人沙發挪了挪正，並將它扶柄上的縷網紗墊重新鋪了鋪好，又東瞧西瞧的，心中充滿了焦慮和盼待。此時此刻，她的那尖情竇的嫩芽已探到了青石板的邊緣了，它「嘶嘶」地蠢動著，熱切地想像著外面的世界將會是一個甚麼樣的世界？

湛玉家住的弄堂是一條寬闊而安靜的弄堂，由二、三幢紅磚的法式老洋房所組成，她家佔有其中的一幢。從二樓主臥室的室內露台上望出去，恰好能望見從弄口通進來的那條沙礫路。她站在露台的拱型的磚框下望著眩目的早晨的太陽如何一寸寸地將金絲樣的陽光鋪展進室內來，而家中的一切物件也因此都生輝了起來。每朝的這個時候，她很少有一個人在家的。因此，她從來還不知道原來早晨的家中會是如此美麗的。弄堂裡安靜極了，馬路上也一樣。對馬路的那家街道工廠已經開工，煙囪裡有淺藍色的煙縷冒出來，在這初夏的沒風的早晨緩緩地升上去，然後散開。平房的車間裡有「咣當咣當」的機器聲傳來，而鴿群一批批地飛過來，弧繞出一個漂亮的轉彎，再在水塔的平頂上陸陸續續地降落下來。

她在窗前站了有好一會兒，心中愉悅得都帶點兒感動了。時間還早，她想，她應該先去洗個頭。她走進浴室，找出了一隻她母親平時用開的洗頭膏來洗。洗完了頭，她又回到正房裡，臉蛋紅撲撲的，濕漉漉的長髮披垂了一肩。她從玻璃櫃裡取出了一瓶母親在禮拜天或假日裡才搽的檸檬霜。她聽母親說起過這種護膚品，很貴，六塊多錢才這麼一小瓶。但她最喜歡這香味了，清清涼涼，悠悠遠遠的，聞一聞便會令人產生一種想像。她將檸檬霜在自己的臉頰上抹了點，還有脖子上，便幻想著這種香氣已彌漫全屋了。剩下那一頭長髮了，她走到窗前，用乾毛巾將它們一寸寸地揉乾了。但她不想再辮出她往日的髮型來，她東找找西找找，在父母的牀頭櫃下她找出了一疊「長影畫報」來。其中有一本的封面人物是電影「阿詩瑪」裡的那位女主角。她一身傣族姑娘的打扮，長長的秀髮盤結在頭頂上，露出了半截白色的脖子，她的笑容甜甜融融的，迷人極了。湛玉決定也採用這種髮式。其實，她從沒這般梳過頭髮，但她聰明又手巧，不一會兒，居然也擺弄出了個模樣來，她又找出了母親前幾年用過的一個黑烘漆的大髮夾來，往髮髻上那麼一夾，她走到豎衣鏡前，端詳著鏡子裡的自己，有點驚訝，但她還是滿意地笑了。

湛玉對著鏡子站了又有好久，她很想將自己再瞧多一會兒。隨後，她便發覺有問題了。問題是：因為是在家中，又剛洗過頭，她的上身雖已換上了小包袖口的襯衣，下面仍還穿著大褲腿的睡褲，腳上拖了一雙半透明的硬塑質拖鞋，是半高跟露趾的那一種，有大半個肉白的腳背都暴露在外面。而且，由於睡褲不夠長，連著腳背和腳踝部分的半截小腿也都露了出來，圓圓潤潤的，都有些女人成熟的韻味了。該不該作些修改呢？但她不想。她也說不出個明確的理由來，不知怎麼的，她只覺得這樣的打扮更稱她的心。

不一會兒，她便知道同學們來到了。這是因為街上和弄堂裡都很安靜，人還沒到弄堂口呢，喧嘩之聲已經傳來。她太熟悉那幾個頑皮的男同學的如雄雞初啼般的聲調了，沙啞、粗糙、刺耳，但偏又喜歡吼得特別大聲。平時，每日的課間體操後，他們便是這樣地堵在男女廁所的通道間，用笑話和眼光來向路經的癡笑著的女同學們傳遞點甚麼的。她跑到視窗的邊上，見到人群鬧鬧哄哄地已經進弄堂來了。從沒人來過她家，自然大家都很好奇，她見到同學們指指點點，猜測著那一幢房子的哪一個視窗應該是她的家。

她沒讓同學們見到她，她躲在一根露台的紅磚方柱後面，從那裡，她能清楚地見到進弄來的都有些誰。但她並沒有看完，因為人群三五一茬、二四一堆地陸陸續續進來，她的擔心是：當她還沒能見著那最後一個進弄來的是誰的時候，那第一個來人已在她家的柚木闊把扶梯口上樓來了。於是，她便復又跑去房門前的扶梯口上，在那裡，她擺出了一副歡迎同學們來她家作客的樣子。

那天，湛玉很興奮，連天天都與她見面的同學們也都感到她興奮得有點異樣。其實，當她站在扶梯口上將同學一個個地迎入她家正房去的時候，她的情緒緊張到了有點幾乎連心臟都要從喉嚨中跳出來的感覺。終於，她見到兆正了。他落在最後，甚至離開那最後面的那茬人還都差了二三步梯級。他孤單單的一個人，沒同誰，也沒誰同他，作伴。然而她卻長長地舒吐出一口氣來，她覺得她一早上的努力與心思終都有了個回報。

兆正還是那副模樣，用眼睛望著梯級，一格格地踏上來。她用眼光來估計著，丈量著他那下垂的目光現刻應該接觸到她的拖鞋尖了，然後一寸一寸地，她讓自己從腳到頭地展現到他的目光之中去。當他的目光完全的，正面的觸及到她的目光時（這種機會之前極少，甚至可以說從還沒有過），她笑了，她已忘記她當時都說了些甚麼了，她只記得，她笑了。因為她見到他的兩眼突然放射出異彩來，她想，她終於抓著了他的眼神了，他的那兩扇將他心底的密藏透露出來的靈魂之窗。

就這麼通上的電，歡樂與希望的彩燈一下子全點亮了。就這麼一次的這麼個霎間，人生的節日前夜有時比節日之本身更令人難忘。後來有一次，湛玉已忘了是在一種甚麼樣的環境以及對答的上下文中，反正那時的兆正已當上了他的作家了，而且還有了點名氣。他問她：當年，她究竟歡喜他些甚麼？她想了想，答道：「你有點憨，但憨得可愛。」這倒是真話，再多的，她也說不出些甚麼來了。她對他，從感覺到感情，如何一寸寸地從東方的地平線上升起，幾十年後，又從感情到感覺，如何一寸寸地從西邊的地平線落山，只留下了一片青冷色的回憶的天空，所有這一切都是一團謎，一筆連他倆自己都說不清楚的稀裡糊塗帳。

拾肆

我與湛玉牀笫間的一次對話

……在我們青春發育期的信仰模式的強行灌鑄對應著在我們更年期的對價值觀劇變的殘酷適應。我們一直是落伍者。

A dialogue between Zhan Yu and me in bed

...Just as our beliefs were forged in coercion during our youth, our adaptation to the rapidly changing value during our mid ages is also brutal. We have been dropouts all along.

這又是另一次。

那一次，我們又狠狠地、很過癮地幹了一回。之後，湛玉白玉一般豐滿的胴體就那麼疲乏地，絲毫不作掩蓋地躺在我的邊上。我伸出一隻手去將它們再一遍地撫摸，那種潤澤光滑的感覺讓你的手掌不忍心按得太緊又不捨得離得太開。我說，我在她的身體上就從來也沒享受到過如此豐盛的感覺……

誰？你說誰的身體？

但下一刻，不用我解釋，湛玉便自己明白了。她說，是啊。你可知道，一個擁有了如此身體的女人是多麼地渴望能被人愛撫啊。……有時夜深了，失眠，她說，她想她還沒老呢，她的欲望還很強烈。但就絕對不是與他。她與他之間的那種生活曾經也很熱烈，然而就莫明其妙地消失在了好多年之前。

還有一次。

我們大汗淋漓地靠在牀頭板上休息了一會兒之後，她便披著一襲絲質的睡袍下牀去了。我望著她的一雙白嫩的腳背與腳板合拍著一雙輕質泡沫拖鞋的銀色內裡一閉一張地走向房門口，之後再一路朝廚房走去。

待她端著一杯熱茶回房來，在我的牀頭櫃上放下後，她發現了房內某個細節的變動。我將一塊她罩遮在一幅照片上的手帕取走了。照片上，兆正與她站在桂林公園的一個石舫前，金秋的陽光透過一棵金桂樹影照射下來，兆正笑得很燦爛，她笑得更燦爛——這可能是十五年之前的他倆了吧？照片豎立在梳妝枱上，梳妝枱正面對著大牀。我說，還是讓他瞧著我們幹這一切吧，隱瞞，沒有詩意。她也笑了。她說，假如我倆能永遠生活在一塊就好了，緣份真是與我們開了個大玩笑啊。她又說，男人對女人的最大吸引力是安全感。有時，一個當作家和藝術家的丈夫並不能為你提供這麼一種感覺，這有點兒像夢，一場曾是五彩絢麗的夢，紛紛揚揚地飄落下。醒了，你會失落地發現，一切還不都是睡之前的原樣？

我的目光突然變得有點銳利起來，我說，那假如是一個商人的丈夫呢？一個能賺錢，最好是能賺大錢的商人丈夫呢？

她沉默了一會兒，終於轉向了其他話題。

後來，在相隔了一段長日子之後的某個機會，我又隱隱約約地點及到這個主題。我說，假如我真是他，他也真是我，而你仍然是你的話，即使緣份錯了位，即使錯了位之後再顛倒過來，又有甚麼意義？有位劇作家寫過一齣很現代的戲。有一天，某人在車站上等某人，下雨了，她沒帶傘，結果有一個人走過來為她提供了一次共傘的機會。同是那一天，某人在車站上等某人，沒下雨，她等到了她想等的人。兩回最常見的生活偶然衍生出兩個截然不同的人生故事，然而，作者在其中藏進的命運的必然性卻是驚人的一致。

湛玉很平靜地聽完了我所說的一切，她的回答卻是完全遵循另一條思考邏輯的。她說，我們這代人的經歷太多太厚太沉太重反差也太大，而所有這些，你不會比我更不清楚。當年的政治狂熱與今日的物質窒息（狂熱也是一種窒息）同樣地衝擊著我們的心魂，讓我們失去心理平衡。在我們青春發育期的信仰模式的強行灌鑄對應著在我們更年期的對價值觀劇變的殘酷適應。我們一直是落伍者，但正當我們下了決心要迎頭趕上時，時代的閘門每次都恰好在我們這一代人的面前無情地卡下！

這都是誰的責任？而又有誰會願意就這些來向我們整整一代人負責？我們都是受害者——我是受害者，你是受害者，兆正他，也是受害者。只是我們這代人的苦無人可訴，即使訴了，如今，也無人有這份閑心來聽。於是，他便寫小說，你便寫詩，而我，又何嘗不想坐下來寫點兒甚麼？這是我們這代人訴求的另一種方式。等到我們老了，我們至少可以在自己留下的文字之中找到一個可靠的自己。嗨——她長長地歎出一口氣來，說，生活在你前面，夢在你後面，生活讓你經歷了之後便成了夢。

我一言不發地聽她說完了，心想，她是個既能寫好小說也能寫好詩歌之人呢，但她甚麼也沒曾寫過，她只是為他人作了一世的嫁衣裳。我明白了為甚麼她的目光有時會黯淡下去，之後又會突然燃燒起來的原因了。

拾伍

究竟，那件「千結衫」去了哪兒？

奇怪的是：等到跨過了某個生命階段的門檻之後，如今，他最想回去看看的又漸漸變為了他從前生活過的那個地方了。人生是個圓周，不知從何時起，他的人生軌跡又在不知不覺中向著它的始點回歸了。

Where is that sweater?

Strangely, when he walked past a certain threshold in life, what he most wanted to look at when he returned was actually the place where he had lived before. Life is a circle. From some point in his life, now the track was returning to its starting point before he knew it.

當燈光漸漸稀落和黯淡下來時，兆正知道自己已經位於了這個城市的最西端了。

他常到這一帶來走動，那是在他和湛玉剛搬來復興路新居後不久的事。他的創作習慣是喜歡散步，而且要在與自己的性情完全融合的環境中散步。他不是個甚麼都急於要記錄下來的作家，也不是個嚴格按照創作計劃天天日日必須要完成多少多少的作家。他隨性而來，感覺潮漲上來時，他可以茶食無味，一連幾晚都趕通宵；感覺平息下去時，就任憑心情像黃昏降臨時的海面，靜靜地反射著夕陽金色的餘輝而不思任何牽動。對世事，他也採取了這同一種放任的態度。他少年和青年時代的那種特有的敏感和懦弱都在漸漸地形變，退化為一種類似於麻木和聽之任之的性格。社會正在發生翻江倒海的巨變，但他卻始終饒有興趣地將它看作是一件處在光線幻變之中的寫生物，擺放到他的作業枱上，左觀右觀地思考著該從何處著手去刻畫它才最好。

在他生命的天空中，甚麼對於他都是無關重要的，除了能保持自己所需要的那種創作狀態之外。

當然，錢是另一個很重要的問題，尤其是當你從一個純理性的角度來思考它時。似乎是為了彌補一段扭曲和荒唐的歷史所遺留下來的某類心理創傷，當今的錢的概念所凸顯出來的是一種畸形的社會主宰功能。不錯，今天的兆正已有了相當可以的社會地位了，但，這並不表示他就很富裕，很有錢。錢與地位是兩碼事——至少在今時今日的中國，這種情形仍十分普遍。一個人對錢財的擁有量與他的社會定位往往不相配稱，而由此引發的感覺上的落差又往往給人生造成了某種無形的壓力，假如你是一個很在乎這一切的人的話。

但兆正似乎不是這一類人，這可能是天生的。他旁觀著他人如何在錢的泥潭中撲騰，不知怎麼地，自己的心中就老也滋長不出絲毫欲望來。他覺得這樣不很好嗎？他喜愛看書，聽音樂或是在感動人的夕輝裡作一次漫無目標的散步。他不打算去了解別人——包括湛玉——在想些甚麼？儘管他知道別人都一定會有很多東西在思考在追求在企盼的。他想，這些又與他的活法有甚麼相干呢？而立、不惑、天命，一個五十來歲的他竟然感覺自己已提早進入了孔子的「耳順」之境了。

有一幅畫面經常會在他的腦海中出現：落日、沙灘和廣闊的海平線，有一隻小小的木船擱淺在沙灘上。周圍不見一個人影。他已記不得這是他見過的一幅攝影作品呢，還是他根據狄更斯對其小說人物漁民比果提（PIGGODDY）一家子的描述轉化而成的一種視覺印象？反正，他覺得這幅畫面很能打動他。還有一首詩。當他第一次讀到這首叫作《海邊小景》的短詩時，他的心猛烈地顫抖了：是連綿的沙灘／一排腳印／是折腰的蘆葦／生的頑強／是曬網的他的脊樑／駝的側影。／在這裡，世界只剩下了／落日／海濤／風聲／蘆葦／和／他。

詩是我寫的，寫在一張泛黃而粗糙的報告紙上，在一個非常時代的一個非常的機會被他偶然讀到。連同這首詩在一起的，還有一大疊其他的詩稿。其中有一首叫《燈滅了》的詩，他至今還能記得個大概……燈沒再亮／我卻適應了一切／黑暗在甦醒／門、窗、櫥、櫃正／悄悄隱現。／我忘了，也許再也不需要理解／光明的可貴和它／真實的意境。詩寫在1966年底，那時，我與他都還是個不滿十八歲的青年。讀到這首詩時的他的第一感受不單單是心，而是整個靈魂的震動。倒不是這首詩寫得如何好如何成熟，而是在那個時代，別說是這種詩，就連類似的文字組合也很少能有機會讀到。兆正當然立即領會了蘊含在文字表層之下的詩作者的用意，他感到暗暗吃驚，但同時也經歷了一場心靈一旦在獲得共振時的那種無可言傳的快感。其實，那時候的他自己也正在從事另類文字工作。他每天都與墨汁和白報紙打交道，常常使用一些驚世駭俗的語句以及帶上了一個或幾個感歎號的句式來揭發走資派的黑幕和捍衛毛主席的革命路線。大字報貼滿了東虹中學的校園，再貼出校門，貼上街去。一時間，他變得大名鼎鼎，變成了一個化筆桿為匕首，刺向階級敵人胸膛的衝鋒陷陣的紅衛兵小將。

但是，一旦當在某個良知的部位遭受針蜇後，他突然產生的是一種大夢初醒的感覺。他想：原來是這些啊，這些才是他真正希望言達的東西呢。而眼下，能寫出這些詩來的人並不是那些他在文革爆發前常常讀到的遙遠了時空的，文名赫赫的大詩人大作家，作者近在眼前，僅是一位他的同代同齡人，他的同班同學！這又讓他受到很大鼓舞，他想，他為甚麼不能也試試呢？這也許會給他帶來意想不到的滿足、快樂和收穫的。他偷偷地嘗試了好幾回。果然，他感覺自己的心中因此而充滿了喜樂；再說，他覺得自己寫得也很成功，很能讓他暗自裡得意一番。於是，他便一發不可收拾，一寫便寫到了今天，寫就了一位當代名作家的同時也意外地發掘出了一座自我才華的無價的金礦。

當然，這件事是他長期以來一直保守在心中的一項極深極深的秘密，他沒向任何人透露過。有一次當湛玉偶爾同他談起了我的近況，說我都發了財了，而且還寫詩。又說，我的詩集新近將會在她當編輯的那家出版社出版。從來沉默寡言的他突然就變得滔滔不絕起來，頗令湛玉感覺意外和困惑，其實其中是有他的原委的。

他走過一幅高高的花園圍牆，有濃密的樹葉和樹枝從圍牆的頂部探伸出來。在明晃晃的街燈裡閃爍著綠瑩瑩的微光。他站定了，左右前後地環顧了起來。這是他體驗生活的一種習慣。在旁人看來，他的舉止似乎有點怪異，但他不會去在乎這些，他只在乎自己的感覺：在文字創作停止時，他從沒停止過精神上的創作。而且，他從來就覺得後者更重要，更不容有一刻的間斷。而他，就是在這種感覺之中一路走過來的。

他見到離他幾丈遠處有一扇黑油漆的花園大鐵門。鐵門緊閉，鐵門的一旁是一座哨崗小屋。小屋此刻已經燈暗人空，木板門窗也全都關閉上了。再過去，長長的花園圍牆的左下方洞開著一個小小的售票視窗，此時此刻當然也已經門板打烊。小窗的上方掛著一塊巨大的雕刻著黑漆仿宋字體的銅質牌匾，曰：宋慶齡女士故居。下面還有幾行小字，記載著宋女士哪年入住此宅，哪一年遷出此宅，以及在此曾發生過甚麼重大的歷史事件云云。而所有這些，兆正甚至不需再走近前去，一行一行地將上述文字昂起頭來讀多一遍便已知曉其全部內容了。這一帶的街道他已來來回回地走過不知多少回了，有時是在夕輝閃閃的黃昏，有時是在細雨迷濛的早晨，有時則是在幽暗籠罩的夜色裡，就如此一刻。他已經對街道兩旁所有的建築，建築的標徵以及特色都已瞭如指掌。在這一片他在他的童年歲月裡曾嚮往無限的地段和區域，如今，他已如一條歸溏之魚一般的穿梭自若了。

然而，奇怪的是：等到跨過了某個生命階段的坎兒之後，如今，他最想回去看看的又漸漸變為了他從前生活過的那個地方了。當然，這要在他的情緒感到有某種特別需求的時候。他從來就怕去那兒，渴望能永久離開那兒。但，人生是個圓圈，不知從何時起，他的人生軌跡已在不知不覺中向它的始點回歸了。那片菜場，那條後弄的甬道，那條青磚牆的舊街，兩旁帶老虎天窗的陋屋鱗次櫛比。他如夢如醉地行走在這片熟悉的環境中，感覺童年時代的貧困與無望正躲在遠遠的某個角落裡窺視著他。

有一次，他來到了一座紅磚牆剝落的弄堂的小小拱門前，他在這兒停住了腳步。他太熟悉這一片場景了：一條細窄弄道一路引導他通向前去。他恍恍惚惚地踏上了這條舊路，再從一扇後門走進去。他穿過一片嘈雜的店堂，店堂如今已被好幾檔做服裝生意的攤販所割據，幾個中年女售貨員吆喝著地招徠買客。他從店堂的前門走出來，眼前的菜場也全變了樣，帶簷棚的菜檔肉檔不見了，現在這裡是一大片農貿市場。操外地口音的攤主們將魚呀肉呀蝦呀蔬菜呀鋪滿了一地，從早到晚，這裡從沒有歇市的一刻。

他轉過身來，開始向著身後邊的那些店鋪打量起來。灰褐色的水門汀牆柱上還模糊可見昔日的店標。有一個獨眼老人躺在一張摺椅裡，他略帶哮喘聲調的濃濃的蘇北口音從兆正的背後傳來。他說，你這是在找誰家啊？兆正掉過了頭去。他向他笑了笑，並沒作答。他發現老人的身軀佝僂，皮膚乾癟而且爬滿了皺紋。但他不難從這具年老的軀體中，找到它昔日也曾高大魁梧的影子來，然而現在，它只是像個小孩似的踡縮在那張尼龍面的摺椅裡，顯得可憐而無助。他想，這難道也是生命循環的另一類形式？老人用那單只的黃濁無光的眼睛望著他，模樣與神情都顯得有點猥瑣。兆正依稀地記起了誰來。

他決定再次轉回臉去，繼續辨認殘留在門楣上的黑漆字形：南北乾貨，山珍海味；價格公道，童叟無欺。

拾伍

其實，字跡早已斑剝得無從辨認了，兆正之所以能認出來，一大半是靠他遙遠了的記憶的相助。「儂找的是這一家啊？——這家人搬走已經有好多年啦，他家的一個女兒還嫁到了香港去——香港！」老人又在兆正的背後自說自話地咕噥起來，還在「香港」兩字上加重了語氣再說多一遍，似乎其中隱藏著甚麼玄機一般。

兆正不得不再次掉轉頭去，他向老人略略點了一下頭。表示著：謝謝，我領情了；或者：是的，我也聽說有此事了。其意曖昧。之後，他便迅速離開，他不想再與那老頭搭訕多點甚麼了。

這是發生在他再次見到雨萍後沒幾個星期間的事。這麼多年了，在這之前，他從沒回去過，而在這之後，他又開始經常回那兒去。仿佛那次的他與她的重逢是他累積生命記憶的某條分水嶺。

事實上，他常回去那兒的原因之一是他希望能找尋到某個已經遺失了的記憶細節。他曾經記得有過那麼一回事的，但後來，當他認真回想起來時，又似乎覺得沒有。而沒有，是因為他找不到那件事確鑿存在過的任何證據。

他一次又一次地將那些十分稀薄了的印象串聯在一起，並將之強化。最後，竟然使那段情節逐漸變得清晰起來。在那段情節中，雨萍是站在她家的店堂門口的。那時，他似乎剛要離開，她喚住了他。這是在他畢業分配後不久，去崇明島屯墾圍田的前夕。那段時期，他正進行著緊張的行李打點工作，而雨萍幾乎天天到他家來，與他的母親一塊兒為他作出發前的準備工夫。

雨萍站在門檻上望著他，他轉過身來。他見她的手中握一包用舊報紙包裹著的甚麼。她只說了聲：「兆正表哥……」便言止了。他不望她的眼睛，自從那次之後，他便回避與她的那種目光對峙。

「……我替你打了件毛衣，是雙料的，」她終於說道，「崇明島上海風大，毛衣最實用了；既能禦寒，又不會影響幹活。」

「謝謝。」他從她手中接過了那包東西，剛想離開，突然想起了甚麼。在那個時代，毛線是憑證供應的，而且每個人的份額都十分有限；有時全家人全年的份額加在一塊還不夠為一個人添置一件新毛衣。不憑證的貴價品當然有，但對於貧寒的小市民來講，這種價格等同天價。而他是了解雨萍家的家境的，雖比他家要強些，但又能好到哪裡去呢？——住在他們那幾條街上的幾乎沒有一個是有錢人。再說，雨萍也沒有工作，她自己還是個病休青年，要靠父母來供養。

他變得猶豫了，他將包裹提起來：「哪……？」他的意思很明確。但他見到雨萍的眼神突然就變得很明亮很有光彩（這時候的他已不得不望著雨萍的眼睛了），她說，你回家打開看了，不就知道了？

他回到家中後就將紙包打開了，裡面整整齊齊地疊放著一件毛衣。毛衣是雜色的，袖上背上都綴滿了密密麻麻的線結。他猛然想起了最近他有好幾次因事去雨萍家時，老見到她不是在黃燈光下打毛線，就是坐在牀沿邊上擺弄著那一團又一團的絨線的線頭。她把斷絨線先像梳辮那樣地一小節一小節地辮織起，完了，再在其盡頭打個結。她幹這事幹得極其有耐心。「你都在忙些甚麼呀？」他問她。但表舅母代她的女兒向兆正作了解答。表舅母說，雨萍是在四川北路的一家廢舊商品處理店排了好幾個鐘頭的長隊才買回了這麼一大堆斷毛線頭來的。這東西的好處是一不需憑證，二價錢便宜。雨萍希望能用它來打織一件毛衣。說罷，舅母還朝他意味深長地一笑，讓他感到有些莫明其妙。現在，他明白了，原來雨萍幹的就是這件活兒。

他當下都有點感動了，他提起毛衣來，對著燈光細細看。毛衣很厚，也相當地重，因為毛衣編織得很寬大——太寬大了！假如他穿出去的話，他想，它的下擺會過膝，袖口也會遮到手背上來的。二十多年後，有一次，他隨一個代表團去巴黎參加中法文化藝術節的交流活動。當他們一團人去參觀蓬皮杜藝術中心的時候，他也見到過一件類似的「千結衫」。他在這件很現代派的展品前駐足良久，直到他的全部團友都走光了，他還一動不動地站在那裡。他在琢磨：那位法國藝術家在創作這件作品時的靈感出自何處？他與他有過類似的經歷嗎？

但最後，兆正還是決定把那件毛衣留下，他沒將它隨身帶到崇明農場去。動機其實也很單純，他怕別人笑話他；穿一件用一大堆廢線頭編織起來的毛衣，不正好說明了自己的寒酸和貧窮，還能說明甚麼？在當時，他不會想到再多的甚麼了。

當他再度想起要把這件「千結衫」找出來的時候，日子已經流淌過去好多好多年了。

那一年，他剛在香港與雨萍見了面，在搭機回上海來的一路上，他都在想著這件事。他好像記得有過那麼回事，但時隔久遠，記憶變得朦朦朧朧的只剩下些幻覺式的片影了。回家後，他在衣櫃中東翻翻西找找，但毫無結果。最後，他記起來了：這毛衣（假如真有的話）一定是在他母親留下的那一堆遺物中。如此判斷的理據是：只要是雨萍送給他的東西，母親一定不會隨便扔掉，她會將它保存好的。

母親是在前幾年過世的，他回老家去了一趟，善了後，又將母親留下的那些物件整理了一下，離開故居後就再也沒有回去過。而那一大箱幾小包從老屋帶回來的東西，他也記不得是往家中的哪裡一擱，就再沒去打開過。現在想起來，卻又找不見蹤影了。

他不得不請教湛玉，他說，你有沒有見到過有一件毛衣？他又將他印象之中的毛衣的模樣形容了一番。但湛玉十分困惑地望著他：「毛衣？甚麼毛衣？」她說道，「你母親留下的那一大堆垃圾都原封不動地放在那裡，一樣也不會少，你自己找去吧。」

湛玉說這話的時候，正坐在客廳間的一張單人沙發中看書。也是在浴後，也是在夜晚——而且，還是個晚春時分的溫暖潮濕的夜晚。但現在，家中的氣氛已明顯與前幾年不同了。湛玉已很少再穿她的那套寬身的浴袍了，她一般都穿一套長袖褲的睡衣，將自己的手臂與小腿的部份都遮蓋起來。拖鞋倒還是那雙輕質泡沫底的，大約因為著起上來舒適輕便的緣故。她交叉著兩腿，直直地坐在那兒，一個人佔據著一張沙發。她一邊不停地用左手將散落到前額來的髮縷掠到耳後去，一邊十分專注地看著一本書，她的右肘支撐在沙發的扶手柄上。客廳裡沒有人，也沒有任何聲息；秀秀在她自己的房中做功課——或者已經和小保姆一塊兒熄燈就寢了。兆正在他自己的書房裡工作。後來，他從書房中走出來，走到走廊的盡頭，便收住了腳步，他望著她。等到她也抬起頭望到他時，他才趕緊開口問了有關那件毛衣的事。

拾伍

湛玉說的「那裡」是指他家那套公寓單元中的一條後走道。後走道經廚房而過，通往單元的另一扇邊門。這是幾十年前租界時代高級的住宅公寓常有的建築格局：邊門既可以充當防火通道，也是平時雜物的運輸、堆放以及下人們的進口處。邊門向著外走廊拐了一個彎的另一方向開啟。只是如今的社會再也沒有上下人之分，一切人，包括小保姆，出入從來都使用正門，邊門於是乎便成了一種多餘的設施，長年上鎖，而後走道因此也演變成了單元內的一截盲腸，成了堆放雜物、舊什和棄料的地方。

其實，兆正自己也很少會上那兒去——自從搬來之後，他還不知道去過那個角落有幾回？——他摸黑走進去，按亮了走道裡的電燈。電燈是一個高懸在天花板上的赤膊燈泡，周身上下都積滿了灰塵，光線昏暗得來像隻惺忪迷濛的睡眼。他用力挪開了一件件笨重的舊傢具，拖出了母親留下的那個花格圖案的帆布箱來。他打開箱子，見到箱內的物件有條不紊地疊放在裡面。他能想像當年母親將它們一件又一件收放進去時的情景。他看著那一件件熟悉的衣物在眼底下呈現出來，童年的歲月便又一幕幕地再現了；他甚至能聞到母親身上的那股溫暖的氣息，他想，這不就是那股最能為童年的他帶來安全感的氣息嗎？然而現在，他連細細品味這一切的心思都沒有，他急吼吼地將物件一一翻騰出來，直搗箱底，然後再一件件地塞回去。但他沒能找到他所要的東西。他在周圍的雜物堆裡再翻騰多了一陣，結果仍然是一樣。

假如說他的這次尋找，還有甚麼意外收穫可言的話，那是他發現了一本他自己的散文作品集，竟然與一厚疊棄書和過期的刊物堆在了一起。這是他最滿意的作品集子之一，前幾年由北京的一家出版社出版。

集子裡收集都是那些年間他在全國各報刊上發表的性靈散文，雅典飄逸又不失深刻和人情味。封面是一幅歐羅巴的田園景色，有清流和野花，遠山的輪廓朦朦朧朧。這是一幅他親自選定的油畫作品，他將它想像成是貝多芬第六交響曲的畫面意境的體現。

它怎麼會在這兒的呢？他打開了書的扉頁，上面有他親筆的題字。他寫道：秀秀……之後就沒甚麼了。他只是用他拙劣的畫技畫了兩顆心，一顆大，代表他自己；一顆小，代表女兒；兩顆心互相緊貼著，一半是重疊的。下面有一行小字：永遠深愛你的爸。

他記起來了，那天，他收到了第一批樣書，心情特別興奮，特別希望能向誰表示點甚麼。他想到了女兒。而那年，秀秀還在念小學，她還讀不太懂書裡的內容。送書，應該說，只是他作為一個父親的單方面的心情行為。他把書合上了，他已經有幾分明白了書為甚麼會丟棄在這裡的原故了。

他頂著一頭的蛛網和一身一手的塵土從棄物堆裡站起身來。他拍打著雙手，動作緩慢得有點誇張。他從那條後走道裡退出來；熄燈，再拖著腳步回書房去，手裡捲握著那冊散文集子。只是在此刻，他腦螢幕上的那件毛衣的模樣反而愈顯愈清晰起來了——它從沒像現在那麼清晰過：包括它的色澤、式樣、長短、質感，甚至某個部位上的放大了的細節。他不知道，這仍然是他的一種想像呢，還是他的記憶功能在關鍵一刻的回光返照？反正，他現在已經能肯定：那件毛衣確實在他的生命中存在過。

但，它又會在哪裡呢？

拾陸

都整整三十年了，但路又是怎麼一步一個腳印地走過來的呢

他說：「這是真的嗎？」在這黃昏的光線中，他的那對烏黑烏黑的眸子深邃悠遠的像是條沒有盡端的巷弄。她使勁地點了點頭。他一把擁抱住了她：「謝謝你，親愛的，謝謝你！……」他的聲音遙遠含糊朦朧得像是夢囈。

A whole thirty-year is gone. But how each and every step has been walked on this road?

He said, is this true? In the twilight, his dark eyes, deep and quiet, were just like an unending alley. She was intensely nodding her head. He grabbed her into his arms. 「Thank you, sweetie, thank you ! ...」His voice was remote, vague and hazy, like dream talk.

其實，豈止兆正與湛玉的愛，這世界上的很多事都有些糊塗賬的感覺。

麥當勞餐廳裡燈光明亮，環繞音響系統正在播放著名黑人歌手米高．傑克遜唱的一首流行歌。他孔武有力地「嘿呀！呵呀！呵呵呀！」哼喚著，直到他的伴唱隊也都加入進來為止。有一股食物的香味飄浮在空中，這是一種介乎於奶酪與穀物間的暖暖融融的氣息，讓人聞著感到舒適、安逸，還會產生出一些童話式的聯想來。

湛玉的目光還在向著環形落地窗外注視，窗外的街上已漸漸變得夜色濃重起來。黑夜的背景襯托在一大扇明亮玻璃櫥窗上，遂讓它變成了一塊巨大的、具有透視感的鏡面。這是一幅荒誕畫面：一會兒，一輛越街而過的桑塔那轎車似乎正對著速食店的櫃面直衝過來；又一會兒一位端著餐盤去座位上就坐的顧客似乎正從外街上的一對擁吻中的情侶之間飄然而過。十多二十年前，當偶有一兩套西方電影登陸中國，見到影片裡類似的場景，不禁教人聯想多多，但不知從何時開始，上海街頭的這種景象也都比比皆是了。

這種景象於湛玉更有多一番意味：這是一幅真實與虛幻的合成圖像，恰好是她此一刻心情的形象化了的表述。

後來，她將目光從窗外收了回來，又讓它完全回到了麥當勞餐廳的明亮的現實裡。米高．傑克遜的歌唱完了，換了另一首。是一個台灣女歌手唱的歌，嗲聲嗲氣，讓她聽了心煩。

餐廳裡，人進人出。如今的上海人個個都穿戴整齊，趕上時尚。青年人更是哈哈地大聲說笑著，夾雜著一些讓他們那一代人聽來已有些感到陌生和彆扭的語彙。他們從湛玉的身邊不停地流動而過，每個人的臉上都掛著笑，似乎這人間從沒存在有煩惱這回事兒——但，是這樣嗎？她端起紙杯來喝了一大口：牛奶已經開始涼了。

她向對面桌的秀秀望去，她發現秀秀餐盤中的食物已所剩無幾了。幾張揉皺了食品包紙和一個空了的薯片硬殼袋躺在那兒。但秀秀還是握著一大杯的冰可樂在那兒慢慢地啜吸。她很想與秀秀再說點甚麼，但卻又想不出說甚麼。事實上，她想與人交談的欲望一半是醒著的，一半仍在沉睡。

她留意到秀秀在留意鄰桌的兩個女孩。她們與秀秀年齡相仿，中學生模樣，書包擱一邊，各人面前攤一冊課本，像是在溫習功課。她們也都手中各握一杯可樂，還不時地東望望西瞧瞧，再交頭接耳一番，接著又掩住嘴，你望望我我望望你，「咯咯咯」地癡笑個不停——誰知道她們在笑甚麼。

湛玉想起了這個年齡的自己來。

再過去，一家三口，一對夫婦，一個和秀秀差不多年紀的女兒。看上去，女兒與父親似乎更親熱些，她把頭靠在父親寬厚的肩膀上，父親用手掌一遍遍地撫摸著她烏黑光滑如絲帛一般的秀髮。但父親的眼睛卻是望著女孩的母親的。而夫妻倆互望的眼神中又透著一種溫柔，欣慰和滿足交織。他們還在說些甚麼，湛玉想應該都是些誇讚他們女兒的言辭吧！這是個夫妻間永不言厭的話題。

一個穿橙色條形制服，頭戴一頂白絨帽的餐廳侍應生正在拖地板。他一邊拖，一邊在每張座位跟前站停一會兒，耐心地等待著顧客把腿移開了，再小心翼翼地將拖把伸進座位底下去。他將餐廳的塑磚地板拖得一塵不沾，光潔亮麗。

湛玉定了定神，她想：不錯，這就是今天。但它又是怎麼從昨天一步一個腳印地走過來的呢？有時，她常會有這種虛無得不著邊際的夢境感。

從他們的少年到中年，以歷史的眼光來丈量，彈指一揮間。幾十年，不能算回甚麼事，在中國歷朝歷代的漫漫歲月裡，別說幾十年，有時幾百年，也就是那同一種日出而作日落而息的生存模式，一晃幾代人，平靜平淡平常如逝水。但偏偏，這是一截非常的歷史隙縫，並恰好給他們那一代人楔卡了進去，讓經歷了這麼一個時代的每一個人都有一種類似生活在夢境裡的奇特的感受：有時候覺得昨天像夢，今天是現實；而有時，這種感覺正好顛倒了過來，覺得昨天才是現實，今天的一切倒像是夢了。

日子這麼一天天過來了，又過去，人便在那條夢與現實生活的邊境線上跨進後又跨出，疑幻疑真，感覺錯位。然而對於湛玉來說，這種感覺愈來愈強烈，愈來愈觸動她，那是在89年之後的事了。先是北京的學潮，繼而遠在歐洲的柏林圍牆就在一夜之間被千百個憤怒的鐵錘給砸倒了。她是在事後很久才在電視熒光屏上見到這幅驚心動魄場面的重播的。當時就有人說了，這不象徵著我們這整整一代人從少年、青年時代就建立起來人生價值觀念的徹底崩潰嗎？她當時並沒太在意這種說法，甚至還有點暗暗的幸災樂禍式的興奮。她想，甚麼價值體系不體系的，那些東西我從小便沒有相信過，認同過；如今倒了，倒了大家都自由了，倒了不更好？

湛玉這麼想，因為她曾經是它的受害者，但她（就像她很多的同時代的人一樣），同樣也是它的得益者——這點，當時的她並沒有立即能察覺到。這種情形在當時的中國社會十分普遍，它的前半段故事已經講完，句號之後，它的後半段情景通常要在今後的多少年之中才逐漸逐漸地顯影出來。那時的她的家已搬到了現在他們居住的那套復興路段的公寓裡來了，同樓住著的全是些市里文藝界有頭有面的人物。無論是地段、外形、面積、設施，這幢樓都不是他們以前住的那一幢可以用來作比較的。但怪得很，她住在裡面，卻一點也不覺得舒坦。這種感覺是當搬場公司的那輛六噸位的卡車停在他們以前住的老工房的門廊前，看著搬運工人將大櫥、餐桌、雙人牀一件件地搬上車去的時候突然產生的。她覺得她作為一個女人一生之中最溫馨最甜蜜的歲月可能就從此留在了那套已搬空了一切的二室一廳的單元裡了。

車都快要開了，她忽然叫人家等等她。她三步並作兩步地從老工房的那條粗糙的水泥樓梯上一路奔上去，回到了那套空蕩蕩的舊宅裡。她從這間房走到那間房，辨認著昔日在牆上留下的熟悉的記印，想想再也沒有甚麼可以隨身帶走了，帶不走記憶，帶不走感覺，不覺就有兩行淚水掉了下來。她在房內發呆發愣發傻，直到樓下都響起了催促的喇叭聲，她才掩了門，慢吞吞地走下樓去，動作機械得像個夢遊者。

她就是懷著這種感覺搬去新居的。朋友們都來慶賀他們的喬遷之喜，同時也慶賀兆正的事業更上了一層樓。但她卻悶悶不樂，一臉倦容。別人都以為她操辦搬家事操辦得太辛苦了，她也索性來個順水推舟，就以這個藉口將別人搪塞了過去。

但實際上的情形是：住在這高尚地段的這幢高尚的大樓裡，又與這麼多著名的人物為鄰，她卻除了壓抑之外從沒有過高人一等的感覺。平時在大堂間樓梯上走廊裡遇見鄰居家的誰，雖說不上刻意回避（她從沒回避人的習慣），但她也從不會去採取主動打招呼的姿態。人們望著她，這麼漂亮的一個女人，是誰家的誰呀？湛玉太熟悉人們的，尤其是男人們的，臉上的那種表情了，但她卻找不到有任何喜悅的心情成分。她只想若無其事地走過去就算了。矜持，從心理到表情，她都感到一種無法升溫的冷漠。誰的誰？她不就是他的妻子嗎？而他，已是個圈內人人皆知的名作家了。這是任何目前還不知道她是誰的人稍一打聽便可以了解到的事。但湛玉並不喜歡這麼個身份，一個始終糾纏著她，令她徒生煩惱的思想是：我自己是誰？誰才是我自己？為甚麼他不能是我的誰？而一定要我才是他的誰呢？

她懷念那段他倆新婚後不久，居住在位於黃浦靜安交界處的那套老式工房二室戶裡的日子。就是那套後來他們又從那兒搬走，再搬到復興路這邊來住的老工房。至少，那套獨門獨戶的老工房是他倆第一次真正擁有的屬於自己的溫馨的巢窩——人在甚麼也沒有的時候，一旦獲得了些甚麼之時的歡欣感和幸福感是最珍貴也是最難忘的。

那是二十世紀八十年代之初的事了，那晚，湛玉從她的工作單位回家去，一路上心情歡樂得像隻隨時都會起飛的小鳥。她將平日裡帶飯的塑膠飯盒洗乾淨了，順路裝了幾樣熟菜，又買了一包兆正平時最愛吃的椒鹽花生米和兩罐易開罐的力波啤酒。她用鑰匙輕輕開了家門，見兆正正背朝著門，全情沉浸在了工作中。她記得這是個盛夏的傍晚，家裡所有的窗戶都打開著，弄堂裡的和街上的納涼人的嘻鬧聲和賣瓜人的叫賣聲不斷地傳進屋裡來。她從背後望著他，見他坐在一張藤圈椅中，藤圈椅擱在一張小方書桌前，而藤圈椅小書桌以及他自己都擠身在幾米見方的用一座一人高的立式雜木書櫃所間隔出來的一塊相對獨立的領地上。有一盞十五瓦的日光枱燈打開著，白色的燈光籠罩著兆正的那顆正專心一致伏案創作的頭顱。他穿一件汗背心和一條短褲叉，腳上拖一對交叉帶的海綿拖鞋。幾尺之外，一座十二寸的華生牌搖頭扇臨時擱放在一把摺疊式的餐椅上，搖頭扇轉動著，風力掠過，從後面把他汗背心的寬大背帶吹得一飄一飄的，還有他的那片密密黑黑的腿毛，也在枱燈慘白色的餘光之中顫顫悠悠。

她輕輕地掩上了門，將飯桌上的他中午吃完飯還沒來得及清理的筷碗醬碟都朝一邊挪了挪，然後再將自己帶回家來的食品罐酒擺放了上去。她躡手躡腳地來到他背後，站定，看著他如何飛快地往方格稿中填入文字，填入自己的思想。完了，他擱下筆，長長地吁出一口氣來。他拿起桌角上放著的一個保溫式的涼茶杯來喝了一口，然後放下。突然，他意識到了甚麼，轉過臉來，見到了正站在他背後的，全身的大部分都隱藏在了幽暗之中的她。

湛玉想，她當時的臉部表情一定是滿含著一種笑了，一種興奮的神秘的笑。兆正第一時間就猜到了，他說：這是真的嗎？在這黃昏的光線中，他的那對烏黑烏黑的眸子深邃悠遠得就像是一條沒有盡端的巷弄。

她使勁地點了點頭。他一把擁抱住了她，他在她的耳邊熱切而深情地反覆說道：「謝謝你，親愛的，謝謝你！……」他的聲音遙遠含糊朦朧得有點像是一種夢囈。

一個月之後，他們便搬到那套二室戶的工房裡去住了。

又過了半年，他們有了女兒秀秀了。秀秀生下來之後，他們又請了一個安徽小保姆——就是現在仍跟著他們的這一個——專職洗炊打掃和領孩子。他們讓保姆與孩子睡一間，他倆睡一間，於是，他倆便有了屬於他們兩人世界裡的更多的時間與空間。而且，現在客飯廳是客飯廳，廁所廚房是廁所廚房；他們又將主臥室的室內露台用鋁合金材料封閉起來，變成了一間與睡房能直接相通的陽光書房。白天，湛玉上班去，兆正則在陽光與書堆間從事他那份名成利就的職業。傍晚，湛玉回家來，常見到的一幅人生景像是：兆正站在老工房的公用的門廊口前等她。周圍鄰家的孩子和主婦們跑進跑出嘰嘰喳喳，但他卻笑盈盈的，一動也不動地望著她遠遠向他走來的姿態，不發一言。每逢這種當兒，她便知道，這是他一天創作進程順利時。他們便索性不回家吃晚飯了，就近找家乾淨一點的個體小飯館，坐下來，叫一札生啤，一碟炒鱔糊和兩碗寬湯肉絲麵甚麼的，吃得熱乎乎暈陀陀的再回家去。他們很默契地，甚至可以說是合謀了地，將女兒和保姆提早轟回自己的房中去，熄燈、就寢。他倆有他倆自己的親熱方式，她老喜歡先去香噴噴地洗個熱水澡，然後，換上件寬大腰帶的浴袍，完了，再與他一塊兒坐到客廳電視機的矮櫃前的那張三人長沙發上去。那些年，他倆做愛的頻率一般一星期都有好多回，而且還需要一段相對從容的時間以及一個從客廳到睡房的寬敞的活動空間的。對於性生活，她有她的習慣。她的習慣是：要她來主導全過程，操控全過程之中氣氛的上落和漲退，而不是對方。而他，偏偏又是個甘願永久充當配角之人——其實，那種情形，從他自背後偷偷瞅她的少年時代已經開始。

對於這段時期他們生活之中的一切細節，湛玉都覺得很滿足也很受用。其中的一條主因是：這能為她找到一種感覺。因為就感覺而言，而且從邏輯上來說也一樣，這一切都是由她為他和為這個家所帶來的。她很喜歡這種感覺，也很享受這種感覺；她覺得兆正的成功之中毫無疑問地有她的一份子，她絕對有權來享受他的一切人生榮譽。況且，那種榮譽在當時來說，並也不顯得比她自己的更光彩奪目多少。他倆相輔相成，在他們自幼就嚮往無限的文學天空中很有點比翼雙飛的味道。

當然，舊居生活令她懷念的原因還不限於此。

那段日子，也正是湛玉自己在人生事業上平步青雲的日子。從報社調去出版系統後不久，她的能力與才智便開始受到領導的重視。這還不說，最令她出乎意料之外的是：偏偏以前從來就讓她在學校和社會上最矮人三分的家庭出身不知從何時開始忽然變得愈來愈吃香起來了。再沒有「剝削階級」一說了，現在在民間悄悄流行起來的意識反倒成了「剝削有功，創造繁榮」了。人們說，以前三四十年代的上海為甚麼那麼繁榮那麼富裕那麼國際大都市化？後來到了五、六十年代，上海為甚麼又愈來愈變得清貧起來，閉塞起來，固步自封起來？那還不是因為消滅了所謂「剝削階級」的緣故？

這些話，她都聽得很是入耳。

再漸漸地，甚至那些從來就最強調階級立場與觀念的黨團幹部們也都開始轉向了。一般說來，他們對形勢嗅覺的敏銳度總要比常人們高出若干百分比，他們是政治學科上相對成熟的一族。他們的集體轉向是頗能體現出一種社會風向的改變的。如今，他們採用的手法通常是：先著手模糊自己以前曾無數次填入出身欄目中的三代勞動階級的成份，說，他們其實在祖輩譜族上的某代的某個人也曾創業，也曾是個開過一爿半爿店鋪的小業主，又說某某的某某不一早去了哪裡哪裡？只是年久疏於聯繫（當然那些年的形勢也不容你去聯繫），後來改革開放了，人家尋根尋了回來，大家這才抱頭相認，淚眼對笑眼地認了這門親戚，云云。如此說法，當然叫人真偽莫辨。而且說多了，聽者痲木，信者也變得愈來愈稀少了，倒是湛玉，不用說，才是個大家一致公認的真貨。這令到領導和同事們對她都刮目相看，更加眼露敬慕之色了，說，大人家出來的大家閨秀畢竟是大人家出來的大家閨秀，大人家出來的大家閨秀就是與眾不同，如此這般。

這些話，她聽來就更加入耳了。

這樣的人才，理應才盡其用。於是，她在出版社裡的被重用就顯得有點合情合理也頗合眾望所歸了。幾乎沒有甚麼太大的人事障礙，她從編務人員，助編，編輯，副編審一路升遷上去，最後終於停留在了編輯部主任這個行政職務上朝前不動了。但她已很滿足，她連大學都沒上過，而如今社裡頭的碩士生也有好幾個。再說，這個不大不小的職銜，在一家出版社來說，也算是個相當有實權的中層幹部了，外面的世界她見不著，也用不著她去想像和操心，反正在本單位裡，凡人見著她，笑臉與哈腰一類的姿態還是少不可免的。

這種形勢至少在1989年之前一直是如此的。然後便到了89年，中國逼近了她那二十世紀的最後一個十年。

晚春的某一天，湛玉一早上班來到編輯部。她見到編輯部裡人人都顯得很興奮，大夥兒圍成堆，談論著甚麼。連長病號也都趕來單位了，還有那些個平時在辦公室裡存在了等於不存在的木訥之人，現在也都站立在人圈的外一層，結結巴巴的，想插嘴，但又插不上嘴，急得臉都憋紅了。湛玉感到好笑，她在自己的座位上坐了下來。

這些天來，誰都沒有心思上甚麼班了。社會上的形勢已經開始變得風起雲湧，大有山雨欲來風滿樓的感覺。這股颶風的成形處是在北京，準確來說，應該是北京城裡的那一片廣場上。廣場上有一座紀念碑，開始的時候，紀念碑的四周堆滿了花圈，有人在碑座前發表演說，有人寫詩和朗誦詩。人群激憤了起來，於是，旋風的中心氣壓便一點一點地形成了。後來，颶風從廣場刮上街去，刮遍了整座北京城，再從北京吹向全國吹來了上海。

湛玉從中感受到了文革初始，各校停課，各廠停工鬧革命時的那股子猛勁。那是1966年初夏的事，她才十七歲。就像這回一個樣，當時，每個人的心中撲騰著一種莫名狀的興奮，都以為改寫歷史就從這一刻開始。但後來，證明釀成的是一個空前的長達十年的歷史悲劇。這一次的結果會不會也一樣呢？她相信不會：因為，時代畢竟不同了。

當然，從十五年後的今天回首，一切已清楚不過。然而在當時，就誰也弄不清究竟是怎麼回事。整個社會就像是一條被斬斷了纜繩的大船，在波濤洶湧的海面上的溜溜地打轉。各單位在看市里，市里看中央，中央在看誰？沒人知道。

湛玉整理著自己桌面上的檔案和稿件，顯得有些心不在焉的樣子。她見到有幾位同事正向她的桌旁靠攏過來，他們站到了她的辦公桌前。下午，社裡要召開全體員工大會，會後，再一齊上街去遊行。他們要求湛玉也能代表編輯部在會上表個態，說幾句。湛玉不語，但決心已經悄悄下定。

其實，在這之前，代表了人民先進思潮與社會超前意識的文人們早已在蠢蠢欲動了。他們在暗地裡振臂激昂，在台底下磨拳擦掌已有好多年了。他們踏上紅地毯，登上世紀講台，他們呼籲說，先有了物質文明才會有精神文明，歷史的腳步不等人哪，而只有納入了國際大潮流的民族才會有自己真正的生存空間！這類話都說得很有感染力很有鼓動力，這類話換來了千千萬萬民眾的歡呼。

湛玉毫無疑問地認同和讚美這些觀點。而她的自我感受卻有點是跨於兩者之間的：她當然是屬於那千千萬萬歡呼人群中的一個，但她似乎也屬於那一批批登上台去慷慨激昂中的某一個。她平時一般都很冷靜、含蓄，也頗有克制力，但在那會兒，她真有點激動了。那天下午的員工大會，她一反常態地上台去，作了一篇措辭相當激烈的發言。她說，這是我們這代人不可逃避的歷史責任——難道不是嗎？它落在我們的身上，就像七十年前的五四時代它落在了我們的父輩身上一樣。我們的父輩摧毀的是一個腐朽不堪了的封建體制，那要等待我們去摧毀的又是甚麼呢？她沒說穿甚麼，她只是提出了一連串的反問句，她認為這樣的提法會更有力。

她的發言博得了全體與會者的熱烈掌聲。她從講台上走下來，回到自己的座位上去，她的雙頰因激動而變得嫣紅剔透，顯得比平時更加光彩奪目。她的自我感覺好極了，她覺得，只有在此一刻，她才真正走進了一個屬於她自己的生命角色中。

但事情並不像湛玉，也不像許多人預料的那樣發展。不久的後來，便爆發了大規模的北京學潮和政府平息學潮的種種舉措。再後來，出版社裡就有人提出也要同她來個秋後算帳。而提出秋後算帳者正是當時對她的發言報以最熱烈掌聲的人。但畢竟，群眾的大多數還是講道理的，而經過了文革洗禮後的領導也是有理智和理性的。他們都出面保她，說她也只不過是受了點社會上某種思潮的影響罷了，根子不在於她本人。再說，那次的發言，她也沒說甚麼呀。她一貫積極上進，工作認真負責，品行又端正，她愛國愛黨之情不容懷疑。如此這般，這才讓她的事情不了了之過了關。

其實，湛玉自己倒並不太在乎這些事的，她的性格中素來就有一種敢做敢當的成分。只是在「敢做」之先，她一般都會有一種深思熟慮的習慣。而一旦做了，也就做了，她不會推更不會賴。那一個時期，不知怎麼地，她的思想空前活躍，情感也特別躁動，有一種像是沸騰著的岩漿在地殼之下湧動，時刻準備攻其薄弱環節噴射而出的強烈的豁出欲。她本來就喜愛看那一類書，現在，她更是去資料室找來了幾乎所有的十八、十九世紀的世界經典名著，沒讀的讀，讀過的再讀多一遍。這都是些寫實主義大師們的巨著力作，作品氣氛濃烈，場景恢宏而逼真，人物更是一個個地被大師們雕鑿得入微肌裡，呼之欲出。她完全沉湎到了這些小說的情節與氛圍之中去了。其中尤以法國大革命時期的文藝沙龍，那一片片星羅棋佈地存在於那個腥風血雨時代中的藝術與人性的綠洲最叫她醉心。小說往往是以一家或幾家沙龍的聚會活動為主軸背景來作輻射式的情節開展的。而那個時代，這類沙龍的主持人往往又是一、二位貴夫人，高貴、美麗、富有，同時又精於學識藝術音樂哲學，擁有迷人的社交手腕，所有的大作家大畫家大藝術家以及革命者都不約而同地來此聚會，他們圍著她（們）團團轉，一個個地與她（們）發展各種不同形態的曖昧的情愛關係。湛玉嚮往這種生活，她幾乎都將自己幻想成了其中的一名女主角了。

但這段歷史和這幅歷史場景並沒有在廿世紀末的中國社會重演。90 年過後，中國進入了一個全新的價值觀時代。

那種一日千里的經濟形勢和排山倒海的市場陣容反而令湛玉有些感覺不適應起來。同時感覺不適應的還有那些昔日曾經登台呼籲物質文明時代趕快來臨的文人們。他們先是困惑，次是懷疑，再是有點不知所措，最後，竟然都憤憤然得都帶點兒對抗情緒了。情勢是這樣演變過來的：物質先開始「文明」了不久之後，便很快全線氾濫了起來。天底下的事情，尤其是中國的事情，不做則已，一做往往過火，這回也差不多。作家文人們的社會身價開始貶值，形象淡出，影響力也隨之而降低了。這是因為社會自有她愈變愈強烈了的興奮灶，那便是錢。它壓抑了人們對其他一切的興趣。別的道理暫且不說（其實也無法說清），千不該萬不該，最不該的是：社會居然也漠視起了他們這一批精神貴族的存在，要知道，中國歷朝歷代走過來，無論當政者換誰，他們從來便是某種社會特權的當然享用人啊。但沒用，從西方全盤借鑒過來的實用主義的價值觀絕對蔑視這一套。傳統？傳統算甚麼？尤其是中國特色的傳統。不是說，我們正是在這種傳統的腐朽氣息的薰陶下，足足滯步緩進了幾千年麼？不是說如今國門打開，我們都要迎接國際大潮流的神聖洗禮麼？所謂「國際大潮流」，其組成的主流文化，便是西方傳統和全套西方的價值觀，懂嗎？！文人們啞了口，好龍的葉公們如今談起龍來，也都顯得有點色變兮兮了。

恰巧，兆正和湛玉的搬家也趕在了這一個時期的前後。

於是，她搬來新居生活後的壓抑的心情便顯得有點兒有跡可尋了。但嚴格說來，它的成因應該是雙向的：不單是那些名人住客對她造成了某種心理壓力，反過來說，她也沒從心底裡去瞧得起過那些名人。她太了解他們了，儘管囊中羞澀，但還得一個比一個裝得更闊綽更豪氣更顯赫更見慣大場面和更脫俗離世，當然也就更不能與常人一般見識。他們暗中覬覦的當然還是錢，但當人面卻總是扮得十分瀟脫，表示說，錢這東西算個啥？我等從來就沒將它放在心上過。他們生活得其實也很累；他們最理想的賺錢模式是：既能保住面子（在他們的圈子裡，名聲的面子很重要）又能賺到「夾裡」（在他們的圈子裡，錢的「夾裡」也一樣重要），不花甚麼大力氣，便能將自己名聲的軟體，於對方的不知覺中。將他們錢財的硬體給誘引了回來。湛玉看得真切，想得明白，她在心裡直發冷笑：瞧你們折騰的，這年頭，我看，難！她從來就是個傲氣過人的女人，這會兒她看不起她的這班芳鄰就如當年在學校裡，她從沒看得起過那些從窮街上出來的，卻自以為自己有著紅透三代人的家庭背景的狗屁同學一樣。她一直有她很強大的直覺，而她，又是個毫無疑問地跟著直覺走的女人。她的直覺是：眼下，能令她心儀的男人至今還沒出現，反正這人絕不會是類似於這幢大樓住客中的某一個，當然，也包括了兆正在內。

與此同時，她也開始敏感到出版社，其實何止是出版社，而是整個文化系統裡的某種不尋常氣氛的漸漸成形。此處彼處，這裡那裡，人們似乎都在背地裡悄悄地醞釀著一種巨大而又根本的生存形態上的改變。如今清雅清淡清高換不了飯吃，怎麼辦？社長總編壓力最大。他們找湛玉來商量，說，你父親以前開過廠做過大生意，你也一定會在這方面有特殊的天份和頭腦。接著，又召開全社中層幹部會議，壓下各種創利創收的指標和任務。所謂領導，都是這樣的：上面壓下來，夾在中間的他們便將指標加了碼分流分壓到下邊去。完了，待到收割的季節到來時，除了能收穫到向上交差的那一份之外，自己這兒還能留多一份額外的，以備不時之需。湛玉覺得大家都有點不務正業的味道了，但甚麼才是「正業」？領導解釋說（領導的領導也是如此解釋給他們聽的），只要能賺到錢而又不犯政策錯誤的，就算是正業。她當然不很同意這種提法，乍一聽，甚至都有點兒起反感了，但她卻也說不清楚個中的道道來，再說，這麼多年來，服從領導也服從慣了，從來就是黨（領導代表黨）指向哪裡，我們就奔向哪裡（她記得在她很小很小的時候就在街上見到過有類似的一幅宣傳畫），體制決定了，他們那些當下屬的人不需要，也不必要，更不應該去多想點甚麼。思考是人類的一種功能，長期不用，也就退化了，而退化了也就安份了。現在，領導又指明了方向，不朝前奔，行嗎？

不過有一點，她是愈來愈深刻地意識到了：如今只有錢，這一樣東西才具備了能壓倒一切的氣勢、氣概和氣魄，因而也只有錢才擁有了真正的發言權。

說是這樣說，但對於賺錢，其實，湛玉也與別人一樣的一竅不通——她覺得，家庭的遺傳特質到她那一代或者已經退化？但她還是搜腸刮肚硬著頭皮向領導提出了一些所謂的「創收」的方案和計劃。比如說，賣書號出書，又比如說，向上頭申請一個刊號，辦一份暢銷型的軟性類生活雜誌。再比如說，與港商合資搞一家彩印廠，承接社內行內甚至社會上的各種印刷業務等等。甚至於，有一些建議都幾乎要豁出文化的圈外去了（你不是要我們大膽設想嗎？——她笑眯眯地向聽取她彙報工作的領導作出如此解釋），諸如開一家書店，再兼經營幾張咖啡枱座，讓客人們可以邊喝咖啡邊聊天邊揀書來閱讀，或索性就開一家以文化特色為招徠的飯店，來個一不做二不休，索性下海去大幹它一場，等等之類，亂七八糟一大堆。

領導當然不會全部採納，領導畢竟是領導，領導有領導的地位、權威，也有領導的藝術和胸有成竹。

再說，除了湛玉，別人也有交上來的一大堆方案。然而，就其中一、二，經過上上下下的反覆研究和探討，還是有了些共識的。於是，便準備一試。但不試不要緊，一試便知道了深淺。凡紙上談兵的方案，一經實施下來，十之有八、九都是以失敗還以招惹一大堆麻煩事而告終的。還有一、二也最多是打成平手，不來不去，做了等於不做。看來，生意經這東西不好搞，錢沒那麼容易給你賺到手哪！湛玉想念起了自己的早已去世了的父親，心裡有些悵然更有些難過。她突然明白到：原來，她是那麼地愛著父親的。童年時代，少女時代的她只是將這種情感壓抑著，沒曾，也沒敢充分表達出來。但等到她希望表達時，卻已沒有了機會。她覺得自己有一種說不清楚的前所未有的失落感，在這個辨不清東西南北價值觀的渾沌時代，人老像是吊在半空中的一件懸物，任憑空谷來風，將你吹向這邊又吹向那邊。

但有一樣東西是絕對信實的：那便是錢。錢是一根繩索，不攀緊它，誰都會跌入一個無底的深淵中去，萬劫不復。

從表面上來講，她開始對一切能賺到錢之人，尤其是那些能不露聲色，舉重若輕賺到錢之人——比如說自己的父親，還比如說誰，連她自己也說不上——產生出了一種別開生面的認識和由衷的崇敬之情。但就內裡而言，她感覺到的是一種焦慮和渴望的煎熬，焦慮她會永久地失去點甚麼以及渴望能擁有和被擁有。她朦朦朧朧地意識到這可能是她的某個童年情結的延伸與形變。

拾柒

讓時光再一次倒流。1968年，1968年的一個清澄的夏夜

謝的故事的後文，那倒是幾十年後我再從湛玉那裡聽說的。後文的場景變成了刑場。他，她，她以及我。於是，便徐徐地織網出一個可以互相貫通的人生故事來，而當一個局外人的謝姓的他突然失足，跌進深淵，他絕望了的驚呼從三十年前的谷底傳上來，至今讓人聽了毛骨悚然。

Let time roll back once more. In the year 1968, a clear summer night of 1968.

The sequel to the story of Mr. Xie was related to me by Zhan Yu several decades later. The scene of the sequel had become the execution field. He, she, she and me then have gradually knit a web of life stories that have connected all of us. While the outsider Mr. Xie suddenly slipped and fell into an abyss, his desperate scream from the bottom of that abyss thirty years ago still echoes up and sends chill feelings down one' s spine even today.

長夜半生

讓時光再一次地倒流回三十五年前。1968年，1968年的一個清澄的夏夜。

亮晶晶的星斗在墨藍色的天幕上靜靜眨著眼的時候，整座城市都輾轉反側在一個巨大夢魘的壓迫中。街上，已空無一人了，打粗紅杆的，姓名倒貼了的大字標語沿著灰褐色的工廠圍牆一路張貼過去。也有直接蘸著黑色或鮮紅的塗料揮寫在牆上的，「緊跟」還是「打擊」一類的標語，即使在這靜夜裡也有一種吶喊的知覺。

我不敢行走在空曠的大街上，儘量拐弄抹巷。假裝成一個忙碌了一整天的「革命小將」正急急趕回家去睡一宿的模樣。但我卻從未在任何一個門牌號碼前駐足過，事實上，我是有家歸不得。我是在黃昏時分離家出走的，那時，家剛被抄，抄家隊伍還沒有離開，我就從後門溜了出來，在街頭一直躑躅到現在。不，我絕不能回去，我知道，一定會有人在家中等著我的。他們要抓我去隔離——隔離審查是那個時代的那個國家常見的群眾專政的手段之一。

這是我一生之中最長的一夜。清澄的盛夏之夜，有流星曳著長尾巴從天空上飛過，掉到弄堂磚牆的那一邊去了。從弄堂窄窄的甬道望出去，不時能見到頭戴藤條帽手持長矛的文攻武衛隊員走過的身影，二更天的月光在他們的金屬矛尖上閃著冷輝。那時代，上海人早已被禁養狗隻了，但貓，尤其是遊蕩的野貓的只數仍然眾多，它們在深夜的牆角或屋脊上發出淒厲的叫春聲，互相拱背趴爪地誘惑對方，或「呼！」地一聲從你胯下冷不防穿過，嚇出你一身冷汗來。

拾柒

那時，我十九歲。

後來，我去了香港。在往後的幾十年的惡夢中，仍會有那幅場景的變了形的反覆而又反覆的再現。六十年代的上海東區那一帶的弄堂，一條銜接一條，一彎尾隨一彎，垃圾箱、小便池、老虎灶、供水站，我就怎麼走總也走不出它們迷宮般的版圖。一切都逼真得很，有月光有流星有野貓有冷輝閃動在矛尖上。我想，我是在尋找出路要去到某處，某處類似於出境關卡的地方，那裡有我的護照，我的行裝，我的正焦急地等待著我的親人們。但我是怎麼搞的呀？我不是早已脫離了那片土地了嗎？我不是下了決心永不回頭的嗎？我怎麼又會重投羅網，我是怎麼搞——怎麼搞的呀！在沉重如跋涉在外星球的夢境裡，我始終悔恨不迭。

我踢開了被子醒來，有時發覺自己仍在香港，有時是在上海。夢的一部份是現實。而人，一隻腳已踏進了清醒裡，一隻腳還留在夢境裡。是啊，為甚麼我還要回來？我問自己，而且還如此熱切地時時刻刻地盼著能回來？或因她，或因他，或因我自己？或因那無數個你你我我他他（她她）所組成了的，而後又遺失了的記憶細節？或者就是因為了那塊土地的本身？總有那麼一條半條生命的基因在我靈魂的深處呼喚，叫我無法抗拒也無法躲避，不論是對了還是錯了？

但結果，我還是被隔離了。不是我回家去自投的羅網，而是我在街上經過了兩夜一天漫無目標的遛達後，終於讓人給發現了蹤跡。

我被關了起來，關在「東虹中學」教學大樓的頂層。教室那時已不作上課之用了，課桌合併起來，讓我們這些被關押的師生當牀睡，課椅則堆疊在教室門口，阻止有人逃跑。教室裡空蕩蕩的，黑壁板上方的一大幅毛主席在天安門城樓上向紅衛兵揮帽的像片，為的是讓我們這批罪犯或準罪犯在每日早晚一次請罪時能有一個作三鞠躬的方向。

我們這些罪犯的嫌疑源頭是：約莫一星期前，在大樓扶梯轉彎處的男廁所發生了一起「反標」事件。反標是手寫體，極其潦草的字跡匆匆地寫著：打倒白面奸臣××！幾個粉筆字。標語寫早了三年，三年之後就是這同一個××，盜機出逃，最後墜死在異國的荒原上。但在當時，反標的出現是一件足以將整座東虹中學師生的情緒都煮沸騰起來的大事件。霎時間，操場的檢閱台，籃球架和擴音喇叭的支架上都吊掛滿了墨跡未乾的大標語和大字報：「敬祝我們心中最紅最紅的紅太陽毛主席他老人家萬壽無疆！萬壽無疆！」「敬祝我們的×副統帥身體健康！永遠健康！」「誰炮打毛主席司令部就砸爛誰的狗頭！」等等等等。人們爭先恐後地表達一種忠誠，並開始全力清查那個躲在暗角落裡放射反革命毒箭的階級敵人。

反標不是我寫的，當然不是。我之所以會被莫明其妙捲入其中的直接原故是有一天入晚時分，我恰好完畢工序從男廁所裡走出來，就有一道手電筒光向我照射過來，問：誰？是胡伯，這位一直保持高度革命警惕的老校工。每晚，他都有握著一隻電筒巡視校園和大樓好幾遍的習慣。始終就沒發現過有甚麼異常的敵情，但後來，便出現了反標。於是，一切便都與我掛上了號：家庭出身，海外關係，只專不紅，思想複雜等等，還有，為甚麼一貫逍遙在家的他偏偏會在這個節骨眼上回校來？

我意識到事件的嚴重，就盡力提出理據來解答造反派們的疑點。我說，那天我是與某某約好幾點幾分去學校的，我向他借一本書，不信你們可以去問，去問！

但解釋似乎不起作用，成見是一早已經確定了的：這小子，即使反標事件與他無關，也決不會是咱們革命派的同路人！清查他，非但正確，而且很有必要！抄家隊伍氣勢洶洶來到我家時，帶頭的便是那位臉膛醬紅色的「長腳」體育老師。他穿一套軍服一頂軍帽一雙軍鞋，入屋前，還帶領著一隊人馬站在我家門口，舉著語錄呼了一頓口號。

兆正也來了，拖在隊伍的最後，當所有的人都從載送他們前來的黃魚車上跳下來集中到我家門口去的時候，他仍坐在車的舷杆上，不動。那時的兆正，已是一個在全校甚至全學區範圍都很出名了的造反隊的筆桿子了，所有那些操場飯廳禮堂中的，句辭精美語法嚴謹推理有信服力的大批判文章，一概都出自於他的手筆。他愈寫愈喜歡寫，得心應手，思如泉湧，作家的理念，從那時開始，其實已在地平線的那端向他作出遙遠的呼喚了。

他一直沒動，甚至當他見到我從後門慌慌張張溜出去的時候。他假裝甚麼也沒有看見地將目光全情地投入到對街心的那片火灼灼的陽光的凝視中去。我輕輕地自他身邊經過，他毫無動作也毫無反應，但我很有把握：他絕對明白正在他身邊發生的一切。

一個十九歲的他與一個十九歲的我，在 1968 那個瘋狂的年頭。

拾柒

後來，反標事件終於偵破。作案者是一個比我高一班的學生，姓謝。當時，他和我關同一間教室，就兩個人。每晚，我都眼睜睜地望著窗外有流星飛過的黯沉的天空，無法入眠。我的心情頹喪得幾近絕望，想，這下可完了！我倒並不是害怕反標事件會硬栽贓到我的頭上來，我擔心的只是我那一大批被造反派們抄走的東西，其中有我多年的日記本，詩歌習作簿和自學外語的心得與筆記手冊。內容雖然隱晦些，但假如一旦被上綱上線，其嚴重程度也並不亞於打倒××的反標。那年頭，在街角處張貼的，讓紅筆給勾去了姓名的人的名單中，就有不少個是因寫「反動日記」而定罪的。

我愈想愈緊張，愈想愈害怕，在硬棚棚的課桌之上來來回回煎餅似地翻身，汗濕了一片之後再換一片涼爽些的。謝似乎也睡不著，我經常聽到他身子底下的課桌在「嘰咔」作響。他坐起身來，同我聊天，他說，你這些問題算些啥問題啊，嗨——他仰天長歎一口之後又再次躺下。半夜裡，他驚跳起來，用含糊不清的嗓音呼喊著：「不！不！不是，不是……」讓那個還在望著星空無法入睡的我緊張的走下「課桌牀」去，走到他的邊上。見到他已氣喘吁吁地稍稍恢復了清醒，渾身上下大汗淋漓。

但沒過幾天，一大清早，就有幾個穿軍服戴袖章的人來到了我們隔離室外面的走廊裡來來回回地走動。再不一會兒，學校的操場上便開始人聲鼎沸起來，我與謝一同被人前呼後擁著地押送去到了學校的飯堂裡。還有幾個嫌疑物件也從別處彙集來這裡，全飯堂的革命師生一齊站起身來，呼口號，並將目光射向那幾隻反膽包天的落水狗的身上。

拾柒

我們被安排就坐於正對主席台的第二排的中間座位上。假如今日裡觀看春節聯歡表演，這是安排給首長們坐的位子；可見當時，我們這些人的主角地位了。我們的前後左右都坐滿了軍服和紅袖章，從飯堂的側門望出去，能見到一輛草綠色車殼的吉普車停在操場的樹蔭裡，幾個穿藍制服的公檢法人員正摘下圓頂帽扇著涼風。

一切肯定會有大事發生。我已經忘記了自己在當時的情緒狀態了，我只記得謝就坐在我的邊上，因為是長排連椅，所以我感覺到不斷有椅背和椅座「格格」顫抖的震動波傳來，我望了他一眼，只見他的臉色與嘴唇都灰白得可怕。

台上在說些甚麼都千篇一律地在我的耳膜上震動為了一種「嗡嗡」之聲，我只有一些那位醬紅臉膛的革委會主任在領呼口號時的青筋突暴的模糊印象。突然之間，就有幾隻戴紅袖章的胳膊一齊伸過來，在同一刻採取行動，將我身邊坐著的謝從椅子之上一把提拎了起來。一條胳膊按頭，兩三條胳膊拗手，他，便像一隻大蛤蟆一樣地從我面前，從排與排的隙縫之間擠了過去。

我忘不了那最後的一瞥。這是當我與他，這兩個僅同室了幾天的難友的目光交錯而過的剎那間。我望他的最後一眼也是他朝我望了的最後一眼——這是一種不聚焦的目光，恐懼已渙散了他的全部眼神。

謝的故事的後文，我倒是幾十年之後再從湛玉那裡聽到的。後文的場景變成了刑場。

那年頭，每逢節日必都有大規模的鎮肅運動，以確保革命人民能有歡度佳節的權利。而那時候的文件與指示的傳達又特別多，最高指示之外，還有副統帥的，旗手的，中央文革小組成員的，市革委頭頭們的。這一年，就有某位通天的顯赫人物在某次市革委內部動員會上講了話。他說，現在國內外形勢一片大好，而且從沒有像現在那麼好過！但反革命勢力還很猖獗，他們人還在，心不死，還想作最後的反撲！所以，我們這一次的打擊反革命份子，尤其是「現反」的力度一定不能小，決不能心慈手軟了！為了慶祝象徵屬於全世界革命人民的偉大的七十年代的來臨，我看，這次的人數就湊他個七十的總數吧……而謝，就被包括在了這一批人的名單中。

湛玉說，應該就是在第二年的冬天，元旦前夕吧。那時，我們這幾屆學生的畢業分配工作都已完成。湛玉去工廠幹了半年後，就被上調到一家報社當見習通訊員。她後來的出版社的職務便是從那裡轉調過去的——不錯，在那個年頭，這種職務本不適合她那類出身的人去擔任的，但無論在哪種年代，她都能證明自己是個例外的幸運者。

又是某回牀笫之好後背靠著牀頭板半躺半坐的休息期。湛玉聽我說完了我的那一次的驚險經歷後，一臉的驚奇，「原來是他啊，」她說。

因為要寫報導的緣故，所以他們這些傳媒機構的工作人員站得距離行刑線最近。她是親眼看著經過遊街之後的犯人們如何一個個地被推下卡車來的，謝首當其衝。她馬上認出了他來——之前一早，她已經得知有個東虹中學的學生。眼神？她說，她有點記不清楚了，或者正像我所說的那樣，是渙散得無法聚焦的那一種。她只記得他穿一件土黃色的人造棉棉襖，有機玻璃的紐扣偶而在冬日的陽光之中一閃。他似乎已無法再朝前邁一步了，一推下車便雙膝軟軟地跪倒在了地上。在刑警出手將他架空而去前，他死魚般的目光迅速地掃過所有在場的每一個人的臉，像是在作最後的一次懇求。最後，竟滯留在了她的臉上。可能曾經是同學，她對他有點兒臉熟的緣故？湛玉說，她只覺得在這剎那之間有一股寒氣從她的脊樑骨的底部冒升起來……

我說，這人差一點就是我，而這目光，也差點是我的！我倆差點在那劊子手滿布的刑場上相面對，而不是在這張溫軟的牀上相擁！但幸好，不是。

她說，這是她第一次也是唯一的一次看人遭槍決。她永遠無法想通的是：那束目光怎麼頃刻間便消失了？隨著「砰！」的一聲脆響以及一縷淡淡的藍煙，那束在幾分鐘之前還停留在她臉上的目光便永久在這世間消失了，難道？人們開始散去，該回報社去寫報導的回報社去寫報導，該回工廠去抓革命促生產的回工廠去抓革命促生產，該回家去煮飯喝酒打牌聊天的回家去煮飯喝酒打牌聊天，但那顆靈魂呢？那顆可憐的，年青的，被恐怖吞噬著的活生生的靈魂呢？現在去了何處？她想不通這一切，她當然想不通的，這令她好幾個星期都寢食不安。

再說回我自己。我的問題並不因反標事件有了個水落石出而告一段落。既已入了網的魚，造反派們是不會甘心把它再次放歸水鄉的。批鬥會交代會一個接連一個，對象們多半是老師，唯我一個是學生。

那一次批鬥會，兆正也來了。

口號聲此起彼伏：「革命無罪，造反有理！」「坦白從寬，抗拒從嚴！」「誰不老實交代，就叫他滅亡！」別人都一個接一個地發了言，唯他保持沉默。站在我一邊的是教地理科的樂老師，掛著牌子，低著頭。他被眾人從反右年代的反黨罪行一直數落到資反路線對青少年學生的毒害。批鬥慣了，他竟能熟練地彎腰出一種姿勢來，一站數小時，就像在練習站樁功。這令我大開眼界。我用眼角的餘光望過去，見他兩眼半開半閉，花白稀薄的髮縷之下竟然還隱隱地浮動著一絲笑容！這更叫我大吃一驚。再望過去便是一長排的課桌椅了，課桌的後面坐著革命師生們。我留意到兆正從他坐著的座位上站起身來，提著大包的甚麼去到在課桌長排的中央坐著的那位長腳主任的身邊。我的心猛烈地跳動了起來：儘管隔有一段距離，但我能辨認出自己的那本草綠硬封皮的日記本。

我見到那張醬紅臉膛抬起來遲疑地望著他。我眼角的餘光望不見他的表情，只有他臉的側面和他的動作和他的手勢。總共也不過三個：指指物件，擺了擺手，又搖了搖頭。我清晰地記憶了它們三十年，就像剛發生在昨天一樣。

而它們竟成了我與他之間在視覺交往上的絕響。

這次之後的沒幾天，我便被釋放了。再以後，勉強內定了個「反動學生嫌疑，不予分配」的含糊結論，退回街道了事。

　　我後來才聽說，是兆正向校革會寫了一份情況說明和作了擔保。他說，從我家抄去的那些東西他都很認真地看了，沒甚麼，小資情調而已。這賬就是要算也要算在萬惡的資反路線的身上！他說得言之鑿鑿又義憤填膺的樣子，讓人聽了半信半疑但又不得不信。那時候，對於這一類問題的看法與評斷，他有一種發言上的權威性。

　　我逃脫了。沒有公檢法，沒有吉普車，沒有壯漢的胳膊和手銬。當那張險惡的大網正企圖收攏時，我及時滑脫了。這是一個自己向自己不知重複講了多少回的驚險故事，每次，只要當我的記憶的觸鬚觸及到其中的任何一條細節時，故事便會一絲不漏地再重新放映一遍。人生之途險哪，每一個人都在漆黑之中用腳探摸著前進，差一步就是粉身碎骨的懸崖邊緣，但因為你跨出的是另一個方向上的另一步而令你因此擁有了可以再活多幾十年的生存權。

　　他、她、她以及我。於是，便徐徐地織網出一個可以互相連貫的人生故事來，而當一個局外人的謝姓的他突然失足，跌進深淵，他絕望了的驚呼從三十年之前的谷底傳上來，至今讓人聽了毛骨悚然。

　　天色已經黑透了。三十多年之後的那個傍晚，我步抵上司徒拔道與山頂道的轉介面上。山勢已經相當地陡高了，遠遠望去，被燈火燃燒著的香港全島與九龍半島隔著黝黑黝黑的海面互相對峙著。我轉了個大彎，決心頂著迎面吹來的強勁的山風，繼續向山頂的最高位置攀登。我呼吸著的這股帶潮腥和葉綠素味的空氣就是三十年之後流動在香港半山區的空氣嗎？我突然感到連自己的存在都有些不真實起來了。

拾捌

財富的背面

雨萍說，我們不要太多的錢——我們幹嗎要很多很多，多得可能一生一世都用不完的錢呢？錢的數額以及用處僅僅是用來過活的——在這條標準線之下，錢的作用是正面的。再超過，錢就會逐漸變質：它會變成一個掠奪者，錢將本應屬於人的很多東西都一一掠奪走了：理想、時光、情趣、寧靜的心情，還有良心良知的原始美。

Behind the wealth

Yu Ping said, we don't want too much money—why do we have to make so much money that we can't even spend all during our life time? The amount of money and its expense are only for a living—with this standard, the effect of money is positive. If in excess of that standard, money will change its nature. It will become a robber, robbing away a lot of things that should have belonged to us: ideals, time, hobbies, peace of mind, and the original beauty of conscience.

夜色愈來愈深濃起來的時候，雨萍還是一個人坐在大客廳裡，她沒有去把燈打開，她呆在黑暗中。

權將它當作是我從酒櫃上取了串鑰匙，換了對鞋，然後輕輕帶上了大門，沿著大坑道一路走去的那同一個黃昏。這樣，也許會更方便故事的敘述和增加它邏輯上的連續性。其實，如此情景幾乎可以剪接進雨萍的香港生活的很多章回的上下文中去。可能，壓根兒這個夜晚與那個夜晚就是毫不相干的兩個時段，但在回憶中，它們貼近得幾乎重疊。當然，最終她還是會去將客廳中的大吊燈打開，讓它放出一屋的光明。她也會跑到露台上去張望點甚麼，然後又跑回客廳中來忙碌些甚麼，坐下來打個電話或接聽一個電話之類，但在此一刻，她甚麼也沒去幹，她只是坐著。

客廳很大，她就一個人坐在它的一個角落裡，感覺著暮靄如何從露台的那邊滲透進來，然後將客廳中的陳設一點一滴全部吞噬乾淨。她經常這樣來渡過時光，慢慢地習慣成了自然，而自然又演變成了一種癖好。事實上，雨萍也喜歡這種情趣，她從來就是個安靜得心下來的女人。這從她當姑娘的時代已經開始。她有一種隨遇而安，不太會讓煩惱上心的個性。而來到香港這麼些年，她完全像是個被拋入了一片沙漠裡的孤獨的旅人，周圍的一切對她都是絕緣的，而漸漸地，她也把自己向周圍的一切關閉了起來。人們說，香港是這人世間最充滿了誘惑力的一塊地方，但當她從銅鑼灣花花綠綠的街景中經過時，她感覺這是一片一望無際的物質與欲望的海面，而她人性的小舟在其中載浮載沉。

這兒與她童年時代上海的記憶太不同了。那個時代的上海雖然貧困，雖然髒窮，雖然還時常會有些擔驚受怕的日子，但不知怎麼地，在這社會的表像之下，總少不了還會有一些生命情趣的綠色在那裡萌動、抽芽。就好比一聲遙遠的歎息，一旦歎息出來了，其中倒也包涵了一種抒發一種感慨一種釋放了。或者說，那是一幀差不多已有點兒發黃了的黑白老照片，再差的影相設備，技術以及光線，都消滅不了相片上那些人物和景致的韻味。而今天，在香港，雖然天天都在出爐著一幅又一幅的彩色生活的海報，色澤豔麗，科技精湛，成本昂貴，材料優質，但卻沒有任何情趣可言，也缺乏景深度，她覺得這生活薄，薄得像張紙。

她不知道，這會不會是她的錯覺或者偏見？她從來便不是個自信心很強的人，她需要借助些甚麼來增強它。於是，她就將兆正表哥的作品拿出來再讀一遍。這是她在苦悶孤單的香港生活中唯一可以汲取點甚麼的精神泉源。當她將作品一頁一頁地翻閱而過時，他們那代人共同經歷的日子便又奇妙地復活了。在那個政治強迫人們必須將一切隱私的視窗都打開的時代，人們都不懂遮羞地生活在一個精神完全裸體的社會大群族中，資源共用，喜樂共用。沒有隱私意味著不分你我，從某種意義上來說，人性的交流在那個時代充分得無法再分清彼此。從相隔了時空的今天來回首，那倒成了一種懷舊，帶上些了苦澀的溫馨的懷舊。

這種病態了的懷舊感後來在上個世紀的九十年代末也逐漸地彌漫、流行起來。只是雨萍要比一直生活在那裡的人們早了十幾二十年。原因就在於她在八十年代初就來到香港定居的緣故。

其實，當年雨萍申請來港並與我結合而共同生活純粹是一種偶然機遇的撮合。我早她幾年來港，她如今體驗到的港式生活我早她幾年就開始體驗。上海存活在記憶裡：既是恐怖又是溫情。而當那溫情的一半呈誇張型態地投影在了我的記憶螢幕上時，我總是會自覺不自覺地去尋找出那個聚焦的中心來，她便是雨萍。就在這時，我接到了雨萍的來信，我迅速回信，語氣真切而誠懇，我只想找回自己丟失在上海的那一半的夢。

人的感情有時是可以寄生的。她將她對兆正的感情寄生在我的身上，而我則將自己對青春歲月的懷念寄生在她的身上。我倆結合了，互相吸取著對方寄生體上的營養成份，成長為了一株另類感情植物。

如此說法，其實只是人在過了天命年後的一種回首與反思時的結論，在哲學與心理學的層面上或者還有點意義，對於身臨其境者，充其量這也只不過是一種理所當然的活法罷了。如把人的感情比作是一條長河的話，它既有源頭，也有出海口，如此而已，並不深奧。有一次，雨萍委婉地自我表述說，其實在當時，她是完全不知道我的家庭原來還是香港的一家有錢人家。她說此話時的神態顯得羞澀而文靜，還帶上了一點小小的局促不安。我笑道：那又有甚麼不同？她說，假如當時她就了解實情的話，她或者……她將話頭在此打住，她生怕說出來會傷害了誰的甚麼感情。我說，當時？當時別說你，就連我自己也一無所知。你想，像我父親這麼一位守舊而傳統的生意人，不到關鍵時刻，他能將他財產的實情隨便透露給他的一個在紅色土地生活的兒子知道？「這倒也是……」她笑了，笑得有點蒼白。

應該說，我與她都是心照不宣的，我在其中藏進了一份狡黠。她指的是她給我寫信的那一次，而我卻故意將時間再朝前推移多十年，我倆一塊提著一張小板凳去街道辦事處學習聽報告的那會兒。

然而，大家終究都沒有說穿。

雨萍將談題偏出了一個小小的角度去。她說，她從小家境清貧，也清貧慣了。清貧有時不是件壞事，清貧之人清貧之家多了點生活的負擔，卻少了些生命的負擔。她還想說，她從沒將貧寒貧窮看作是一件不能忍受的和不光彩的事兒，其實人需要的是：即使生活在窮困之中，人與人之間仍要有一份真誠、體諒、關愛和互慰，這樣的人間才有溫暖。當然，那後半截話她並沒有直接向我說出來：這是我站在一個作者的立場而非一個聽話者的立場代她說出來的。

她不會說出口的話還包括如下一些她對於錢的感受：時至今時今日，她對錢產生的更有一種淺淺的厭惡感；她說不清太多的理論，但她感覺到在錢的花花綠綠的背後藏著點甚麼。

雨萍對錢的這種態度我是有所悟覺的。但我始終驚訝於：在這錢之誘惑氾濫成災的香港，她是如何能持平她的這種心態的？她從不過問我家的生意事；甚至當我的父母都老了，全盤的家族生意都由我接手了之後，她也從不置喙。對於這一切，我已習慣。我白天忙於工作，晚上與人應酬交際。我不太清楚她平時都在幹些甚麼？我只知道在我不用車的日子，她會駕著我的那輛銀灰色的平治車去到海邊或郊外公園裡去坐坐，望著大海和山色，消磨一個整天。有好多次，我很晚回家，見她一個人獨自坐在不開燈的大客廳中，有時將頭靠在那張貴妃躺椅的枕把上，已經睡著了。有時還沒有，見我回家，便起身，順手將大燈打開，讓一屋都亮晃起來。她笑哈哈地向我走來說，回來啦？她一般不會問我吃了晚飯沒有——她知道我一定是吃了。假如見到我一身酒氣，醺醺然的腳步都有些不穩的話，便會立即安排我去大露台的一張籐椅上坐下來，先讓夜風吹吹額頭，隨即替我取來了拖鞋，睡衣褲和寬大的晨褸給我換上。且吩咐菲傭說，快，快去沏壺濃茶來；順便放水洗浴缸，讓先生洗個熱水澡再說。我很感動，甚至都有點內疚了，幾次都站起身來，表示說，讓我自己來，還是讓我自己來吧。但她每回都很溫柔地將我推回椅子上去，說，沒甚麼，沒甚麼，你辛苦一天了，就先坐著吧。

我洗了個熱水澡，重新精神奕奕地回到露台上來，而她也已經搬多了一張籐椅來與我面對面地坐下，中間隔著一張藤質小圓枱，一壺香濃的鐵觀音和幾隻紫砂小茶杯散佈在桌上。露台臨空，之下萬家燈火萬點星光，互相輝映鑽閃。我們就這樣坐著隨隨意意地聊著，聊著一個個無關宏旨的題目——我們從不談及錢或生意上的任何事情。雖然，有時我也有點兒想，但我卻未必肯定她也想，事實上，我可以肯定，她並不想。

這種情形，終於出現了一次例外。

那一年，97剛過，香港回歸不久。正當港人還沉浸在一片色彩繽紛的想像中時，正當人們將當家作主的那種感覺都寄託在了特首那一頭修剪得很整齊也很得體的寸短白髮上時，一場覆蓋整個東南北亞地區的金融風暴已席捲而至了。

在這之前，香港一片繁世盛景，股價樓價日升夜漲。餐廳酒樓夜總會卡拉OK遊戲房，樣樣消費場所生意紅火顧客爆棚。人們盲目投資，辟地開店，認定遍地黃金，哪有袖手不拾之理？街上出現了排隊輪籌的人蛇陣，好幾百萬一層樓，買起來，就像去肉檔切兩斤腿肉一樣的隨便。恒指天天破紀錄，都達到一萬八千點的歷史新高了，但報上還在一個勁兒地鼓吹說：三萬點不也指日可待？

三萬點終究沒有來到。恒指在突破了18500點的頂峰後，便像爬上了極至把位的小提琴音階，一個帶哨聲的長音飄忽而過，其後便掉頭向下，沙崩而去。音符急速滾落，還沒等你來得及反應過來，音程已向下調正了整整三個八度。最後，當指數終於在6千點的基準音上一個長奏地喘定，人們才開始醒悟到原來自己虛幻的身價已掉去了三分之二以上。

社會開始了大恐慌。而剛剛只是豎立起個架構，還未及能站穩重心，展開管治招式的香港特區政府迎頭劈面就遇上了這麼場大風暴，忙手慌腳，操戈應戰。

說起來，事情還是有那麼一點巧合讓人頗費尋味的：1997年7月2日清晨，就當參加完畢回歸典禮的香港新貴們一個個地卸妝沐浴，然後在柔軟舒貼的席夢思牀上睡下後不久，好夢還來不及做開個頭呢，遠在曼谷的金融交易場裡，來自大洋彼岸的金融巨鱷們就打響了金融大戰的第一槍。他們是經過了長期的擦槍屯彈的戰備的，在接下來的幾個月中，他們金融的十字東征軍氣勢如虹，所向披靡，下了一城又一城，陷了一國再一國。泰國銖，韓國圜、印尼盾、新台幣，菲律賓披索，新加坡坡元，馬來西亞馬元，他們的炮口所對之處，一座座的金融城堡潰塌如泥，一國國的政府亂作一團。

馬上，就剩下香港一座孤島了。

都有好幾個月了，一向都與美匯掛鉤的港幣實際上已陷入了四周密不透風的各路金融人馬的重圍中。但一切平靜，港幣的幣值非但奇跡般地巋然不動，還似乎比以前更堅挺了。一場決戰的態勢漸漸拉開，在香港，這塊彈丸之地上，西方的金融大亨們與新生的特區政府，以及特區政府背後站立著那個面目模糊的對手互相對壘，各自使出招數。新上任的財政司長滿臉自信地在電視熒光屏上露面，他不停地撫摸著他的花領結的邊緣，說：「狙擊港元——天方夜譚！」一切便撲朔迷離起來，各種政治的、經濟的、情報的暗流在香港衝擊、迴旋、匯合然後平息。外表看不出甚麼，內裡張力之大恐怕還不是八顆十顆原子彈的威力可以比擬的。

香港堅持了下來——金屬鈾的體積並沒有超越其零界狀態。但香港付出的代價卻是可怕地慘重。在之後的多少年裡，香港一直都沒能從這麼一錘的重擊之下恢復過來：樓市股市暴跌七成；無數公司和家庭破產；失業率屢創歷史新高；幾乎一半的中產階級都徘徊在負資產的陰影下。香港爭到甚麼了呢？除了面子就是深重的內傷。當然，這些都是後話了，在當時，人們只知道，那個剛回歸不久的香港又再度成了全球新聞目光聚焦的中心了。在這圍城的中心，一切人——官員、商人、市民——都像生活在一個即將要炸裂開的悶罐之中一般的窒息、難熬。

其實，在此之先，清醒的西方傳媒已在反覆地傳送和提示某種資訊了，這是有關經濟在膨脹之中可能所形成的巨大的泡沫，並預言了一場泡沫一旦遭爆破時的末日景象。但一個社會就像一個人，誰願在好景之時聽逆耳的忠言？這也是一種社會的羊群效應（在上帝的眼中，人類從來不就是一群迷途的羔羊？），之前的盲目跟風和之後的互相踐踏都出於同一類未恐不及的心態。

而事情的可悲就可悲在：有人冒領了上帝的這根執羊鞭，搶先將群羊趕進了絕谷。而我，也是這群不幸羊群中的一隻。

我幾乎將公司的全部產業都押注了上去。人在那種時候是很難抵抗住誘惑的。事後回想起來都有些脊樑骨上都會滾下冷汗來的後怕。我把父親留給我的全部固定資產都轉化為了可供流動的現金，現金的拳頭握起來，一下又一下地出擊。那些年，我頻頻得手，公司的帳面資產值上漲了好幾倍，而這也不斷讓我獲得一種巨大的成就感——至少，我想，我沒讓自己落伍於這一日千里發展的經濟形勢。但又有誰能想到呢？這種所謂「成功」其實正是為日後災難埋下的禍根。蓋天鋪地的金融風暴降臨了，首先高速收縮的便是現金——流動現金。剎那間，一家家公司的不動產——即使再龐大——也都變成了一艘艘擱淺在沙灘上的大船，動彈不得。

銀行來電話了——香港銀行扮演的角色只有一種：好景時的錦上添花者而決不是逆境裡的雪中送炭人。電話說，某某先生，敝行素仰閣下卓越之商譽，只是鑒於形勢，我們也不得不收回部份貸款。這是不得已而為之，還望閣下見諒。兩週之內，還盼閣下能辦妥，云云。語氣十分客套，也很歉恭。但兩星期的限期，就是再長一點，在這各處銀根都十分緊絀之時，誰又能到哪裡去調度來額外的頭寸？這點，其實，催款人的心中比被催者更明白。但辦法還是有的，銀行說，事實上，他們已對你擱淺的每一條船都已作出了詳細而精確的估值——你還不至於資不抵債麼，他們說，他們是願意助你一臂之力的，開閘放水到你的船底下來，讓它重歸商海。要知道：船一旦擱淺，可就甚麼都不是了啊！當然，這樣做是要有代價的，他們又說道，您是明白的，天底下從來不會有免費的午餐。

於是，選擇只留下了兩條：要麼全軍覆滅；要麼將自己最優質的資產拱手讓人，而後再為自己留下一條華容小道，撤退。據說，這便是物競天擇、弱肉強食的天理。誰叫你自己不開銀行的？銀行才是永久的贏家。市道好的時候，他們與你是同一條戰壕裡的戰友，槍口一致朝外，從市場去攫取利益、利潤。當市道變壞，市場變得再也無利可圖時，他們便會突然掉過槍口來指著你，說，你不是也曾賺到過錢嗎？那就把它統統繳出來吧。事實上，他們才是最有資格說此話的人，因為你有無賺過錢，賺了有多少，誰還能清楚得過他們？他們穩穩地坐在釣魚台上，願者上鉤。一旦非常時刻來臨，他們的客戶才突然發覺，原來自己一早已經成了他們的網中魚甕中鱉。怪不得香港政府從來就反覆強調，香港的金融堡壘是堅固的，銀行體系十分穩健。如此作業程式，不穩健才怪。

1998年8月14目。我喪魂落魄地駕著車向家的方向駛去。我的思緒亂極了，所有的有價證券的價值都差不多跌去了一大半。在此價位上全數沽出，蝕定了，今後很難再有翻身的機會。但假如堅持不賣，眼下這一關如何闖過？我渾身乏力，精神頹喪得幾近崩潰。到家門口了，雨萍笑意盈盈地前來開門，一如往昔。

她替我取來了拖鞋，又吩咐女傭沏茶洗缸放浴水。但我說，我不願再上露台去坐了，我只想回房中去，在牀上攤手攤腳地躺下來，我說，我疲憊不堪。她陪我進房來，坐在牀沿上。我將頭擱在兩個疊起的枕頭上，望著她的那一張仍然在輻射著笑意的面孔，想，你可知道外面世界正在發生的一切嗎？我說，雨萍，我們可能會破產。

但她平靜地回望著我，並沒有一點兒要將笑容收斂去的意思。我有些驚訝，心想道，她不會沒聽清楚我說了些甚麼吧？於是，我再說一遍。她開口說話了，臉上還留著些笑的餘波。她說，我們一無所有地來到這裡，最多，我們再一無所有地回上海去。

一句話，把我說得從牀上坐了起來。這是一句意料之外，卻又是情理之中的話。我應該明白：這才是雨萍會說出來的話。

我認真地望著她，我必須承認她變了，在歲月的風化作用下，她變了。她變得皮肉鬆弛，變得有不少細皺紋爬滿了面孔，變得目光都有點渾濁了，但她分明還是三十年前的那個街道學習班上的雨萍。在之後的那麼多年中，她無聲無息地消失了，而今天，當人生的困境再度來臨時，一個真真實實的她又站到我面前來了。

我很感動。我一把拉住了她的雙手，在這外面世界一片驚濤駭浪的海面上，我感覺自己終於踏上了一片安全的甲板。其實說來也有點不太合邏輯。她又哪來拯救這一切的能力？但不然，僅此七個字：一無所有回上海，就將某種藏在我心靈深處最大的安全感給啟動了。這是一條生命的底線：再失敗，再潦倒，再絕望，回到母親的屋簷下，我們不照樣能像從前一樣快樂地生活？我說，雨萍，你再說點甚麼，再說多點甚麼吧——我願聽你說。

她笑了，笑得很美很燦爛，又有點腼腆。她說，你要我說甚麼呢？我是個甚麼都不是，甚麼都不懂的人啊。

但接著，她還是說了。她說，我們不要太多的錢——我們幹嗎一定要很多很多，多得可能一生一世也都用不完的錢呢？從前在上海，我們並沒有很多的錢，更不知道自己將來會不會有錢，以及會有多少錢？我們甚至根本沒去想過這個問題。但現在回想起來，那時的生活並不見得就不是另一種令人嚮往的生活。錢的數額以及用處僅僅是用來過活的——在這條標準線之下，錢的作用是正面的。再超過，錢就會逐漸變質。它會變成一個掠奪者（其實，錢之本身不也是一件掠奪來的戰利品？我偷自想），錢將本應屬於人的很多東西都一一掠奪了去：理想、時間、情趣、寧靜的心情，還有良心良知的原始美。完了，它還叫人去愛它，愛得它瘋狂愛得它盲目愛得它甚於一切，包括生命的本身。這，又有甚麼意義呢？——你說說，我的這個關於錢的道理是對呢？還是不對？

我想說，雨萍啊，雨萍，你要我怎麼來回答你呢？在這麼個時刻說這麼一番話，如此樸實如此高深又如此真誠！但我卻選擇甚麼也沒說，我保持沉默。在以後的日子裡，隨著形勢的逐步轉危為安，雖然，我對她的這番話的記憶濃度再一次地又愈變愈稀薄了（我不得不坦認這一點），但理智永遠在遠方的某一處提醒我說：雨萍，只有雨萍，才是那個會在危機的黑暗背景上突然向你顯現的，一具戴上了光環的形象。

但無論如何，這席話對我今後生活的潛在心理影響仍然是十分巨大的。自從那次之後，我便開始對錢的這個主題變得心灰意懶起來，我隱隱感覺到，人對錢的擁有之中是藏著一份宿命的。對待這個問題的最佳態度是順其自然。因為有時，讓你千方百計給爭到了的，未必就能證明是件終極意義上的好事。

也出自於這同一個思考角度，我便開始對一切人的對於錢和賺錢這類主題所表露出來的過份熱切都會懷上了一種本能的警惕。有些事，我永遠也說不清，也不願去向著一張張迷惘的、卻又是輻射著強烈的好奇以及興趣的面孔去企圖說清——我直覺這將是一條通往不果之路。

再回到那一晚的記憶中去，應該還有些情節上的延續的。

我想，我當時望著雨萍的無言的目光，一定是充滿了感激感動感慨以及各種其他複合情緒因素的，這與那一回，在東虹中學的食堂批判會上，當我望著兆正拿著我的那本草綠封面的日記本，向長課桌後的那位革委會主任走去的情形有點相似。然而，雨萍好像並不太受落於我的那種目光，她的眼神走了，望去了別處。她將手從我的雙手之中抽出來，起身，取來了電視的遙控器。她說，我們做些其他事，我們看一會兒電視，好嗎？

電視熒光屏上正在實況播出政府出面召開的一次記者招待會。港府的三位負責財經事務的最高級官員一起出鏡亮相；中間站著的便是那位打花領結的財政司司長。此回，他神色凝重，再不作微笑狀，也不摸領結的邊緣了。他一字一句宣佈說：從此一刻開始，港府將高調介入，正面對抗國際投機家在金融市場上對港匯港股港幣的操控和一切狙擊行為。戰局終於明朗化，坦克陣地戰拉開了決戰的架勢。我一咕碌從牀上跳起來，抓住了雨萍的肩膀。我說，你知道，這意味著甚麼嗎？她搖搖頭，她不知道甚麼——她當然不會知道甚麼的。我說，我們有救啦！

我熄了電視，也熄了大燈，只留下一盞幽幽暗暗的牀頭燈映照著全房間。我拉起了雨萍的雙手，說，今晚，我不想再幹點別的甚麼了，我們……我們就早點兒上牀吧。她有些困惑地望著我，但隨後便明白了。她笑笑，沒作任何表示，只是順從地再次在牀沿邊上坐下來。

從事後的角度回望，我很難準確地描述出當時自己的心理狀態（無論是靜態的還是動態的）。我只感覺自己的那類欲望突然變得出奇地強烈。這是一種欲望的混合體，帶有報復也帶有補償的性質，這是絕望之中盼待希望能重新降臨時的一種心理變奏。我已記不太清楚那時我與湛玉的關係已經發展到甚麼程度了。反正，在此一刻，我只覺得我需要一個「她」，不管「她」是誰。

雨萍沒有拒絕我。她平坦地躺在牀上，任我一顆顆地解開她衣服的紐扣，然後再將它們除掉。我是雙膝跪在她的身邊，幹完這些的。現在我記起來了，在我與她新婚後的頭幾年裡，這類情形經常發生，她只是順從，除了順從還是順從。她的表達習慣是：要在一切都成為了過去之後的某個不經意間才會向我暗示些甚麽。

於是，頃刻之間，我的欲望便開始急劇退潮。當她已經一絲不掛地完全展現在了我的眼底下時，我感到自己已經到了那種臨陣脫逃的地步了。我望了她最後的一眼，我見到她也正用眼睛回望著我。或者，我把她當作是誰了？又或者把誰當作是她了？而她呢？她又把誰當作我，把我當作誰呢？

也許，我與她的心中都明白。

我感到全身乏力，我在她的一旁平躺了下來，久久，不再有動靜。她悄悄伸過一隻手來，在我倆躺著的中線上握住了我的一隻手。她用手指叉進我的手指間，就這麽地停留在那兒，靜止著，誰也不說甚麽，誰也不幹甚麽。半晌，她才抽出手去，側過身去，睡了。她將一大片裸白的背脊對著我，我聽到了她發出的一聲若有若無的歎息。

拾玖

那本叫《從醜小鴨到女明星到超級富婆》的暢銷書

她賦予了它一種正義性，一種批判性，一種似乎要鎮壓住某個魔瓶中的邪念不要在一不留神拔瓶塞的刹那間逃逸而出的煞肅性。然而事實還是不容改變：她在第一時間念及的恰恰就是那個「賤女人」。

That popular book 《From an ugly little girl to a movie star and then to a super wealthy woman》

She gave it a sense of righteousness, of criticism, and a force of repression with which she hoped to prevent some evil ideas from erupting out of the magical bottleneck of her heart. Nevertheless, the person that immediately sprang into her mind was that 「nasty woman」.

俗語說，財來運來推不開。指的是人追錢難，錢追人易。因為錢總是跑得比人快，你追她是追不上的。而假如哪一天，錢看上了你，你要做的只是站在原地，不需再作任何勞動，待她主動靠上來便是了。

終於有一次，湛玉的編輯部也逮到了一個能賺大錢的機會，但說是說能賺錢，開始時，還差一點是讓湛玉自己給放跑了的。

這是一本由一位著名女影星自爆內幕的類似於文字寫真集的自傳體小說。小說還採用了一個別緻而漸進式的書名——《從醜小鴨到女明星到超級富婆》。其實，小說的題目已經一步到位地蘊藏了必定會觸發一場巨大市場核熱效應的一切潛因了。理由無非有二：首先，書名之本身就繪描出了一條最能貼近目前中國社會正在歷經的心理曲線；其二更是：這位常讓人仰其豔名卻不識其廬山真貌的女星，此回竟一反常情，開倉派米，在書中將與其纏綿的好幾位本來只是存在於傳說迷霧中的男主角，從內到外從上到下從性到情逐一地來個洋蔥剝皮層層深入，真刀真槍，繪聲繪色。這不能不對她的千千萬萬的癡迷者產生一種望梅止渴的功效。正如作者自己在後記中十分煽情地寫的那樣：我的廣大的觀眾與讀者才是我永久的情人。就這樣，她將本來只有一頂的情人的帽子，魔術般地幻化出千頂萬頂來，分戴在了一切的她的仰慕者們的頭上。

這樣的一本暢銷書，一筆送上門來的賺頭，首先交到了分管文藝書籍類的湛玉的手上。她流覽了一遍稿件，竟然怒不可遏起來，她提起筆來，幾乎不加思索地批了幾個字：敗風壞俗，低級下流，不出！於是，稿件就被擱置了下來。後來又過了個把月，頭頭不知道從哪裡風聞有此事，便將湛玉請去了總編辦。總編與社長一起，找她「隨便聊聊」。他們笑眯眯地首先表示肯定她的立場和讚賞她高雅的文學和文字品位。他們說，他們自己的看法其實與她的也十分相近嘛，像他們的這麼一家享譽全國的一級出版社出這樣的一部媚俗的作品是要掉身價的啊。但……但怎麼樣呢？兩人欲言而止，社長笑笑望望總編，總編也笑笑回望望社長，餘下的話，其實不說也罷。

書很快便出了。一上市，果然大獲成功。一時間，洛陽紙貴，一搶而空，而且屢版屢銷，還很快成為了城中茶餘飯後最熱門的話題。本來嘛，既然是社領導定下的事自然有其理由，這又哪是她的意思可以左右和應該左右的呢？他們找她來婉言一談，只是為了給她砌幾級下台階而已，這點，她又何嘗不懂？所以說，根據領導的話去行動還是應該定為一條千秋不變的定律的。那次離開總編辦後，她便立即又將書稿捧回了編輯部去。並日夜趕班，親自督戰編校審和版面設計等一切操作流程，以確保書能以最佳的面貌最快的速度最高的效率面世，因為這些，才是她的份內事。

但後來的一個意想不到的結果竟然變成了：連湛玉自己也偷偷地迷上了這本《從》書了。她當然不會去讚賞它的文學性，文字品位和創作技巧，她更不會在編輯部當著她的部下們的面去讀它和談論它。明裡，她仍然堅持她從前的那個觀點（有甚麼不好堅持的？領導不也說與我的看法一致嗎？），但回家後，尤其是當兆正去了外地創作時，她就一個人靠在牀頭板上，就著一盞光線幽幽的牀頭燈，將書琢磨著琢磨著地讀了好多遍。她尤其對作者如何能應時度勢，從影星向所謂「富婆」身份轉變的這一節描寫印象特別深刻。

在女星長長的戀愛季節中，曾出現過導演、編劇、作家、官僚、攝影師和武打明星等各種男人。對於他們中的有些人，她是情不自禁，有些是逢場作戲，有些則因工作需要。這是一個老故事了，沒甚麼特別，幾乎全世界所有的女星的成名史都是同一種模式的不同版本。但後來，女星遇到了一位仰慕她的香港商人。那人先是寫信來的，一副戰戰兢兢的口吻。他說，他也是廿年前從國內出去的，當年他才三十來歲，在江西的一家支內單位工作。而女星那時剛開始她的銀幕生涯不久，十八、九歲的光景，但已令他茶食無味，單思苦戀了好多年。他說，他現在已經很有錢了，事業也做得挺大，挺成功的。他今次寫信來不想求點甚麼，只是很冒昧地盼望如果有可能的話，大家是不是可以互相通通信，如此而已。

女影星把信看了一遍又一遍，想了一回又一回。她甚至能想像出那位寫信人假如站到她面前來的模樣：矮胖、禿頂，大肚腩，六十開外，油亮光光的臉上閃動著俗裡俗氣的笑。（後來她見到他時，她真嚇了一跳，他與她想像中的那個樣也相差無幾，她說，她自己是不是有特異功能啊？她，真神了！）但她還是當機立斷同他回信，非但回信，而且還約他見面。

命運證明了她的成功。如今，她已與他分手了。不也就是三幾年的工夫？但她卻因此而積纍了經商的第一批資本，更重要的是，她向她自己也向社會證明了她人生的另一項潛能：她也能賺錢，賺大錢；管錢，管大錢。如今，她已不需要再去遷就甚麼或遷就誰了，在愛情這個問題上，她可以隨心所欲的找一切她真正喜歡和真正能令她動心的男人。以她的財力，以她的影名，以她還未完全褪色的風韻，每回，她都能如願以償。所以說，她在書中如此拓廣了思路地寫道，一個國家與民族要及時完成與時代的接軌與轉型，一個人不也一樣？想想如果現在仍未能建立起足夠的經濟上的實力的話，又人老珠黃，又後輩筍出，又戲路愈窄，往後的結局會是個甚麼模樣？——至少，不會像今天這麼一般瀟灑。

湛玉不得不有點佩服她，有點羨慕她，甚至有點妒嫉她了。

在此之前，湛玉是從來沒瞧得起過那位影星的——事實上，她很少有瞧得起任何一位國產的影星，無論是男還是女——她有看過她飾演角色的一兩部戲，她說，天底下凡缺乏演技的女演員討好觀眾的方式都是千篇一律的同一種，那便是賣弄風情。而這點，又恰是最令她反胃的。湛玉的眼界很高，九〇年之後的中國娛樂市場，美國的好萊塢和不少西方影片雖還沒能明目張膽地登堂入室，但源源不斷的 VCD 翻版片實際上已將它們的影響帶進了這個城市的幾乎每一個家庭之中。她最喜愛這類影片了，而且看看都看上了癮。有時下班順路去到專門有出售翻版碟片的市場上逛一圈，挑它個十張八張回來；有時則與人交換了來看，總之，她每晚必看一盤。其中有一些是獲國際獎項的文藝片，當不少女人都為高倉健或三浦友和型的亞裔名星而神魂顛倒時，她始終保持頭腦清醒，也堅不為所動，她覺得自己是更意屬西方風情的那種中國女人，假如讓她有機會選擇的話，她的選擇一定會在李察基爾和湯·克魯斯之間。

有時，中國的電視台也會全過程轉播奧斯卡金像獎的頒獎大會的盛況，每逢有這種機會，她必不放過。那一派星光璀璨的場面一下子將她從十八、十九世紀的古典場面拉回到了現代。每次，她都不可自控地沉涵在了一個女人複雜而又激昂的想像裡，她的那份從來就是過強了的自信心，這會兒又在她的心態的天空中高翔盤旋了起來。我只是沒有機會認識他們之中的一個罷了。否則，她想，她也完全能擁有嫁給他或他的資格。她也應該一襲夜禮服一串珍珠鏈的出席這種鑽光熠熠的場合，她會挽著他們其中一個人的手臂，得體大方。對著無數「嚓嚓」閃亮的相機鏡頭，她將展現她那迷人的臉蛋、身段、膚質和她的那份與生俱來的高貴氣質。她不相信，她絕不相信，她就沒有這份資格。而假如是這樣的包裝，這樣的場合，這樣的傳媒，這樣的地位，這樣的一個他和她，她不也一樣會引起全世界的轟動才怪呢！正因了這類想像，她有時甚至會對在電視或雜誌上偶爾出來露一下面的那些巨星們的現妻、前妻或前前妻都懷上了一種叵測的、遙遠的，幾乎都有些不著邊際的嫉恨。當那些庸男俗女的同事們正興致勃勃地對他們或她們說三論四，發表著各自市井不堪的論點時，她往往會在別人的不留神間已經悄悄離場而去了。

如此的一個她，怎麼會瞧得上眼那位由醜小鴨和三等電影明星演變而來的所謂「富婆」呢？當然不會！但這一次，情形似乎有點兒不同。湛玉不僅將那本《從》書與她所鍾愛的大師們的經典名著並排而立在書櫃裡，還時不時地將它取出來，選章就節地再讀多一遍。那一次，當她在自己的房中百無聊賴地翻閱那本《安娜卡列妮娜》之先，她就是又讀了一回《從》書的。她讀著讀著，就感覺心中有些煩躁鬱悶和蠢蠢不安起來，這是她在閱讀該書時常有的心情狀態。她停下閱讀，將書又插回書架上去。順手，她將它邊上的那本《安娜》取了下來，重新回到牀邊，躺下，翻閱了起來。就在這時，她聽到門鈴開始唱起了聖誕歌，安徽保姆的腳步聲向著大門口走去。

是誰會在這個時候來呢？決不會是兆正又回來了，這點她可以肯定。這些日子來，他只是變得一次比一次地更盼望能找個甚麼機會和藉口離開她，離家外出呆多幾天。這回，他去的是太湖湖畔的創作之家。他說，是人家請他去的，全程接待，而他，也正好有去一個安靜一些的環境寫點東西的計劃，云云。那一天，當他拎著一件簡單的手提行李打算離家的時候，正是黃昏時分，湛玉剛下班回到家後不久。對方來接他的車已經到了，停在了公寓的大門外，等他。她站在客廳的中央位置上，望著他離去的模樣。她感覺，他在轉過臉來朝她笑一笑時的臉部表情複雜得有些難以言達：有擔心有緊張有尷尬，但也混合了些歉意和內疚。然而更有一種壓抑不住的輕鬆心情的流露，仿佛他正在擺脫一種是非之地對他的引力圈一般。就這樣，他走了，才幾天，他不可能馬上就自覺自願地再回到這圈地引力中來的。但，這又會是誰呢？她好奇地擱下書本，打開房門，探出了頭去。

湛玉在我看到了她的一霎間也看到了我。而我，就這樣從此走進了她的地心吸引圈中去。

後來，當她在平靜和冷靜下來的某個孤處獨坐的夜晚，她也會將當時的那個生命的霎間再放慢了播放速度地重映一次，她會把當時自己的那種種感覺細節再找出來，回味、品嘗、核實一遍，並作出一番定量和定性的分析。（有些，她後來告訴了我，甚至還作了些筆墨深濃的心理描繪；有些，她只是輕描淡寫地一帶而過；而有些，她則從未，也永遠不會，向任何人透露，包括我。以下，我要說的恰恰就是那第三類中的「有些」——而我之所以能有如此做的理由權利和資格，因為在此一刻，我又站回到一個小說作者的立場上來了。我經常在這種小說的角色與小說的作者，我與「他」，「他」與我，他人眼中的我以及我眼中的我自己的立場之間轉換、改變，其感覺雖然有點困惑和迷惘，但卻趣味盎然）。她覺得她當時思想的第一反應是短路，是那種會激放出帶藍電光火花的思想短路。它們先是跳向了他（指兆正），接著又跳向了「他」（指我），然後，然後索性直接奔她（指那女星）而去了。事後，湛玉甚至還為此事感到有點驚奇，她不明白，原來人的思路也可以具備那種類光速的。

或者還因為有一點：在這之前的湛玉，事實上已完全掌握了我在文學、生意兩個人生層面上的發展。她甚至都了解到我近期以來頻頻回上海的行蹤。她早已在心中將我稱作為是一個「儒商」了，她覺得，她其實也沒多做點甚麼，她只是重複了一切與她有著類似文化地位的人們所可能給我下的那同一個定義而已。而且，這個定義似乎是鐵定的，是不容懷疑不容改變也不存在任何商榷餘地的。這個定義在她將我與她自己的生存定位作出對比時，可以使她產生出一種朦朧的安全感來。她不太說得清這種安全感的實質是甚麼？反正在今後的相處中，她覺得她與我會各具生存的特質、特色以及特點，至少相對於兆正的存在而言，這種安全感便不再是一種虛構的東西了。她強烈地敏感到：我的出現與介入能給她今後的生存光譜增加另道色彩。這是一道暖光色，而她眼下的生命不就是因為太冷調，太青紫，太寒色了嗎？

接下來，她反而倒過來告訴我說，你現在在上海的廠開在哪裡哪裡——對嗎？職工有多少多少——對嗎？

產品銷往何處何地——也對嗎？又說，每次回上海來我住的五星級的酒店通常是哪一家？酒店的日租金要多少？（她說到這一點時的表情有些誇張和激動）我覺得租金太貴，常如此花費也不划算，於是，便打算買一套僑匯公寓來久住，但就一直還沒能找到一處合適的和滿意的，等等，等等。我當然覺得十分詫異。是嗎？是這樣嗎？她問。這都是誰告訴你的？我問——我自然會這樣問的。湛玉神秘的笑了笑，說：是莉莉。莉莉的丈夫在香港曾是我生意上的合夥人，後來我回上海來發展，他們夫妻倆也來了，還在機場的出入境大堂裡遇見過好多回，這點沒錯。但她說，原來莉莉也是她失散了幾十年的童年時代的密友，這點我當然就無法知道了，再聽下去，竟然發覺故事中還有故事。於是，一下子，我便又回到自己作為一個作者的立場上來了。有些，我想，我已在前面講述過了。而有些，只要我還在將這部小說繼續寫下去的話，或者總有機會提到。

還要補充一點：其實，當湛玉在對自己當時的感覺作出定量和定性化學分析時，她發現原來她還是在心底隱藏有一份暗暗的羞恥感的。是的，應該稱作是羞恥感。不因為他，也不因為我，仍然是因為了那位女星。她痛罵自己說，你又怎麼可以將自己去與這種人相提並論的？這種人？但這種是甚麼人？甚麼才是這種人？這種賤女人！她故意在心中將「賤女人」三個字說得相對地理直氣壯，說得清清楚楚，說得明明白白，說得響響亮亮以及絕不帶上半點含糊。她賦予了它一種正義性、批判性，一種似乎要鎮壓住某個魔瓶中的邪念不要在一不留神拔瓶塞的剎那間，逸逃而出的煞肅性。然而，事實還是不容改變：她在第一時間念及的恰恰是那位「賤女人」。

貳拾

那幢紅磚的猶太老洋房：記憶從那兒始端，也從那兒隱去

待到她長大成年了，這兩個自幼年起就形成了的逆向情結經常會交錯輪番地在她的心中上上落落，出出沒沒，不可捉摸得有時連她自個兒也未必分得清楚甚麼才是甚麼。

That redbrick jewish old house: from which memories refreshed and disappeared

As she grew up, those two opposite complexes of her life emerged from the depth of her heart, so haunted, so subtle and so interwoven that even she herself did not know who was who, and what was what.

貳拾

若干年後的那個街燈、車燈、人影撩亂的傍晚，湛玉坐在麥當勞餐廳圓環形落地窗邊的那張座位上，沉思、迷惘、心不在焉。這種情形已經維持了有很長一段時間了。直到此一刻，她才突然變得有些果斷起來。她將擺放在她面前的那個大口紙杯端起來，抽出吸管，摘去杯蓋，動作表現得有些毅然，有些誇張，還有些義無反顧的意思。她下意識地朝杯中望了望，杯底上還留剩著一層薄薄的乳白色的液體，卻已完全涼了。她昂起頭來，將這最後一口牛奶喝完。她想，一切不都已經這樣了嗎？那也只能這樣了。

她是這樣的一種女人：表面冷，內心卻火熱得很；她也是這樣的一種女人：表面傲，內心有時也自卑得很；她又是這樣的一種女人：不跨出這一步時也就一直不跨出去，一旦跨出了，也就無可救藥地跨出了。她不明白，同時也永遠不想去弄明白，究竟她跨這一步出去的真正意義何在——發洩？平衡？報復？還是真為了去滿足一種長期被壓抑在心中的衝動？

所謂女人是感性的動物，至少，這個定義於湛玉是相當適用的。

但她卻完全理解影響她接觸異性的全部障礙就是她的那份霜冷的自恃與自傲。但這是一副她與生俱來的面具，一旦戴上了，好像注定了要一世戴下去了，脫下了就不再會是她自己了似的。而戴慣了，連她自己都搞不清了，究竟這是一種偽裝呢，還是真實——或者所謂真實就是堅持了一世的偽裝？女人到了這個年齡，是會經常不由自主地在心中對她在生活中遇到的各種男性作出評判的。起先，一個男人對她是否會構成某種吸引力的標準很苛刻：外表，地位，學識，人品，還要不乏幽默感。但漸漸地，她感覺到，所有這些標準似乎都在向一條準則歸攏過去。她問自己：這是甚麼？後來，她肯定地說：這是錢。她向自己解釋說，作為一個女人，你不一定要用上他的錢，但在如今的社會裡，唯錢，才是一個男人的人生最綜合，也是最具說服力的成敗指數——難道不是嗎？她又即時向自己追出這麼一句反問來，因為她希望為自己找出個理由來反駁她自己。但她找不到，於是，她便可以十分心安理得地接受這個結論了。

對於錢，應該說，湛玉從來就是在心底暗藏有一份敏感的，這極可能是源自於她父親的那份遺傳基因。其實，在半個世紀之前的上海，錢已毫無疑問地具有它在今日裡擁有的那種地位了。但後來，不知怎麼地，錢一批再批地給批臭了。人們似乎寧願清貧而匱乏地生活在一種高調的理想之中，一個比一個裝扮得更虔誠。而錢本身就臭了，臭成了某種庸俗人生和低級趣味的代名詞。在暗地裡，儘管人人仍在偷掠著它，但明裡，大家都得躲著點它，生怕不要沾著了甚麼腥氣和臭味。而那些曾賺到過錢和擁有了錢的人都好像是犯了罪似地，在別人面前都抬不起頭來了。他們成了另類人，社會贈送了很多頂帽子給他們，諸如吸血鬼、剝削階級、寄生蟲等等。在湛玉童年的遙遠的記憶裡，她始終就對她父母間的那種奇特而隱晦的關係保持著一種戒備心態，同時也時不時地夾雜著點惶恐感。這自然不是她一個小女孩所能夠明瞭的關係，但那時的她已能朦朦朧朧地領悟到：很多時，這都是圍繞錢這一主題或由錢所引發的其他相關主題而起的。

湛玉的父親大她母親近二十歲。父親讀書很少，但他勤奮，聰明，好學，他是那種從十來歲便開始給人當學徒，從此便一邊小心伺候著師傅一邊認真學習技術的人。他省吃儉用，一個銅板一個銅板地攢錢，所謂成家立業，他是將此成語倒過來理解的。他從小便有志氣，便立志要先幹出了一番屬於自己的事業後再談其他。他的理想在他三十出頭的年紀上實現了，他辦起了一家小型的鐵製品加工廠，之後，他才成家立室，娶了她的母親。

這是上海解放前不幾年的事。那年母親只有十八歲，剛從蘇州的一家藝專畢業。母親長得很漂亮，這是湛玉從小便有深刻印象的事。母親抱著她的時候，她還能記得母親半邊臉腮上的雪白的皮膚和光滑曲線的側面。那時的紅磚法式洋房還不像後來那麼地殘舊，它從前的猶太屋主剛回國，事業正開始蒸蒸日上步入盛期的父親便用二十多條大條子將它頂租了下來。洋房的正面有一大片花園，花園裡栽種有幾棵樹，一棵白玉蘭，一棵法國梧桐樹，一棵夾竹桃和一株臘梅。在幼年時代的湛玉的記憶裡，花園裡永遠是一片綠花盛的景象，父親那時還雇有一位花匠，每週都來打理花園兩次。後來，花匠來得少了，再後來，就不見再來了。綠藤開始瘋長，亂攀。再再後來，當然，綠藤都枯了，死了，只留下一年四季都是那麼一片光禿禿的泥地。只是大樹們倒是一直留在那兒，直到幾十年後，紅磚洋房又被粉飾一新，開成了一家海鮮飯館，大樹還在原來的地方長著。

那時候，屋子的底層是她家的客飯廳，湛玉與父母一起睡在二樓臨花園的大房裡。客廳的一邊有一間偏房，偏房有兩扇落地的朱紅油漆的百葉長窗。推開長窗，再走下幾級花崗岩石級便能走到花園裡去。偏房被用作書房兼母親的畫室。母親是學國畫的，陽光燦爛的日子，她總喜歡站立在她的那張臨窗而放的畫桌邊上，作畫。畫桌上鋪滿了白色的宣紙，一邊是墨硯，筆架和灰瓷的小水缸，母親穿一件緊腰身軟緞面的小夾襖，披一身亮晶晶的陽光，美麗極了。有時，她作畫作得得意時，便會轉過身來，一把將小湛玉抱起來，她用她那光滑的臉頰緊貼住女兒的臉頰，死命地親吻，嘴裡心肝寶貝寶貝心肝一個勁兒地呼個不停。

隆冬臘月季，花園裡鋪著積雪。臘梅花開了，陣陣馥郁的幽香飄入屋來。父親有時會讓司機「阿根」開車來接她們母女倆去他的廠裡。於是，母親便穿上了一件海虎絨大衣，一襲高開叉的呢質長裙，玻璃絲襪，高跟鞋。她燙著一頭的捲髮，又搽了點口紅，又撲了點香粉。海虎絨大衣是深棕色的，有三顆碩大無比的本色紐，母親的雙手插在一截毛皮的袖筒裡，顯得十分雍容華貴。

那時候的弄堂十分寬敞也十分安靜，安靜到整天可以不見有幾個人影。（其實，弄堂一直就是寬敞和安靜的，即使在文革的那些最混亂的年代裡。反而是到了改革開放之後，弄堂拓展成了馬路，洋房也開成了飯店，周圍這才開始不可救藥地嘈雜和車水馬龍起來。）整條弄堂只有三幢同式同類的洋房，前後錯落排列。小奧斯丁車一直開到她家的花園門口才停下，母親牽著她的手走下石級走出花園去。

司機「阿根」是個當時年齡不會超過二十的「大哥哥」，皮膚黝黑，體形健壯，梳著一種中分頭路的油亮光光的髮型。每次，母親見到他時都很高興，話也說得最多，並盛開出一臉的笑容。母親將湛玉安排在後排的車座上，自己則坐在司機位的邊上，一路上與阿根有說有笑，去到父親的廠裡。

父親的廠開在閘北的一條偏街上。這條街上開設的都是同類型的廠家：低矮的廠房，鏽鐵皮瓦楞覆蓋的屋頂。鏽爛的鐵製品毛坯堆得滿街都是，而半截煙囪這裡那裡地冒著慘白色的煙霧。車在一扇粗糙的水門汀門廊前停下，她們鑽出車來。立即，就有一股振耳欲聾的衝牀的機器聲浪將她們團團圍住了，空氣中彌漫著一股濃濃的鐵腥味。母親與她就是在這種環境之中走進廠去，走過車間，讓那些滿臉油黑的工人都轉過面孔來，目不轉睛地望著他們的那位亮麗如花的老闆娘如何在這一片巨大的聲浪之中，從機器與機器的窄縫之間通過。

父親一般都是預先站在廠門口等她們的。他穿一件工裝背帶褲，披一件粗藍布的工作棉襖，滿手油污。別說是他人了，就連從小小的湛玉的眼中看出來，父母在容貌與外表上都是很不相稱的。那時候的父親的廠其實已經發展到了相當的規模了，工人也有百十來個，但父親還是閑不下來，仍會像他從前當學徒那樣地親自上機牀去幹活。他領著他的妻女來到他的那間設在廠區的小小的辦公室裡，辦公室裡很暖和，生著一個旺旺的煤餅管道爐，煤餅爐的鐵蓋板上「嘶嘶嚓嚓」沸騰著一壺開水，幾個烘熟了的山芋疙瘩擱在一邊——這是他充當午飯的食品。晚飯通常都是由父親親自駕車，帶著她們娘倆去館子吃的。無非也就是那麼幾家，不是二馬路上的「老半齋」，就是城隍廟裡的老飯店。父親最喜歡點的幾樣菜她至今都記得：鎮江肴肉，生煸草頭，紅燒圈子還有揚州乾絲。後來，當湛玉自己也成了家有了孩子，而當那兩家老字型大小的飯館又在原地頭上經營起原特色的菜譜來的時候，那兒便成了她老向兆正建議去吃飯的地方。她還是點那幾樣菜，並不是那些油膩膩的本邦菜真對她的胃口，而是其中藏了份舊夢重溫的感覺。

一直到那個時期為止的她的童年的記憶中，錢以及其他的因素還未在她父母的關係間太明顯地浮現出來。一切似乎很公平：他有他的事業和經濟能力，她有她的美貌以及年齡的優勢。

後來便開始變化了。三反五反，公私合營，反右，父親從他主導全家經濟的地位上逐漸地滑落下來。與此同時，母親反而走出了家門，走上了工作崗位，她被分配到上海的一家工藝美專當教師。

穿上了解放裝的母親還是那樣漂亮。不過，她已經不再燙髮了，她剪了個女幹部式的短髮，顯得乾淨、俐落，大方。她經常夥同她的那班搞藝術的同事們說說笑笑地回家來聚會，每逢這種場合，父親都會很知趣地先同客人們打個照面和招呼，然後便將客廳讓出來，自己一個人退回二樓的臥室裡去。倒是童年的湛玉，還能在大人們膝腿之間來往，穿梭，這個叔叔那個阿姨地叫一通，逗一逗，哈哈呵呵地熱鬧一番。她父母親之間的話本來就不多，現在似乎更少了，氣氛總有那麼一點古怪和僵化。湛玉從小就是個聰明過人的孩子，她能閱懂母親望著父親時的目光——她有點看不起他。有時，他倆之間也會有語句上的齟齬，而每次，總是母親稍顯激動和激烈一點。她聽得她在高聲地說著一些斷斷續續的詞句，甚麼「銅臭氣」；甚麼「剝削階級世界觀」；甚麼「俗不可耐」；甚麼「難道還想繼續坐在別人的頭上作威作福嗎？」等等。這些話，都是以後到她完全長大成人了才明白了其中的含意的。但父親就顯得比較冷靜和大度，每當母親的聲調高昂起來時，他便反而默不出聲了。他是個隨遇而安之人，甚麼事情都講究個實惠和實用。其實來說，他從來就是個跟形勢跟得很緊貼的人。抗美援朝時，他捐錢又捐衣物；公私合營時，他帶頭上街敲鑼打鼓放鞭炮慶祝，仿佛這場運動不是令他失去甚麼，而是讓他獲得了些甚麼，因此叫他有充分的理由由衷高興出來似的。之後，他又積極爭取，進了區工商聯做事。這會兒，父親是不會去與母親有明刀真槍的抗辯的，他是個識時務者，他還希望想通過母親的人事關係，請莉莉的爸爸老郝在暗中替他動作動作，晉升去市工商聯工作呢。但此事就始終沒有能夠實現，等到文革爆發時，父親已經老了。一般說來，父親有著很強的自控能力，也不會輕易失態，哪怕就是在自己的親人面前。以前，他雖然抽煙抽得猛，但卻很少沾酒，文革遭批鬥後，他沮喪得厲害，酒也因此喝多喝凶了。有一次，他說：那會兒，假如我沒錢，你母親會跟我？這話是只有湛玉和她父親兩個在場時他說的。她見他喝酒喝得很有點醉了，睜大著兩隻充滿了血絲的眼睛望著她——這是父親的一次失態。還有幾次，也都是在酒後。父親會進入一種如夢如憶似幻似真的恍惚境界之中。他說：那些年，真是你爸爸的黃金歲月哪，每一天都有鈔票嘩嘩地流進我們的家中來；每年到年底一結帳，哪一年的保險箱裡不會多出幾十根大條子來？錢哪錢！不管怎麼說，錢都是樣好東西。但他們把我的錢全搶走了，完了，再將我一腳踢開，於是，我便甚麼都不是啦……他說著，都有點老淚縱橫的味道了。他又說，孩子，你要記住，錢這樣東西是永遠搞不臭的，也永遠少不了！總有一天，你會明白，人生在世，沒錢缺錢的苦哇！……

父親說這些話的時候是在文革的那些清教戒律統治中國最嚴酷的年月裡，但湛玉全聽得懂；非但聽得懂，而且全都能理解；非但能理解，而且還有一種深深的認同感。她伸出兩條手臂來環抱住了父親，輕輕撫按著，撫按著他那都已經彎駝了的背脊，背脊上上下下激烈地起伏，又像是在呼吸又像是在抽泣。她從小便是這樣的：在感情上，她是站在父親一邊的；而在對氣質和對人生理想的讚美上，她又傾向於母親多一點。待到她長成年了，這兩個自幼年起就形成了的逆向情結經常會交錯輪番地在她的心中上上落落，出出沒沒，不可捉摸得有時連她自個兒也未必能感覺得到或分辨得清楚：甚麼才是甚麼。就像這會兒，當她突然看清小保姆擋著的手臂後面站著的是誰的時候，在她霎刻之念的閃光中，除了那位女影星，應該還有其他的一些甚麼的。

反正，她決定跨出這一步去。

貳拾壹

夜，深沉的夜，房內沒點燈

他一個躍身騎了上去（此時，他已經汗流浹背了），只記得那一刻，他覺得自己生平第一次像個凱旋的騎士，高高在上，榮耀回歸。

That Night. That deep night. No lights in the room

He leapt on (even though he was already sweating all over). What he only remembered was that for the first time in his life he felt like a triumphant knight, riding high and returning in glory.

兆正還在想著那件「千結衫」，當他沿著街燈惺忪樹影婆娑的淮海西路一直向著徐家匯方向走去的時候，他還在想著那件「千結衫」。

他現在可以毫無疑問地肯定這件「千結衫」是存在的，但它會在哪裡呢？他真後悔當初自己在把它撇下時沒留多個心眼。或讓母親代他保管一下，或索性將它擱在自己的衣櫃裡，萬一以後能派上用場呢？假如是這樣的話，至少，他還有一條線索可供追尋，還不至於等到哪一天回首時，竟然發現自己對於這件往事的記憶幾近於空白。

當時，他真是太沒把它當回事了。

倒不是這件「千結衫」真有甚麼連城的價值，在這物質充裕到幾近氾濫的年頭，誰還會去留意一件用斷線頭編結成的舊毛衣呢？但話不是這麼說的，生活現代了，人倒反而越會留戀起一些舊物來，例如老式唱機、腳踏縫紉機、粗紋唱片、線莊書、舊雜誌、古錢幣，諸如此類。還說這些舊物中藏著某類文化涵量。這是現代人要為自己空虛的精神世界找尋的一種充填物。然而，這也不能完全算是兆正此一刻的心情，他當然覺得這件「千結衫」中藏著點甚麼，但這是另類涵量。

他想，它一定還在的，在一個甚麼地方靜靜地躺著。他一直就有這樣一種預感。

兆正的判斷沒錯。毛衣確實還在，就在雨萍那兒。這是我作為一個作者恨不得立馬就能告訴他的一個事實。我還想告訴他的是：當年他撂下毛衣去崇明島屯墾圍田後，他的母親便將毛衣收藏了起來。因為在此一早，她已經知道毛衣是他表妹送給他的。後來有一次，雨萍去他家幫手嬸娘整理櫥櫃的時候發現了它，她便一聲不響地又將毛衣重新包裹好，帶回了家去。她甚至連嬸娘也沒告訴一聲。就這樣，那件毛衣便無聲無息地在兆正家消失了。再後來，雨萍獲准來香港定居，隨身的行李雖然少，但還是包括了這件毛衣。

當然，我不可能這樣做，我不能把自己在不同時空間的格性關係給打亂了。

其實，同時作為小說中的一個人物，我也曾見過這件所謂的「千結衫」有好幾回。而其中的兩次印象最深刻。一次好像是因為要找東西，我翻箱騰櫃找了一通。在箱底處，我發現了它。我將它從眾多衣物的重疊間抽出來，揭開一看，發現是件寬大重甸的男式毛衣。那種粗糙硬質的線頭，一看，就知道是幾十年前另一個時代的產品，而那幾百上千個毛線結頭更讓人感覺它是件有點兒來歷的東西。我將毛衣重新疊好，放回原處。後來，等到有了某個機會，我才向雨萍問起此事，但她支支吾吾，我當然就不便再追問下去：既然她從來就不過問我的任何事情，我也自覺沒有權利向她多打探些甚麼。

還有一次，是在晚上。那天我一樣很晚才回家，客廳裡的大燈沒開，只亮了一盞幽暗的角燈。我用鑰匙開了門進屋去，裡面仍然一點動靜都沒有。我輕輕地掩上門，換了拖鞋，見到雨萍側身在貴妃椅上，已經睡著了。在椅把和她的頭顱間就枕著那件毛衣。我去房間拿了條毯子來為她蓋上時，她便醒了。她睡朦惺忪地與我打了聲招呼後，便立即將那件毛衣從頸後抽出來，塞到了自己的身子底下去。她的動作很快，還帶點兒慌亂，而我則裝作甚麼也沒見著，踱步，走開了去。

所有這些細節，當然，我也一樣無法超越小說中特定的人物立場與境界層面去與我小說中的另一個人物作出溝通。雖然我明白，他很渴望能知道這一切。我所能做的也不過是當小說，情節進展到將來的某一刻，看看是否有機會能添上一筆來為他釋疑。假如有，固然好，而假如沒有，也只好作罷。

再回到我們的小說中去。現在，我們的小說人物兆正正在他的書房中工作。他的創作習慣是很放鬆，也很放任自己。他的創作過程，乍一看，有點像是在玩一場內容和興趣都很別緻的遊戲，全然沒有那種屏神苦思，一地煙蒂或濃茶連連的凝重情景。他的書桌上堆砌滿了各種各樣的書冊，東一本，西一本，姿態淩亂。有的書合攏著，有的作疊擺狀；有的則攤開了頁碼，倒合在那兒；但更多的是在書頁之中夾著一瓣瓣書簽的，書簽的半截露在外頭，密密疊疊。一切的書籍都處在一種不穩定的狀態中，似乎它們的主人隨時都準備將它們其中的一冊打開，重閱一遍。而假如你有興趣再查看得仔細一點的話，你會發覺，這些書的內容、題材以及體裁也都各異：有文學的、哲學的、宗教的、歷史的；有古典的、當代的、現代的、後現代的；有中國的、美國的、俄國的、東歐的、英法的和拉丁美洲的。體裁則有小說、詩歌、散文、隨筆、遊記、紀實文學、史料彙編，還有一厚本一厚本的辭典辭源辭海。這些書，有的是別的作家送他的贈書，有的是他自己從新華書店買回來的，有的是他從圖書館或資料室借的，還有幾本則是他自己的作品集子——他會時不時地翻閱翻閱它們，他要看看那些生活的瞬間當年是如何被他自己的思維系統作出消化後再定形下來的。

他的寫字枱其實不能算小，這是一張呈L型格局的大班枱。但就是這樣大的面積和空間也都一點不顯闊綽，層層疊疊的書的屏障將他團圍其中。在他面前留出的那麼一小片桌面的平原上，站立著一個已用了不知有多少年的，已老掉了牙的保溫型茶杯和一個老花眼鏡的鏡盒。並不見有正規的方格稿箋或電腦設備碟片檔盒之類，只有幾小塊被他稱作為「印象稿」的紙碎片擺放在他的眼前。紙片上記錄著密密麻麻的字跡與符號。這是從他的詩歌創作年代遺留下來的一種習慣。這些絕不起眼的小紙片才是他創作的命根子，他將他的一切勃發著原始生命力的文學感覺，都在第一時刻記錄在了（照他的話講是「釘死」在了）上面，在他的感覺中，這是一口口生態極佳的池塘，等到甚麼時候，當他有此需要，有此心情，也有此衝動時，他便會閑悠悠地拿著條魚竿，坐到池塘邊上來，釣起一條條鮮蹦活跳的魚兒來。

說是「閑悠悠」，其實只是一種形容，表示一種神定氣閑胸有成竹的模樣罷了。一旦進入到完全創作狀態之中去的他的內心其實是一直處在亢奮的峰值上的，情緒之潮洶湧澎湃。每根神經末梢都調動了起來，為了捕捉一切游離而過的感覺的流隕。他會面對著那幾片「印象稿」凝視久久，久久凝視，一連工作整個白天連晚上。直到他感覺他已徹底將那些塘中之魚捉完捉盡了，才肯罷手。他在曦霧已悄悄升起的清晨熄了工作枱燈，立起身來。他站在那兒，向著一桌散亂的稿箋望上一眼，深情得就像一個剛分娩完成的母親望著自己新生的嬰兒一般。然後他才捧起那個保溫杯來，把隔了夜的冷茶涼涼地吞下一大口去。他感到那種奮力過後的疲勞與滿足，全身酥酥軟軟的就像喝醉了酒。他想，現在，他可以去美美地去睡上一覺了。他覺得，這是一種境界，生命中最令人陶醉的境界。

貳拾壹

兆正創作的另一個癖好是要讓音樂來將自己全面包圍。他搞來了一套環繞音響系統，並請專人將幾隻喇叭都分置於了書房的各個角落裡。如此一來——至少對於他的感覺而言，而感覺又是影響一個作家創作狀態的首要因素——音樂的發聲便成了立體的了，是從各個不同的角度向他輻射過來的，這讓他有了一種沉浮在了音樂海上的幻覺。近一個時期以來，最令他著迷的是俄國作曲家拉赫馬尼諾夫的兩首鋼琴協奏曲。這是一個搞電影配樂的朋友送給他的CD片，說是讓他聽聽，看看有感覺沒有？還說當年殷承宗創作《黃河》，一舉成名，其技巧靈感不就來自於這兩首作品？誰知兆正一聽，便從此上癮，每天非從頭至尾聽它個二、三遍，三、四遍是不肯上牀去睡覺的。他正在從事一部大作品的創作，而大作品是他十年前另一部作品的續集，寫的是一個上世紀初移居上海的歐裔殖民者與他的中國情人所生的私生子，在這近百年的中國近代史的迭更變幻中的風雲際遇。他感覺拉氏鋼琴作品中的那種恢弘的氣勢恰好與他自己對這部作品的構思基調相吻合。

其實說來，他本是個音樂上徹底的門外漢。在他讀書求學的年代，音樂這種高門檻的玩意兒不是他們那號家境出身的人有條件去問津的。但奇怪，他就是對音樂，尤其是西洋古典音樂，有一股骨子裡的靈通。七十年代末，意識形態剛開放。在一次貝多芬作品的專場音樂會上，他第一次有機會見識了正規的交響樂團在演奏《命運》時的實況陣容和場面。他激動萬分，徹夜都淹沒在了被音樂所喚起的種種幻覺中。當然，他根本無法聽懂那麼一部樂曲結構的交響樂，但他分明能感受到音樂之中蘊藏著的巨大能量，那種深不可測的音樂之海在湧動時的龐大、雄壯與神秘。他去買了部單聲道的放錄機來，又拷貝了包括《命運》在內的幾盤帶子，一天放到晚。應該說，他那時的音樂欣賞水準還僅僅停留在《藍色的多瑙河》和《黑管波爾卡》一類的曲目上。慢慢的，換成了《月光》和《春天》，再後來是蕭邦和德彪西。現在，他的這間書房的音樂佔領者變成了拉赫馬尼諾夫。這使他自己的作品，無論是詩歌還是小說也都躍動著一股靈性，呈現一種明顯的詩性的飄逸。後來的許多文學評論家都能明確地感覺到他的文筆間漾溢著的另類味覺，但又不能很具體地說出個道道來，其中之玄因可能就與他的這種特別的創作習性有關。

就是這個樣，說是個專業作家，但兆正每日的工作也就是那麼隨隨便便地往書桌前一坐，心中根本沒有任何工作計劃可言。他只是坐在那兒，等待著。他東翻翻，他西想想，照例讓拉氏的音樂從房間的各個角落響起。他很快便沉浸到了音樂的聖界之中去了，他搖頭晃腦地隨著音樂的節拍用手指在桌面上輕輕地敲打。有時，他會在一張碎紙片上塗寫幾行在別人看來完全算不上是甚麼的甚麼。但他的心中感到無比的充實和愉悅，還有一股小小的被壓抑著的激動。但他要藏住它，不想讓它過早地發洩出來。他想，自己不也正進行著另類創作嗎？一種真正意義上的創作。

近黃昏了，光線一寸寸地晦暗下來。窗外不遠處，復興路上的梧桐樹的樹梢在夜風中搖動，螢綠色的樹葉反射著夕輝消失後的天空還殘留著的最後一抹亮光。城市的燈光一盞接一盞地醒來，遠遠近近的，一個又一個的窗洞像一隻隻開始睜開來的眼睛。坐在他的那個位置上，只要時不時地朝著那扇還沒下簾的視窗瞥上一眼，他便能了解窗外的那個正處於光線不斷變化中的世界一幕幕的景像。他拒絕去打開房中的任何照明設備，他喜歡一種曖昧——光線的曖昧，心情的曖昧。這是一天之中，他的文學感覺最佳的時刻。但他發覺他的一隻耳朵老是在辨聽著甚麼，辨聽著大門口會不會有甚麼動靜傳來。仿佛他永遠在擔心點甚麼，這對他的情緒造成了某種妨礙。他很討厭自己的這種習慣，他覺得這很無聊，也很莫明其妙。然而，無論他怎麼努力，他都無法克服——也許，這是他那神經焦慮病的另類表症？他說不清楚，他也弄不明白。

他聽見大門的門把扭動著地打開了。但這一次是秀秀。根據腳步聲他就能分辨出來。腳步聲沒有在客廳裡停留，也沒有回自己的房裡去，而是徑直向他的書房這邊走了過來——這種情形很少發生，這令他有點意外也有點驚喜。

腳步聲在書房的門口停住，敲門，然後在他的一聲帶咳嗽嗓音的允進之後，門開了。秀秀站在門口，望著黑咕隆咚的室內坐著的父親，她喚了聲：「爸」。

秀秀十六歲，已經是個大姑娘了。她的身材開始拔高、豐滿，她有著與她母親相似的鵝蛋臉型和白皙嫣紅的雙頰。她的本性應該是活潑和善言的——這可以從她在學校裡與老師和同學們相處關係上看出來。但一回到家，她便變得沉默寡言起來。她很少有那種獨生女在面對父母時的撒嬌態。在這個家中，她呆得最多的地方有兩個，一個是她自己房間裡書桌的電腦跟前，另一個是客廳電視機前的長沙發上。

女兒總是纏母親的。因此，除了自己的房間和客廳外，她的第三個常去之地便是母親的房間。母女倆，一個坐在牀沿上，一個坐在化妝凳上，圍繞著某個女性主題，有時又談又笑地可以連續幾個鐘頭。然而對於父親的態度，秀秀便明顯不同了。她很少會去和父親談點甚麼，甚至當她與父親單獨相處時，她都是儘量將眼光回避著他。兆正感覺到了這些，也理解這一切。這類情形明顯得甚至連周圍的朋友們也都感覺到了，他們笑道：人家都講女兒一定是親爹，兒子才會親媽呢，如此說法好像並不適用於你家。他擺擺手，儘量不讓尷尬的神情流露在臉上。他說：女兒大啦，男女有別，授受不親麼——但這只是他的託辭，他在心中的對自己的解釋並非如此。

星期天，天氣溫暖、晴朗。他們一家三口上街去，順便找一家甚麼館子吃午餐。再說，也可以讓安徽小保姆有一天難得的假期去找她的同鄉耍一耍。

他們一塊兒走在街上，通常的位置是：秀秀挽著母親的手臂走在前面，有說有笑。而兆正一個人落在她倆的幾步之後。母女倆共同的興趣是購物。幾乎每經過一家裝潢有點那麼上下的服裝店和皮鞋店，她們都要挽著臂膀進去逛一圈。留他一個人在店外的人行道上，兩條胳膊彎搭在道旁的白鐵欄杆上，望著人來車往的街景發一陣呆。等到她們從店裡出來，繼續往前走時，他才跟隨了上去。

倒不是他真不願意與她們在一起並行。以前，他也是這麼做的。但總會令他有那麼點兒無法忍受的難堪是：哪怕是再無聊的一句打岔話，也從沒有誰來與他來搭訕一回，好像他只是這一路上的無數個陌路人中的一個。他望望湛玉，她似乎一直處在一種談話的亢奮狀態，一個談題接連一個地與女兒說個不停。女兒有時也會斜過目光來睨他一眼，睨一眼正一聲不吭地走在一邊的父親，但隨即又將目光端正了回去。他不由得減慢了腳步的跨度，以讓自己能與前行的她倆保持一個距離，他覺得這樣反而會令他自在些。於是，漸漸地，便形成了這一家三口上街去的一種固定模式：只要一出門，三個人便自動地分作為了兩茬。

進飯店了。女兒說，媽，快來這兒，這兒好坐，臨窗，又僻靜。他們便一起跟了過去，他坐一邊，而她們母女倆坐另一邊。坐定了之後，湛玉便將菜單推了過來，她朝著他說道，你喜歡吃甚麼，揀兩樣吧。再之後，形勢便又復原了，復原成了那種她們娘倆自顧自說話，將他晾在了一邊的局面。

鄰桌上也是一家三口。一對年青的夫婦外加一個嬰兒車裡的「BB」。BB車緊靠父親的一條大腿的邊上停著，他的一隻腳踩在車杆上，來回不停地滾動著手推車，還不時地朝著躺在嬰兒車中的兒子「呷！」地一個怪臉，隨即從中釣起了一長串「咯咯咯」的奶聲奶氣的笑聲。那女人穿一身豔紅的套裝，坐在她丈夫的另一邊。她望著爺兒倆間的天倫嬉樂，盛開出一臉舒展的笑容。

兆正是因為沒事可幹，也沒話可說，才將注意力投入到對這鄰桌一家的觀察中去的。他聽見湛玉在一邊說話了，她是朝著秀秀作為她的說話對象的。她說，你沒見到鄰桌上的那個男人嗎？相貌堂堂，還一副氣派不凡的樣子。其實，湛玉說，她是一早已經注意到他們了，那個男的是開車來的，車就停泊在對街，她從視窗裡指出去，兆正能見到一輛墨綠色的豐田轎車的車頭，它的兩個前輪子打斜停在了高出街面一級的人行道上。

是個大戶，有錢。有錢還親自帶孩子，有錢還對自己的老婆那麼溫柔，那麼體貼，那麼好，那麼會做，像個男人……

話說到了這個份上，大家才有了些不安的預感。兆正偷偷瞥了秀秀一眼，他見女兒的眼睛朝下望了去。白枱布之下，秀秀將自己的那雙新近剛買的帶燒賣摺皺邊的皮鞋的鞋尖對準了一回後，再對多一回。

但他聽見湛玉的話音仍往下繼續。她說，可惜的是老婆長得太難看了：蒜鼻子高顴骨，一張大而圓的面孔像個「燙婆子」。老婆難看還待她那麼好，假如漂亮，哪還不知怎麼著了。

她把話打住，不說了。隔了很久，她才突然說道，秀秀，你可要記住了啊，將來長大了嫁人，就一定要嫁個像這樣的男人。嫁錯丈夫，女人一世後悔！

但秀秀的眼神，就始終沒從自己的鞋尖上離開過。

幸虧上菜了。兆正夾了一塊首先擺上桌來的涼拌糖醋黃瓜條，迅速地塞進嘴裡。他狠狠地一口咬下去，一股劇烈的酸水從他的喉管中滾動而下，嗆得他一陣猛咳。他甚至咳得都彎下了腰去，咳出眼淚來了。他咳著，只感覺到秀秀站在他的後面，不停地拍打他的背脊。她焦急地問道，你怎麼啦？爸，你怎麼……？

現在，這口幾年前吞下去的酸水仿佛又從喉管中冒升了上來，令兆正難受得皺起了眉心。他是站在一家牀上用品商店的大玻璃櫥窗的跟前，商店位於徐家匯商業中心區的一條車水馬龍的大街上。街上仍然十分熱鬧，人熙人攘，街燈將道路照得光亮如白晝。晚飯的時間已過，人們紛紛從飯館裡出來，夜總會與晚間娛樂場所的霓虹燈光開始遠遠近近地閃耀起來。他在這家牀上用品店的櫥窗前再度駐足，連他自己也不知道他到底想看點甚麼，他漫無目標。櫥窗的大玻璃抹得透亮，他望進去，他見到整個櫥窗就佈置成了一張大牀——一張臨街而放，因此也就消滅了一切私隱的大牀。牀上褥著厚厚的墊被蓋被和牀罩，幾個嫩粉底色的寬大枕頭互相疊靠在一塊，予人以一種柔軟、溫馨、舒適而又隨意的感覺。櫥窗的襯底背景是一幅放大了的彩照，彩照十分巨型而且不設邊框。因為擴放倍數太大了的緣故，影像的畫面顆粒顯得有些粗糙，但這反倒形成了實物與背景之間一種美妙的協調。

照片上是一對西洋男女，女的穿一套寶藍色的無袖絲質睡袍，平躺著。（你可以想像：她不就躺在那張用實物佈置出來的大牀上？）她的一條大腿拱起，睡袍寬大的下擺部份滑向一邊，遂露出了她的白皙誘人的腿肚。男人穿一套淺底小花圖案的睡衣，睡衣的上排紐扣敞開著，顯露出兩個半球形的胸肌和一小片朦朧的胸毛。男人體魄強健，他用一隻手肘將自己撐起，另一條手臂則跨越女人而過，在她躺位的另一側撐下去，他將女人置於自己虛空的環抱中。（現在，你的想像是，那男人不就將他的手掌按撐在了那張大牀柔軟的牀褥上？）他倆互相對視著，眼神裡流溢而出的是那種被稱作為情欲的東西（而這一切不就發生在這張臨街而放的前景大牀上？）。

兆正在櫥窗跟前站了一會兒，也幻想了一會兒。他仿佛能聞到洋溢在他和湛玉睡房裡的那股子氣味：這是一種溫溫暖暖的，帶著些挑逗性的氣味，混合著女性的體嗅和各種洗身洗髮奶液和化妝品的芳香。從前，他對此很敏感。每次洗完澡從浴室裡出來，周身熱乎乎的，血脈流動得很快，他分明知道，早過他洗完澡的湛玉現在正身穿浴袍，半躺在客廳的長沙發上邊看電視邊等他，但他還是忍不住地先要繞到自己的房間裡去走一圈，吸一口那種氣息後再說。但後來，不知道從甚麼時候開始，他對這股氣息的心理反應變得遲鈍了起來。氣息應該還是同一種氣息，而且也不會有濃度、程度和成份上的變化，但於他就好像有些「熟聞無嗅」的感覺了。再後來，它變成了他痛苦記憶的一個組成部份。

記憶又來作祟他了。有些不連貫的場景和記憶的碎片在旋轉：某種光線，某種色彩，某種氣息，某種空氣的溫度和濕度；某條門框的邊緣和門框上的一塊已被撞去了好多年的油漆的記痕。還有一對女式拖鞋，拖鞋的一隻是反轉過來的，鞋肚倒合在地板上。諸如此類，細節得很，但又抽象得很。而他自己就在這一片天昏地旋轉動著的景物間走過：他要去到某一處——某一處，他不知道他要去那裡幹些甚麼的某一處。

兆正定了定神，發現原來自己的感覺正處於一種極其痛苦但又極其有誘惑力的無人地帶。一些記憶在隱去，而另一些又在悄悄露面。這次是個深夜，一個很深很靜的夜。不是別人，是他自己，他自己躺在牀上。而一旁作響輾轉反側的是她，是湛玉。

窗外，路燈橙黃色的光芒透過窗簾的縫隙潑瀉幾縷進房來，讓房內那些平日熟悉的傢具都變成了一團團陌生的黑影。

又是那同一種房間氣味充盈著他的鼻孔了，他失眠了。他將雙手插在腦後，想，他倆好像已經好久好久沒「那個」了。他感到自己都有點兒憋不住的感覺了，而且，一旦想到了這一層，這種憋的感覺似乎變得更加強烈，強烈得叫他一刻都難以忍受下去。再說，他想，假如他倆老不那樣下去，難道便從此完結不成？他絕少會有堅定的一刻，尤其在那種事上，但這一次，他決定採取主動。

他側過身去（立即，他的渾身上下便有了一種燥熱的刺癢感了），他伸出手臂，沒頭沒腦地一把摟住了她。或者他想先對她說些甚麼，但他居然甚麼也沒說。她在他的懷中無聲地掙扎了幾下，便馬上平復了。她的肢體運動起來了，開始配合。有些動作他是熟悉不過的，但有些，則完全是新鮮的（現在，他的身體已開始冒汗了）。他不知道事情為甚麼會是這樣？這令他興奮莫名，他甚至有一種此生第一回摟住一具成熟女體時的衝動。他在暗中鼓勵著自己的那種衝動，就像在創作時，當他抓住了一點靈感的暗示後便竭力要催化它們拔尖發芽一般。他感到心底有一股呼聲正一浪高過一浪：勇猛！勇猛！！勇猛！！！

他一個躍身騎了上去（此時，他已經汗流浹背了），只記得那一刻，他覺得自己生平第一次像個凱旋的騎士，高高在上，榮耀回歸。

但這種美妙的感覺很快便消失了。後來，當他軟塌塌地重新在她的一邊躺下時，他已濕汗淋漓得好像剛從水裡撈起來一般。整個過程，誰也沒有與誰說過一句話。靜默，可怕的靜默。仍舊是窗簾，仍舊是路燈縷縷的透光，仍舊是傢具的巨大的黑影。再後來，他聽見了一些斷斷續續的抽泣聲，抽泣聲是從他的身邊傳過來的。立即，他又恢復成了從前的那個脆弱、猶豫、被動的自己。他慌亂、他後悔、他內疚，他不知道自己正在幹些甚麼以及幹了些甚麼？他抖抖顫顫地伸出一條胳膊去，他的手指尖觸摸到了她的光滑的臉頰，或者還有一、二滴冰涼的液體。突然，他感到自己的手臂被她的一隻手給牢牢地抓住了，抬起來，再狠狠地摔回到了他的這一邊來。

於是，大家便只能這樣地躺著，一直躺下去。只留下了一團漆黑。記憶中斷了。

一直到那個光線已經變得十分晦暗了的黃昏時分，當他見到他的書房門口站著秀秀，他才發覺他的記憶又突然接上了。因為在當時，書房門外走廊裡的燈開著，背景光線十分明亮。從女兒帶光暈的側面望去，她很像那個年齡上的湛玉。他「騰」地從圈椅中跳起身來，但他告訴自己說，不，這不是真的，這是幻覺。他平靜地走過去，將書房裡的大燈打開了，他說，進來吧，秀秀。與此同時，他想到的是：難道秀秀不就是我倆曾轟轟烈烈愛過一場的活生生的明證嗎？於是，他便感了些許虛無的慰意。

秀秀這次來找爸爸也不為甚麼太大的事。她的話說得有點吞吞吐吐，她說，今天她班上語文課，讀到一篇散文，散文是一位叫「流螢」的作者寫的。當時，語文老師便當著全班同學的面將目光投向了她。語文老師說，「流螢」其實只是一位作家的筆名，他的真實名字是……秀秀問，是嗎？他就是你嗎？

他點點頭，唔了一聲。但他的注意力已開始走神，他又在留意起公寓大門處的動靜來了。

秀秀又說，老師在解析課文時說文章的語言美麗，故事動人，生活的哲理也很深刻。其中有一個妹妹在她哥哥去農場務農前用斷了的絨線線頭為他連夜趕結一件千結毛衣的情節，雖然寫的是你們那代人的事，但到了今天讀起來，仍很感人。是真有其人嗎？

兆正的注意力有過片刻的集中，他望著秀秀，他想，女兒長大了，女兒正在成熟中的少女的敏感已能讓她從那段情節中捕捉到些甚麼了。他有些激動，話都湧到了嘴邊，但他還是將它咽了下去。

他拉開寫字枱的一個抽屜，從中，他取出了一本散文集子來。這是一本書封面上印有一幅多瑙河田園景色的作品冊集。他將書遞給秀秀，說，我的這篇文章不已收進了我的這本散文集中去了？

女兒打開集子扉頁時的神情呆住了，她一定見到了他給她的題字以及題字的日期。她抬起頭來望著父親，她想說點甚麼，但又不知從何說起。

就在這時，兆正聽到了大門口的那個音樂門鈴開始歌唱了，小保姆急速的腳步聲向著門口走去。幾乎是同時，女兒也從她坐的椅子上站起了身來，她說：「爸——」而他馬上接過了她的話題，他說，你回房做功課去吧，啊。

當女兒的身影從書房的門口很快地拐了個彎消失時，他便又熄了燈，坐回到了自己的圈椅裡。或者，他還是更願意讓自己重新回到記憶的黑暗中去。

貳拾貳

機場遇故

她從桌的對面笑眯眯地望著我，她的眼中調皮著一種淺淺的酒的醉意。她說，怎麼樣，不肯給人面子呀，大老闆？
但不知道為何，我望著她，突然語塞，我沉默了。

Bumping into old friends in the airport

She was looking at me with a smile across the table. Her mischievous eyes carried some slight drunkenness. She said, can't you give somebody the honor, high roller?
I didn't know why, but I was only staring at her, suddenly lost for words. I fell into silence.

自從那次8．14的政府干預行動後，形勢果然開始逆轉，而我也漸步走出了財政的困谷。

人生的挫折經常會在日後被證明是人進入他的另一個人生的階段的轉捩點，這是因為來自於橫斷方向上的那股巨大的受挫力往往會出其不意地將你推出你惰性思維邏輯的軌道之外。所謂「物極必反」或者「否極泰來」，就像古人形容月亮盈虧的道理一樣，新月與滿月是互為起終點的，如此輪回，永不終了。最近以來，一個特別困擾我的預感是：曾經也有過一百多年斑斕殖民史的上海會不會就是香港的明天？而今天，當上海已從一個城市命運的最谷底重新向上攀登時，她的那股上升動力同樣也是不可被阻擋的。開始時，我讓我自己的想法給嚇了一大跳，但漸漸地，我又恢復原先的那種平靜的心態，我覺得，我或者已經抓住了問題的某條本質脈絡了。

那一個時期，我生命的回歸意識特別強。

我開始著手處理在香港的全盤業務。我清理著、結束著一個又一個的帳戶。我將公司的會計喚來，吩咐他先把貸款一筆筆地給我勾劃出來，再精確地計算出每筆貸款每日每月每年會在公司的營業利潤中吸取的利息額度。（當我流覽那份明細表格時，我聯想到的是一塊巨大的海綿，一塊正不動聲色地吸收著周圍的一切水份，然而，即使吸進再多的水份表面仍顯不出有任何潮濕跡象來的海綿）然後，我走進銀行，對著那位胖墩墩的銀行經理說，我想把我的那些存放在貴行的股票和基金都沽出去。甚麼？胖經理先是瞪大了眼望著我，而後便展開了一臉的笑容。他將我請進經理室，並親自站到自動咖啡蒸餾機前為我製作了一杯香噴噴的卡布奇諾，端上來。他說，閣下的公司從來就是我行信譽最優佳的客戶之一，我們準備全方位地配合和支援貴公司今後業務的拓展。至於貸款額度和息率方面麼，這些都好商量，好商量。我謝過他的好意，但我說，事實上，我已打算退休，而公司在香港的業務也正在逐步的收縮和清理中。我完全能想像對方驚奇萬分地望著我的表情，但我故意不去看他。仿佛這是件天經地義的事，而他也是毫無疑問地能理解這一切的。一直當我握著一捲銀行貸款的清算申請表格從經理室離去時，我還是堅持著這同一種姿態。我仿佛感到自己的背後長著一對眼睛，眼睛一直在望著那位失望得幾乎有點失控的胖經理，正一動不動地佇立在那兒，望著我一步步走遠去的背影。我感到很痛快也很過癮。我在心裡直發笑。我想說，搶竊分合法與非法，打劫也有文明與暴力之分，但其本質沒啥兩樣——當然，我決不會當著他的面講出這些不三不四的話來。

事情就在這麼幾天之內決定了。這符合我辦事的一貫作風：靜若處子動若脫兔。所謂性格決定命運，人生活到了今天，回頭一看，才驚覺自己的一生可以明顯地分割成若干階段，而每段之間的銜接角度又都是那麼地陡然，當年我與雨萍以及後來我與湛玉，一切幾乎都是發生在一念之間。

但我不後悔，我覺得人生的方程式是一個定數。無論你作出多少次移項、消移或者增項的推導以及演算，都終會達到那同一結果。我告訴自己說：餘下的生命歲月應該只屬於你自己的了，否則生命將失去它的本質意義。也許，我也應該為自己去建造一座「退思院」，只是直到此一刻為止，我還不能決定，這座「退思院」到底應該建在何處？溫哥華？悉尼？香港還是上海？

貳拾貳

我將自己的財產大致分成了三攤：一攤移去國外，一攤仍留在香港，再一攤我打算將它挪來上海。我感覺這是合乎邏輯的，因為從前的那個我，以及我的父母一輩子所熟悉所認識所適應的香港已經分解。她的三分之一退回去了西方，三分之一橫移來了上海，還有的三分之一仍留在原地。再說，這樣的風險分配比例也符合今後世界的經濟格局，甚至還包括了對我自己的年齡與心態的種種考慮。我鬆下一口氣來，我預感到自己再一次地完成了人生之道的一個重大拐彎。

當然，我是不會去把我的想法和打算告訴雨萍的，她從來就沒對我的任何商業安排有表露出過興趣的意思。而我與雨萍間的那種生活，自從那次之後便完全消失了，她漸漸地變成了我的家庭生活中的另類成員。一件陳設，一件擱在一座精緻玻璃罩中，可供你觀看、欣賞和讚賞一番的，但就決不能讓你去觸摸一下的陳設。而我也不會去將我的打算告訴湛玉：事關她又總是對我的商業計劃顯露出了太大，太強烈的興趣。連我自己都覺得有點兒怪：不關心不行太關心又不行——你究竟要人家怎麼著？其實，這個問題連我自己也說不清。我做很多事都憑直覺。

我還有另外一些直覺。比方說，我與湛玉的那段關係。我倆都不自覺地走進了兩個不同的生命的角色中，且很投入地進行著一場人生演出。我扮演的是兆正人格的另一面；而她扮演的，則是她本位人格的另一面。於是，我們便結合了。日復一日，月復一月，年復一年，我倆都有一種行進在一片白茫茫的感情的原野上不知歸宿在何處的感覺。而每一次的肉體接觸，我都將它想像成是一種植物的灌漿過程：我們正在灌漿著一個果實，一個表皮豔美，口感苦澀，果肉更可能會含有某種毒素的果實。我想到伊甸園，想到人類的元祖亞當夏娃，想到那棵樹，想到那條蛇，想到那個禁果——人都是帶著原罪來到這個世間的呢，我這樣來釋慰自己。

有時，我會以一個第三者的口吻來向我自己發問（我老喜歡這麼做，我的好些自以為精彩的詩句便是在這一問一答之間構思出來的）。究竟，在她們兩個之間，你更讚美的是哪一個？我突然向自己發難的時候往往會揀某個月色乳白夜深如水的夜晚，有時是在我香港家裡的大露台上，極目遠眺，思刃分外鋒利。而有時也會在上海，當我從湛玉的家中出來，自己傾聽著自己沙沙的腳步聲，一個人走在路燈悽惶梧桐枝葉交叉的街道上。我想了想，回答說：是她。（但我拒絕說出名字來，雖然在我心中早已無聲地肯定了，所謂「她」，是指誰）但你的選擇為甚麼又是另外呢？扮演第三者的聲音決不肯放鬆，繼續追問。眼看就無法招架和回避了，我說，可能是因為酒精的作用吧。一個愈是喝醉了的人愈是可能會向一個幻影伸出手去的。於是，我便再沒聽到那第三個聲音繼續發問了。

其實，再想深一層，我將我三分之一的資產挪去上海的其中一個重要原因不就因為了湛玉？我自然十分明白她喜歡甚麼，而我又不由得在暗中盼望能在自己的身上再增多一些她所喜歡的色彩。但另一方面，我更清楚自己的真實追求是甚麼？這是一種生命的追求，在遠遠的另一端不斷地喚著我，叫我欲罷不能，不得不循著那冥冥之中的喚聲一路摸索而去。我經常會覺得自己是處在一種矛盾情緒的十字路口，怔怔地不知該往哪個方向上靠才好。男人以及女人，隨著年齡的增加，生命帶給他們的啟迪和意識上的長進竟然是反向的。

我還知道，總有一天，在這生命的平台上，我與湛玉的關係也會走到盡頭，走到落幕的那一刻。那時，由我代兆正扮演的那一部份人格又會與他的另一部份再度整合，讓他成為一個完整的從前的他自己，而我又會再做回從前的我去。當然，我不知道那一天是哪一天？我不是自己命運劇本的編劇。反正，只要這一天還沒到來，我就應該全情投入演出，一旦想到了這一點，你便會心安理得地活下去和做下去，認定這便是你全部命運鎖鏈之中無法省卻的一環。

每一回，當我從護照查驗枱上取回自己的證件，然後再從枱與枱間的那截短而窄的甬道間通過，遠遠地朝著行李輸送帶的方向走去的時候，心中都會忍不住地蕩漾起一種如釋重負的感覺，仿佛自己正領受了一份額外的赦免的恩賜一般。

這麼多年了，我始終無法擺脫這種感覺。我到過世界上的很多國家和地區：歐洲美國加拿大日本新加坡等等，但每一次，只要我一來到上海，尤其是在出入境關卡跟前，這種奇特的感覺便會本能地浮現出來，並緊隨著我，一直到所有的過關程式都告一段落為止。照理說，上海是我出入最多的一個地方，又是自己的故鄉，應該感到更熟悉更快樂更安全更有親切感才對。但不成，這種感覺的產生是沒有理由也不聽理智之分說的。我要反覆不斷地向自己確認說：此刻，你拎著的那個手提袋中會不會攜帶任何違禁品。比方說，一本反動雜誌？若干頁大逆不道針砭時弊的文稿？甚至還可能夾帶上了一本可以給人無限上綱的反動日記本之類？一旦想到了這一層，我便感覺手提袋的份量突然變得重不堪負起來，我站在行列裡一步一人頭地

一人頭地向著護照查驗櫃枱的方向靠近過去。我幻想著，一個穿制服的官員會突然從查驗枱的後面站起身來，朝著正準備轉身離去的我說：「喂，是你。等一等！——」我的心「突突」地亂跳，時刻預備用一種強裝出來的鎮定來面對一場可能突發的事件。

對於任何著制服的人員，我都懷有一種遏制不住的，病態的恐慌。因為我覺得，他們是某種權力的象徵。權力，隨時可以叫你失去自由，進而安你個莫須有的罪名，將錯就錯地將你投進一間小黑屋裡，從此便讓你與世隔絕了的權力。在這樣的人的面前，我感覺自己就像一個大腳板下的小螞蟻般地缺乏安全感。我知道我的想像有點荒唐，也有點變態，我知道它們是來源於那次遙遠了時空的記憶。少年的歲月，中年的歲月，哪怕到了老年，記憶都會變了形地來作弄人。它們像某類調味品，搗碎了，與現實生活的情節揉掐在一起，再發泡出一個個虛幻的饃饃來，叫你真偽難辨。

我向著行李輸送帶的方向走去，已有好些人站在那兒了。行李帶開始啟動，它「嘰嘰」地鳴叫著，將各種形狀的行李東倒西歪地從黑色的膠片簾的後面輸送出來。有人彎下腰去，將行李從流水帶上費力地拖出來，核對著，裝上小車，推著，走了。

我也揀了一件，準備離開。亮著淺藍色燈光的大堂裡，三三兩兩的出境人群，推著行李車，朝著標有禁區標誌的玻璃自動門走去，空氣中浮動著一種隱隱的說笑聲，氣氛顯得格外安謐。我見到玻璃門前站著一小隊人馬，像是在等接誰的機，男的女的，一個個衣著趨時面帶微笑。一兩個人的手中還捧著鮮花，其他有幾個則扛著帶電視台標記的攝像機。

二十世紀末廿一世紀初的中國和上海。又一個歷史連綿進程中的特定的横斷面，而人的生命是垂直的，我們都從中國歷史的另一個斷面之上洞穿而來。

一位周身FANDI名牌，膚質保養上佳的中年婦人朝這邊走過來，她剛從護照查驗枱離開，她的身後跟著一位男士。立即，扛攝像機的和捧鮮花的都向他們湧了過去。但我發覺，FANDI女士好像是向著我這裡一邊微笑一邊走過來的，她並沒太多要去搭理攝像機和鮮花的意思。當我看清她原來是羅太太——也就是湛玉向我提起過的她的那位童年時代的好友莉莉時，她已經快走到我眼前了。她的身後邊跟著的是提包的羅先生。

我急忙迎上前去。也真是的，只顧了胡思瞎想，都快失禮於人了。我說，還沒認出來呢，原來是你們兩位哪。

「你是財大兼氣粗，又貴人多忘事，怕是見了人故意不認吧？」莉莉邊調侃，邊吃吃地笑了。

哪裡。哪裡。

但我很快發現我們三人已被蜂湧而上的電視台工作人員團團圍住了。大家好奇地注視著我們間的談話，沉寂了一會兒。我發覺遠遠的有一架攝像機的鏡頭正對著我們——我，羅太太以及羅先生——紅燈一閃一閃地亮。我慌忙退向一邊。我說，羅先生羅太太，你們還有正事要做，我這……？

但莉莉一把拉住了我，甚麼正事不正事的，還不是這裡的電視台正在拍一部我與我家族的長篇紀實片。

貳拾貳

機場遇故人，她笑著說，不正好是一段可遇不可求的生活細節？——你說呢，導演？她向一位身穿牛仔裝，紮著一截馬尾辮的男人遞去了一瞥眼光。

馬尾導演揮了揮手，亮紅燈的攝像機便馬上停止了工作。大家重新圍上來。導演是個高而削瘦的年青人，三十來歲，菜黃的臉色，耷拉著眼皮，顯得無精打彩，一副嚴重缺乏睡眠的模樣。他說，是啊，咱們的郝莉莉小姐是滬上的名門之後，自己又曾是個紅極一時的芭蕾舞演員；去了外面這些年，如今又再回上海來投資，她的人生故事很富有傳奇色彩啊。

導演抬起頭來，望了我一眼，他朝我摺皺出了一個敷衍的笑容來。他順勢從襯衣的上口袋中掏出一包「中華」來：「嗯？」他向我與羅先生分別作了個曖昧的手勢。在我倆一致向他擺了擺手之後，便獨自彈出一隻來，點上火，抽了起來。

「這位是……？」他向上方吐出一圈煙霧。

「老朋友了，也是上海人。在香港，他曾經是我老公生意上的拍檔。」莉莉如今說話，大大咧咧，聲音也很響，還充斥著一種滿不在乎的自我放任。這非但與湛玉從童年記憶裡描繪出來的她不同，就是與我認識中的她也變化很大。從前在香港，我們應酬談生意，莉莉總是坐在一邊，身段窈窕，樣子文靜得來也很好看。她從不多嘴，只是偶然朝她丈夫瞟上一眼。有一次，她丈夫說起，原來莉莉與我都是上海人，而且文革的歲月也都是在上海度過的。莉莉說，是嗎？我說，是的。

我還說，那時，我是反動學生，處處受監管，日子難熬得很哪。她便問，你當時是哪一所學校哪一屆的？我說，東虹中學67屆高中。她的臉上就有了點異樣的表情，她說，她的一位童年好友也在那一所學校就讀，好像與你是同屆，不過……「不過」之後她就沒再說多甚麼了，她望多了她丈夫一眼，那時的她決不會在不該多嘴的時候多一句嘴。我說，東虹中學的學生有幾千人，就我們那一屆就有好幾百。當時，那間學校搞極左思潮在全市都是出了名的，遭殃的教師學生一大批，我，只是其中的一人而已，而且還是相對僥倖的一個。否則，我還能今天坐在這兒與你們一起把盞飲酒嗎？於是大家便笑，都說，這倒是的，這倒是的。羅先生舉起杯來，說，文革他是沒有經歷過，也不感興趣。他感興趣的只是錢——只要能有錢賺就行！來來來，他說，為了賺錢，大家喝下這一杯！於是大家——包括我和莉莉——都舉起了杯來，我感覺到莉莉迅速瞥了我一眼，在這一瞬間，似乎已經有了某種訊息的傳遞了。

你看，我又來了。我在對一個故事的敘述與記錄的過程中，經常會有顛倒時空和記憶的事發生。事實上，我自己都無法辨清甚麼之後才輪到甚麼，而甚麼，又可能是在事後添補上去的一筆幻覺？從這層意思而言，你完全可以說我是個理路不清的作者，但我卻絕對是個尊重感覺事實的作者。

就像這一回，當我在上海機場重遇羅氏夫婦時，我的明確不過的印象是他倆已肯定不再是從前在香港時代的他倆了，莉莉與她的丈夫的處世位置正好來了個顛倒：一個滔滔不絕，語直意駭，遣詞潑辣；而另一個則是畢恭畢敬，謹行慎言，站在他老婆的身後，滿臉堆笑，只有在偶然不得不要他作答之時，才擠出半句一句不鹹不淡的港式國語來。

還有一點：莉莉也肯定已經不再是從前的那個窈窕秀美的莉莉了，她變了，變成了一位體形富態的肥胖的中年婦了。她朝著導演說道，你別小瞧我們的這位老朋友喔，他還是個才子呢，他是一位詩人。

導演「喔」了一聲，再次抬起眼皮來望了我一眼，他的眼中有一絲迷惘：詩人，這個久違了的名稱似乎與眼下的這攤子也扯不上甚麼關係。

我窘迫萬分。

「不是說你們曾是生意上的合作夥伴嗎？」

「合作夥伴？其實還不是主要靠我們這位朋友，靠他的資金，靠他的市場，靠他的人事關係？我們只是加點兒小股本湊湊熱鬧，湊個名義罷了。」這，才算是點到了點子上了，瘦導演一下子來了精神，他將還吸剩下來的大半截煙蒂在一旁的一座不銹鋼的煙灰潭裡掐滅了，把臉轉過來朝向了我：「能否請問閣下在香港是做哪行的？」

我還在沉吟，考慮著該如何向眼前的這位仁兄作答比較合適時，莉莉已代我把話頭接了過去，說道：「他呀，在香港是搞房地產和金融股票的，還有項目投資——前不久在上海和海外報紙都有報導過的那家設廠在浦東金橋區，新近剛投產的成型地板廠就是他投資的！」

「投資額一千二百萬——美金，統統是美金！」拎包的羅先生在一側加重了語氣。

這是哪裡跟哪裡的事啊！在這種時候談這些，我恨不得當下就有個地洞，鑽進去，一遁了事。

但我見到馬尾導演的那對從來就不像是在望著誰和望著甚麼的眼睛在此一刻間突然放出了光彩來。它們開始聚焦（可見它們並不缺乏睡眠），它們望著我。他說，他記起來了，好像是跟東北哪家林場的合作項目？

不，這是一種高壓合成的纖維地板，莉莉糾正他。

合成地板？那一定是採用日本最新技術的那一家了……

不，是德國設備和技術，羅先生又說。

對，對，對。是德國技術，是德國設備，是合成地板。現在在浦東投資的外企也太多了，一天報導就有好幾篇，都張冠李戴了。馬尾巴自嘲自解，他的手指再次伸到襯衣的上口袋中，掏呀掏的。此次，他掏出來的不是「中華」，而是一疊名片。

他取了一張交給我，說，敝人小姓于，側勾于。大家以後交個朋友——本來麼，朋友的朋友就是朋友。他又說，說不定，咱們以後還可以搞些合作呢。電視台的節目現在搞承包，廣告全靠製片和導演自己去拉。但我們電視台的廣告效應大著呢，幾乎覆蓋半個中國，云云。

我說，是的，是的。下次有機會，下次有機會。但我又說，對不起，這次我倒真沒備名片。

于導很大度他揮了揮手，說，免了，免了。認識了就是朋友，面孔就是名片。他又向人群遠端的那位攝影師揮了揮手，說，先給我們照一張像片留念吧。我發覺他的菜黃臉色都有些泛紅光的意思了。他用一條手臂緊緊地挽住了莉莉，另一條挽住了我，莉莉的邊上站著羅先生。「咔嚓！咔嚓！」便立此存照了。只是至今為止，至少，在結束這部小說之前，我還沒有見到這幅照片，我無法想像照片上的我會是個啥模樣？表情木然？僵硬？還是一臉尷尬？

照拍好了，莉莉緩緩地又開腔了。她指了指我，然後說道，其實啊，我與他還有一層別人所不曉的特殊關係呢……她吞吞吐吐的，故作玄虛，弄得周圍人都一起望準了我倆，還有人偷偷看了羅先生一眼。神秘夠了，她才繼續往下說。她說，她有一位童年時代一起學芭蕾舞的好友，後來變成了我的中學同學。「而且還是同屆同班坐同一張課桌椅的同學，而且至今還來往密切，」她將臉朝我望來，笑得很古怪，「究竟你倆是一種甚麼樣性質的朋友啊？」

湛玉都向她說了和暗示了些甚麼，我不便問，更不便表態，但又不能過份裝蒜，總之，我不便做任何事。我裝著沒聽見，將目光望入遠處，望入虛無。遠處，還有最後的兩茬出境者正推著行李車向大門口走去。

見有些僵場，她便自砌下台階。她說，你可沒見過我的這位女友了，于導，做姑娘的時候是個美少女，大了成了美婦人，就是到了現在這一把年紀，還韻味十足啊！決不比你導演的那部叫甚麼，甚麼《巫山雲雨》中的女主角差多少——真的。

于導說，那好，那下次就請她來當女主角吧，只要你的朋友肯投資拍戲，其他的事都好說，都包在我身上！

貳拾貳

哈哈哈。周圍立即升起了一片附和的笑聲。

接下去便又有點冷場了。于導說，走吧，吃飯去。我已經在「美林閣」預定了一間包房。又同我說，一塊去。一共開來兩部車，我坐前一部，帶路，你與郝小姐和羅先生坐後面那一部。我說，謝謝。謝謝。高個子的于導便衝在前面先走了，紮起了的短短的馬尾辮在腦後一跳一跳的。

我問莉莉，你們也來上海投資項目嗎？

莉莉說，投甚麼資啊——你又不是不知道我們的情形。不就利用爹爹留下的那點影響和人事關係做些務虛性質的生意？如今的世道變啦，全變啦。變成了：老公要靠老婆，活人要靠死人哪，嘻嘻！——

我，不竟瞠目。

大家邊說，邊走出機場大堂的自動玻璃門，站到了街上。「別克」車前一輛已經開走了，後邊的那一輛眨巴眨巴著黃邊燈正靠上來。我突然向莉莉說道，羅太太，很抱歉，今天我還是不去了，其實我一早已約了人了。

啊？

沒關係，麻煩你向于導他們解釋一下就是了。

就在別克車將車門打開的那個剎那間，我逃離了，如釋重負。我知道，我的舉止有點過份，也有點不太禮貌，甚至還有點上不了台面，但我只能如此。

貳拾貳

兩天之後，我才給湛玉去電話。她在電話線的那頭一聽是我的聲音，便笑了。她說，早在盼你來電話了，但我知道，這次你來電話的時間一定會推遲多兩天的。她沒說原因，我也沒問原因。她的過人的聰明和敏感從來就是毋庸置疑的。

我說，這一回，還是你來我這裡吧。我住在波特曼酒店三十六樓行政套間的那一層。

她在電話裡再一次地笑了，那好哇，她說，難得你這次會邀請我。我聽到電話筒裡有一種「嗞嗞」的呼吸聲。她說，你，不想我麼？……

我說，想。當然想。我感覺到有一股強烈的生理反應由下而向上，直衝腦門，連心臟也開始劇烈地跳動了起來。我轉了一個話題，我說，兆正，他在家嗎？我想借機狠狠地給自己淋一瓢涼水下去。

對方的口吻馬上平靜了。她說，他去作協了，下午近晚的時候才會回來。於是，我便又有了那種手掌與手背在互相翻覆時的感覺了。

一小時之後，我與她已經坐在波特曼酒店三十八樓的行政層住客的俱樂部裡了。是一張臨窗的雙人座，有人在屋角的一架三角鋼琴上彈奏蕭邦，輕柔的樂曲籠罩了整個廳房。廳房不大，分內外兩間，地上都鋪著很厚的彩織地毯。內室裡散散落落地坐著幾桌人，兩對老外，一對衣著華麗講究的華裔男女，還有就是我和她了。一個金髮女郎站起身來，她毫無聲息地從地毯上踩過，去到外間。她從自選的糕點水果盤裡取了幾樣東西，再回到自己的座位上坐下來。一個白衣金扣的侍者不知在何時已站在了我們的桌邊，他身杆筆挺，一隻手擺在身背後，另一隻手中握著一瓶用白餐巾團圍著的冰鎮過的香檳酒。「Please？（需要酒嗎？）」他說，他徵詢的目光望著我倆。在我微微的頷首後，他便將金黃色的酒液注入到我們的杯中來。接著，一個利索的收酒動作，他向我們微笑著，退後，離去。無聲無息的就像他來到我們的身邊沒被我們察覺到一樣。

飄然的樂曲仍在繼續，若有若無，時隱時現。我們面對面地坐在一張雲石枱面的方桌的兩邊，一旁，寬銀幕式的大玻璃窗落地，正面對著上海展覽館的整片綠化帶，俄式宮廷氣派的建築群落散佈其間，每一座金色的屋頂都反射著中午時分的陽光，光耀得有點讓人睜不開眼來。再過去，便是蟠龍逶迤的延安路高架與玉帶環腰的內環線，在某個灰意朦朦的城市的遠處相交。整個大上海此刻就在我倆的眼底下毫無遮掩地鋪展開來，高低錯落，新老割據，就像是一片在陽光下波濤起伏的海面，東西南北，一望無際。

這是一幅壯觀的場面，那天中午，從波特曼酒店三十八層樓的視窗望出去，這是一幅攝人心魂的都市壯觀圖。

湛玉將目光從窗外收回來，她說，她太喜歡這樣的環境和氣氛了。我笑笑，沒說甚麼。我當然知道她喜歡這樣的環境和氣氛，但喜歡又怎麼呢？

我舉起香檳杯，說，來，我們乾一杯吧。她望了我一眼，也將杯舉了起來。我們輕輕地碰了一下，在玻璃杯發出的一聲悅耳的「當」響中，我們各自喝了一小口，然後把杯放下。直到這一刻為止，我倆誰也沒向誰提及過莉莉與我在機場相遇的那件事。現在，她從桌的對面笑眯眯地望著我，她的眼神中調皮著一種淺淺的酒的醉意。她說，怎麼樣，不肯給人面子啊，大老闆？

我望著她，不知為何，沉默了。我突然語塞，竟然想不出一個言詞來答她，哪怕只是個敷衍性的答詞也好。也許，我的想法帶偏見，甚至還有點兒極端，但我控制不了自己情緒的流向。對於那些存著心要將甚麼都往錢字上扯的人來說，所有這些似乎都是有所圖謀的。這更多的是一種手法，一種暗示，一種試探，一種隱喻，還不單是習慣與性格使然那麼簡單——這是生活在當代中國社會的文人和類文人們常會擁有的幾個層次的內心世界，而最核心的那一層，有時，連他們自己也看不透，他們只是任憑著一種直覺和衝動來對事件作出言語和行為上的反應。

反感就從這兒產生了。

後來，我倆回房間去。我靠在牀頭上看電視，看一個新聞播報員播報新聞。播報員說，上海今年的外資流入總量又創新高，浦東新區建設如何日新月異如何人間奇跡。我聽著盥洗間裡嘩嘩的水聲，湛玉進去洗澡已經洗很久了，但她還沒從浴室裡出來。在牀的左側是一間佈置得十分精緻的，擺放著一張桃木寫字枱的小小坐起間，坐起間與臥室之間的分隔是用一圈虛設的闊條柚木板作裝飾框的。從我坐著的位置望過去，能望見她進浴室之前除脫下來，掛在沙發把手上的外套、內衣和胸圍，一雙半高跟的露趾女鞋整齊地排放在沙發底下的地毯上。

這就構成了一個虛擬的她，正靜靜地坐在那兒觀望著我。我再次將注意力轉移到電視熒光屏上去，播

貳拾貳

音員正在播出一條酷暑天市委和市政府領導親自前往大橋建設工地，為奮戰在第一線的工人們送上消暑解渴飲料的新聞。有幾張臉在歡笑，有幾張扭曲，好像在哭——大約是太激動了的緣故吧？

浴室的門終於打開，湛玉穿著一件雪白的、胸袋上標有酒店 LOGO 的毛巾浴衣走出來，長發散披在她的肩上。房間裡的空調開得很強勁，但她的臉仍然通紅通紅的，像一個透熟了的蘋果。

她先在牀沿上背著我小坐了一會兒，無言。然後便伸直雙腿，也躺靠到大牀上來。我們一起面對電視機，看著一條又一條的新聞繼續播放：郊縣今年的收成勢頭一派大好之後便是全國計劃生育工作會議在京召開，全國婦聯主席以及有關中央領導出席了會議並作了重要講話。

她怎麼啦？我怎麼啦？我們怎麼啦？在這六尺半的特大雙人牀上，如此柔軟的牀褥，如此雪白的牀單，如此香氣四溢的枕套，在這片最適合做愛的場地，我們怎麼啦？

不錯，我已經說過，我們遲早會有那一天。但難道遊戲剛開始就已經宣告結束？我不甘心，我想，她也不會甘心的。

我走下牀去，先去關了電視，再走到窗前，將房間寬闊的落地窗簾給拉上了。窗簾是雙層的，遮光型的，房間頓時陷入了一片漆黑中。我只是憑藉著浴室門縫裡還透出來的一縷光線，摸索著地走到她的牀邊，打開了牀頭燈。我儘量將牀頭燈的光線校得柔和，然後再去酒吧枱上，倒了一小杯巧克力味的雪利酒，鉗了兩粒冰塊放進去。

她一直無聲地望著我幹完這一切。我一邊搖晃著杯中的冰塊，一邊來到她的牀邊上，在柔和的燈光裡，她的眸子明亮如晨星。我將酒杯輕輕地放在了她的牀頭櫃上，我說，這酒好喝，甜。她點點頭，但並沒去拿來喝。她的目光漸漸變得朦朧，變得散漫。她平睡了下去，一顆頭顱將厚厚的一對枕頭睡出了一個凹型來。她的長髮散亂在四周。

我也回到了自己的睡位上，然後再側撐過去，將她虛空地籠罩在自己的環抱之中。當我將自己的嘴唇向著她的緩緩地俯按下去的時候，我聽得她在我的耳邊說道：我知道，你是因為甚麼而不高興。我說，是嗎？

我不停地吻著她的嘴唇，她的臉頰，她的下頜，再一路吻下去，她的脖子，她的肩膀，她的手臂，她的腋溝。還是那股醉人的體香，現在更混合了一種茉莉花型的皂香。白巾的浴袍已經徹底鬆開，我將自己微微地撐高了幾寸，以便可以俯瞰眼底下的這一片雪白的丘原和河谷。此刻，在枱燈的光亮裡，更塗上了一層秋熟季節的麥穗的金黃。丘原劇烈地起伏，兩粒粉紅色的乳頭堅挺著，像兩顆熟透了的紅莓果，隨著起伏的節奏顫顫悠悠地抖動。我再次俯下身去，開始用舌尖來舔它們：一下，二下，三下……終於，她忍不住了，她伸出兩條手臂來，緊緊地箍實了我的脖子。她猛地一把將我拽倒在了她的身上，讓我再一次地埋葬進她的氣息裡，淹沒到了她的情欲中去。

是的，總會有一天。但，不是今天。

貳拾貳

貳拾叁

世界，從秀秀的眼中呈現出來

那時，他們一家三口就是這樣溫馨而滿足地生活在用這套傢俱佈置出來的兩室戶的老式工房裡。哪一天，等秀秀結了婚，有了孩子，成了個中年婦人，當她也向她的孩子講述起她的童年往事的時候，那套亞光柚木貼面的傢俱便無形之中成為了她的故事的背景編織材料了，就像那幢紅磚老洋房，那座拱型門窗和室內露台在她母親的記憶中所占的位置相類似。

The world spreading out in Xiu Xiu' s eyes.

At that time, their family of three were living in that old-fashioned two-room apartment, happy and content. When one day Xiu Xiu gets married, and she herself becomes a mother, and a middle-aged woman, when she tells a story to her own children, that set of teak-skimmed furniture will become the background of her story, just as the redbrick old house, the arc window and the balcony were deeply embedded in her mother' s memories.

路就是這麼走成的，走成了湛玉獨特人生的一條獨特之路。（其實，有誰的人生之路不獨特，不唯一，不是不可被替代的？）在某個人生的道口上，你決定向左還是向右，表面看來只是一種無意識的選擇，一種情緒化了的決定，但就實質而言，這是一種強大得你根本無法擺脫的生命的潛因在暗中主導你的緣故。而這，就叫命運。

於是，我便再次出現在了她的生命中。當然，還有他，他並沒有消失。湛玉這樣想著，抬起眼來，偷偷睨了正與她並排行走著的秀秀一眼。女兒似乎並沒有留意她，她在母親的一旁走著，顯得有些漫不經心，時而抬起腳來踢一塊石子或一個空可樂罐。踢了幾回，又都未能達到她的心理目標（她心中一定有一個無所謂甚麼目標的目標的），於是，她便朝前小跑了幾步，將空罐又踢回來，然後再輕輕打橫一腳，將它踢進了路邊栽樹泥地的一個凹坑裡，這才算罷了腳。

湛玉緊走兩步，趕上了站在泥坑邊上等著她來到的女兒。女兒的眼睛不望她，仍盯著那只被她踢進了土坑中去的無辜的可樂空罐，她看不清她真實的臉部表情。她只聽得她說，「那後來，後來你為甚麼就突然停下不學了呢，媽？」她提問的聲音不響，指向也不明確，甚至連語調都帶了一種介乎於問話與自語之間的不確定性。但她知道，女兒想要問的是甚麼。

這個故事湛玉講了已經有好多遍了，但就從未有一次提及過她為甚麼後來會停下不學芭蕾舞的原因。而秀秀聽這個故事也聽了有好多遍了，她從來扮演的就是一個忠實聽眾的角色。她知道，母親只是想一遍一遍地講，尤其是當她的情緒有波幅的時候。當她講夠了，心情也就差不多平復了，心情平復了，自然也就不講了，如此而已。唯這一次，是個例外，秀秀不想問，但還是問了，想問但又沒有問清楚。

湛玉聽得十分真切，瞬刻之間，她已從紛亂的思緒中濾出了一切往昔記憶裡的細節。她飛快地調整著自己的思路方向和情緒曲線，但她決定還是裝作甚麼也沒有聽到。

一輛公車（如今流行地稱作為「巴士」）從她們的身邊轟隆隆而過。

當然早就不是那種一拖一的，車廂頂上裝置有一個大的沼氣袋的公車了，現在的公車都採用中央式的封閉型空調，車身低矮而平穩。所有的車窗都緊閉著，透過茶色的玻璃窗能見到高高穩穩坐在軟墊司機位上的司機。而公車的路線號也不再是5號或者42號之類了，如今都流行三位數，諸如918，726等等，用電腦控制的圓點數位亮閃閃地打映在車額上。之下是一大塊環圓形的擋風玻璃，左下角的某個方位上擱著一塊橫牌：本車無人售票，票價每人2元。

公車給湛玉提供了一個最好的藉口。當它轟隆隆過後，她便又立即做出了一種好像甚麼也沒有發生過的樣子，自自然然地與秀秀保持著一肩的橫隔距，朝前走了起來，她們又再度進入了那種無言的狀態之中。

其實，在這之前，母女倆在麥當勞的那排臨窗的座位上也坐了有好長一段時間——大概有一兩個鐘頭吧。她們說說停停看看，接著又看看停停說說。母親的牛奶紙杯早已空了有好長一段時候了，但仍然輕晃晃地擺在了她的面前，女兒餐盤中的食物也早就吃完了，在這種顧客的流動量十分大也十分快的速食店裡，為了避免長時間地佔據著兩個視角優佳的座位而不吃不喝的尷尬，秀秀又去買多了一份奶昔和一包大薯條來，放在面前一根根地取出來，沾上茄汁慢慢兒消耗。

後來，她倆終於走出店來，天色已經完全黑透了，街道兩旁的青銅路燈一盞挨著一盞地分兩排展開去，在漆黑的夜的背景上顯得格外地光明亮麗。秀秀不用母親提示，便自動自覺地與她一道先渡過一條馬路去，然後再轉渡到另一條馬路上去（恰似當年的那個穿一身芭蕾舞服的八歲的湛玉從牛奶棚到舞蹈學校時走過的路線），以此來抵達一個十字路口上的對角線目標。她倆從亮著眩目碘鎢射燈的「復興別墅」的弄堂口經過，並雙雙駐足朝弄內望了幾眼。她倆是回家去，而如此路線是明顯兜了個大圈的。但秀秀心裡明白，這正是母親的意圖所在。從這小小的細節，其實，便已經不難窺探出當女兒的內心世界了。儘管她還未長大成人，但她是知曉一切的，她只是說不清楚，就像當年的湛玉自己。而誰又能肯定說，當秀秀長大後，就不會長成為第二個擁有了另類童年情結的湛玉？

秀秀從未見到過外公——他在她出生前的很久已經去世。而外祖母留給她的印象也遠不是母親所形容的那般漂亮和富有氣質。到了秀秀產生記憶的年齡，她已是個滿臉皺紋的老太婆了，整天呆在虹口的那幢紅磚老屋的二樓，很少下樓來。她性格孤僻，猜疑心也重，母親說外祖母的這種性格愈趨嚴重是在文革結束之後的事。那時候抄家物資已經發還，她整天就守著兩個大樟木箱，輪流將它們打開，把裡面的東西一件件取出來，看了又看，數了又數。幾張定期存單和一本活期存摺更是她寸步不肯讓它們離身的東西，一會兒藏在箱底，一會兒又把它們取出來，塞到枕套芯裡去。後來大約是要拿枕頭到露台的陽光裡去晾曬，她生怕不要一不小心存單滑出來，掉到了樓下的花園裡去，就麻煩了。於是，她又復將它們再度掏出來，放到了一處她記得應該是十分穩妥和隱蔽的地方去了。枕頭曬完了，但她已完全記不起她的那些寶貝擱哪兒了？她急得團團轉，滿屋亂找，最後還是不得不把秀秀的父母都喚了去。在這之前，外祖母是從不肯向任何人公開她的半點私密的，尤其是這幾份存單，這是她私密的核心。後來，存單終於在盥洗間水盆底下的一條已經廢棄了的水管裡給找到了。它們被揉成一捲，塞在了裡面。其實，這是套老把戲了，文革抄家時，秀秀的外祖父就已經使用過，但最終仍沒能逃過紅衛兵銳利的革命目光。這回，秀秀的母親便是根據了當年的那條線索才把藏物給找了出來。

存單找到了，外祖母終於鬆下一口氣來。當時，秀秀的父母親誰也沒有去留意存單上的數額，一經發現失物，就已迫不及待地高聲地叫了起來：「找到啦，媽！——」並立即將存單如數交還給了外祖母。唯外祖母卻吞吞吐吐地向著她的女兒女婿解釋說，這錢其實並也不是她的——真的，不是她的，是琴阿姨借放在她處，讓她給保管的。琴阿姨？琴阿姨不是在郝伯伯去世後已搬去與莉莉同住了？莉莉後來成了個專業的芭蕾舞演員，擔任舞劇《白毛女》的B檔女角，當年還紅極一時。文革結束後，她才結婚，還分配到了一套四居室的住房單元，煞是叫人羨慕。而所有這些都是湛玉後來陸陸續續從她母親那兒聽說的。事實上，自從湛玉與莉莉結束了那段私人舞校的同學生涯後，就很少再有來往了。再以後，不知從何時開始就完全沒了往來，那時的她倆都已長成大姑娘了，各懷心事，也各奔前程去了。

文革抄家最翻天覆地的日子裡，湛玉倒是有過一次在某個無月的晚上偷偷潛近那幢位於淮海路常熟路口上的大公寓去的經歷的。她發現以前郝家住的那層樓全都給封了，印著「××造反司令部」字樣和紅泥章的兩條氣勢洶洶的封條一個大交叉在大柚門的中央，周圍是一片死般的寂靜。沿扶梯一直到大堂，再沿大堂一直到街上，到處都貼滿了揭露郝某人的大字報。大字報用三個以上驚嘆號的力度嘶喊著要將郝某人的畫皮剝下來，說他是個美蔣特務機關和劉鄧資產階級司令部裡的雙重黑線人物，實屬罪大惡極，十死都不可有赦！湛玉將她偷偷「偵察」來的「敵情」告訴了父母，那時父親也正在單位裡挨批鬥，他聽了非但不覺擔憂和緊張，反倒有點輕鬆安慰的神情顯露了出來。他說，當年還虧得沒同他扯上甚麼關係呢，像老郝那樣的人都落到如此下場，我們這些個還有甚麼可計較的？那晚，他喝多了二盅五茄皮。

但這事過了不久，報上便見到莉莉的名字了，還有她扮演白毛女走出山洞迎接太陽出來了時的劇照。父親便復又感慨了起來，他朝著湛玉說道：「你看看人家！你看看人家！」言下之意是說，假如當年你也將芭蕾舞堅持學下去的話，那還不改變了全家的命運？母親倒沒說甚麼，她聽聽，就不知在何時走開了去。而當時湛玉自己的理解是這樣的：莉莉是屬於可以改造好的子女，可以改造好的子女的一技之長也是國家與人民的財富的一部分，郝伯伯和琴阿姨未必就能沾到甚麼光。——當然，她並沒用此理由來反駁父親。後來有一次，她在淮海路上見到莉莉了，那是在文革期間，莉莉穿一身當年文藝界最流行的江青式的連衫裙，一雙藍色的丁字型皮鞋，肉色透明的卡普龍絲襪，與一班看上去也像是文藝界的男女同行們嘻嘻哈哈，一副神采飛揚的樣子。湛玉不想上前去，當然也不太敢上前去招呼 這位幼年時代的朋友，她從來都認為自己在任何方面都勝莉莉一籌的，但這會兒有點不一樣了，她覺得莉莉怎麼比小時候漂亮了這麼許多的？從這以後，湛玉便沒再見到過她。不過，社會上倒是常有些疑幻疑真的謠傳的，一說，某首長的公子看中了她，又說，某中央領導替兒子選妃的名冊中，她也是個候選人之一，等等。但最終，這些都不曾見有實現，倒是改革開放後，知識再度吃香起來時，她嫁了個搞理工科的青年教授，一時傳為美談，還登了報。再後來，便到了找存單的那一次了，湛玉才聽母親告訴她說，原來莉莉早已與她的教授丈夫離了婚，重新嫁了個海外華人的丈夫，並與他一同去了香港定居。當然，琴阿姨也隨她同去了。那年代，對於香港，雖然也有很多傳聞與想像，但畢竟是個遙不可及的地方，與他們的日常生活也沒有甚麼太大的關係，所以也沒往心中去。到了後來的後來的再後來，莉莉又從香港回來了，竟然在一個意想不到的場合與湛玉再次見面，並還告訴了湛玉有關「他」的近況。那時候，無論是莉莉的父母還是湛玉的父母都已作古，她倆自己也都是四十開外一大截的中年婦人了，生命的單行道在這個特定的時空交叉口上又再度相逢，一切是偶然，一切也是必然。

存單找到了，大家當然都很高興。但外祖母卻因此大病一場。病後就一直有些精神恍惚，後來就說是患了一種精神類的疾病，屬老年癡呆症範疇，經常失憶、錯憶和丟三落四，甚至幾次還走迷了路，讓人給送回家來。再後來，她便死了。她是一個人孤獨地死在老屋裡二樓的那張紅木大牀上的。秀秀聽母親說：這張牀外祖母倒是真睡了差不多有大半輩子，該牀連同那口柚木鑲鏡大櫥、五斗櫃、雙牀頭箱甚至還包括了那張彎腿攤把手的單人沙發等等全套房間傢具，都是老兩口當年結婚時，外祖父專門去南京路「水明昌」傢具店定做來的，據說品質十分上乘，打造的師傅也是當時第一流的。而那牀，外祖母自從新婚第一夜睡上去之後便晚晚陪著她，一直到她斷氣的那一刻（誰也不知道她是在那一晚的哪一刻斷的氣）。秀秀的母親是在第二天下午接到老家居委會打來的電話而直接從工作單位趕去的。她整理了外祖母留下的一切遺物。那兩口樟木箱裡的東西基本都讓母親給處理掉了，只留下一段英國花呢料，這是外公在公私合營前一年托香港的一位朋友買了捎來上海的，本打算做一套當年最新穎的窄膊西裝，萬一有希望上調去市工商聯工作時，也可出出風頭。但後來，當然也就作了罷。這一回母親倒是利用它替父親做了件西式的春秋長大衣，也算物盡其用，蠻實惠的。還有一件收腰身的錦緞小襖，也就是外祖母最喜歡穿著來作畫的那一件，母親也保留了下來。母親說，她捨不得將它也一併處理了，這裡藏著她童年時代的一段美麗的記憶。

至於當時鬧得最甚麼的定活期存單加在一塊也沒啥太大不了之事。父母親兩個人，一個拿電腦，一個讀數字地加了一遍再一遍，連本帶息總共也不過一萬若千千若千百若千十若千元若千分若千毫釐罷了。但居然，這已是當年外祖父畢生的積蓄了。對於秀秀，屬於廿一世紀的這一代人來說，這非但有點滑稽，甚至都帶點兒悲情色彩了；然而對於當年的父母親，無論如何這都還算是一筆可觀的財產。母親用它來添置了一套當時在市面上最貴價的亞光柚木貼面的房間和客飯廳傢具。在他們還沒搬來這復興路段新居前，他們一家三口就是溫馨而滿足地生活在用這套傢俱佈置出來的那間二室戶的老式工房裡的。那段日子是秀秀童年歲月裡的最暖色的記憶了，哪一天，等秀秀也結了婚，有了孩子，成了個中年婦人，當她也向她的孩子們講述她的童年往事的細節是如何如何展開之時，那套亞光柚木貼面的傢具便無形之中變成了她的那些故事中的場景和背景的編織材料了，就如那幢紅磚法式洋房，那棵夾竹桃和臘梅樹，那座拱型門窗和室內露台，那個柚木大衣櫥以及那把彎腿單人沙發在她母親的記憶場景中所占的位置相類似。

所有這些，便是在這個年歲上的秀秀眼中的世界了，它有它獨特的記憶色彩社群結構和人物流動：外公（聽聞得很多，但就從未見過他的真實模樣）；外婆（她的音容形貌正在秀秀的記憶底片上逐漸褪色）；母親（與她最親近的一個人，但又始終無法進入某個能真正互相了解的半徑圈內）；父親（與她其次親近的一個人，但當疏離達到另一個半徑圈時，她又被身不由己地拉了回來）；還有那個從小就把她帶大的，暗地裡也常會與她拗拗手瓜鬧鬧彆扭的安徽保姆。

當然還有，還有就是那位秀秀叫他作「叔叔」的男人。母親說，他原來還是父親和母親中學時代同校同級同班的老同學呢。秀秀見到他也就那麼兩回，一回在街上，另一回好像是在家中。他不應該是這個家的常客，但自從秀秀見到了他一次之後，她就老被一種奇特得甚至帶點兒恐怖的感覺追趕著：她覺得，她家中的每個角落，都有他的影子的存在。她說不清其中的原委來，她也不太願意去多想這些事，因為一念及他，她的心中便會升起一股莫名的慌亂，她會下意識地強迫自己的思路立即離他而去。

至此，我不得不又回到自己真實的立場上來了。無論是作為小說的作者，還是這位奇特「叔叔」的本身本體以及本位，我都抗拒在秀秀——他倆共同的愛的結晶品——的心理領域範圍內作出更多的縱深探討。我只能讓這個故事的這條情節線頭永久地隱沒在了一種曖昧的黑暗之中。

貳拾肆

那個香港之夜，那個香港之午

現在，兆正正向公路旁的一座半開放式的電話亭走去，他想通過電話筒向雨萍講的第一句話也就是這同一句話。他還想問她說，還記得嗎？十年前的那個下午，在香港君悅酒店的大堂咖啡廳裡，海水與天空是那麼藍，陽光是那麼地耀眼，那麼地好。

That night in Hong Kong, and that noon in Hong Kong

Now, Zhao Zheng is walking towards a half open telephone booth on the roadside. The first words he wants to say through the mouthpiece of the phone are the same words he said before. He also wants to ask her, do you still remember that afternoon ten years ago in the lobby cafe of the Grand Hyatt Hotel, the sea and the sky were so blue, and the sunshine was so bright, and so cozy?

貳拾肆

兆正向香港那頭撥出一個電話去的時候，純粹是被一個帶預感性的衝動所驅使的。

那時候，他幾乎已經走離市區了，燈光密集的大上海已逐漸在他的身後織網成一片光海，朝著夜空升騰起一縷縷橙黃色的煙霧，宛若另一類炊煙。離他最近的那座氣勢軒昂的巧克力色的建築是一家五星級大酒店，此刻正燈光通明。大門進口處的噴水池中激射而上的乳白色的水柱仍隱約可見，而強光燈從水柱的邊緣往上射去，透過一面面正迎著夜風招展的各國彩旗，再射向未可知的茫茫的夜空。整個大酒店就像是一座站立在大上海最前沿陣地上的光明的哨所。

這是兆正站在立交橋上向後回望時的一幅景色。立交橋在內環線的外側，他望見一條條亮著雪白燈光的車龍就從他不遠處的環線公路上緩緩流動而過。而他的腳下卻是另一番景象：計程車，十輪貨卡和穿梭於其間的摩托兩用車互爭車道，競擦而過，它們窮凶極惡的號鳴聲在立交橋下方的空曠區域交響成一股強烈的噪音，直衝上橋面來，刺痛了他的耳膜。橋上的行人稀稀疏疏，人們都是一副匆忙趕路的模樣，有一對年青的情侶，互相依偎，在橙黃色的路燈光中，不停地接吻而過。在這囂騰骯髒的立交橋面上，像這樣前瞻後顧，躑躅徘徊，時而停步時而憑欄遠眺的留戀者只有他一個人。

其實，兆正只是又一次身不由己地陷入到自己的職業習慣——深深的沉思之中去了。這麼多條道路，縱橫交錯互占空間各據層面，且都從不同的方向上來又通往不同的方向去；彼此即使平行或疊交而過，也都無法真正溝通。這種城市的現代化規劃與理念，難道不是對於某種人生概念的精彩詮釋嗎？兆正從立交橋的一條扶梯上走下來，扶梯相當寬闊，劣質粗糙的地磚已開始呈現一種這裡脫落那裡爆裂的局面，不銹鋼的圓把手上佈滿了泥塵，鏽跡和雨的斑點，操外地口音的小販在扶梯的盡頭叫賣，幽暗的路燈光下，花花綠綠的貨品擺滿了一地。

他就那麼一路走下來，走下來融入到另一條生命的軌道中去。

現在，他在一條市郊的公路上一路向西繼續行進。如今，連郊區的公路都已經消失了「郊味」：沒有莊稼和田野，反而是綠色的草皮一路鋪種過去。有六層高的工房群，亮著雜色的燈光，其間，也會有一兩幢的高層，鶴立雞群，兀自矗立，俯視著這一大片寬闊的城郊結合領地。兆正發現不遠處的人行道邊站立著一座半開放式的電話亭，金屬的電話掛匣和電話線纜在暖色光的路燈的照射下發出幽暗的反光。他突然就意識到了今晚上，他帶著它一路從淮海路走到徐家匯，再從徐家匯來到這裡的那個莫名的焦慮是甚麼了。他向電話亭走過去，順便看了看腕表，快十一點了，精確地說，現在的時間應該是十點五十八分。他在電話亭前站定了，無頭無緒地想了一會兒。不知怎麼地，他的心中充滿了一個強烈的預感，他覺得，他必定能再一次順利地達到他希望達到的目的。

兆正隨一個作家藝術家代表團出訪歐洲是在十多年之前的事了。回程時，他們路經香港，這是他第一次出國，也是他第一次踏足香港。

那時候，香港還沒有回歸，中環的好幾幢巨廈的頂端之上都飄揚著米字旗。香港員警都一個個的穿著深藍的呢制服，佩帶鋥亮、精神飽滿地穿梭在繁華大街上湍急的人流間。而那時節的上海文壇卻正沉浸在三十年代的租界和孤島文藝時期的復古潮裡，這是由張愛玲的小說再度流行於滬上而引發的一種文藝思潮，虛虛實實，飄飄忽忽，夢幻一般美妙地作崇著滬上各式各派的文人群落。兆正嚮往能來香島一遊的目的也無非是希望能感染一下那種在上海已經消失了有半個多世紀的殖民地氛圍。也剩下不幾年了，他想，再說，張愛玲的小說本來就是以滬港兩地的場景變換來為她的故事和人物提供基本的背景佈局的。

但兆正感覺不到甚麼。除了香港拔向藍天的摩天大廈群和狹窄街道間的車輛與人流給他造成的強大的擠迫感之外，他全然找不到那種彌漫在三、四十年代上海租界區的怡然自得，瀟灑浪漫的情懷。或者，它們根本就沒有存在過，這只是記憶在回望時的一種文學變形，誰又能擔保說，從另一個世紀後的明天回望時，香港的今天也不會被描寫成了另一個模樣？

但他卻想起了「他」來——每逢他在類似主題上作種種漫遊式的想像時，「他」便會不期而至。他打從心眼裡佩服「他」，在這種擠迫的精神環境之中寫詩？而且寫如此飄逸空靈精粹的詩，兆正覺得「他」比自己了不起得多。

他們一行人入住位於港島灣仔區的一家中資酒店。酒店的建築物的頂部醒目地高飄著一面五星紅旗。一踏進酒店，大家都說到家了，親切與懷舊的感覺同時升起。但兆正對這種感覺的判斷很特別：慣舊之本身就是一種親切感，而親切與懷舊在一種特定的氛圍的上下文中的轉換非但是可逆而且幾乎是等值的，其中包含有一種墮性以及麻木。

他向櫃枱後的一位能操生硬普通話的女孩子走去，摸出了一張紙片來向她詢問一個位址。兆正覺得她望了他一眼，眼神之中略略顯出了一點兒驚詫。她隨即便說，這在銅鑼灣半山，你可以從這裡搭的士，盤繞這山道上去。兆正記住了這些話，而那張紙片在他手中汗津津的捏了好久，手塞在褲袋裡，像是捏住了一團藏在了黑暗中的秘密。

後來，他們那隊人馬上街去，三、兩個走在前面，四、五個拖落在後邊。每個人的手中都拎一個長方形的拉鍊皮包，晃蕩晃蕩的，內裝現金以及證件。這也是他們那隊人在歐洲任何一個城市上街時的陣勢，那會兒，還帶個翻譯，現在翻譯不需要了，然而在那個年代，出國還是有規定的：一切行動必須是集體。兆正跟著大家一同走，心中彆彆扭扭的。後來，有人要去金店給老婆買首飾，一隊人馬便一下子都湧進了靜悄悄的店裡，對於一個吊嘴或一條手鏈喧喧騰騰地發表著自己的看法和意見，接著就有人取出計數機來，幾顆腦袋攢成一堆，將計數機按個不停。晚飯通常是再遠，也都要趕回賓館去吃那頓免費餐的。晚餐後就有人提出反正時間還早，再可以出去「溜達溜達」的建議，還笑著打趣說，順便也可以「體驗體驗資本主義的生活方式」嘛，因為據說，灣仔一帶恰好是港島的著名紅燈區的集中地。

其實，這忐忑不安的一群人是根本無法「體驗」到甚麼生活的。當來到那一扇扇眨閃著彩光珠燈的夜總會的門前，還沒來得及站穩腳跟，目光也沒來得及在那一張張印有女人的白臂、豐乳與紅唇的海報之上聚焦，就見有一個滿臉塗得猩紅，露出兩隻雪臂與肉腿的女人迎上了前來，說：「先生請進來玩玩啦……」於是，大家都嚇得有點發愣，先是一個人向後倒退了幾步，接著，便是一隊人的集體逃亡。再後來，作為彌補，大家一致投票決定在灣仔的一家小影戲院看一場午夜場的三級片。但兆正實在是忍受不下去了，對於這一切，他只感到厭倦、虛偽、可笑、無聊以及不耐煩。他已顧不得甚麼紀律不紀律了，反正已經到了香港，這片中國政府素來就稱作為是我們自己的領土上了，行動也應該有些相對的自由度了。他在戲院門口喚了輛的士，獨自離隊，一路上銅鑼灣的半山而去。

他很有點兒冒險，事先他連電話都沒去一個。就如這一次在通往莘莊去的郊區的夜路上，這麼晚了，他站在路邊的公用電話亭撥一個國際長途出去，他絕不可能肯定來接電話的一定是誰。

但每次總是她，是雨萍。

那個香港的夜晚，有點兒像個夢，童年的夢，中年的夢，離散聚合的夢，失而復得的夢。我們常在夢境中有一絲後悔一絲歉疚一絲盼待一絲企望一絲說不清是甚麼的甚麼，夢一醒，便一切煙散了——就是這麼樣的一個夢。

載兆正的的士停下時，他見到一扇巨大的金屬鑄雕的大門，他鑽出車廂來。有幾盞強光燈從鑄鐵門的上方眩目地照射下來，透過鐵門稀疏的欄縫，他能一直望到停車坪的盡頭，那裡有一大片鑲著鑽石一般閃爍的星星的夜空。夜空之下靜靜燃燒著的是一幅港九市區璀璨的夜景圖，黝黑的海面，黝黑的天空和黝黑雄健的遠山的背脊，他知道，這座大廈位於山坡上的一個很高的位置。

一個穿制服的管理員從大廈的鐵門裡頭走出來，問他找誰？兆正說，他找我。對方馬上就堆起了笑來，將他引進門去。他經過一片停車場，一個大廳，一架電梯，然後便站在了一條寬闊的走廊中。他只記得那裡擺有兩張古典沙發，一盞吊燈和幾幅油畫甚麼的。然後，一扇雕花的櫸木大門便打開了，雨萍站在門口。

這一切，兆正都只見過一次，朦朦朧朧依依稀稀的，有一種明顯的夢境感。他一直想能再回去，真實而清醒地重經一次，但他就從此再沒有去過香港。

雨萍站在大門口，呆住了。（她後來告訴兆正：你猜我當時的第一感覺是甚麼？我的第一感覺是我們又回到了我們在老家的那會兒了。是夏夜，在那堆聽鬼故事的人群間，你來了，你用手指戳一戳我的腰間，說：「嘿！——」）仍然是那張圓而白的娃娃臉蛋，只是兩眼角開始有明顯的細皺紋放射開來。她穿一套極其普通的小花點布質睡衣，已經很晚了，她說，她沒想到還會有客人來……但他說，沒關係，沒關係——甚麼沒關係？沒關係甚麼？沒甚麼關係？兆正覺得自己說話的時候有些結結巴巴言不達意的樣子，但他控制不了自己。他東張西望，隨後便發現自己已置身在了一座奢豪的大客廳裡，與客廳相連接的是一片寬闊的大露台。

他在她的指導下，先除去了皮鞋，換上拖鞋，再把拎在手上的皮鞋擱放到放置在進門玄關處的一個鞋櫃上。鞋櫃上已經擺有好多對男女皮鞋了，有一雙紫色的高跟鞋，模樣很纖細。兆正第一次如此近距離地面對一雙女鞋的內裡，白色鞋肚裡的燙金字體已有些退損，這是腳後跟的摩擦部位。再過去也是一對女便鞋，軟軟的絲絨鞋面上鑲著珠邊。再過去，是一對圓頭圓腦，式樣別緻的翻毛皮的男鞋。過了多少年之後，當上海市場上也有這類進口貨賣了的時候，他才知道，這對叫「克拉克」的皮鞋是一種英國的名廠產品，儘管式樣保守，但品質特佳，一般穿上十年八年是不會過時和破爛的。兆正選擇在這雙鞋的邊上放下了他自己的那一雙。

那天我不在家，我去了上海。這些都是在他見到了雨萍之後才得知的。事就有那麼湊巧？當他來到的時候，他是作好了我與雨萍都會在家的一切思想與語言上的準備的，一個是他的老同學，一個是他的表妹，分開近二十年了，他又是第一次來香港，探望他們一下非但合理而且合情。但我不在家，他不知道該感到輕鬆點呢，還是更添了些不自在？

雨萍告訴他說，自從上海的市場政策開放後，我就去了那兒尋找發展的機會。起初是幾個月回上海一次，後來是隔月都去，到了現在索性是呆在上海的時間多過了在香港的。所以，她說，所謂事有湊巧應該解釋成為：假如你事先不作任何通知突然就來到時，發現我恰好在家。他便笑了，並立刻在她的臉上捕捉到了一絲一閃而過的孤獨和淒寂的陰影，但隨即消失。雨萍的兩截從睡衣寬大的袖口之中伸展出來的白而圓的手臂已開始了有一點兒皮肉鬆怠的意思。兆正記起了那一年在上海東區的那條舊街上，窗外已經是一幅葉落飄飄的秋景了，在他家前樓的那盞悠晃悠晃的黃燈光之下，那兩隻手臂當時還很年青、很細瘦，動作也很敏捷。它們正協助他的母親一塊為他忙碌，為他打點著前往崇明農場所需的行裝：縫補被套、塞入棉花毯，為一雙雙紗襪縫製厚厚的布托底。後來，當他每月都有一次回家來休假兼探親時也有過不少次能見回到那兩隻手臂的機會，它們正與母親一起準備晚飯，它們舞動得很歡樂。再以後，再以後它們便開始從他的記憶之中淡漠了，消失了，直到現在，它們變成了眼前這兩隻。

那一晚，他倆就在我家的那座大露台上面對面地坐了很久。也是那一張藤茶几和那兩把藤製靠椅，也是菲律賓女傭沏來的一壺香濃沁肺腑的「鐵觀音」茶。露台上有點涼意，270 度轉屏式的港九夜景就在他倆的腳下鋪展開來，讓兆正感覺奢華得都有點兒不像是人間的景色了。那晚的記憶，無論如何，都有點不真實，隱隱約約地總有一種像是隔了層網紗的感覺。兆正只是很理性地明白了：我不在家，我去了上海。上海？是的，上海。我倆互調了一個生存位置。於是，在他眼前便出現了那幢位於上海復興路與淮海路之間的一條橫街上的一幢六層公寓的外貌：深醬紅色的泰山面磚中間間隔著幾條奶白色的瓷面磚。幾級弧圓型的花崗岩台階之上是一扇老式笨重的雕花橡木門。在四層的轉角位上有一座環彎的大露台，在家的日子，他老愛一個人坐或站在那裡，從那裡他能望見躺在晌午陽光中的復興中路。赭紅色洋房的尖頂一排溜地展開去，公車褐色和白色的車頂在濃綠的樹冠叢中隱現而過。那景像與眼下這幅港九夜景的鳥瞰圖完全不同。那時的上海高層還沒像現在那麼多，尤其在他居住的那個區域。等到從他家的露台上也能望見徹夜不熄霓虹燈光的淮海路的時候，那已是在過了另一個十年之後的事了。

近半夜了，他就這樣半夢半醒地與雨萍同坐在這個露台上。他覺得他有一種類似於好萊塢科幻片中的叫做「鬼眼」的靈異感。他總能透視到些甚麼：有一個人在他住的那幢公寓的那扇橡木門前停下了，然後推門進去。他「見」到他沿著寬大圓滑的磨石扶梯，看著門號，一層一戶地摸上去。最後，人影停在了他家的那扇深棕色的柚木大門跟前。有一盞乳白色的走廊頂燈始終亮著，有一片柔和的光線投射在梯扶的把手與石級上。那時，他家搬去那公寓剛不久，這是他自童年起就夢寐以求的居住環境，每天，他都生活在一種欣喜若狂的心境中。因此，他便對那兒的環境上的一切細節都熟背能詳，記憶十分準確，唯那個上樓去的人影是他的想像力添加上去的。

他應該知道這個人影是誰。人影是在他聽說我去了上海，並且老喜歡留在那裡後，突然之間冒出來的。其實，那時還嫌早了些。這一切以後都發生了，發生在幾年後。事實的經過當然與他「見」到的會有一些細部位上的出入，但大致也就如此。

更奇特的是：在兆正透視眼的視野裡，竟然還出現了那幅放大了的相片，就是擱放在他們臥室梳妝枱上的那一幅，相片上的兆正和湛玉都燦笑在一個石舫跟前。他從來就是個心靈感應學說的十足信仰者，但他解釋不了，那幅相片的浮現表示了些甚麼？

但他覺得自己的心態倒是挺平靜的，沒有焦慮，沒有猜疑，也沒有那種非得到甚麼和絕不能失去點甚麼的執著感。他只是渾渾沌沌的，像是被人催了眠似的。他不知道那晚他在那方露台上坐了有多久以及後來是怎樣離開了那裡和離開了雨萍的。

貳拾肆

然後，記憶便直接跳去了第二天。第二天兆正搭乘的是晚上回上海去的飛機，於是，雨萍便堅持要在下午請他去一家灣仔區傍海的超五星級的酒店用下午茶。

雨萍親自駕車來接他。是一架銀灰色的 S320 型的賓士房車。房車在那家中資酒店的環形旋轉門前兜了一個弧彎後停下。當時，兆正正雙手插在褲袋裡，鶴仰著頭向對街那個方向張望，他認為，她一定會打那兒過馬路來。

她喚他。他沒能及時分辨清楚她是在叫他的名字呢，還是直呼其為表哥。當他注意到她時，她已從駕駛座的窗口中探出頭來了。還是那張白圓的娃娃臉，有一個造型十分藝術化的白塑質的大耳環在她的右耳垂上甩蕩。

他一下子感覺到他與她之間存在些甚麼了。這是一種距離感、等級感、層次感以及時空感。站立在酒店大門口的戴金紅鍋底帽的侍應生以及那位恰好走出門來招呼客人，會說生硬普通話的女孩，都用一種帶點僵直的目光向著那輛銀灰色的賓士車望去，畢竟在那個年代，這類房車再配上這麼一位親自駕車前來的女性司機的事情在這家中資酒店的門前不常發生。

他看清雨萍的全身裝束是在他倆到達酒店大堂的咖啡廳後。她穿一套紫色鑲邊的套裝，皮鞋是紫色的，手袋也是紫色的；襯衣外翻的大尖領是另一種淺一點兒的紫色，覆蓋在外套的領面上，藏進了一份恰如其分的反差和協調。衣領敞開，在她白皙的頸胸處，有一串紫水晶的掛件閃閃發亮。他們在一位筆挺侍應的引導下，踩著柔軟的地毯通過大廳，兆正聽出樂隊正在演奏「夏日的最後一朵玫瑰」的曲調，他覺得那曲調像是為她而奏響的。

他們在酒店大堂貼窗的一張雙人枱上坐下來，漿得雪白硬挺的枱布上立著一尊細頸的小花瓶，瓶裡插了一枝豔紅豔紅的玫瑰花。兆正就是隔著這麼的一朵玫瑰花望著雨萍的，她的背景是一片巨型的落地玻璃窗，窗外是醉藍的維多利亞港的海水，海岸線一路透迤而去，更遠處中環傍海的大廈群錯錯落落在午後呈淺藍色的陽光中，像是浮在水面上的海市蜃樓。

筆挺的侍應再次到來。他將銀質的餐具一件件地從他的托盤上取下來，放到他倆各自的面前，動作麻利、輕捷而專業。他先用手作了一個無言的示意動作後，便開始在白瓷杯中注入濃汁的咖啡，然後便悄然離去。兆正突然便感到了一種如釋重負的輕鬆，他強烈的敏感到自己的那套淺灰隱條的杉杉西服和那條「金利來」領帶給他帶來的窘迫。

從香港回去之後，兆正便將他在那裡與雨萍見面的種種細節連說帶笑地都對湛玉講了，當然省略了一些微妙的心理流程。兆正說，他之所以會與雨萍單獨見面是因為我不在香港的緣故，我去了上海，而且還經常喜歡留在上海。是嗎？是這樣嗎？——湛玉突如其來就插入了這麼一句反問，讓他有些意料之外又有些意料之中。但他仍然不露聲色地揉摸著熱浴後的她的腳趾。有時還會順著她小腿的圓滑曲線從浴袍寬大的下擺處一路溜滑進去再溜滑出來。他倆就這麼樣地一躺一坐，隨隨便便地聊著有關他們四個人之間的很多

貳拾肆

遙遠得已經很模糊了的往事。那時，兆正可能已經對這段緣份有了一種宿命感了，但那時，他與湛玉的關係還不算太差，他們保持著每星期一至二次的做愛頻率，只是他開始感覺到有些淡漠了，他不知道這是生理還是心理因素，或者兩者兼有？反正那次香港回來之後，他開始憧憬起一種比較清寡的夫妻生活來，互敬互信的那一種，互謙互讓的那一種，精神至上的那一種。他覺得他更需要被理解被信任被尊重被感動，遠比每晚都能摟著一具滾燙而軟滑的胴體墮入醉潭墮入夢鄉來得對他更具有吸引力。

一切都是從那家五星級酒店的下午茶開始的。後來，兆正再沒見到過雨萍的面，但他們經常保持通電話。一般都是他打給她，而且還都是帶點兒偷偷摸摸的那層意思。兆正解釋不出自己到底心虛在何處？但每次，竟都能如願以償：沒有第三者來接聽，也從沒受過第三者的任何干擾。他告訴雨萍說，人長長的一生的記憶其實也就是靠那麼一些平凡而難忘的瞬間串連而成的，那天的下午茶便是其中一次。他們面對面地坐著，樂隊在演奏樂曲，那樣的斷斷續續，那樣的談談停停，那樣的喝喝想想，以及雙方的臉上都掛有一份似有似無的笑意。他覺得很滿足，不再需要甚麼，祈求甚麼。他不再需要年青、漂亮、聰明和性的熱烈，他只需要有一個人能與他面對面地坐著，恬靜、平和、互訴互信，沒有任何戾氣，盤算和心機。他覺得自己的身心都已很疲憊了，性格與心情也都在產生微妙的變化。他傾聽著樂隊正奏出的那首電影《日瓦戈醫生》的主題曲，這是一首飄逸得讓人浮想聯翩的樂曲，他想，能生活在一個非革命暴力的時代已是上蒼對你的一種厚愛了。

《日瓦戈醫生》是一部兆正一遍一遍地看了好多遍的影片。這部獲得諾貝爾獎的文學巨著之所以令他魂陷神往的原因就是因為了它所描寫的那個時代與他和他的上一輩所經歷那個時代酷似。

樂曲飄繞著，似風似露似潤土無聲的細雨。在那間廢遺了的，被白雪覆蓋著的鄉村別墅中，兆正說，日瓦戈醫生和他的拉娜靠坐在一潭又被重新燃起了熊熊烈火的壁爐前，談詩、談文、談藝術、談人生，談著已成了遙遙遠遠過去的模糊歲月，然後，然後春便悄悄地來到了……日瓦戈走出別墅去，他穿一件米白色的扣肩紐的俄式棉襖，他大口大口地呼吸著田野裡流動著的春的氣息，一路向白樺樹林走去。就是這同一首曲調，輕輕地溜進這一片畫面之中來。雨萍靜靜地聽他說戲，戲裡的人物，戲裡的場景，戲裡的音樂，聲畫並茂。她神情款款，漆黑深邃的瞳仁裡有一種水樣的波紋。她想起了她家老屋裡的那個三層閣。她與表哥盤腿席地而坐，地板上攤著一堆劣質的糖果和食品。少年的他正給少女的她講那些十八、十九世紀西洋文學作品裡的情節和人物。那時的他充滿了激情和憧憬。而現在，他的語調是那麼地平靜，沉著，有時飄逸得甚至與音樂的流動產生了一種同步效應。兆正說，他最忘不了那場戲，那個曾經坑害過日瓦戈醫生和拉娜的科瑪魯夫斯基律師來到了瓦雷金諾，他騙走了拉娜。日瓦戈痛心欲絕，他飛奔上閣樓，用一張椅子擊碎了閣樓的小圓窗。窗外是一片白雪茫茫的俄羅斯原野，載拉娜而去的雪橇已在遠方縮成了一個小小的黑點，聯繫著他與她的現在只剩下了一條長長的弧圈形的車轍……又是那起主題曲的再現，而且全樂隊都轟然加入，把情緒推向高潮。

雨萍說，她倒是對那個飾演日瓦戈醫生的演員的印象最深刻。矮個子、寬肩膀、黝黑的臉膛有一圈濃密的絡腮鬍。他不像個俄羅斯人，倒像個歐亞人的混血種，他那對埋在深凹眼瞼中的眸子帶著一份永久的憂鬱。兆正說，是的，他正是好萊塢的其中一名優秀的性格演員。雨萍又說，以他的面部特徵與演技，如果能讓他扮演某某角色，就一定會十分精彩。兆正一驚：某某？是的，某某。雨萍說，只是她不知道自己的想法對不對頭，她知道，她是個藝術感覺十分貧乏之人。不，不，兆正急忙否認，但某某，某某不就是他自己的一部小說中的男主角？小說新近才出版，這是一部寫近代上海百年人脈命運的長篇作品。作品的展開氣勢恢宏，蒼桑感很強，也極富感染力，且創作手法現代，時空穿插自若，情節的安排相當錯落有致。作品旋一問世，便立即引起了評論界不少的注目和爭論。而其實，這只是兆正創作大計中的一個組成部份，他計劃他還要再寫下去。

雨萍說，是的，就是那部小說。她又說，她能在第一時間讀到這部小說，是因為我第一時間就在上海買了替她帶回來的緣故。甚麼？兆正便很驚訝。他望著雨萍，目光流露出一種疑惑，一種信與不信間的取捨不定。他說，你說是誰？誰買了替你帶回來？雨萍說，她說的是我，是我買了替她帶回來的。雨萍還說，小說她已讀了許多遍。不信？不信她可以說出小說中的每一個細節來，甚至其中的一些精彩段落，她都能斷斷續續地背誦一些出來。於是，兆正便更驚訝。他問，你覺得小說寫得怎麼樣？好嗎？好，當然好。好在哪？好在……她舉出了1、2、3、4，好多條理由，而偏偏，所有這些理由又都是在各種對這部小說的專業評論中，從沒或很少提及過的。雨萍說，這些還不僅是她個人的看法，這是我與她對這部小說的共同看法。於是，兆正便更更驚訝。他有些遲疑地問道，難道……難道他也常讀我的小說嗎？雨萍答道，何止是讀，簡直是投入成癖！事實上，他保存著你自從出書以來所有的作品集以及儘可能完整的出版版本。他常說，他為有這麼一位老同學感到高興感到驕傲。而我說，是的，我也為有這麼一位表哥……

於是，兆正便更更地感到驚訝。

但無論如何，兆正還感到興奮感到欣慰：這是一種激動與踏實兼而有之的感覺，就像一艘船兒馳進港灣後體會到的那種泊錨時的安定感一樣。這是對他作家人格的愛惜，肯定和理解，他需要這些。

接下去，他倆間談話的主題便自然而然地轉向了我。兆正說我是個悟性和稟賦都很高的詩人。雨萍便急忙表示說，是的，是的，她也讀過我的詩。兆正又說，就是去年出版的那一本麼？甚麼？雨萍惘然。兆正便告訴她說，上海的一家出版社去年出版過一本我的詩集，而且還相當成功相當有影響。「——你難道不知道？」他問。

「我……不知道。」她開始顯得有些吞吐、猶豫，還藏有一份淡淡的惆悵。但她還是很認真地堅持說，她真是讀過我的詩的，不過都是手稿。

兆正說，他第一次讀我的作品其實也是手稿，而且都是些寫在粗黃毛邊紙上的手稿，字體潦草。二十多年前的中國正經歷一個比日瓦哥醫生更日瓦哥醫生的時代，一個能有那種毅力，執著與膽量來寫那些大逆不道的文字的人，這是因為在他靈魂的深處永遠存在有一種非吶喊出來不能令他得到平靜的聲音。他明知有殺身之險，但他還是拗不過那股一定要噴瀑出來的欲望。這是一個真正的詩人的欲望。兆正說，當時這些詩句就讓他讀得全身熱血湧動，他能感覺到這些文字之間跳動著的脈搏以及其中蘊藏著的一切：激情、憤懣、期盼以及思考……

是的，雨萍說，她也知道這一切……

兆正望著她，你知道這一切，你知道些甚麼？

雨萍便告訴兆正說我直到今天還經常會從夢中驚叫著醒來。然後面色蒼白，然後大汗淋漓，然後迅速坐起身來，連神色都有些呆板地雙手墊在腦後，兩眼望著天花板出神，半晌都不動一動。

「他說，他又見到他了。一個真真切切的他，一個活龍活現的他，一個仍然停留在那個年歲上，並沒跟隨我們這代人老去的他。他，他是他的一個同學。姓謝。那時，他倆同關一間隔離室，後來……」

兆正終於明白了，她是個知道一切的人。

樂隊的演奏又換了一曲主題，是根據法國流行作曲家 RICHARD 的鋼琴曲改編的弦樂作品。鋼琴在高音區一連串的水波樣的流動後，提琴的音部便從高把位上飄飄然然地切入進來。酒店宏偉的大堂裡漾溢著一種舒適極了的安謐氣氛，午後的陽光反射在它高聳的圓拱頂之上，金碧輝煌。戴領結的侍應不時從你身旁貓步而過，不遠處的吸煙位上，兩個臉色紅潤的大鬍子外國人十分興奮地談論著些甚麼，有一股淡淡的雪茄煙的香味飄蕩過來。他說，多麼不可思議啊，這是一種生活，而我們那個時代的那種生活也是生活。

貳拾肆

現在，兆正正向公路旁的一座半開放式的電話亭走去，金屬的話座架在橙黃色的路燈下發出幽幽的反光。他站定，塞進一張計時卡，然後撥出了一個一長串數字的國際長途號碼。他想通過電話筒向雨萍講的第一句話其實也就是這同一句話：他還想問她說，還記得那副場景嗎？十年前的那個下午，在香港君悅酒店的大堂咖啡廳裡，海水與天空是那麼地藍，陽光是那麼的耀眼，那麼的好。

當然，還有一件事。兆正只是想裝得很隨便地在電話裡向她提一提。他想說，這可能是一個幻覺，也可能不是。他記得有一件毛衣，之上綴滿了線結。毛衣是灰色的，恰如那個時代的一切記憶色彩一樣。在一片灰朦朦的背景上去辨別一件灰色的毛衣，你說能清晰嗎？能不象一個輪廓模糊的幻像嗎？

或者，他可以很打趣地向她說，會不會是他寫東西寫多了，想像聯帶想像，意象重疊意象，都分不清甚麼是真實甚麼是虛幻的了？

再或者，索性他就來個單刀直入。他說，她在三十年前為他編結的那件毛衣他一直都小心珍藏著。後來搬家，他將毛衣交給了他母親保管。再後來，母親去世了，當他整理母親遺物的時候，發現甚麼都在，就那件毛衣不翼而飛了。是她拿回去了嗎？或者她應該知道這件毛衣的下落？

但他甚麼也沒說，甚麼也沒問。在那一次路邊電話亭的通話中，他竟然甚麼也沒做。

沒有勇氣。他害怕故事會是另一個結局。

貳拾伍

有一幅相片站立在梳妝矮櫃上，正面對著大牀。

突然，湛玉都很想知道這一切。而直覺更告訴她：雖然在眼前，雨萍還成不了她的對手，但將來？將來的事，誰也說不清。

A photo was standing on the low dressing table, facing the huge bed.

All of a sudden, Zhan Yu wanted to know all of this. Her hunch further told her, at the moment, Yu Ping couldn' t be her rival; but what about in the future? Nobody could tell what will happen in the future.

貳拾伍

母女倆差不多要走完半條復興路了。自從離開麥當勞餐廳的那扇自動玻璃門後，就誰也沒同誰正式地說過點甚麼──除了秀秀的那個突兀的提問之外。

母親偷睨過了女兒一眼之後，現在輪到女兒偷睨母親一眼了。她見母親正在湍急的行人的人流之中尋找甚麼。她問自己：媽在找誰呢？

她在找他，也在找他。其實連她自己也鬧不清，她更希望在人流之中突然發現的是他呢，還是他？──這不一下子，我又不自覺地轉換到了我小說中的某一個人物的立場上來敘述我的故事了？

還是讓我再一次地轉回去吧。

當然不可能是我。只要湛玉想深一層的話，她就應該知道，我是決不會在此一刻出現在上海的街道上的。因為我現在正在香港。而且再說，秀秀也在她的邊上。上次有一回，她與秀秀一同在路上與我相遇，當時，我正在她家的附近盲目溜達，而她與秀秀又恰好在那時出門來買東西。突然見到我時，她情不自禁地站住了（我也同時站住）。她想，她的臉一定也是漲得通紅通紅的了，舉止也會相當異常（因為當時的我也這樣）。但秀秀就從未對此事說過、問過或暗示過點甚麼。現在，她實在不願當著秀秀的面，與我在街上共同再表演多一回了。

所以應該說，她要在人群中尋找的人還是兆正。兩個小時前，街燈剛放亮的一刻，她是親眼在露台上望著他向淮海路方向一路走去的，但她仍在希望，他後來還是繞了回來。他會不會此刻正在家的附近這一帶徘徊，打算回家來呢？她希望他那樣。

這一段時期以來，湛玉就這樣的生活著，生活在我與他之間。滿足交織著失落，興奮混合著內疚。她有時懷疑有時肯定，有時猶豫有時又堅定不移。她半真半戲，她似夢似醒。她不知道這種日子何時了，她也不知道這種日子的終端會是個甚麼樣的結局？

起初，她只是一種淺嘗，但想不到後來竟演變成了一種饕餮大食。起初，她只感覺自己是生活在一個矛盾對立面的拉扯之間，後來，漸漸發覺這是一個旋渦的中心，她已有點身不由己了，她正被一寸寸地拉陷進一個深淵中去。她感到一種命運的正在迫近的挑戰，感到一種莫名的英勇感和悲壯感，就如風暴來臨前的一隻穿行疾飛於低壓雲層下的海鷗，牠「啾啾」的叫聲中含著一種瘋狂了的歡樂。她對自己說：難道，這就叫不枉過此生嗎？

人們常有這樣的對夢的體驗：上半夜是一場夢，夢裡有些人物有些場景也有些情節，紛紛揚揚、斷斷續續、朦朦朧朧。然後醒了，周圍一片漆黑，人聲寂然。你從窗簾的縫隙間望見了半瓣白月，你懶懶地翻了個身，想，噢，原來是在作夢呢。隨即便有些模模糊糊的感覺了。你努力想保持清醒，想弄明白，究竟此一刻的自己是醒著的呢，還是又入夢鄉了？但你很快便發覺，這種狀態的保持並不容易，意識以及肉體的極度疲軟很快便會令你放棄一切努力，隨波逐流，夢河東去。而所謂清醒的另一個實際效應反倒變成了：原來又已經進入了夢鄉的思路還自以為是清醒著的，於是，便有了夢與醒在邏輯判斷上的犬牙交錯。

貳拾伍

其實，所謂夢，只是一種氛圍，一種自始至終都籠罩著的氛圍，正因為這種氛圍的存在，夢才存在。夢可以沒有連貫性，情節可以荒唐，人物可以張冠李戴，顛三倒四，但這種氛圍的存在卻必須是貫一而且強烈的。然後，你便進入下半夜的那場夢裡去了。在這場夢裡，又會有些新場景，新人物和新情節的介入。場景更紛揚，人物更朦朧，情節更斷續，這是因為上半夜那場夢境的餘波其實並沒完全消失，它的氛圍的殘餘會很輕易地從夢境本身之編織就十分稀疏的縫隙之間滲透進來，注入到下半夜的那場夢境裡來，從而使你一生的上下篇似乎更顯得連貫，更合情合理，更像終一了某種內涵的一生。夢，是一部最好的意識流小說。

湛玉覺得，她就是有點像是生活在那樣的一場夢裡。

比如說，她與我的第一次，一切就有點像是一片有月光的夢境。夢裡有溪流有天籟有松林有歎息。然後一切才開始輪廓鮮明起來，而我們卻已幹完了那事。

我說，這是一場遲到了三十年的緣份呢。而她說，當我將她擁入懷中時，她幻覺，我便是三十年前的他，三十年前的兆正。

她只記得——而於我，卻已經有點記憶模糊了——那是我倆重新見面後的第三還是第四次的事了。那晚，我們先是去一家甚麼館子吃的晚飯——不過，肯定不是「皇朝」海鮮館，「皇朝」是她第一次請我去的地方。那時，我倆還正而八經的，似乎還有點紳士淑女的拘謹，壓藏著一種熱中之冷，冷中之熱。而那一次，我帶她去的是一家專吃海派傳菜的菜館。她發覺，我好像是那裡的常客了，一進門，就這邊那邊地點頭笑容一通。漂亮的女招待和領班們都一個個地上前來打招呼，殷勤地替我們倆取衣，掛衣，遞毛巾，她們都喊我作「大老闆」。

（很可能，就是那一次記憶的暗示令到她後來在波特曼酒店三十八樓的說笑中，脫口而出地喚出了個「大老闆」的稱呼來。但她至今還是有點弄不太明白：為甚麼我能容忍那些女招待一個個地上來這樣稱呼我，偏偏對她就無法容忍——哪怕僅得一回？）

這是一家佈置很有風情的飯館，不大，但檔次相當高，價貴，但菜肴的口味很別致。幽暗的雙人座上方掛著一幅幅老上海的歷史照片。吃完飯，我們走出店來。我提議說先走一程散散步，一方面可以欣賞今日的上海夜景，另一方面也有助消化。她立即表示附和，說，這也正是她所想的。我倆走經人民廣場的綠化帶，天色黝黑黝黑的，路燈在樹叢中放射出光亮來。廣場上正播放著錄音機，一對對中老年男女摟在一塊，跳舞。她記得（我好像也有依稀印象），我當時說笑了一句。我說，前二十多，要近三十年了吧，這裡是我們常常高舉著反美的標語，呼喊著誓將革命進行到底的口號，列隊通過主席台的地方。如今，這裡成了這副模樣，這裡是我們這代人的失樂和複樂園呢。後來，我們又去了茂名路，找了一家咖啡館宵夜。偏偏又是燈光幽暗，裝飾深色調的那一類。這一切都令她產生一種強烈的幻覺：十四五年前，她與兆正不也經常在那種棕色護牆板的咖啡館裡渡過一個又一個的週末之夜的？再之前，寶大西餐廳的那一回，光陰已將記憶的斑點沖洗得影影綽綽的了，好像也是那同一種色調，同一種光線，同一種氣息。這是一片時光的背景，在這背景上隱隱約約地移動著一些人影和物體：有莉莉，有白老師，有她，有他，還有……還有一件湖綠色的泡泡紗長裙，它的裙邊在半明半暗中飄動。這是她藏在心底的一塊恒久的痛疤，幾十年了，她從來就不敢去點觸它一回。但這一次，她思路的端點怎麼又觸及到了，這，又意味著甚麼？

但她已完全記不起那晚我倆是如何回到她家去的一切細節經過了，以及，在我們開始往回走的時候，我向她或她向我都說了些甚麼或暗示了些甚麼？她只是靠事後粗略的理智推理才得以判斷出來：那晚，兆正肯定不在家住，肯定又是找了個甚麼藉口去哪裡開筆會或寫東西去了。而那晚，我倆肯定是在外面呆到了很晚才回家的，晚到保姆和女兒都已睡死沉到對一切聲響都不可能起反應了之後，我們才躡手躡腳地開門，關門。躡手躡腳地穿過客廳，穿過走道，去到他和她的那間主臥室裡，然後再輕輕地關上了房門。但有一條細節她記得特別清晰，當我剛與她在牀上開始纏綿時，她突然發現了那幅照片，照片裡的世界一片陽光，兆正和她正站在一個石舫的跟前開放著一臉燦爛的笑。照片鑲在一方金屬質的鏡框裡，鏡框站立在大牀對面的梳妝矮枱上，直面地望著我們兩人。她輕輕地推開我，起身，找來了一條手絹，將照片給遮上了。而她發現，她所幹的一切，我都躺在牀上一點不漏地觀看著。我面帶理解的微笑，很有耐心地等待著。等待著她一言不發地再回到大牀上來，和我繼續下去。

其實，就在那一刻之間，湛玉覺得自己的精神狀態又有些渙散，所有的注意力忽然都找不到一個聚焦點了。這是因為上半夜那場夢裡的兆正的記憶又滲透了進來，替代了下半夜那場夢裡的我的緣故。關於這種現象，她記得，我有一次也曾求證於她。但她告訴我說，這沒甚麼奇怪和可怕的，在夢中，她不也經常會將我與兆正的表情與形象互相顛倒錯位嗎？就像在這一個晚上的這一刻，當她與秀秀一同回家去的那一路上，她的夢境感突然又變得十分強烈而又逼真。她在人流中焦急搜尋的目標又像是他，也像是我——或者說，現在更令她害怕的倒是反而變成了：千萬不要在這裡遇到我們兩人中的任何一個。她雖然得到了我，但她又無法讓自己面對一個萬一會失去他的現實，無法失去他就如同無法突然放棄一場已經做了幾十年悠遠而溫馨的夢一樣，讓她無所適從。她經常會轉轉繞回到那一場夢的源頭去，在那裡，她與兆正都是個帶紅領巾的少年。後來，他倆都長大了，長大成了一對戀人，一對誰的一天之中都不能缺少誰的戀人。雖然，兆正下鄉去了崇明農場，而她仍留在上海的工礦企業裡，但他照例每天都會從農村給她寫來一封長信。一天的勞動強度再大，幹活再辛苦，或拔秧插秧或三秋搶收或築堤圍田，他都一定會在全寢室的燈都熄滅了，人都睡熟了之後，一個人趴在他的上層鋪位的那疊被子上，就著一盞手電筒的微光，給她寫完這封長信。信，因此每天都不間斷，一封接連一封，雪片似地飄落下來，鋪展在她書桌的枱面上，飄成了一片小小的白色的雪原。信中，他用他奇特奇妙的語言和想像力表達著他奇特奇妙的內心世界，逼真得就像每天都在與她作一次眼神對峙著眼神的促膝對話。當時，她並不太理解為甚麼讀他信的感受會如此強烈如此神奇？多少年之後，她才意識到：原來，這正是一個天賦型的作家的一生之中最華彩的歲月呢，而佔據這段華彩歲月的他的全部心靈的就只有她一個人！每天，兆正都將從他心井裡不停頓地汩汩湧出來的最新鮮的感情化作文字，文字橫豎撇捺在信紙上，信紙摺疊著地藏進信封裡去。之後，她又將信封拆開來，將信紙取出來，展開。每天，她讀著由那些她最熟悉的字型所組合成的句子，那些由句子和句子結構出來的畫面和圖像，她覺得一個活龍活現的他又站到她面前來了！

那些年，她感覺她愛他都快愛得不行了！每月都有一次，他從崇明島回上海來休假。在這珍貴的三、四天的時間裡，他倆幾乎天天在一塊。一般，都是兆正來她家，但有時，她也會上兆正家去。這是一條位於虹口舊鎮區的老街，林林總總的舊式里弄房子鱗次櫛比。打開了窗頁的斜頂的老虎天窗從烏黑烏黑的屋頂上探出頭來，街兩邊的水泥燈柱高高的頂端上，路燈有氣無力地吊下來，光線昏暗。夏天的黃昏，兩邊的人行道上坐滿躺滿了密密匝匝的納涼人，有些人更索性將晚飯都端到街上來吃。每次，當膚質嬌白，穿著花點短裙的她打街中心經過時（人行道上已擁擠得無法讓人能順利通過了），她感覺到兩旁赤膊打扇的納涼人都向她射來唰唰的目光。

湛玉來到了一扇低矮木門的門框跟前，裡面很黑很暗。她走進去，經過一個濕漉漉的水斗，半截陰溝管道和一間類似灶披間的地方。地上很滑，她小心翼翼地用腳探索著，摸到了一條很陡很窄的扶梯把手。她開始高聲地叫喚兆正的名字，只見樓梯上方的某處有一盞電燈拉亮了，他也大聲地回應著，跑下樓來，再在那條嘰嘰作響的窄扶梯上一路把她引上樓去。

貳拾伍

這一切的場景在幾十年後回想起來虛幻飄渺得完全成了一種夢的殘片了，失散在記憶龐大而廣浩的背景上，無從打撈。唯那個氛圍仍然存在，而且十分強烈，貫通全篇，向她證實說，這，便是那個時代。她走進一間舊屋的前樓，這是他家的主室：天花板低矮，被石灰水刷成了慘白色的牆上掛著他父親的遺像，遺像前供著一束塑膠花。但整間房間還是打理得十分整潔而且井井有條的。有一張大牀靠牆而放，牀上硬邦邦的，墊鋪著草席，碎花點圖案的布單被子疊放在牀的一端，拉扯得一絲不苟。她與兆正就坐在牀沿上——事實上，這裡也是全屋最能坐得舒坦和寬敞一點的地方。正面對著他倆的是一排木窗，木窗打開著，街上的車鈴聲和人嘈聲不斷地傳進屋裡來。臨窗而放的是一張方桌，被抹得一塵不沾的桌面都開始有點發白了，上面用綠紗網罩罩著幾碟中午吃剩下來的小菜。屋裡亮著一盞二十五支光的電燈，就是戴著半頂皺邊奶白燈罩的那一種，一根扭紋的花線從天花板上掛下來，吊著一個燈頭連燈泡。夏夜的微風吹進屋裡來，電線悠顫悠顫的，把他倆並肩坐在牀沿上的身影投射在白牆上，也晃蕩了起來。

兆正的母親是個矮矮胖胖的能幹的老婦人，每回見了湛玉似乎都顯得很高興，應該說，每回見了她兒子見了會高興的人她也都顯得很高興。家中地方局促，因此，每一次當湛玉上樓來了之後，老婦人都會藉故離開，以便讓他倆儘量能有單獨相處的時空。而她自己則去到樓下的灶披間裡忙出又忙進，不一會兒，就黃黃綠綠白白地備出了一桌菜來，招呼他倆坐到桌前來吃飯。

有時，他家還會有一位與他倆年齡相若的少女，湛玉對她的印象已經有點模糊了，只記得她胖乎乎的白臉蛋上有兩粒唇角渦。事實上，她也沒見過她幾回。首先是因為湛玉並不經常去他家，再說，在她去的時候，唇角渦的少女也未必就一定在。兆正告訴她說，這是他的表妹，名叫雨萍，小他三歲。她家是開南貨店的，就開在他家後弄堂對出的那條街上。就這些了，他說起她的時候，神態平靜得甚至都有些淡漠了，似乎像是偶爾談及一位不常見的遠親那般。但湛玉觀察到的情形是：雨萍與兆正母親的關係似乎格外親熱。她隨老婦人上上下下，裡裡外外地一塊兒忙，開飯前，更是由她一次又一次地從窄扶梯上往房間裡端湯送菜。最後，當一切都準備停當了，連充當大廚的老婦人也在圍裙上搓著擦著手，笑眯眯地上樓來時，雨萍才怯生生地在方桌的一角坐下身來。她從不直接招呼湛玉，好像根本就不存在有湛玉這麼個人似的。她只是用眼光望著兆正，輕聲輕氣地說道，可以吃飯了吧，表哥。

但湛玉卻似乎總能從她偷偷瞥她一眼的目光中讀出點甚麼來。這是兩個女人之間，尤其是兩個有著特殊立場和身份的女人間的溝通方式，微妙但很確定。其實，第一眼見到雨萍時，湛玉就驚覺到一種異常感了，就好像從前一世開始她們之間就有著某些隱隱約約的瓜葛了。她當然有點瞧不起她：哼，一個開雜貨鋪小業主的女兒，她想。但第一次，一向以絕對的自信來直面人生的湛玉罕見地感到了一種虛怯：她拿不準，對方到底會用一種甚麼樣的眼光來評斷她？還有，對於她，一個以這麼一種身份突然出現在兆正家的同齡女性，這個叫雨萍的女孩子的始終沒說出口來的潛台詞會是甚麼？——因為湛玉確信：雨萍是不可能沒有她自己的感覺與想法，以及埋藏得很深的潛台詞的。

湛玉突然都很想知道這一切。而直覺更告訴她：雖然在眼下，雨萍遠成不了她的對手，但將來？將來的事，誰也說不準。

再聽說雨萍，那是在二十多年後的事了，她已變成了我的老婆。這事其實也是莉莉首先說起的，那一天，莉莉和她的香港丈夫一同到出版社來洽談印刷設備和印刷業務的合作事項。在此事之前，鑒於湛玉也曾作出過類似的提議，社長於是也請她一同來出席該專案的洽商會。她走進會議室的時候，就見到有一位衣著華麗富泰的肥胖的中年婦人「忽」地從靠牆而放的一張沙發上站起身來，她們互相望了對方一眼，便呆住了。一刻之間，她倆都有過衝上前去互相擁抱對方的衝動，但又都不約而同地改為了長時間的熱烈握手。那些年，有誰在一個意想不到的場合突然發現一位已散失了多年的海外親友，也算是一件不太常見之事中的常見事。在場的社長總編雖都有些驚愕，但同時也與她倆一起真誠地分享了那種重逢的欣喜。大家都覺得，以湛玉的出身和家境而言，這類生活情節發生在她的身上是一件頗合邏輯的事。

是的，也就是在這一次，湛玉聽說我了。後來說說，當然就說到了她。開始時，莉莉並也說不清楚點甚麼，莉莉只知道，她的這位童年時代的朋友的丈夫現在已經是一位很出名的作家了，而作家有一位表妹，就是她。莉莉說，就是那位，那位……但湛玉一聽，便立即明白是指誰了。她淺然一笑，當即打岔地提了些其他的甚麼。這些事都提得恰如其時也恰如其分，必會引起多少年後重逢的她倆的共同興趣，於是，她倆便立即遵循另一條談話邏輯而去了。等到再回過頭來，莉莉已忘了剛才她都在說甚麼和說誰了。湛玉當然還記得，並且還記得當時自己的那種感覺：那是思想的一片漂白狀態。

貳拾陸

「SOMEWHERE IN TIME」

雨萍拖著腿回到家中，心情沮喪得幾乎想大哭一場——於她，這是很少有的事。多少年後，當她第一次隱隱約約地聽說兆正表哥最近與他同班的一位女同學有如何如何往來的時候，她幾乎能夠在第一時間裡就肯定：所謂她，就是她。

「**Somewhere In Time**」

Yu Ping dragged her legs home, and her heart was so grief-stricken that she really wanted to cry hard. For her, such things had rarely happened before. After so many years, when she first heard about Cousin Zhao Zheng being recently together with a girl, she could almost ascertain immediately, the girl must be her.

再回去那一晚。

我離家後，大宅便又恢復了原先的寂靜，靜得都有點可怕了。菲傭回到自己房中休息去了——她很可能一早已經估計到了今晚的結局，看來她是不會再被人喚醒起身來幹洗浴缸，放熱水和沏「鐵觀音」一類的活兒了。我有過好幾回這麼晚離家，後來都證明是一次通宵的外出，她有這方面的經驗。

兩張籐椅面對面地空放在露台上，小藤桌擺中間，之上放著一盤削好了皮的水果。雨萍依在通往露台去的落地趟門的門框上向外望去：是暮靄籠罩中的香港島和九龍半島。千百幢巨株一樣的大廈盤根錯節在這片土地上，參參差差，重重疊疊。東西南北，南北東西，幾乎不留下一小格經緯的刻度，全方位地，密集型地鋪展開去。這是一片森林——一片現代發明建造起來的原始大森林，人很渺小，一旦走入其中，便會立即迷失方向，且永遠也別想再找到回歸自我的出路了。

燈光開始在大森林裡一朵一朵地綻放出來。不一會兒，一幢幢黑影憧憧的大廈便變得生動起來。透過一扇扇閃爍著各色各樣燈光的窗洞，它們變得愈來愈像是一件件正在被雕琢成的剔透玲瓏的巨型工藝品。其實，燈光也是有生命的，你可以把它們看作是一個又一個故事的講述者，在它們各自光照的領地上，多少人多少家多少心靈多少情愛多少期盼和欲望多少夢想和思念構成了各不相同的人生與命運的故事——這是這個大森林中不息的生態循環。

看夠了，雨萍拖著腿回到屋裡去。屋裡沒著燈，就靠通往露台去的玻璃趟門間透幾縷光線進來，一旦均勻進了這個偌大的客廳中，便呈現出一種混濁不清的視覺狀態：這客廳中的一切，連同雨萍自己仿佛都在這片混混濁濁之間飄浮了起來。她預感到，這將會又是一個寂寞而孤獨的晚上，但她已經很習慣了，她從沒想過要去埋怨誰或埋怨甚麼。

她朝著那張貴妃躺椅走過去——它在客廳其中的一個幽暗的角落裡伸展著修長的身軀等待著她。每逢這種孤獨的黃昏，那張躺椅便成了一個港口，一個可以讓她那艘孤寂疲憊的身心的航船泊錨的港口。她舒展雙腿，略略側著身，躺在躺椅上。總是那麼個姿勢，她將頭靠在躺椅柔滑而又富有彈性的拱手背上。一隻手枕在頭下，另一隻搭放在腿胯之間。她的眼睛向著天花板凝望，仿佛那兒正在放映著一幕幕會令她出神的影戲一般。

此一刻，客廳天花面呈現的是一種幽暗的灰白色。她聽見菲傭在房中打開了電視機，是英文台，好像是一出好萊塢的情愛片，咽泣聲呻吟聲笑聲叫聲之中，還時常會夾雜著一段非常抒情的音樂，飄逸得好像是掠過湖面的微風，經過了長長的廚房間和備餐間的甬道，傳入客廳，傳入她的耳中來。雨萍想起自己還沒吃晚飯呢，但她現在不想吃，也不想動。每次，在這種時候，整個大宅就變成了這個模樣。我倆沒孩子，我一離家，家中就剩下了她和菲傭兩個女人，毫無生氣可言。菲傭是到香港來賺錢的外籍人士，老實說，過一天就算有了一天的進賬，其他的都不關她事。但有時，她也會躡手躡腳地走進客廳中來，問雨萍說，「DINNER, MADAM？（要準備晚飯嗎，太太？）」但她見到女主人在黑暗中向她擺擺手，然後又揮了揮手，意思是叫她回房去，不用管她。次數多了，菲傭也索性不再出來問甚麼了，她想，假如太太有甚麼需要的話，她會來傭人房裡喚她的。

事實也是這樣。於雨萍，首先，她真也不覺得肚餓，就是有點食欲感了，時間可能也已經很晚了。再說，她也喜歡自己到廚房裡去弄點兒簡單的上海菜來吃。諸如炒一兩樣肉絲肉片，炒一碟素什錦，再將其一並倒入一鍋已煮沸了的粗麵條的湯水裡，篤爛了，這便是上海人叫做的「爛糊肉絲麵」，她最偏愛這道食品了，既方便又可口又點滴入肚，不會造成任何浪費。她還經常會預先包好一大盤的菜肉餛飩，擱在冰箱裡。到了有需要時，順手拿十個八個出來下一碗，吃了，非但對付了晚飯，而且還熱腸熱肚的，十分舒坦。她不喜歡菲傭搞的那套食譜，甚麼芝士湯甚麼周打魚湯，味道濃得都有點發臭了，而且還稠，稠得讓人咽不下去。牛排更糟，煎得半生不熟的，切開了還帶些血絲，見了都倒胃，別說吃了。就算勉強吃上幾口，也會弄得她整晚整夜疑神疑鬼的，老感胃腸不適。

雨萍覺得，自己可能是永遠也不能適應某種生活方式了。

現在，她還是躺在躺椅上，眼望天花板出神。她又回到了時光隧道的某個部段去了。剛到香港後的一段時期內，她很迷戀電影。她看過好多部電影（這些美國好萊塢拍製的影片在她的童年與少女時代簡直是一些連想像都不敢去想像，想了都怕自己會犯錯誤的東西），其中有一部最叫她心動的影片叫「時光倒流七十年」。她喜歡影片裡的那種古典的，浪漫的氣氛。她同時也喜歡影片中的男女主角的形象和其背景音樂。

那位生活在二十世紀七十年代的英俊小生，就是靠了幾枚古錢幣的法力回到了世紀初去，與生活在了那個時代的絕美的女主角展開了一場感天動地的生死戀。一種多麼奇妙的時空構思啊——藝術的永恆有時源於它對於某個現實中的某個極其細微而又平凡生活細節的處理，有時則因了它純粹的異想天開。

她，於是又想起了那件毛衣。

有幾次，雨萍甚至也可笑地嘗試過：她用手緊握住了那件毛衣，也是在那麼樣的一些黃昏天，光線稠暗。她暗暗地盼望自己也能像電影裡的那位男主角一樣，開始一段時光隧道的旅行。醒來，她是不是又重新回到了那個早已逝去的時代？回到了四五十年前的上海的那條虹口老街上？——哪怕僅是一場半睡半醒的夢，也好。她又閉眼又憋氣地堅持了好久，又作了一些冥想和意念集中的功夫。但，睜開眼來一看，她還不一樣是留在香港，香港東半山那座豪宅，豪宅的那個客廳，客廳角落裡的那張貴妃椅上？她感到一種冷冷的失落感在心中彌漫開來。

她在躺椅上稍稍翻動了一下，將整個人都躺平，躺直了。天色愈來愈黑，露台敞開了的趟門中有涼涼颼颼晚風灌進來。天花頂上灰白色的反光逐漸消失，變成了一種晦澀的混濁之色。自從那次我在無意之中發現了那件毛衣，並向她問起這是誰的東西後，她便在考慮如何將毛衣的收藏換個地方了。誰知後來還讓我瞧見她枕毛衣而睡的一幕，於是她便立即行動了起來。她將毛衣與她的那些已經用過時了的舊衣裙疊放在了一塊，還有一些她從上海家中帶來的紀念品，父母親的遺物之類。這是她最私人化的一塊空間，一般不會有人去動到它們。

現在，她能很細節化地想像出這件毛衣疊放在衣櫃裡的模樣：雙袖是摺拗在一起的，下擺與後領處有幾條線頭露在外面。她兀自笑了，很想起身去把它再找出來，摸一摸，攤在牀上擺弄一番。但她仍懶得動彈，她只想再躺多一會兒，讓一個念頭熄滅，另一個念頭升起。她感覺這是一種享受。再說，她還有一個預感，且頗強烈：表哥這兩天會有電話給她。有些事情，說困難相當困難，說簡單也很簡單。假如表哥這次來電話，她打算在電話中就把這件毛衣的事同他說了，假使他表示有興趣的話，她可以將事情的前因後蹤再說多一些。而假如沒有，她也就一筆帶過。這麼多年了，她想，現在應該是將它物歸原主的時候了。

至此，我們不妨將雨萍的這一頭按下不表。就像現代話劇中的場景，強光燈暗了下來，我們見到躺在貴妃椅上雨萍從生活的舞台上隱退而去。

而與此同時，其他幾個方位上的燈光放亮了。它們照射下來，照亮了這個時光橫斷面上的同一個時刻。在這同一刻，兆正，湛玉，還有我自己都在哪裡？在幹些甚麼？想些甚麼？

兆正正將自己固定在一家叫「美美百貨公司」的大玻璃的櫥窗外面。「美美百貨店」在淮海中路靠西端，那一帶環境很優雅，高級公寓，英式法式西班牙式的各款洋房精緻錯落，揉合著街邊的和從花園圍牆內伸展出來的樹枝和枝端上的螢螢的綠色，將這裡的市容景觀打扮得情調十足。兆正有一種飄飄然的感覺，仿佛自己的心魂都在與這周圍的環境發生了感應，然後互相滲透，然後便融化成了一體。他一動也不動地站在那裡，不斷有行人從他的身前身後或身旁經過，他想到了一位作家的一篇關於城市人面具感的隨筆。作家認為每一個城市人都備有好多副面具，而一個城市最日常的生活內容便是舉行假面舞會。每天，城市人都要在不同時段和場合調換不同的面具。這就消耗了城市人的絕大多數的精力與時間，待到一日完結，熄燈上牀，除下了所有的面具之後，人便自然會感到疲憊不堪了——是這樣嗎？就像此刻，他站在這裡，面對著櫥窗裡的一個個衣著華麗的木製的模特兒，他有戴面具嗎？還是沒有？他想要幹點甚麼呢？他感到心中有一絲無名的焦慮正在膨脹之中——因為，直到這一刻為止，他還沒能真正決定他該去幹一件甚麼事。

湛玉的注意力正集中在麥當勞餐廳裡的那位用肥皂水拖塑膠地板的年青的侍應身上。侍應生很勤快，也很有禮貌。他請坐在排座上的顧客們都幫忙縮縮腿，然後，他再用拖把將棄留在椅凳下的垃圾一一勾撩出來，掃走。之後，再把地板拖得一乾二淨。秀秀坐在母親的對面，她望著母親，她不知道這拖地有甚麼好看的？她希望母親能留意到她們鄰桌上的一家三口間的動作、神情與對話。其實，母親早已留意到了，但她不會去留意太久的，她很快便將注意力轉移到了那個拖地板的大男孩身上，看著他如何來來回回，一下又一下地重複著那個單調而又機械的拖地動作。她甚至覺得這個大男孩的本身也很有看頭：十九、二十的光景，一臉肉紅色的青春粉痘，生氣勃勃。還有那套條紋的餐廳制服和那頂紙質的橄欖帽，穿戴在他身上也別有一番異國風味。——當然，這一切遠不是在這個年紀上的秀秀所能夠理解的感覺。還有一盞舞台燈是照射著我自己的——不是那個作者的自己，而是那個小說人物的自己。

那一刻，我正打大坑道黃泥涌道的交匯處經過。我見到一個年青女人正伸展著雙腿坐在二樓露台上的一張沙灘椅上。一隻長毛的寵物狗正乖乖地橫臥在她的大腿上。她神態倦慵，披肩的長髮顯得有些蓬鬆、凌亂。她穿一套淺色得幾近於泛白的薄質睡衣。其實，那時候的天空光線已經是十分晦暗了，我之所以還能清楚分辨出這些細節的原因有二。一是露台的位置距離路面相對較近；二是個青年女性，而且是個如此衣著打扮、惹人遐想的青年女性。在路燈愈顯愈明亮的橙色的光亮裡，她那套飄飄然的睡衣以及睡衣裡裹著肉體自然而然成了這片昏暗夜色中的一個注意力的亮點。我裝得行色匆匆地從她坐著的露台之下通過——我記得，我曾在這部小說的哪一章哪一節裡提到過這麼一個細節。其實，在當時，我還有一些其他的心理蠢動的。我感覺，自己似乎就成了那隻長毛狗，正被它的女主人一下又一下地撫摸著呢。我罵自己道：操你的蛋，你在那兒胡思亂想些甚麼呀？！這便是生活，真實無比的生活。一個時代，幾個角色，沿著同一座時空坐標的縱橫標軸叉丫著地分流開去，又收攏回來。當它們在某個橫向面上相遇相逢相交時，它們的縱面往往是平行而過的。讓我們再回到香港東半山的那座大宅裡來。舞台聚光燈再次亮起的時候，我們見到動作以及表情又重新回到了雨萍的腿臂間和臉上。但她還是拒絕起身。她暗暗換了個睡位，以使肌肉間的緊張與鬆弛能相互調劑一下。她的兩眼仍然望著天花板出神。

東虹中學座落在東上海的一條偏靜的馬路上。她的前身是一所教會學校，日軍侵滬時期，那裡曾改為日軍的軍官宿舍，以後，當然又改了回來。東虹中學的正式命名是1950年年底的事，那時，陳毅還在上海擔任他的第一任上海市市長。據說，學校的名稱當年還是由他親自批核的。如今，陳毅元帥已鑄立成了外灘步行江堤上的一座歷史銅像，而東虹中學的校名卻一直延用至今，且被生活在那個地區的青少年學子們仰望成了一所高不可攀，而一旦攀入便也意味著半隻腳已經跨進了名牌大學門檻的中學名校。

這些年來，我常回上海。當然也就常會有去東虹中學附近走走瞧瞧的機會。於我，母校的記憶印象的拼合圖十分奇特：她像個曾經是美麗、溫柔、循循善誘的母親。愛惜過我呵護過我，並還讓我愛她，分分秒秒都牽腸掛肚惦記著她。但突然有一天，她瘋了。她披頭散髮，她六親不認，她的眼中閃射出綠色的凶光，她會向任何企圖靠近她，向她表示撫慰和愛意的人，拔刀斬來。她變成了這麼樣的一個瘋女人，有人被她傷害了，有人則避過了。人們只敢站得遠遠地望著她，望著她癲瘋發作時的胡言亂語和舉止異怪。當然，幾十年之後，她又恢復了平靜和常態，她又變回一位慈祥善導的母親了，變成了新一代學子們的仰望中心。講起當年，她說，她連記憶也都是一片空白了呢——當時會不會是中了甚麼邪魔了？不過沒事，沒事，她說，現在，我不已痊癒了嗎？

但我還是心留餘悸，仍然只敢站在隔開一條馬路之外的地方偷偷探望她。如今，偏靜的馬路不再偏靜（可能，全上海再也找不到一條偏靜的馬路了）。學校的圍牆都已拆除（有一句專門的市場用語，曰：破牆開店，創造效益），三、五米進深的小店鋪開得一排溜的。有一家氣派與裝潢都有那麼點檔次的飯店則佔據了四、五家門面，又砌了幾級大理石的石階。從大玻璃窗望進去，能見到幾水缸游動著的海鮮。胡伯的傳達室早已不見了，有一個穿著一身髒兮兮白大褂的新疆漢子站在那兒烤羊肉串。東虹中學的那塊校匾倒還在，只是淹沒在了這些商旗飄飄的五顏六色之中，讓人不易發現。現在，我的擔心是：再過多幾十年後回首，母校不要說當年她中了的又是另一類邪——會不會呢？我看又有點像。

自然，這些絕不會是雨萍記憶裡的場景。因為自從她來到了香港之後，她便再沒回過上海。她一直讓上海存活在她的那一片一點不受污染的記憶裡。她喜愛這種懷念上海的方式。

那是上世紀60年代初的上海。

東虹中學的校牆是用紅磚砌成的，每隔幾米就有一根水泥的柱子，水泥柱的頂端有一盞戴奶白罩的牆燈。校牆一排延伸過去，轉一個彎，便能見到一條河流。河流是蘇州河的一條支流，它的遠端與東上海的一大片公園相連接。主校牆臨街的一面是一條數米見寬的人行道，人行道用水泥板鋪成，而跨下人行道便是馬路了。那時候在那一帶，幾乎沒有甚麼車輛通過，連行人都很少。只是偶爾有三三兩兩的自行車，響著車鈴，在樹蔭之下一路踩過去。而在那條馬路上栽種的也不是上海最常見的法國梧桐，而是一種屬白楊科目的樹種，樹葉墨綠色，呈雞心形狀。還有幾棵盤根錯節的老榆樹，形態龍鍾，多節的樹枝伸向街心，雨萍想，它們長在那兒，大概已不下一百年了吧？

雨萍對東虹中學周圍的環境細節十分熟悉，那裡曾是當年的她經常會偷偷兒去逛圈的地方。她常去那兒的緣故有二。一是就讀東虹中學本是小學時代的她的最大夢想；二是表哥就是那所學校的學生。她至今還能背得出 表哥在初一那年寫的一首叫《東虹——我親愛的母校》的詩作。

（她躺在躺椅上，眼望著天花板，想，隔了那麼遠久的事她倒能記憶如此清晰，怎麼近在眼前的日子反而變成了模糊一片了？人是不是愈老就愈這樣了呢？）

詩作發表在當時由東虹中學校部編輯的一份油印刊物《東虹文藝》上。該刊物發表的全是東虹學生的優秀習作，以資鼓勵的同時也作為學生間的交流之用。能上榜這麼一本刊物的作文自然是一種莫大的榮耀，尤其是對於一位初一年級的學生來講。雨萍記得那天嬸娘是專程將刊物拿過來她家給她的父母親看的。嬸娘的臉都興奮成通紅了，她說，你們看看，你們看看，我家兆正寫的文章都印上書啦！

那期的《東虹文藝》上發表出來的學生習作有很多，就是初一級的，也有好幾篇。其他的，雨萍一概連留意都沒有去留意一眼，她一眼瞄準的就是表哥的那首詩。詩的第一節是這樣開場的：一條筆直的柏油路／好像為了躲避北站的囂喧／故意讓它的一端伸向東郊／那兒，人影稀少／綠蔭滿道，一旁／大樓環抱／紅旗高飄／這，就是我親愛的母校！……

雨萍將詩歌讀了一遍又一遍，那年她只有小學五年級。她想：這樣的詩句，這樣的韻律，就是讓俄國大詩人普希金或當年在青年學生中最走紅的詩人蘆芒來寫，寫出來也不過如此吧？她將詩歌又在她的女同學中間傳閱了一番，大家也都欽佩得不得了。而她，更是常常獨自一人上東虹中學的附近去溜達。好像如此一來，她便會離她渴望的目標更近些。

從她家去東虹中學約需20來分鐘的步行路程。沿著河邊的一條小道一路走去，還要經過一座小橋。她記得，在50年代初的她的兒童時期，小橋還是木結構的，全身上下都讓柏油油成了個烏光玲瓏。到了50

年代的大躍進年代，木橋拆了，換成了一座用粗糙的預製鑄件建造的水泥橋。橋中央的那個凹拱處還刻有一枚紅五角星，下邊一行字，曰：建於1958年×月×日。

就這麼一座橋，雨萍經常走過，然後便走上了那條「筆直的柏油路」。

仲春的黃昏天，空氣中浮動著一片濛濛的赭黃色。雨萍從白楊樹黝黑的樹冠下一棵棵地走過，她能聞到一種樹葉散發出來的新綠的清香。校牆水泥柱上的頂燈全亮了，給人行道投下了一圈圈暗淡的光暈。不知怎麼的，她感覺自己的心開始輕輕地跳蕩了起來，像蕩鞦韆一般，一上一下一前一後的，讓她的步履都有些不穩，呼吸都有點急促起來了。

遠遠的，她望見了那塊黑字白漆底的校匾，一盞薄邊斜罩的裸露燈泡照著它，在剛剛降臨的夜色裡顯得格外明亮。天色已經不早，學校大門早已上了鎖，就連傳達室的小門也已關閉上了。她像一個普通過路人一般地從校門口若無其事地經過。但想想，又覺得似乎有點不太甘心：自己來來回回花費了大半個小時，難道就是為了這一分鐘的經過和瞧一眼？她再從河邊的那條小道上拐了回來。這一回，她見到傳達室的門打開了，一男一女，兩個戴紅領巾的中學生從小門裡走出來。然後，就在那塊被燈光打亮的校牌跟前站定了，他們像在說些甚麼。雨萍的心的鞦韆蕩得更高了。但她很快便發覺，那個男的並不是她的表哥（她說呢，天底下哪來這麼湊巧的事？），而是另外一個男生。但當下裡就將她的目光吸引了過去的則是那位姑娘。這是一位長得很美的姑娘，精緻的五官，勻稱的身材，白皮膚，鵝蛋臉，細而密的前留海。但這些都是一般的描寫，太一般了，似乎都不太能很準確地表達出這個姑娘的美的實質。

雨萍再望多了她一眼。她發現那位姑娘身上彌漫的是一種氣質，一種貴而傲的氣質。貴中有傲，傲中有貴；因貴而傲，因傲更貴。而且它們的流露還是那麼地自然，沒有一點故作矜持的意思。仿佛這種貴傲之氣是和她與生俱來的，是自其骨髓裡互相纏繞著地向外滿溢出來的。

雨萍已經在往回家的路上走了。當她經過這對男女生邊上的時候，她見到他們面對面地站立著，那個男生正使勁地拍打著自己袖口邊上的粉筆灰。他們正準備分開。

後來，她見到那位姑娘獨自離去，就在那條柏油路前方的一個岔路口上拐了個彎，便消失了蹤影。而那位男生則橫過馬路，朝著道路的另一個方向走去。不知是為甚麼，雨萍突然感到一種衝動，她也想過到馬路的對面去，跟隨著那位並不是她表哥的男孩子一路而去。也許是因為那個男孩曾與那位美貌少女作過伴？或者至少來說，他是表哥學校裡的一位同學，所以便對她構成了某種吸引力？

她一步跨下人行道，一輛自行車正好從幽暗的樹冠下向她駛過來，搖響了一長串鈴聲。於是她又急忙縮回腿來。她終於還是沒過馬路去，沒去實現她的那股莫名的心理衝動。

雨萍拖著腿回到家中，心情沮喪得幾乎有點兒想大哭一場了——於她，這是很少有的事。多少年後，當她第一次隱隱約約從嬸娘那兒聽說兆正表哥最近與他同班的一位女同學有如何如何往來的時候，或者是那次街道學習班上，我倆板凳並排板凳坐在一塊，她主動問起我些甚麼，而我又作了些不著邊際的回答時，她都幾乎能夠在第一時間裡就肯定：所謂她，就是她。就是那位仲春之晚與一個男生一同站在東虹中學的校門口的漂亮的姑娘，她們是同一人。當然，後來當雨萍在表哥家中再遇見這位少女時，那已經是過了好多年後的事了。少女的面貌免不了又有了不少的改變，但那股子誘人的氣質仍在，而且仍很美。

雨萍從小到大都沒這麼做過，但這次她忍不住這麼做了。她跑到換衣鏡前，在鏡中很仔細很仔細地端詳起自己來。她必須承認的事實是：除了兩粒可愛的唇角渦之外，她從哪一點上都無法與那位少女相比。於是，她便立即理解她的表哥了。她甚至覺得，以表哥的才華是應該與這麼樣的一位少女相配的。但她恨，恨她自己，她賭氣，她同她自己賭氣。她愈想愈氣惱，她再不願在心中去將那位少女想像得太美了，她抗拒這樣做。她告訴自己說，其實，那個女的，也「並不太怎麼樣」。

從此，「那個並也不怎麼樣的女的，」便成了雨萍口中對湛玉的稱呼。

是的，存在在雨萍遙遠記憶中的那個站在黃昏校門口的男生很可能就是我。幾十年後，當我們面對面地坐在我們香港住宅的露台上時，我倆不止一次地談及過此事，但總會在到達某一條界線時，止步不前了。我倆心照不宣，也從沒互相說穿過，卻讓各自的心中都保存著同一個謎語的不同答案。

這樣做，我倒是覺得蠻有味的，有一種含蓄人生的意思。至於雨萍怎麼想的，我就不知道了。當然，作為小說的作者，我絕對有權對她的內心進行某種心理探討，我經常這樣做，經常對我小說中的人物的舉止行為與心理狀態作出類似的處理，但在這件事上，我不想。

貳拾陸

現在，我們終於能見到我們的雨萍從屋角處的躺椅上起身了。全屋裡都烏沉沉的，連天花板上的灰白反光都消失了。落地的趟門仍然敞開著，夜風愈來愈大，兩條給拴住了的白色的尼龍紗簾被鼓吹起來，像兩片不安的靈魂，在這黑夜的背景上，忽忽地飛舞。

但是，露台之外的天空還是有亮光的。非但有亮光，而且還有色彩。這是一種橙紅色的雲層反光。因為此一刻的港九市面正處於一天中最輝煌的時分，在距離露台幾百米之下的整座香港島和海對面的九龍半島上火樹銀花，車流滾滾，就像剛出爐的沸鋼水，流淌著，在這片土地上，從四面八方枝丫開去。

但這種都市的繁華只是一種景觀，一種流動的卻是無聲的景觀。至少對於這麼一座位於山勢頂端的大廈來說，它們便是這樣的。寧靜統治著這裡的一切，除了風聲，還是風聲，其中夾雜著的是幾粒秋蟲唧唧哦哦求伴的叫喚聲。

雨萍在躺椅的邊沿上小坐了一會兒，她還沒想出現在她應該去幹些甚麼。菲傭房中的電視機聲已告平息，想必人也上牀睡去了。都甚麼時候了？或者她該去廚房弄些東西來吃了，但她暫時還沒餓的感覺。

雨萍趿上拖鞋，走下躺椅來，她慢慢吞吞地向房間走去。她還是克制不住地想去幹一件事。擺放在酒櫃上的鍍金台鐘開始用清脆的敲打聲歌唱了，它唱來唱去，還是那兩句法國童謠，它告訴雨萍說：現在的時間是晚上的十點四十五分。

她走進主臥室，打開了一盞牀頭燈。臥室很大，微弱的燈光只是更顯出了它的大和幽深。她又去將那件毛衣找了出來，她先將它攤在手掌上端詳了一會兒，裡裡外外地摸了摸，然後就把臉蛋湊了上去。每次都是這樣的，她還能在毛衣上嗅到那股殘留的氣息：這是家鄉的氣息，這是童年的氣息，這是他以及她自己的氣息——唯這最後一點，可能只是一種幻覺而已。

她好像聽見客廳裡有甚麼動靜了。她放下了手中的毛衣，細細地辨聽了一下。是電話鈴在響——是的，是電話鈴。她三步並作兩步地跑出客廳去，除了兩片隱約飄動的白紗窗簾之外，客廳裡一片漆黑。她向電話機的方位摸索著地走過去，但她想，對了，我不是應該先去將大燈打開嗎？於是，那座六十盞燭頭的巨大的水晶燈便剎那間大放異彩了，讓整座客廳於突然的一刻沉浸到一片光明的海中去。強烈的光線刺激得雨萍的眼球都有些疼痛，但她全然感覺不到這些，她眯起雙眼，望著那架電話機，不錯，它正響個不停呢。在這座隔世的大宅裡，它似乎是一種來自於外太空的訊息。電話機擺放在一張半月型的精巧的機桌上，機桌靠牆而立，機桌的一旁擺著一張專門給接聽電話的人坐的絲絨的靠背圈椅。雨萍走過去，在椅子上坐了下來，她拎起了話筒。她的心臟「怦怦」地跳個不停，她對話筒說：「喂——」

後來，真的，所有這些場景都在我的想像之中再現過。我甚至還將它們當作是我親眼所見的一樁樁真實生活裡的細節，這裡那裡地利用來妝點我的小說。而且情形也都大同小異。可見，人生的有些場景是絕對可以被複製的。有時，贗品人生比真實人生更具有保存價值，這便是小說這種文體和小說家這種職業之所以能長期存在下去的理由之一。

貳拾柒

寶大西餐館裡的白老師以及誰

內座上的光線很暗，有一條湖綠色的泡泡紗長裙的裙邊在飄動。但立刻，她前行的腳步停住了。她畏縮地朝後退去，仿佛佔據那張棕皮高背卡座的不是兩個人，而是兩條巨大的蟒蛇！

Mr. Bai in the Bao Da Restaurant with somebody else

The light was very dim in the inner seat. She saw the edges of a long soft green skirt fluttering. All of a sudden, her moving steps stopped, and she started to move backwards with fear as if the occupants of that seat were two huge serpents instead of two people.

湛玉與莉莉那次在出版社的會議室裡意外重逢後，又經過了好幾年。於是，時光便流到了那個麥當勞的餐廳之夜了。

母女倆從餐廳出來後，便走上了復興路，現在她們又從復興路拐上了一條偏靜的橫街，她們居住的那座公寓就位於這條街上。她倆經過一個街角位，黃澄澄的路燈的燈光照射下來，燈光裡站著幾個從農村來上海的小女孩，她們各自的手中都握著幾枝帶塑套的玫瑰花。每次見到有一男一女形同戀人的路人經過時，她們便會一齊跑上前去，糾纏著兜售她們手中的玫瑰花。這也算是廿世紀末上海市容的一道風景線了，如今，戶口制度已名存實亡，只要有生存能力，誰都可以盲流進大城市裡來一試機遇。男的女的，年輕力壯的可以幹地盤幹散工幹飯店女招待幹腳底按摩室的指壓小姐，小一點年紀的就幹這一行。一般說來，她們都會有一個成年人的頭領，她（或他）就藏身於一隅不至於會讓這些小女孩逃逸出其視線範圍去的地點，等待著她們將乞討或兜售所得的利益一一上繳來。

母親站定了。這是秀秀已朝前走出了相當的一段距離後才發現的。她又掉轉頭走了回來，她發覺母親正在留意其中的一個小女孩。秀秀站在母親的身邊，望著母親在望著那一個女孩時的專注而投入的神情。

這一刻的湛玉，其實，又有些在夢裡的感覺了。在夢的那一端，她也還原成了那個七、八歲的小女孩了。她一個人站在淮海路上，四下裡環望，周圍車來車往，行人匆匆，但她卻如此慌恐，如此彷徨，如此孤單無援！她大口大口地喘著氣，眼前隱隱地又出現了那種深棕色調的護牆板和幽暗燈光了。這回她看清楚了，這是寶大西餐館的咖啡情侶座。莉莉不在她的邊上，不在。有一兩對男女挽著臂膀從她的身邊經過，進店裡來或從店裡出去，走到了外面的充沛著陽光的淮海路上去。穿黑色外套黑西褲和戴黑領結的餐廳侍者托著托盤走過，他梳著一頭烏黑溜光的髮型，雪白的府綢襯衫被燙熨得一絲不皺。他在一張卡座的方桌跟前停下來，端放下了兩杯咖啡後便離去。她於是便見到白老師了，他正背對她而坐。這是一張高背的棕皮雙人座位，白老師坐外座，他的一條胳膊和少許背部露出在座背之外。但湛玉一眼就認出了他來。

他沒見到她。他當然見不到站在了他背後的湛玉的。事實上，湛玉與白老師也剛分開了只有一會兒，這天她和莉莉從舞校離開時，白老師已藉故提前匆匆先走了。而自從白老師帶她來過這家西餐館一趟後，她便記住了這個地點。她自己也悄悄兒地到這裡來過好幾回，她不吃西餐也不喝咖啡，她只是來看看，她很喜歡店裡的那種情調。每回，都是莉莉先下了車，她再「叮當」多一站下車來，這次也一樣——她不願莉莉知道她的秘密。

湛玉朝著白老師的背影走過去，她也說不上她想幹嘛。她看見白老師的另一條胳膊是朝裡伸出去的，好像在內座位上摟抱住了甚麼人。他整個人的重心都朝那個方向上傾斜了過去，他的臉以及臉上的一切器官：眼、鼻、嘴、和唇也向裡側著，像是在與誰全情投入地幹著一件甚麼事。

她想再看清楚一點甚麼，甚至在四十年後的現在，當她與秀秀一同走在回家去的那條橫街上的時候，她都努力想做到這一點。但她甚麼也看不見。內座上的光線很暗很暗，有一條湖綠色的泡泡紗長裙的裙邊在飄動。但立刻，她前行的步子停住了，然後，她畏縮著地朝後退去，仿佛佔據那張棕皮的高背卡座位的不是兩個人，而是兩條巨大的蟒蛇！她後退的腳步愈來愈快，愈來愈急了，她感到她的背脊重重地撞在了誰的身上，是那個烏髮光溜手頂托盤的侍者，他大聲地「哦！」了一句，而她連看都沒看對方一眼便索性奔跑了起來，這一次，她是朝著西餐館的那扇轉環型的大門口的方向跑去的。

她從大門間旋轉了出去，外面的街上，夏日的陽光明亮而猛烈，她卻站在街道的中央，望著人熙人攘的馬路呆住了。一個男人向她走過來，他約莫三十多歲，一張望著她的臉幾乎都讓一種笑眯眯的表情給佔據了。他的雙眼眯成了一條縫線，他向她走來的時候，身體已在開始朝前傾斜了下來，以便當他來到她的面前時，就已經能彎下腰蹲下身來和她一般高低地對話了。

湛玉早就認得這個男人了——以前曾有過一兩次在街上遇見她，他也會蹲下身來，逗她，與她說些無關宏旨的孩子的話題。在她生命的那個階段中，這類說不太清動機的陌生男人曾出現過好多個。但她都能清楚地意識到：他們其實並沒有甚麼邪意，他們只是禁不住地喜愛她那模樣而已。她並不害怕他們，不害怕他們就如今日的一隻廣場白鴿不會害怕前來給它餵食的人會捉它去或者傷害它一樣。但這一次，當她一眼見到了這個男人時，她就被一種突如其來的恐懼感給攫取了。她望著他一步一步地向她走近過來的模樣，突然高聲尖叫了起來——連她自己都不知道當時她叫了些甚麼和為甚麼會叫的。她只見到周圍的路人都轉過了臉來，更有幾個人朝她這邊跑過來。她見到他——那個男人——的臉色驟然轉成了煞白，他一臉驚恐地向四周環望。

就剩下這麼一瞥之間的記憶了。這是一片夢的黑白背景，有一些甚麼在晃動，而她只記得，她飛快地掉過了身去，朝著馬路的一個相反方向，沒命了似地向前奔跑了起來。

那天，當湛玉回到自己虹口的家裡時，母親已經在家中了，她的那件湖綠色的泡泡紗連衫裙就擱在椅背上。父親也在家，夏天的傍晚，他剛洗完澡，吹著口哨從浴室裡走出來。他滿臉紅光，裸露的肩上搭著一條寬大的白浴巾，身上還散發著一股五洲牌藥皂的餘香。他問湛玉說，你怎麼啦，孩子？臉色這麼差，病了嗎？他用手探了探她的額頭，說，啊，真有點發燒了呢……

於是，便接上下一個場景了。她已經躺在了她自己的那張小牀的朱羅紗的圓頂蚊帳裡了。她已忘了，這是她在半夜裡醒來的呢，還是那晚她根本就沒有睡著過。夜已很深了，周圍一片寂靜，只有樓下花園裡的一隻蟋蟀在響亮地歌唱。二樓臥室的窗戶全打開著，有一輪圓鏡似的明月掛在天鵝絨一般的深藍的當空，它乳白色的光輝灑下來，照在花園裡的那棵夾竹桃的葉梢上，一晃一搖的。

蚊帳的一角被輕輕地掀開了，一身睡衣，搖動著一把蒲扇的母親的身影鑽進帳子裡來。湛玉迅速側過身去，佯裝睡著，她感覺到母親扇出的那股扇風一下一下地撲打到她的背上來。她堅持著那種僵硬的睡姿，一種尖銳的痕癢感在她全身的這兒那兒閃爍不定。她覺得她全身都滾燙得可怕，還有喉嚨，汗和眼淚同時淌下來，熱熱癢癢地從她的皮膚上經過，流到草席上去。她想：怎麼這個世界突然就只剩下她一個人了？

她是那麼地孤單那麼地無助啊！她在腦海裡飛快地閃過了所有的人的形象：母親、父親、莉莉、郝伯伯、琴阿姨，還有白老師。但，她能向誰去無所顧忌地傾吐一切呢？她突然一個劇烈地轉身——她還是決定選擇母親。

她緊緊地抱住了母親，將頭埋在了母親的軟軟的懷裡，她放肆地抽泣——應該說是一種儘量壓低了音量的號啕——她邊哭邊向母親講述了那個可惡的陌生男人的事，她說，她害怕極了，她以後再也不想去那兒學跳舞了——再也不去了！母親摟著她，一隻手撫摸著她的背脊，另一隻手則大力地替她扇著蒲扇，她說，不去了，不去了，咱們以後就再也不去那兒了，噢？……

再以後，又過了好多年。有一次湛玉在街上，迎面向她走來了一個頭髮都有點花白了的男人，他走到她面前遲遲疑疑地停下了，他向她凝視著，她也有點驚奇地回望著他。那時的湛玉早已成長為一個成熟的少女了，她只覺得他有那麼一點點面熟。花白頭髮說，小妹妹，你認不出我了嗎？她便立即記起了他是誰來。

他說，想不到那一次的事件竟然成了他生命的一個轉捩點。他當時就被人團團圍住了，並扭送去了派出所。當大家想到了她，那個曾尖叫「救命呀！」的小女孩時，她早已不見了蹤影。他被判了兩年勞教而後又群眾管制兩年，罪名是壞分子。在當時的那麼個社會風氣和道德規範的年代裡，這麼一個人的這麼一種遭遇也算不了甚麼。但那男人說，當年，他其實也是一個有著正當職業的正派人啊，在一所學校教數學。當然，那次之後，他便被開除了公職，現在他在一家街道廠當臨時工。他一直都在盼望哪一天他能有機會再見到當年的那個小女孩，這是他的一個深深埋藏著的心結。他說，如今，一切反正都已成為了定局了，別人都可以誤解他——事實上，他再怎麼樣來解釋也不管用——但他就一定要讓他的那位當事人明白，他從來對她就沒有任何壞意，惡意和邪意的，他甚至都不曉得她姓甚麼，叫甚麼。他只是，只是⋯⋯湛玉不敢看他的眼睛，她感覺到了這個花白了頭髮的男人正在她面前掉淚。他說，你理解我嗎？你原諒我嗎？她點點頭，她當然原諒了他，但她怎麼能原諒得了她自己呢？

而有關白老師以後的事，她也是從莉莉那兒得知的。就是出版社會議室裡的那一次。她們倆談著談著話，湛玉突然就想起了甚麼來，便問：後來，田老師和白老師他們⋯⋯？她故意將田老師提在了白老師的前面。莉莉說，田老師以後怎麼樣了，她就不清楚，興許也出國找她那外國丈夫去了吧？她只知道田老師與白老師後來分了手，緣故不明。而白老師則在反右運動後的那一年裡臥軌自殺了。其實，反不反右與白老師他也沒甚麼太大的相干，再說，那時的人不是跳樓就是跳黃浦江，而他偏偏就選擇了那麼一種殘酷的自殺方式。就在「復興別墅」弄堂口對面的那條馬路上，他被一輛帶拖斗的公車輾死後，又拖行了好長一段距離。湛玉突然就「啊！」地失聲了一句。莉莉停下了敘述，用眼睛望著她，說，是啊，一件很慘的事啊，當時還蠻轟動的。之後，私人舞校也就關了門，她們那一班學生中的好些個，比如莉莉自己，就被創辦剛不久的上海市舞蹈學校吸收進去做了學員，這是一所政府辦的芭蕾舞藝術的專科學校，設備與師資條件當然都要比從前她們學舞的那一間好多了。——就是在虹橋路靠程家橋那一端，附近不是還有一所農展館和一家聾啞人學校的嗎？湛玉點點頭，表示說，我知道，我知道。莉莉說，後來，她就是從那兒畢的業。

就這樣，湛玉講完了她想講的。她轉過臉來望著正全神貫注望著她的女兒秀秀說：「不就是在那次之後嗎？從此，我便停下不學芭蕾舞了。」——這，便算是一種交待了。當然，她是不會告訴女兒關於這個男人的故事之外的其他一些甚麼的。她說，那時的她自己不也是與這個小女孩一般大小？別說年齡，就連模樣，她猜想，也都有幾分相似。

母親指的是賣玫瑰花的女孩中的一個。她約莫八、九歲，也是一截小小的可人兒，皮膚細白，身材勻稱，樣貌漂亮可愛得都帶點精緻了。

但小女孩卻拙笨於（還是羞恥於？）花的兜售。她手握一枝花，老在牆的一邊畏畏縮縮地站著。一旦有希望的目標出現，她也總是猶猶豫豫的，比別人慢了半拍採取行動。母女倆遠遠地站著，觀察了她差不多有個把時辰，就從沒見她能成功地推銷出一枝花。有時，一對過路的戀人恰好打她身邊經過，她緊跑兩步，將花遞了上去。但立即，還沒等那男主人厭惡地作出一個大幅度的揮手驅趕動作之前，她已預先識趣地退縮了，她又退回到了那個牆角的老地點上站著，一副戰戰兢兢的無奈樣。

本來，這就是一項需要自動自覺奉獻上自尊心讓他人來踐踏，從而獲取利益的差使，顯然，這個小女孩做不到。秀秀聽到母親在一邊說，人，或者是一樣的人；靈魂，也是同一種靈魂，只是生錯了時代和地點啊。

湛玉走過去，去到一處隱蔽性比較好一點的店鋪的簷廊下。她向小女孩招招手。她向她走了過來，她以為她要買花。但她卻問她是哪裡人？又問她幾歲了？又問她為甚麼不在家上學念書，而一定要來上海賣花？等等。小女孩一一都作了答，但答得斷斷續續，答得吞吞吐吐，答得忸忸怩怩。之後，停頓了一下，秀秀見到母親從口袋中摸出一張紅色的百元的紙幣來。小女孩兀地驚訝了，她瞪大著兩眼，說，阿姨，這花只賣二塊錢一朵啊。但湛玉搖搖頭，將花推還了回去；她說，她不是來買花的。她輕輕地將那張人民幣壓在了小女孩的手心中，又說道，這給你，你喜歡吃點甚麼就用它來買點甚麼吃吧。但記住，就千萬別讓你的頭兒見著了。小女孩開始變得慌亂不堪起來，她顯然沒有任何思想準備。她的臉漲得通紅通紅，眼中也變得淚花花的了，她只是機械、反覆地說道：「不！不！——不！」但手卻死死牢牢緊緊地握住了那張百元面鈔。她前後左右地環顧著，又向對面街角處的某個方向望了好幾回，突然，她說了聲（聲音似乎也是帶有一種尖叫的腔調）：「謝謝您，阿姨！……」便拔腿奔跑了起來。她也是朝馬路的反方向跑去的，迅速穿過馬路，逆過人流，跑進了對街的一條弄堂裡，消失了蹤影。

小女孩再沒有出現。而整條馬路，就像這件事壓根兒就未曾發生過那樣，同從前一樣地，人來車往。一切淹沒了，那麼一條記憶的細節在浩瀚的生活的海面上划過，沉下，而水面又迅速地合攏過來，讓人無跡可尋。而母女倆繼續走她們的歸家路，並又重新進入了那種並肩卻無言，各懷各心事的狀態之中去了。

當她們一前一後地從寬闊的水磨石扶梯一路登上樓去，最後終於站到了自家的大門口前時，公寓之外的天色已經消失了一切黃昏的餘韻，而完全進入了徹底的夜的統治領域。公寓的走道裡不見半個人影，周圍靜極了，靜到連她倆登樓之後的粗重的呼吸聲都能被她們自己聽得清清楚楚。廊頂燈幽暗的光線從高處罩蓋下來，在她倆的肩上和身上劃出了一圈杏黃色的光暈。就在這一刻，湛玉驀地進入了一種行為連續上的斷層狀態，她中斷了所有的動作，仿佛她的思想體系在這一刹那間突然向它們切斷了電源供應似的，她整個人站在了自家的大門前，愣了（這令在一旁的秀秀又有點驚訝）。而與此同一刻，兆正恰好從淮海路上的一家中藥店的自動玻璃門間跨出步來。他在街上站定，辨別方向，他決定向西，繼續向西。與此同一刻，我正好從上司徒拔道口轉到山頂道上去。颯颯的山風從正前方向我吹過來，我緊了緊披在身上的那件薄薄的外套，之後，又朝遠遠山腳下的那一大片的璀燦的港島夜景瞥了一眼，繼續趕路。雨萍呢？雨萍仍躺在她的貴妃椅上，她感到頸脖有些酸痛，微微地翻側了一下身體。客廳裡漆黑一片，深沉得像一口不見底的井。而天花頂上的那種淺淺的灰白色高高遠遠的，恰似井口上方的一片褪了色的天空，雨萍是一隻井底之蛙。

就這麼個生命的瞬間，永恆在這裡滯步了半拍。而湛玉終於舉起了手來，按響了裝置在家門口前的那個音樂門鈴。

貳拾捌

同是那個晚春的黃昏天：時空的另一個切面

她拿著一本五六年人民文學版的《安娜》重新回到自己的牀上，躺下。她想，畢竟這才是一本真正屬於她的書。就當她百無聊賴地翻動著書頁，情緒還沒來得及完全進入其中時，她聽見，門鈴響了。

The same dusk in late spring: another side of the Time and Space

She was taking a copy of Anna Karenina published in 1956 by People' s Literature Publishing House back to her bed. She laid down thinking that was a book that really belonged to her. She was flipping the pages and her mood could hardly get into it when she heard a doorbell.

從香港回到上海家中後，兆正和湛玉的本來還不能算是太差的關係便開始莫名其妙地轉壞。

人，是常會擁有一種叫第六感的東西的（心理學家稱之為「潛意識」）。你不一定會也不一定能意識到它的存在，但它確實存在。而且，最有效最成功的人生耕作，往往又是憑藉著這種第六感來完成的。

應該就是從君悅酒店那次下午茶起的頭。當時不知是誰同誰說起了些甚麼之後，雨萍便再一次地提起了我常回上海去一事。而且，她說，我還老喜歡在上海一呆就是一長段時期。兆正無意之中計算了一下在這段時期內自己在生活和創作上的時間安排，似乎略有所悟。

他們便接著談下去，誰也沒有向對方表露點甚麼。在這樣的一種社交場合，這樣的音樂背景，這樣的窗外景色，這樣的咖啡桌上面對面的談話，而且還是這樣的一男一女，談話的主題往往會變得十分散漫和隨意。

雨萍說，掐指算來，她與我在香港度過的那段婚姻生活連頭帶尾也都快十五年啦。兆正便說，噢，是嗎？——時間過得真快。雨萍又說，就某種標準來說，這段生活過得應該還算是可以的。一切沒甚麼特別而言，又像是滿足又像永遠缺乏了點甚麼。

難道是因為他聽到她說了這些話，或者說，類似於這麼個意思的一些話的緣故嗎？兆正想是的——至少有點關聯。

兆正記得雨萍當時是接著他的那個有關生活的話頭說下去的。她說，甚麼叫生活？生活不就是「活著」

的另一種說法？她並沒有說他們夫妻間究竟缺乏了些甚麼，但聽此話的兆正的心中卻很明瞭。就像小時候，識字還不太多的年齡去啃一本厚部的小說。在那種情節與氣氛的上下文中，一兩個生字是擋不住一個興致勃勃的小讀者在全文理解上的貫通力的。雨萍說，責任在於她，可能是她在那方面總是存在著點甚麼的緣故吧？因為，她對某類生活始終興趣不大，她更注重人的精神溝通，其中包含有信任、理解、尊重、崇拜，當然更有愛——那種廣意上的愛。這都是一些可蒸餾的人性物質，一旦從兩人的關係之中升華後，在鍋底還留剩下甚麼？沒有了，她說，就剩下些大家可以平靜地坐下來，面對面地，談談——就像我們這會兒一樣。這，不很好嗎？

就這一點，兆正覺得他很認同她，也很理解她。平衡，本是宇宙萬物運動遵循的基本關係原則，人生也一樣。禍福悲喜，愛恨得失，狂熱過後是失落是更空虛，就如狼吞虎嚥了一桌酒席後的結果可能是醉倒與嘔吐。而生活之中的有些不足和空白，是絕對不能單靠追求一次又一次的肉體歡樂便能填補的，中庸之道之所以永恆的原理，就是因了它兩頭都不偏。

是的，一切就從這一次開始了。

兆正像是若有所失又像是若有所得地離開君悅酒店，離開雨萍，離開香港。他回到了上海，回到了他的那幢位於復興路淮海路之間的一條橫街上的公寓裡，回到了湛玉的身邊。

貳拾捌

湛玉站在家門口迎接他的表情多少有點兒異樣——不知道這是兆正事後回憶時的肯定呢，還是他事前心理上的假設？雖然那一個時期的我也常回來上海，但後來，當我在湛玉的生命中真正再現，那也是要推遲了好幾個年頭後的事了，但萬事會不會都有個預先的徵兆？

那時的湛玉四十剛出頭，窈窕的身材與嫩澤的膚色，使她走在大街上招惹的目光，決不少於那些三十歲上下的女人。她一生順利，她從來就自信十足，自尊高傲。在她任編輯室主任的那家出版社以及其他兄弟出版社中，她都是個出了名的人，為她的容貌，為她的能力，為她活躍的社交圈子，也為她有一個名聲正如日方中，又才華橫溢的作家丈夫。

在他人眼中的這幾條統一的理據來到了湛玉的理解之中卻分解成了兩個截然對立的部分：前三條她會欣然接受，至於那最後一條，她從很早開始，便已有了某種心理抗拒。

而兆正，其實也早有察覺。八十年代初，他剛步上作家道路時的那種每星期六的晚上在咖啡館裡給她念一段新作，之後沿著午夜路燈下的空寂街道相依回家，之後再纏綿上牀去的日子維持了沒幾年後就開始退潮。他的作品開始走紅，愈來愈多的評論與報導令他聲名鵲起。但她卻反其道而行之，開始顯露出某種冷淡與不屑。她喜歡滔滔談論的是那些一早已被人公認了的文學大家，談論他們的作品，談論他們的人格，並以此來暗藏進一份曖昧的泛指。

他有些痛苦，但他裝得一無知覺。他將自己新近完成的一部書稿交給湛玉，希望能在他們的那家出版社出版。但後來遭了退稿。事後他得到了證實：簽發退稿決定的正是湛玉。對外，她表示說，尤其是他的稿子，叫她怎麼個處理法？她必須做到公私分明，要求更嚴，其中有一種大義滅親的氣概。而對兆正本人，她則找了個機會旁敲側擊。她說，那些三、四十年代的文學大家們就是不同，中英文兩杆槍左右開弓，哪像得有些他們那一代「知青」出身的作家？唉，古文外文兩頭不著岸。她提議他去補上英文這門課以及至少能熟背出唐詩宋詞和《古文觀止》中的全部經典名篇，她說，這將對他今後的創作產生莫大的裨益。他望著她，惘然了。

他並不質疑她觀點的正確性——如此觀點的如此提法之本身就不存有一點可被質疑的餘地。但他清楚自己實際的創作泉源流自於何處。

他仍然按照自己的方式去生活去觀察去思考去創作。他默默寡寡的一個人，不太合群也不太想合群，他沉浸在他自己想像的世界中。然而，通往文學成功的道路雖然各異，但也都是殊途同歸。文學成就的長遠和終極的回報，始終將證明是著眼於那些遠離炒作和功利的作家和作品的，他，於是，便成了又一個默默耕耘的得益者。他的作品受到歡迎和肯定，並不在乎哪家出版社出不出他的作品。而人到了名聲與成就都漸成氣候時，那已是各家出版社爭相都要來找你，包圍你，不再是要你拎著一摞稿件，挨家出版社去試探，去請求那回事了。這便是出版社眾編輯對於眼下出版物的辨別標準，也是當今中國文壇的價值觀特徵之一。這有點像買保險，出一位已有名聲和影響的作家的，寫得並不怎麼樣的東西，與出一名名不見經傳的小人物的，寫得有創新和建樹的作品的風險比率恰好顛倒。（其實，兆正是沒做過股票生意，尤其沒在香港做過股票生意。假如他做過，他便會明白：人生的任何行業多少都帶些投機的性質。在香港，股市場裡流行的二句幾乎無人不曉的行話是：1.「跟紅頂白」，意即：拋出大家都在拋出的那檔股票而買入人人都在搶購的另一檔股票。2.趕買「當頭起」：踩就要恰好踩在那條界線上，之前的風險不必去冒，而之後的機會又不能失。——難道，這不就有點像當今中國的出版業的業規與現狀嗎？任何事，一旦論及賺錢，便再沒甚麼個性和品味可言了）幸好，兆正的作家生涯已經熬到了這片雲開日出見青天的局面的到來。

但與此同時，湛玉的幸運與順利似乎正從高峰下滑——這是在她生命的前半部份從不曾遇見過的事。

二十世紀八十年代中後期，文科大學的畢業生大軍開始源源不斷地流入各出版機構，文革造成的知識斷層正被迅速填補。他們的優勢不僅在年齡，更在於他們帶來的新的文學觀和文化觀。隔絕了幾十年之後，歐美的新的文學流派和創作技巧，開始在中國的文藝河牀中迅猛潮漲。

但湛玉，卻不太能適應這一切。即使是她當頭頭的那個編輯室，她的那套關於三十年代和蘇俄作家與作品的老生常談，也引不起他人的興趣了，這令她有些失落。她嘗試去出版社的資料室找些歐美現代作品來讀，但硬是讀不進去。即使勉強讀完，也頭昏眼花地絕對談不出個甚麼建設性的心得來，她第一次感到有一種自卑感從她的心裡冒出來。

但她仍然是個性格倔強之人，一生順境沒能讓她養成認輸的習慣。她的認輸方法是要別人在她認輸之前先已經向她認了輸。她覺得自己至少還把握些點甚麼，她還不至於失去她往日的生存重心。比方說主持某類會議，比方說部份員工的工作安排福利分配，她還有她說話的權力。而即使在純專業的範疇內，人們還一樣對她客氣、尊重和刮目相看——當然，其中的一大部份緣故還是因為了兆正。

有一次，一位新來出版社不久的年青編輯希望通過她向兆正約稿：「放著這麼好的身邊資源——不，應該說是枕邊資源不用，多可惜！……」他嘻嘻嘻地打趣著，正打算將俏皮話說得再出格一些時，她勃然大怒起來：「閉上你的狗嘴，好不好？他是他，我是我，懂嗎？」她驟然一刻的失態，令她的那位嘻笑的同事瞠目。之後，出版社便開始流傳起一些對她不利的說法來，其中之一是：她不會是到了女人的那個甚麼期了？

這，令她更加惱火。

事實也是這樣的：正流溢著一身誘惑的她，熱情、欲望以及抱負都由靈魂之內燃燒到靈魂之外，女人的甚麼期？笑話！在她面前不還有一段長長的桃透梨熟的女人最流金的歲月在等待著她嗎？

但，沒幾個星期之後的出版系統中層幹部的升遷宣佈，給她帶來的卻是一個相反的資訊。明擺著的事實是：他們的那個行當中，像她那麼個科級職稱的中層幹部假如過了四十五這門檻仍然升職無望的話，便意味著一到年齡便要退下那唯一一條後路了。在位上是在位上的風光，下位後又是下位後的狼狽與失落，這很無情。每一種制度都會生產出一種特殊的心理產品，在之前，她也見多了，儘管扮瀟灑扮無所謂扮大智若愚，但每一個退位者都逃不過這種心態的折磨，這種失落感多少年之後都還未必能找到一個擺脫的方法。

是的，秋風已經掃上落葉了，但這與仍在她心中盛開的心態的夏季是格格不入的。

或者，她真已到了一個人生轉捩點上了，她也應該找一個適當的切出口，好讓自己從目前這圈事業的圓周範圍之內飛出去——你不承認也不行了，老，真已在不覺中將至啦。

有好幾次湛玉也很冷靜，客觀地評估了自己仍然擁有的不少優勢，至少，她認為這是她在這幾十年的生活中累積的某種資源。資源無價，她對自己說，人怎麼可能白活一場呢？在這裡有所得了必在那裡有所失，而在那裡有所失了又會在這裡有所得。時代在轉變，它像一台無情份可講的離心分離機，它要將不適應它運作規律的那層人的泡沫撇除出去。而她，決不能做成了他們之中的一個！

她覺得自己眼下的生存優勢至少包括如下幾個方面。一曰：社會關係與網路。在中國完全進入那種國際社會通用的純市場運作的模式之前，舊的官僚架構還得至少發揮它相當一段時期的支撐作用。有關這種官本位的鋼架結構的力的承受與分壓流程她已十二分地瞭如掌紋，並在每個螺絲的卡帽位上，她相信，她都有她直接或間接的人脈關係。二曰：人生經驗。倒不是說她四、五十年的生活經歷與經驗真有甚麼了不起，人活到這個份上，都會累積這樣那樣的人生經驗。重要的是：她的那些經驗是與這個特定的時代、國家、地區和行業相聯繫的，而模式的轉變又恰好從這裡起步，於是，她便預先占定了一個有利的地形與位置了。三曰：文學品位和文藝質素。當然，這一點就表面上看來，似乎與她目前正打算轉型的人生事業並不存在太大太多的流向上的關聯，但畢竟，她在文藝單位裡浸泡了這麼些年，連看門老頭子都會沾上些文藝細胞了，更何況是她？而再怎麼樣的市不市場規律，社會仍會以一個有文藝素養的人為器重和敬慕的物件的。這些，大致對她都有利。最後，當然，還包括她的那份至今仍未完全褪色的花容月貌和貴族化的氣質——她相信，她還擁有。但，就憑這些「優勢」，她又能，她又該，幹些甚麼呢？

一旦想到這一點，湛玉的思路便又會不由自主地滑進了那條固有的河牀中去：她想過完全由她自己來承包、主持一家出版社，一切選題都由她來決定，再沒有領不領導的壓在她的頭上指手劃腳拉屎拉尿那一回事了。她第一次在想像中感受到了做個沒人來管頭管腳，同時也沒有人再會來管你吃管你住的自由人的可貴（她甚至想：假如哪一天真讓她當了社領導，當她不再受人氣的同時，她也永不會讓他人受氣——她要做成一個最受人稱頌的出版社領導）。可再想想，又想到去辦一本雜誌了，選題、選目以及編輯方針她都花花綠綠地占滿了一腦子。再想下去，便又變成了一家咖啡屋書店之類的了——而所有這些，她幾乎都可以肯定是行不通的，不因為甚麼，因為已經有人用公款去嘗試過了。

她煩悶不堪，她又想到了自己的父親。她當然不會像他一樣去開一家「打鐵鋪子」。但父親畢竟是父親，這世間只有一個父親啊——至少他可以教你，可以全心全意地教你，毫無保留地教你，毫無私心地教你，他可以讓你擁有一個最可靠的靠山，而且還因為，只有父親，他才懂。

但再想想，又覺得自己有點可笑。即使父親還活著，就憑他那張定期單上的一萬若千千若千百若千十若千元若千分毫釐的銀行存款就能玩得轉？還是領導說得對，領導永遠是最有遠見的：錢，才是當今世界的主宰，是你要幹成點甚麼的那塊最起始的踏腳磚。但錢呢？錢從哪裡來？

每次都是這樣的，當她的思路在作這種永無出路的痛苦的探尋時，她都會想起（她不想想起，但又不得不想起）那位影星來。她又將《從》書自書架上取了下來，胡亂地那麼翻閱一通。經常，她已把這本書當作為某類工具書來查閱了。她極想從書的字裡行間中找出點甚麼新意來，能對她產生一種豁然開朗，茅塞頓開的啟示作用。但書畢竟是小說，是基於現實生活材料上的某種虛構之作，每次讀來，她的感覺都似是而非或似非而是，叫她不像是完全失望又不像完全是不失望。而書，除了能讓她獲得些情節與人物的拼串印象外，也提供不了她更多的甚麼。

讀了一會兒，終於，她還是再一次地將它插回了原位上去。是的，就是在那個春末的黃昏天，她拿著一本五六年人民文學版的《安娜》重新回到自己的牀上，躺下。她想，畢竟這才是一本真正屬於她的書。就當她百無聊賴地翻動著書頁，情緒還沒來得及進入其中時，她聽見，門鈴響了。

貳拾玖

獨行，在香港太平山頂的山道上

這些臆想有夢的成份也有現實的。我又一次地混淆了自己的角色和立場，我究竟是「他」還仍然是我自己？我生活在之前，之中，之後？我在記錄著一個真實事件？在講一個故事？在繼續著一篇小說的創作？還是……

Walking alone along the path on the upper Peace Mount in Hong Kong...

Such imagination is embedded with both dream and reality. I once again got confused with my role and stand. Am I now HE or still myself? Am I living prior to, or in the middle of, or after? Am I recording a truth event, or telling a story, or continuing to write a fiction, or...

長夜半生

我們常說的一句口頭禪是：人生無常。

其實，這是一句從佛學引入俗世的用語。人生奇妙、神秘、莫測；人生複雜、精細、縝密。人生恰如一種編織，這是一件上帝的手工藝品，每一條線頭的留存都藏著一份悄悄的用意和心思。它們會在適當的時機口上重露端倪，然後重遇重逢重新接上，讓人生完整為一個緣份意義上的因果故事。

從這種意義而言，人生這幅畫，從不存在有多餘的一筆。當一個人從臨終的高度俯瞰這一切時，所有的人生脈絡都會顯得清晰而易解。這證明著：當他的境界離塵脫俗，更接近他的造物主時，他也正趨近於無窮智慧的邊緣狀態了。

但我相信，對於這類宗教智慧的理解也不一定非要到了人的那個終極時刻不可。就當我逆著山風向著山頂的最高處前進時，一些思緒隱隱約約，一些形象浮浮沉沉，一些理念支支吾吾，一種大智大慧大徹大悟的氣場遙遠而恢宏地包圍著我，讓我覺得自己理解力的刃面變得無限鋒利起來。

可能，這是因為人與大自然太貼近了的緣故。此時，圓而白的大月亮掛在深藍的天穹之上，周圍有樹有草有山崖和峭壁有泉水沿著山壁徐徐滑下時的「滴答」聲，也有山風路過崖草時的「嘶嘶」聲。路燈成了這裡唯一的人造品，它們橙黃色的光芒投射在山道的柏油路面上，再被幽幽地反射出來。沒有一個人影，就這麼樣的一條人生通道，預留給了我，讓我往前走去。它的盡頭有一座亮著白色日光燈的加油站——這一切不都很有些象徵意味嗎？香港晝夜不肯熄滅的繁華，就在這深夜時分的山道間也找到了回歸寧靜的理由，任何躁動的心靈其實都有它的另一面。

我是十分熟悉這條山道和這個加油站的。以前，我都是開車途經。有人在加油站的這頭做手勢，將我的那輛賓士車引進站去，停到加油表座的跟前。加完了油，再有人在另一頭用手勢和動作擋攔住過路的車輛，讓我再馳回山道上去。加足了油的車的感覺就像是一輛充滿了精力的車，只需你腳尖部位的一個輕輕按踏動作，它便風馳電掣起來，兩邊翠綠的山崖沙沙向後退去，大約再經過若干拐彎和二十來分鐘的車程，我便能抵達山頂最高處的那片休憩的綠地。這是香港市政局在太平山頂用現代設施和佈局設計圍建起來的一片小公園，從那裡可以俯瞰到整個港島南北區域、九龍半島以及映掩在煙霧灰靄之中的大片的新界土地。那時，我還沒回上海去過，寂寞了或者思鄉了，就喜歡一個人開車來這裡，將車停在道邊，靜靜地一連坐上幾個鐘頭，享受這沒有一絲噪音的寧靜以及風聲以及鳥啾以及這亞熱帶的明晃晃的陽光。

這些，我以後都同湛玉說起過。我說，那片山頂的小公園真是我的世外桃園呢。因為位置太高，一般人上不來，有車的開車上來後大都在旁邊的空調餐廳裡，邊喝咖啡邊欣賞窗外的景致。唯有我，喜歡孤獨一個人在這片人跡杳然的公園裡踱步沉思。

有一次我問湛玉，還記得我寫過的一首叫「都市流浪者」的詩嗎？你社出版的那本詩集之中都收了進去。她想了想說，有點印象，好象是寫一個雲的意象的。我說，嗯。枕頭在一條墨綠的椅柄上／仰躺一個遮額眯眼的遐想／雲，自藍空上飄呀飄地飄過／遠方，它又有家嗎？這首詩就是在這裡寫成的。有時，我說，站在那個涼亭的位置，我便一直能眺望見深圳。人家告訴我說，西北天邊的一線灰灰青青的山脈便已經在寶安境內了。說著，就聽得她在一邊嗔道，那就沒再望得更遠一點？——我轉過臉去望著她，她也含笑地回望著我。我終於笑而答道：望到啦，都望到啦。望到了上海，望到了東方明珠塔的塔尖，望到了復興中路的梧桐樹影，望到了樹影裡的一幢白瓷面磚的公寓，望到了公寓露台上站著的一個美人兒……她「格格格」地笑著，用幾條纖長的手指封在了我的口上，說，不許你再講了，不許……她挽緊了我的胳膊，進而更將她那截玉頸都靠到了我的肩膀上來。

我記得那一回。當時我倆是在復興公園裡散步。一樣的公園條形椅，墨綠色的椅柄，一樣可讓你枕頸仰望。一樣的藍天，一樣的浮雲，一樣在搖曳著樹梢的頂端，悠悠然地飄浮而過。我說，這兒，不已經是雲朵們的家了嗎？但不成，它們還在繼續飄遊，它們還在流浪。它們是沒有家的，或者說，它們永遠在思動，永不想真正安下家來。湛玉邊走，邊看著腳下用碎鵝卵石鋪成的小路。這是一條林間小徑，穿越一片灌木林而過，灌木林之外是一大片寬闊的草地。小徑的兩旁有石凳，所有的石凳都已被一對對的戀人佔據了。湛玉說，家的感覺是要有另一半的。我不語，繼續走我的路。她又道，缺乏了另一半的家的感覺是不完整的。其實，兩句話就是同一句話。我說，我們不是都有自己的另一半嗎？離開大草坪只有一步之遙了，但她卻在鵝石小徑的端處猛然站住，不動了。她轉過臉來望著我，她的臉微微地漲紅了。我第一次見到了那種兆正經常會在她眼中見到的逼人的光芒。不管怎麼說，我也有些膽怯了。我儘量地打著哈哈，將氣氛緩和。我說，其實，雲也是有家的——不是嗎？雲的家在深山的山谷裡，她從那兒誕生，而有一天，當她又回了她的誕生地的時候，她便會在那裡停留下來不動了。她會下雨，她會哭。

但湛玉轉過臉去，笑了。也許，我的這種童話式的想像感動了她。也許，也不一定是那麼回事。反正，氣氛的一部份已經回來，回到了她用四根手指封住了我口的那一刻。我們繼續走路，我們從小徑裡走出來，來到了大草坪上。這兒的視野很寬廣，光線也感覺特別明亮。湛玉在我的一邊走著，一言也不發。在陽光的直接照射下，她那張秀美面孔的側面的輪廓線顯得異常清晰，太清晰了，清晰得都帶點兒殘忍的意思了。

遠遠矗立著的，俯瞰著這片草原的那座巧克力色的大廈就是雁蕩公寓，在下午近晚的陽光中，它的每一個視窗都爍閃著金色的光芒，看上去就像是一座童話裡的宮殿。雁蕩公寓是上海早期蓋建的少數的外銷大樓之一，湛玉向我提起過好多次，說我不是想買樓來自住嗎？雁蕩公寓應是一項不錯的選擇：地段好，景觀也好，住客的層次也都相當高尚，還有不少老外住在裡面。但現在她不提了，事關上海現在所建造的類似的，甚至不少條件都優佳過雁蕩公寓的高層多的是。我說，從我們年青的那個時代開始，中國社會分別經歷過對於權力、才華和金錢崇拜的三個歷史階段。你與兆正的結合是在第二階段，而如今，我們正身處這第三階段中。很難說，當這一循環完成後，社會的注意力又會再度轉向權力或其他的甚麼。假如真是這樣的話，我還會是現在的我麼？我不又打回原形，還原成了最無能一族中的某一個了嗎？

我終於還是把話說了出來——這是我性格的組成部份之一。但我還是有我充分的心理把握的：至少到目前這一刻為止，我還是個所謂的第三階段上的絕對的優勢者，而且這種形勢的繼續還不知道會延續到幾時終了。我的話或者說得出格了些，但我想，她能想通。

湛玉望著我，不置可否。她的表情沉靜，目光曖昧，她已完全恢復了對自己的情緒的控制。她甚麼也沒說。後來，我倆走出公園去，我們是從復興路上的那個門口離去的。公園門外是一條寬闊的，很有風情的林蔭大道，法國梧桐的枝葉修剪得一排溜，整齊而美觀。我們一路朝西走去，我知道，這是她家的方向。湛玉說，你知道嗎？四十多年前，這裡行走有一種公共汽車，車頂上裝有兩個巨大的沼氣袋，供以行車時的動力。而主車之後還拖著一輛拖斗車，拖車行駛起來顛簸不堪，假如你情願乘坐那輛拖斗的話，你還可以為自己節省下來一分錢的車資。就是這樣一種車，每天在這條馬路上來來回回地行駛。我「唔」了一聲，開始想像起這條林蔭道四十年前的種種情景來。遠遠的，快到一個十字路口了。兩旁人行道上的景致更顯優雅，新鋪成砌的彩繪街磚上晃動著梧桐樹投下的屑碎的樹蔭，讓人有一種在夢裡的感覺。人行道的一邊是一幢接連一幢的別墅式公寓，赭紅色的屋頂，赭紅色的花園矮牆。這片市中心的著名別墅區從前是整個兒地由一大圈赭紅色的高牆圍護起來的。近兩年來，在市政府「開牆獻綠」的市政規劃下，才將圍牆全部拆除，換上了一排排鑄鐵的欄柵牆。每一扇鐵柵牆的中央都焊有一塊長方型的銅牌，之上，「復興別墅」幾個蒼勁的楷書在陽光中閃閃發亮。而鐵柵欄一根根也都烏黑光潔得油水十足，纖細而挺拔，每根的頂端都嵌有一副金色的銅帽倒鉤。從它們寬大的縫隙間望進去，能見到復興別墅中的家家戶戶都是一副草茂花盛的景象，而且綠地一塊銜接一塊，磚坪小道，曲徑通幽，整個社區看上去就像是個大花園。

臨近十字路口的時候，我感覺湛玉的步行速度愈變愈慢了。她不停地隔著鐵柵欄向著別墅區內張望。我知道，這片鐵柵牆是一路延伸而去的，一直到了十字路口上才拐過彎去，那兒便是別墅正弄的進口處了。處在現在的位置，我們不能望見。但我們能望到十字路口上的其他三個轉角點。其中與弄口成對角位的那個街口上，有一家餐廳正在裝修，門口圍著藍白條形的大幅尼龍布。有一個工人趴在房頂上敲打甚麼，另一個則將一塊圓頭圓腦的碩大的英文M字母的燈光招牌吊掛上去。

我聽見湛玉又開始說話了。她說，大概是在三十多年之前吧，有一個人就在這條馬路上被一輛一拖一的公車給撞死了，還被拖行了好長一段距離後才停下。她說著，眼中就閃動著淚花了。她突兀地說了這麼個事，前不搭頭後不著尾，又像是一個故事，又像是一樁孤立的交通事件。教人聽了不禁起了點毛骨悚然的感覺。此後，她就又不再說甚麼了。她抬起頭來，向上望去，那一排又一排的梧桐葉叢隨著我們前行的腳步向後退去。彷彿，那顆被車撞死了的亡靈至今仍未離去，它仍躲藏在那些樹叢間向我倆窺視。

我也跟著她抬起頭來。但我甚麼也望不見，只有傍晚時分的夕輝從樹葉叢中斜射下來，彷彿是誰的一束目光。

再後來，她就提出，她今晚不想與我一起在外面吃飯了，她想早點回家去。那時，我倆正站立在十字路口上，她的意思是就要在這裡與我分手，她打算往另一個方向去了，至於我去哪裡，她也就不管了。就這樣分的手，她全盤打亂了我倆事先的約定和安排。我突然就記起了幾十年前我倆在東虹中學門口分手的那一幕，我想，這其中會不會又是隱喻了點甚麼呢？但事後證明，一切如常，也沒甚麼太特別之事發生。反倒是我自己，那一晚睡得特別地不安穩。先是輾轉反側，遲遲無法入眠，後來迷迷糊糊地睡去了，又突然醒過來，老感覺她就睡在我的邊上。

記憶講的故事就是那般的散漫和淩亂。其實，那一天全部的生活演出過程可能只有一小部份是真實的，其餘的都是想像和他日記憶的摻雜。但在小說中，它們卻連貫成了一段有始有終的下午時光。

但這一刻就絕對地真實的，這一刻我正一個人行進在這條通往香港太平山頂的山道上。路上不見一個人影，是深夜，我一定要牢牢記住這一時刻，有圓而白的大月亮掛在天際，有嘘嘘的山風從耳畔路過，有山泉從岩壁上「滴嗒」而下，而兩旁的陡坡上，有豪華級的住宅大廈稀疏地間隔開來，矗立在迷濛的夜色裡……多少年後，當它們又走進了我的記憶時，至少，我可以為自己提供多幾條可靠的追尋線索。

後來我才發覺，原來在潛意識中，那一晚的我的山道之行的終端目標還是山頂上的那片公園，公園裡的那個涼亭。這個朦朦朧朧的潛在的心理目標，是直到我在那山道上愈行愈久愈遠愈晚，才慢慢變得清晰和立體起來的。我開始想像那個孤亭傲立在蒼白而美麗的月色之中的那幅畫面，我覺得它很像誰——像誰？不可思議的是：陽光中的涼亭，月色中的涼亭，涼亭還是涼亭，但我卻可以用驅車和步行的方式來經歷同一程的人生，體驗不同的人生滋味，而又達到同一個人生目標。

更不可思議的是：那一晚，兆正也正在經歷從復興中路到莘莊的一次步行人生，路經繁華與冷清，還三番五次地登上立交橋向著他的來路回望，但始終孤獨始終寂寞始終深藏始終不露始終無人可以理解他也始終他無法向任何人真正打開他的心扉。而正當我在這山道上作著那些不著邊際的胡思亂想時，兆正正向公路邊的一座半開放式的電話亭走去，他在幽暗的光線下吃力地辨認著那一方塊一方塊的按碼數位，撥了個長途出去。

這個電話是打到我香港家中去的。與此一刻我正步行而過的山道兩坡上矗立起來的大廈一個模樣：從露台望進去是寬敞的客廳，客廳的中央吊著一盞水晶大吊燈，有人影在燈下晃動，人影在電話機座前坐了下來，是她，是雨萍。當她拿起了聽筒的剎那間，血液湧上了她白色的雙頰。這是港島東半山坡上的一座大廈，大廈中也有這麼個單元，單元裡也有這麼一盞吊燈以及她。而我，我不在家。

這些臆想有夢的成份也有現實的成份。不因為甚麼，只因為我又一次地混淆了自己的角色和立場：我究竟是「他」，還仍然是我自己？我生活在之前，之中，還是之後？我在記錄著一個真實的事件？在講一個故事？在繼續著一篇小說的創作？還是……？

我又記起了我曾經向湛玉提起過的一個奇特的生物界的現象來。那個時期，我倆幾乎一有機會便混在一塊兒，頗有點瘋狂得不顧一切的味道。也不太像一對已年近天命的婚外情的男女的人生世故與經驗所可能規範他們的那樣。之所以事態會發展到如此地步的一大原因是：偷偷摸摸地幹那事，每回竟都能順當得幾乎令人不能相信，久而久之，似乎當事人的那種提心吊膽的心情都顯得有些多餘起來了。沒有人去想過其中可能隱藏的危機與後果，也沒有人問自己或者對方：為甚麼這種危機始終就沒有顯露過，這正常嗎？事實上，誰都抗拒在這條思路上作任何假設或者推想。總認為今天之後還有明天，明天之後還有明天。明天，明天，明天。

於是，在某個今天已事畢明天還未來到的當口，我向她說起了非洲乾旱的沙原上的一種紅蜘蛛來。這是一種毒蜘蛛，牠們繁殖後代的方式很奇特，也很殘酷，但富有原始哲理。原始哲理？湛玉問。是的，我說。一對雌雄蜘蛛一生只做愛一次，但卻異常熱烈瘋狂。事成，大腹便便的雌蜘蛛便會爬到已精疲力盡到毫無反抗之力的雄蜘蛛的身上，張開大嘴，將它一口一口地吞噬下去。雄蜘蛛雖然痛苦，但也不得不接受如此結局，因為要生下小蜘蛛的額外能量就是要靠消化了這隻雄蜘蛛的軀體之後來獲得。

大自然就如此地不可思議：愛之極恨之端都是殺戮是消滅是本能也是重生。

這一次，她很有耐心地，而且笑眯眯地聽我說完了這個殘酷的故事。她的兩頰紅暈得都有些醉意了，她用兩條粉嫩的臂膀纏住了我，也張開了一張精緻的小嘴巴來，說：啊嗚——我也吃了你！但事後證明是又一次火熱的長吻。

所不同的是，這一次的記憶場景又換成了另一個：好像是在湛玉的家裡（還是房中？），又好像是在哪一家酒店的套間裡。好像是在某家餐廳的包房裡，又好像是在公園的一隅沒人能見到的角落裡。我的思想混亂了，太多的記憶細節，太多的人生色塊。像這，像那，又彼此都很相像。我不能再多想下去了，我甚至感覺，再想下去，我會精神錯亂。

但我還是感到有些莫名的驚恐，有些寒冷的感覺從脊樑上滾動下來，在這深夜的山道上，我為甚麼會想起這樣的一件往事來呢？但很快，這種感覺便消失了。有一股暖暖融融的氣息彌漫開來，死死地糾纏住了我的嗅覺器官。這是一種與山中清醒的空氣毫不相干的氣息，這是我的幻覺。記憶告訴我說，這是從她那豐腴的肉體上散發出來的一種特別的氣味，我覺得自己的血脈又噴奮了起來。

叁拾

算不上是真相的真相

就這麼個亮點，或者說黑洞，構成了兆正對於事件的全部反應與報復。

The truth untold

It was the spotlight, or the black hole that constituted Zhao Zheng’s complete response to and revenge on this event.

在我代替了他的位置之前的一段很長的時期內，他倆已漸漸步入了那種完全沒有性愛的生活階段了。事情也就是這麼自然而然地發生了：兆正總在想他的文章，而湛玉，則對他骨瘦峋嶙的軀體產生了反感。還有他的那股淡淡的口臭味，尤其當他一天埋頭於稿箋上的時間太久後，這種自腸胃道傳遞上來的，被她形容為類似於小菜場裡「爛菜皮」的氣味，就更濃烈，這令她反胃。奇怪，這在之前為甚麼就沒有感覺到呢？她答不出這個問題來，其實，這種事是沒有人能答得上來的。

當然還有，還有那個窗簾靜垂的深夜。一切都在屏息，一切都在傾聽，只有沉重的喘息聲和他倆動作時的那種窸窣聲。就是那個深夜，他會羞愧一輩子，後悔一輩子，他當然不會忘記。而她，也不會忘記。創傷的裂口已經形成，從生理到心理，且一世都會張開著一張醜陋的嘴巴。這是一處紅腫且帶潰爛的心理傷口，每當他倆之中的誰企圖去接近它時，都會被它那可怕的模樣給嚇得退縮了回來。

一切就這樣慢慢兒地發生了，且變得日勝一日，無可挽救。

但想深一層，這種變化多少還與他的創作也有點兒關聯。本來，搬來了復興路的房子後，對他的創作應該是很有利的。白天，家中沒人，傭人將屋子收拾乾淨後，早晨的太陽便將金輝輝的陽光鋪滿了整間書房。街上很安靜，上班的已經上班，上學的已經上學，偶然有一兩聲自行車鈴的碎響自街上飄進屋裡來。兆正半躺半坐在暖融融的陽光裡，他手握一冊書，時閱時翻，有一疊空白的稿箋攤開在桌面上，透過窗台上放著的綠色盆栽的垂藤，他能望見街對面洋房赭紅色的尖頂。就這樣，即使寫不出甚麼來，他的文學感覺也好極了。童年離他很近很近，這是金色中年裡的童年幻影的凝聚，名成利就，他感到很滿足。

下午，他上街去。在這片半個世紀之前就以它獨特的繁華、風采和文化聞名於世的法租界的原址上逛蕩，讓心中充滿了懷念與想像。無論是雨天還是陽光天，他都這樣地在街上漫無目標地遊蕩。霏霏雨日，他會撐一把傘，佇立在紛紛的雨絲裡，面對著一座殖民色彩濃厚的建築發呆。每一根門柱，每一塊花園牆磚，每一方剝落了油漆的窗框，每一扇百葉落地長窗都會給他注入感覺，注入想像，為他講述一樁遠久了的，飄忽不定的佚事。他想起了父親，想起了母親，想起了自己的童年和那些遙遠了年代的親人們的影子。他很悲鬱，但這是一種混合著快感的悲鬱，就像是一種苦澀退盡後出現的甘甜，他覺得享受更甚於忍受。他知道，這是創作靈感降臨前一刻的心理氛圍的凝聚與成熟，一篇好的作品的神韻正在他心中慢慢地深濃起來。

這是他創作的黃金期，很多優秀的文字作品都是在那個時期裡完成的。或者，這正是當年作協領導分配給他這麼一套居所的目的和用意所在？他覺得他很感激他們。

但，漸漸地，兆正發現他們這套新居的環境還愈來愈不如他們當年住在黃浦區舊屋裡的歲月。就是當年女方的工作單位分配給湛玉新婚之用的那套舊式工房。

當然不是指家居設備，而是指他與她的關係。

每天，只要湛玉一放班回來，寫作的寧靜氣場就會立即遭到破壞。有時，她請病假在家，情況當更糟糕。

她在浴室裡嘩嘩嘩地放水洗東西，然後又廁所出廚房進，或廚房出廁所進地大聲說話。她指令小保姆去菜場買這買那，又說，最要緊的是，硬殼類的水產品千萬別買回來——最近甲肝流行，這種病一旦傳染到，後遺症十分嚴重，弄不好還會死人！記住，硬殼類的水產品不要買回來，聽到了嗎？千萬記住！在小保姆反覆而又反覆地擔保說一定記住了一定記住了之後，她才放心地將公寓套間的大門「砰！」地關上，然後再去浴室取了一盆洗淨了的衣物，端著，穿過他正在工作的書房，肆無忌憚地拉開落地趟門，上露台晾去。

諸如此類，諸如此類，搞得他思路斷了又接上，剛接上又斷了，不勝其煩，但也無可奈何。他只能上街去走走，或者去附近的復興公園，望著起飛降落的鴿群，坐在一條長椅上，用一張紙一枝筆地記些感覺和思緒的碎片。他覺得這樣還自在些，這是他與他自己的對話。但每一次，就當他穿好衣服，打開了公寓的大門準備外出時，不論湛玉在幹甚麼，在公寓的哪個角落，她都會停下手中的活兒，站到一個顯眼的方位上來望著他，無言。但卻又用無聲代替了有聲：怎麼，又出去啊？只要我在家，你老出去——我有甚麼好怕的？

他當然不承認自己是怕。但也不能說他真是連一點兒內懼感也沒有。這與一隻圈養在鐵絲籠裡的雀兒，整天都有一隻大花貓圍著鐵絲籠打轉的形勢相類似。她天生有一種氣勢，一種指鹿為馬的氣勢。有時，這種氣勢還逼真到讓你懷疑：鹿會不會真是一匹馬？她的征服性是天生的和絕對的。她絕不允許，至少她的自尊心和好勝心絕不允許她允許，她目光所及的一切可以超越某個可被她容忍的標準。她的這種性格富有侵略性但也曾經很迷人。迷人，在他將目光偷偷兒地裁成兩截來留意她的時候已經存在。

只是到了今天的年齡段，兆正發覺他已愈來愈無法再很「迷人」地生活在這種氣勢之下了。再說，這衝擊他的創作情緒，因為說到底，他最關心和最希望能保持的就是一個作家的創作狀態，這是一種脆弱而又珍貴的精神存在狀態，來如影去如風，是在特定的濕度、溫度和光線的配合下的虹的形成，太充沛的陽光和雨水都可能使它消失。

他說不上湛玉是屬於陽光呢還是雨水。他所能做的只有逃亡到街上，公園裡，或索性找一個開筆會的藉口，呆在某風景點的某個面湖的房間裡躲避個把兩個禮拜。

曾經，他也考慮過要同她認認真真談一談。他準備了很多條理據，也設法從不同的角度突圍進她的內心去。他想對她說，你是個編輯，半個作家，你難道不理解，對於一個感悟型的作家，甚麼樣的創作環境才是他最渴求和必需的？但他讓話頭在舌尖上打了好幾個轉，最後還是放棄了。有一次，他其實已經說出了口來，但他在突然之間便將話題一轉去談天氣、孩子，或今天的小菜給小保姆煮得太鹹太淡了。讓她望著他的那副緊張、嚴峻並帶點兒慌亂神情的面孔大惑不解。

他遲遲沒法觸及這個談題的另一大緣故是：他覺得其實她壓根兒就不喜歡他繼續創作下去。於是，她便下意識地破壞，或令到一切有利於他創作的環境與氛圍都無法在他的周圍形成。他大汗淋漓，他讓自己的想法給嚇了一大跳。他努力不讓自己再朝這條思路上想下去，他甚至覺得自己都有點罪疚感了，但他就從此失去了再在這個話題上向她開口一談的勇氣了。

其實，兆正的心中也很矛盾。他很想恢復他倆過往的那種生活——倒不是指性，只要能充滿浪漫以及情趣的一切生活方式都行。他甚至偷偷地去到虹口的那條沙礫地的弄堂裡去溜達過好多回。他一早已經知道，那幢紅磚的法式老洋房已粉飾一新，改為了一家海鮮酒家。但那扇拱形的視窗還在，木質窗和四周圍的木框都已經拆除，換上的是兩扇鋁合金的新式趟窗。弄堂已經變為馬路，馬路連著馬路，馬路的對面還是那幢三層高的灰水泥的廠房，廠房廢置已有很長一段時期了，一截鐵皮煙囪鏽爛不堪，垂下半段來，仍不停有麻雀在上面降落了又起飛。

那曾是個甚麼樣的上午啊，在人的一個甚麼樣的年齡段上！像一朵猛然開放的五彩繽紛的煙花，驀地點亮了他生命的全部灰暗的天穹！他很想主動提出，哪天叫她一同出來去那家海鮮館吃一餐，而且就揀那張臨拱窗而放的雙人餐桌，但他的預感是：她不會有興趣。

他又聽到湛玉在盥洗間裡邊洗滌邊唱歌了。他琢磨著：這似乎是很久很久之前才有的事了。她的「深深的海洋」或「紅莓花兒開」或「喀秋莎」或「寶貝」是他最喜愛聽的歌了。每回都是這樣的：只要當她哼出一首歌的一個起始音時，他便已情不自禁地豎起耳朵來盼待了：「深深的海洋／你為何不平靜？／不平靜就像我愛人那顆動盪的心……」

他很讚賞她的歌喉和音色。其實，他自己也很想唱，但他只能跟著她的歌聲讓旋律在心中盤旋。一旦唱出來，便立即會唱成了一句五音不全的走音句，讓人窘迫。但她不同，非但音準的調控技術很高，咬字也十分清楚和準確。尤其是那首「深深的海洋」，這是首女中音的兩重唱歌曲，她竟然可以在第一聲部完全缺失的情形之下，單獨地將第二伴唱部哼唱得渾厚而有色彩，仿佛她能幻聽到第一聲部正在與她同時行進著一般。

還有就是那些滑音和半音，當它們貼切、準確而又及時地在調門中出現時，他似乎又能透過她那振動著的紅潤的唇片，再一次地呼吸到來自於她胸腔之中的芳香氣息。

他從書房中走出來，在盥洗間的門口站著聽了一會兒，再慢慢地踱到客廳中去。秀秀剛放學回家，坐在餐枱上，手握一罐可樂邊喝邊翻閱剛送上來的當天的晚報。見他出來，照例地喚了他一聲「爸」，便站起身進入自己的房裡去了。兆正走近餐枱，將女兒翻閱過的晚報再翻閱一遍。在今天的文學版中有一長篇關於他的一部近作的評論文章。於是，他似乎又明白了點甚麼，他感覺到心的那一處又有一絲隱隱的作痛感了。

他側耳聽聽，盥洗間的那一邊，歌聲還在繼續。評論是本市的一位頗有學術功力和影響力的中年評論家寫的。但湛玉對所有這類人都有些不以為然。她說，如今的文學評論不也都淪為一種商品了？評誰不評誰，評甚麼不評甚麼，其中的奧妙難道還能逃得過她，在這個圈子中混了這麼久的人的眼睛？然後，她又在這個主題上加以深化和發揮。她說，當今世界，根本就是個文學以及一切藝術都再也按捺不住寂寞的年頭，一切作家，藝術家，評論家，甚至是從前最易安於書齋生活的教授和學者們也都無法抵擋這一股名利欲的洪水所捲起的浪潮的衝擊，這讓今日之文壇變得畸形變得無恥變得不擇手段變得不成方圓，同時也就更加熱鬧和繁榮。

這些話，當然說得都很有道理。但通常，她都是即興式地說那一大段話的，不需要他人作答，她也不準備回答別人點甚麼。而兆正聽了之後，只是覺得難堪覺得惺惺然覺得無從表態。事實上，他從來就沒有吃準過到底其中會不會是藏了某些暗指的？歌聲停止了，盥洗間的門打開，湛玉端著一盆衣物走出來，兩袖捋起，露出半截肉白的手臂。她今天的心情相當不錯，他也不知道為了甚麼。他不記得自己曾做過了些甚麼令她滿意或者高興的，他只記得昨天他又是一整天不在家。吃了晚飯很久才回家時，便見到她心情不錯了起來。

他有點兒沮喪地離開了。

但她卻向他遞送來了和顏悅色的一眼。作為回報，他也朝她笑了笑，說了句諸如今晚上不知道有些甚麼小菜吃噢？之類的無關痛癢的話題。再深入下去似乎就有點難度了。她走過餐桌邊上的時候，朝著亂糟糟攤開了的晚報瞟了一眼，但他發覺，她柔和的臉的側面線條似乎並沒有任何綳緊起來和殘忍起來的意思。他鬆了口氣，甚至還有些感激的心情生長出來。

這種心情很奇特，很有點兒深層次的蘊藏。但他從來拒絕去深究和解析它們。他只知道輕鬆了就是了，

叁拾

感激了就是了，心情愉快了就是了。至少在這個問題上，他喜歡讓自己停留在這種惰性的思維層面，找尋一種相對的情緒安定。他讀過不少宗教書籍，再晦澀和深奧的理論不都平淡地道出了一個人生哲理：快樂與滿足都是人製造的感覺，沒有絕對的，只有相對的。他望著她的目光，不知道從甚麼時候起，又開始變得剪裁起來。他回避與她的目光對峙，哪怕只有一瞬，他都害怕那對望的目光會互相透露些甚麼，會讓某個隱藏得很深的刺痛點一不小心又給捅破了。

但，畢竟還是捅破了。這是一年多前的有一次。

那一次，兆正又去太湖湖畔的創作之家寫東西。一個多星期下來，就發現自己老擺脫不了一團記憶影子對他的纏繞。經常會有這種情形的，他將之稱為「記憶失禁症」。有時，當創作的思路回眸並全情投入時，往昔日子的感覺就會將你重重包圍，讓你沉浸在一個真實而又虛幻的「過去」之中。

他突然決定提前回上海去。這回，他是下定了決心要向湛玉說點甚麼了，他想，他不能再一次地臨陣脫逃，他要先與她推心置腹地談談，然後再度與她回到昔時的那個溫柔鄉中去。

兆正突然就變得有點激動不已起來，心中充滿了各種奇妙的預感。當他自淮海路方向朝那幢公寓走近時，他已情不自禁地向那扇屬於自家的窗戶望了望，有半截窗簾拉遮著，午後的陽光照射在內襯有白紗簾的窗玻璃上，閃閃發亮。

他沿著寬大的水磨石扶梯一路上樓去。下午的公寓裡靜悄悄的，每家每戶的大門都緊閉著，扶梯寬綽的拐彎處，陽光從大幅弧型長窗的厚粒毛玻璃中透射進來，光線一片柔和。五月天，有一種潮濕溫暖的氣息充斥在空氣中。

兆正來到自己的家門口，發覺鐵閘只拉上了一半。他急急地掏出鑰匙來開門，但打不開：大門是從裡面上了保險暗掣的。他當然覺得有點異樣，心情反倒冷靜了下來。他開始仔細觀察。首先，這確實是他家的門口，他沒走錯了地方。其次，總是留放在大門口小方氈上的那雙安徽小保姆的白色旅遊鞋不見了，這表示：小保姆已經外出，女兒還沒放學，誰在裡面？當然是她。還有誰？他感覺到自己的呼吸有些急促起來了。

他本來可以很方便地按一下門鈴，讓他家的那個一旦唱開頭便有一大段的聖誕歌要唱完的音樂門鐘停下之後，再辨聽屋內那熟悉的腳步聲一路「嗒嗒」地向大門口跑過來。但他沒有這麼做，他有一股說不出來的緊張，好奇和激動，他感覺自己正踩在一樁大事件的門檻上。仿佛，他走進了自己寫的或者是他曾經讀過的，一部別人寫的小說的情節裡。

他設法先讓自己鎮定了一下，他記起了他家那套公寓的那一扇邊門。

他沿著走廊拐了個彎過去，然後在邊門口停了下來。那兒光線暗了許多，他在暗淡的光線之中從自己的匙圈中找出了一把都已經有些長銅銹的鑰匙來，心想，會不會就是這一把呢？塞進去一擰，門果然打開了。

他很小心地將邊門推開一條窄窄的縫道來，側著身子擠了過去，以防不要把堆放在這暗廊裡的層層疊疊的物件碰跌了下來。現在，他已進入到公寓中來了，但，這兒是他的家麼？他感覺周圍的環境陌生得連他自己都有點懷疑了。

他在原地站立了一會兒，以使自己的瞳仁能適應這裡的光線。然後，他才輕輕地關上了門。他小心翼翼地從堆物的隙縫之間通過，辨認著：藤圈椅、方書桌、分層式的雜木開放式書架，這些都是他與湛玉在舊居居住時使用過的物件。還有母親用過的那個大花彩格的帆布箱，擱在很多的雜物之上，顯得有點頭重腳輕，不很平穩的樣子。這是不久之前由他親手從眾多的雜物堆裡抽出來，擱放在這裡的。那次，他急於想找一件年代遠久的失物，他將箱內的東西大翻特翻了一通，但結果，他還是一無所獲。

剎那間，時光便有了些倒流的感覺。

他躡步進入公寓的正間。沒人。午餐結束後的桌面還沒有全部收拾乾淨，有一份報紙和幾隻碟子甚麼的散亂在桌面上。晌午的陽光耀眼而安靜地鋪展在客廳的地板和沙發上，沙發上放有幾個軟墊，其中一個藍白方格圖案設計的便是多年之前湛玉老喜歡在熱浴後用它來墊靠在腰隙間，然後再舒展開來雙腳的那一個。

後來，他便聽到有些聲息，是從他與湛玉的那間臥房中傳出來的。像是一種喘息之聲。他輕輕地走過去，從沒來得及關閉上的小半扇門縫中望進去，他見不到甚麼，除了牀前地板上一正一反斜躺著她的那雙銀色肚裡的輕泡沫的拖鞋外。他將目光再平移了幾寸過去，他見到了一雙圓頭圓腦的翻毛皮的男鞋的鞋頭。他的第一反應是這鞋他有點眼熟，他曾在哪裡見到過，但緊接著，他便記起來了。

真相，就離他一步之遙。

他站立在原地猶豫了有兩三分鐘。但他完全沒有像他常在他人的小說中或在他自己寫過的小說中所描寫的那種血衝腦門或大汗淋漓或心動過速或手腳冰涼之類的生理反應發生。他平靜，平靜得出奇；也很理智，理智得出奇；就像一個第三者在觀看一幕與己完全無關的電視連續劇中的高潮戲一樣。他想，他也沒甚麼，他不只是將一件他在三十多年前偷搶來的物品歸還了原主？

他選擇退回客廳裡來。他為自己的瘋狂結論大吃一驚！他突然感到有點神經緊張了起來，倒不是為事件本身，而是為了自己對於事件的反應。他再一次要自己確認，但他告訴自己說，不錯，這正是他心底的感受。

他打開了大門的保險掣，打算從正門離去。離去，然後回到他的太湖渡假村繼續他的寫作。他只想讓這點小小的細節的變動來留下一條謎語般的伏筆，僅如此而已。但就在這時，房中傳出來的呻吟聲突然響亮了起來，這是她的聲音，他太熟悉這種聲音了。他把剛打算跨出門檻去的一隻腳又收了回來。這一次，他覺得有點不行了，他好像有點受不住了。他告訴自己說，快走，你要趕快走！但他忽然覺得他還應該再做點甚麼——而不僅僅是開了大門的保險掣離去那麼簡單。因為，他此刻的感受已非他在輕輕地從房門前離去，然後回到客廳裡來的那一刻時的感受了。他在客廳裡左右環顧地尋找了一番，發現了一份掛曆。

他掏著筆來，他要在上邊做個記號，一個很明顯的，只有他兆正才有可能留下的記號。在那一天的那一個時刻。

在掛曆上密密圈圈寫滿的都是湛玉的手跡，這是她記備忘錄的一種習慣。諸如：某天上午去局裡開會；某天下午職稱評議會；某星期六下午全社同事去佘山天主教堂半日遊，而從幾號到幾號又有哪位京都文化名人來滬，由她負責全程接待等等，等等。他從不在上面寫一個字，偶爾一次，她總會在某一天認出這是他的筆跡來的。

就這麼個亮點，或者說是黑洞，構成了兆正對於事件的全部反應與報復。

從此之後，他便不需要再去理會些甚麼了：究竟知不知曉？何時知曉的？知曉了有幾成？他覺得他已完成了他那一頭全部的操作程式，他可以心安理得地去做一切自己想去做的事。比方說，與香港的那頭的雨萍通通電話，又比方說，在他實在不想在家呆下去的時候，不需要提出任何理據地，默不作聲地，整整一晚離家不歸——就像今晚上。

叁拾壹

尾聲

有時，人生的緣分有點像七巧拼板，盈缺凹凸，這一個人此一刻的鑲入處正是那一個人那一刻的凹缺處。

The coda

Sometimes the fate of human relationship is just like a chessboard, or a jigsaw puzzle. Each piece has something more that another has less.

天快放亮的一個多小時前，兆正是站在莘莊區的某座行人天橋上放眼這一大片黑意迷濛的景色的。新建的天橋上仍有一股強烈的石灰水的氣味散發出來。他已不知不覺地步行了六七個小時，幾十里路程地來到了上海的這片西南角的城鄉交接處，但他竟連一點兒睏倦的意思也沒有。這是一片正在興建中的別墅區，晦澀陰沉的別墅群的水泥樓殼子，與仍然坦裸平展著的田野河流和樹木，在這黎明來臨之前的黑暗之中互相錯落割據。遠遠的天邊，矗立有一兩幢孤零零的高層，五更時分，沒有一個亮燈的窗口。在這廣闊的天地間仿佛只剩下他一顆生靈。

他站在天橋之上四周張望的另一個目的是希望能再找到一個電話亭。幾個小時前，當他將那個路邊電話亭中的那匣金屬話筒往機座上「啪」地掛斷時，他答應過雨萍，他還會在今夜晚些時候再給她一次電話，他相信，直到此時此刻，她仍在電話機旁守候著。

但「他」呢？他想。他突然聯想到我，這是他在這種思路的上下文中的習慣使然。那晚，他是從電話裡知道我在天還沒有完全黑下來之前已出門遛達去了。會不會在這第二天的黎明來到時仍未回家，就像他自己一樣？他在電話裡問過雨萍，雨萍說：很可能。而他也想，這很有可能。

只是在當時，不知怎麼地，他在電話裡立即脫口而出地緊追了一句：難道……難道他又去了上海不成？話一出口，他就有些後悔，也有些心虛，總之，有些異樣感。電話機那頭的聲音沉寂了一下，答道，不，他還在香港。語調有些冷淡，也有些惘然。哪……？他出去了，雨萍說，偌大住宅中，現在又只剩下了她孤零零的一個人了。於是，他便立即附和著地說道：我會再給你去電話的，就在今晚，真的，一定會再給你電話……

雨萍果然在話機旁一直等到現在。

大露台之外的香港夜景已調換了好幾幕場景，從滿目璀璨到燈火闌珊再到月沉星稀。她等得不耐煩了，就跑進房裡去看電視。時裝的電視連續劇播完後，便輪到那一齣齣老掉了牙的古裝粵語黑白片。再之後，螢幕上便出現了電視台的那個結束播出的彩條屏標。她只能轉台去看 CNN，她聽不太懂英文，傻傻地，望著金髮美貌的美國女播音員嘰哩呱拉地講個不亦樂乎，好歹鬼靜的屋子裡頭也可以有點兒人的生氣。

有時，好好在看著電視的她會突然地奔出客廳去，她好像又聽到了點甚麼，是電話鈴響還是門鈴響？但最終甚麼都沒有響。她站在大客廳的中央，垂著手，任憑臥室中有朦朦朧朧的播音聲傳出來。周圍很靜，酒櫃上的那個仿路易十四時代的鍍金台鐘「叮叮」地擺個不停。一會兒又唱那童謠，唱了一回又一回。她望了望露台之外黑乎乎的天空，都快四點了，他還會來電話？但他答應過她的，她相信他不會食言。還有那件毛衣，她還沒來得及提一聲呢，他便已經一下子收了線。等到她「喂！喂喂！」地還想說上兩句時，電話聽筒裡只剩下一片「嗡」聲了。

她也想到了我。只要我留在香港的日子裡，這類傍晚出門後便通宵不歸的情形也有過好幾回了。她很擔心，於是打我的手機，但關機。有時通了，但她發現，原來手機只是在我睡牀邊的牀頭櫃上嗚叫呢。我不想在那段時間內被人騷擾的意思明確而堅定。於是，她便只能在家等門，或索性獨個兒先睡覺去。一直到了第二天一早，有幾次，她接到的是我從機場打來的電話，說是我這就不回家來了，我已定了機位，直接搭機到上海去了，叫她不必掛心，云云。她感覺到我語調的輕鬆，似乎有一種豁然開朗的意思。

她從不想去察覺我些甚麼，但總也能察覺到我些甚麼。

很久很久之後，當我將那晚的時間、地點和人物再逐一溯源而上地作一番核實時，才發覺人生的緣份有點像七巧拼板，盈缺凹凸，這一個人此一刻的鑲入處正是那一個人那一刻的凹缺處。

蒼白的月亮已經西沉。山風很大很大也很水涼。我站在山頂涼亭的高處，向北偏東的方向眺望。我只大概地知道，那兒可能是上海的地理位置所在。整個小公園裡沒有一個人影，樹木黑聳聳的頂端映托著天空幽黑黑的空曠與遼闊，只有一處亮著燈光的地方，那是一幢提供通宵服務的公廁兼洗澡房。又有手電筒忽閃忽閃地從山道那邊過來了，我知道，準又是那幾個軍裝差人（員警）。他們已盤問過我一回了，午夜剛過後的不久，我突然發現自己被幾個黑乎乎的人影團團圍住。他們查了我的身份證，問了我的住址和職業之後，便告誡我說，最近治安轉差，你難道不知道嗎？我說，怎麼不知道？報紙電視的報導無日無之。他們又說，知道便好。這山頂一帶是非法入境者經常出沒之地，兩日前，布政司的官邸剛被人撬竊。一旦碰上這批亡命之徒可不是鬧著玩的！我說，是，是。就盼望他們能早點離去。現在，他們又循著原山道回巡過來了，他們一定早已看到我了，假如他們再來問長問短的話，我將告訴他們說，至少，布政司的官邸今晚還沒被盜。

但他們一定會想，這人也真怪！擺著這麼大這麼好的家不回，偏要到這山上來捱整晚的野風，還說，他是有這種癖好的，他經常這樣做。但我卻覺得自己直想發笑：難道這也不是報上常在作報導的事嗎？回歸五年，尤其是亞金風暴後的香港，精神病的疑似病例比以前猛增了十多倍，如今，百分之二十到二十五的港人據說都有這類病症傾向。或者，你們也大可把我當作是他們中的一個，這，不就行了嗎？

手電筒又沿著山道沙沙地走遠去了，沒有再過來找我的麻煩。周圍又恢復了一片寂靜。突然，有一隻大鳥在山林的深處婉轉地啼叫了一聲，叫聲有些淒厲，也有些悲壯。接著，就陸陸續續有了山谷之中的牠的同類的回應與對答。這是一種啟示，一種令人心顫的啟示：漫漫長夜已經到頭了，黎明迫在眼睫。我記起了一位詩人的一句詩句：我們經歷過無數個黑夜，我們才因此擁有了無數個黎明。然而，曙光到此一刻為止仍然沒有一絲出現的跡象，鳥，只是一種先知先覺的動物而已。開始出現的只是我自己的連串想像。我想像著自己已在一路往山下去了，我搭上了第一班去赤鱲角機場的機鐵快線，而在機場的停機坪上有一架標有燕子標記的東航航班等候著。我想像著候機大堂裡的寧靜，高聳以及明亮，有過夜的旅客在那裡打了個盹之後醒來時的隱隱約約的談話和咳嗽聲。我想像著空巴 330 的舒適的靠椅，想像著橢圓機窗外的白色雲海，想像著上海虹橋機場入境廳裡的長長行列以及機場自動玻璃門外，一輛紅色的「桑塔那」的士圓滑地馳向前來，然後停下。我想像著街道，想像著公寓，想像著闊把扶梯，想像著鐵閘，想像著一扇老式笨重的柚木大門，大門轉動著，打開了，門口站著她。

那時，應該是一幅金燦燦的朝陽正照耀在復興中路梧桐葉端上的上海的晨光圖。我的思路停頓下來，喘定一口氣，接著便開始想像起有關她的種種和種種來。

湛玉是在半個小時之前突然驚醒的。她發覺她當時只是和衣睡在了牀罩上。那一刻，她還沒從夢的氛圍之中完全擺脫出來，她感覺她還是夢中的那個自己。夢中的那個自己坐在一張長方形的桌子後面，桌面上豎立著一塊鑲有她名字的有機玻璃的立牌。她的左手邊壘堆著一疊新書，而長桌的跟前排列著一條長蛇形的讀者隊伍，每人的手中都拿著同一本書。書被迅速地交遞到桌面上來，一個接一個，一本接一本。她龍飛鳳舞地在書頁上簽上了她的名字，她只聽得一聲聲的「謝謝！」在耳畔響起，隨即消失，她甚至都無暇抬起眼來望一望這些說謝謝的都是些誰。

這種簽名售書的活動如今很流行，這是各家出版社促售作家產品的一種行銷手法。她太熟悉這一種場景了，她曾組織和主持過不少這一類的文化活動。只是平素搞這些活動時，她一般都是負責活動程式的安排以及活動秩序的維持，這一次，她怎麼自己也成了作家，坐在長桌後，替讀者簽起名來了？她覺得這事有些疑惑和迷糊。

又一本書遞送了上來，她沒有立即簽上自己的大名，她迅速地翻轉到書的扉頁去瞥了一眼。她發覺，一個完全陌生的名字印在了作者的那行欄目中。她想喊叫說，你們是怎麼搞的？怎麼連作者的名字都印錯了呀？她在出版社工作了這麼多年，還從未聽說過有這樣的失誤。這可是一項不可原諒的大錯誤啊，你們出版社的老總是誰？誰又怎麼會如此混帳？！在她的意識中，她仿佛覺得自己一定會認識那位老總的，而且還可能是一位很熟悉的朋友，她想當面去質問他。

一個讀者將一隻手從人群的無數雙手的纏繞之中向她伸過來，手中握著一本書。一個聲音高聲問道：某某，是你呢，還是你丈夫的名字？而某某書是他寫的呢，還是你寫的呢，還是你們倆合作寫的？她覺得這話問得很荒唐很無聊，甚至還帶上了點挖苦的味道，但她又不得不面對。她將對方要她簽名的那本新書再一次地翻到了扉頁去，赫然見到那個所謂的陌生者的名字原來就是兆正的名字！而這時，她才意識到：原來，那個聲音所說的某某就是他新近剛完成並出版了的一本新書的書名。這是一部最近在讀書界和評論界都造成了巨大轟動效應的長篇續卷，續卷與它的那本在十年前面世的上卷互為姐妹篇，這部煌煌百萬字數的巨著畫軸式地展開了百年上海的歷史場景，而一條貫串始終的情節主線是一個已年近百歲的歐裔殖民者的私生子是如何與上海，這座原和他有著相似身世的中國大都市，一起經歷了這整整一個世紀動盪歲月的離奇故事。她從沒讀過此書——凡兆正寫的書或文章，她都不讀——但她卻知道該書的書名以及內容。又有讀者在向她提問題了：某某某（在夢的潛意識裡，她認定：某某某應該就是書中的女主角）的生活原型是否就是某某某？而某某某與某某又是甚麼關係？她的那段刻骨銘心的情愛經歷是真實是虛構，還是……？問題愈提愈深入，愈提愈尖銳，也愈提愈細節化。她有些害怕了，她覺得一切都有點在開始失控，她極想擺脫這種形勢。

但麻煩的是：不知何時，簽名售書會已經變成了一場類似於新聞發佈會形式的甚麼會了，她的手中握著的不是一枝筆，而是一隻麥克風。再沒人前來請她簽書了，倒有好幾個記者在向她發問。她認識他們中的一些，這都是些報社電台和電視台專跑文化圈的記者。有一個電視台的攝像機推上來，將鏡頭對準了她。她突然感覺到恐怖起來了，這種恐怖有點像八歲的時候在淮海路上的那一回：她覺得周圍的人對她都有點不懷好意。她將麥克風用力一摔——她在再怎麼樣的場合也都必須保持她的那種身份、人格和傲氣——然後抽身就想離去。但她發覺，她雙腿沉沉地，根本邁不開步，她回過頭來，向著不知是誰猛喝一聲：「你們讓我走！」接著，便一甩袖一抬腿一用力地朝前衝去。

她將自己驚醒了：就這麼樣的一場夢。她在原處翻了個身，人軟綿綿的，然後便撐坐了起來。她使勁地揉揉眼眶，腦袋瓜感覺很沉。她迷迷糊糊地記起了些甚麼來。昨夜，她很晚才睡。之前，她與秀秀一同上過一回街，吃了一餐麥當勞，然後便回家來了。整個晚上，她的心情都很焦躁，而且還充滿了各種各樣稀奇古怪的預感。她走進書房，漫無目的地在書桌前坐了下來。她想，她一定要做點甚麼，但，她能做甚麼呢？她攤開了信箋給我寫信，她第一次那麼直率那麼失態那麼不顧一切地給我寫了一封長信，她將她這麼些日子來一直埋在心底的積言突然一下子都噴發了出來。她問我甚麼時候能再回上海來，她想死我了——都快想死了！啊唷，現在她記起來了，她的那封還沒寫完的信現在還攤放在書桌上呢。不行，她得趕快去把它收起來。

於是，她便起身，先去書房收拾了信，再去幽暗的客廳裡走了一圈。一切如常。另一間房間的房門沒有完全關上，有輕輕的鼾聲從房內傳出來。她再走到飯廳裡，飯桌上擺放的物件就與昨晚上它們被撩下時一個模樣。飯桌的上方有一隻石英掛鐘，掛鐘的長針每隔一分鐘都會向前跳動一小格。掛鐘的邊上是一份月曆，月曆面上密密麻麻地填滿了字跡與數字。她只知道，所有這些字跡和數字都是她自己寫上去的。還有誰寫了些甚麼？隔了這麼些距離，又是這樣的光線條件，她看不清。而她，也不想看清。一切都是靜止的，但一切都心機暗藏，一切又都聲色不露。

她查了查大門鎖的保險暗掣，沒上，這表示著，假如兆正昨夜裡回來，隨時都可以進得來。

但他並沒有回過來。

關係以及立場，便這麼地相互對峙著。在這夜的黝暗裡、他、他、她、她，四個人，各自佔據著各自目前的生存位置，組成了一個等邊的幾何圖形。就如轉動著的萬花筒中的圖案，雖然每一刻都在改變，但卻始終對稱、平衡。

惟光陰，在這人與社會的帳篷之外兀自流過，不急不緩，一點一滴，一分一秒，雖然微不足道，但萬古洪荒之中的星轉斗移也都拗不過它的日積與月累，更何況是苦短的人生呢？她朝掛在牆上的鐘望了望，黎明將在半個小時之後重臨人間。但再過十二個小時，夜幕又會重新拉攏。如此週而復始，一切都不變，一切又都在改變中。

叁拾壹

我已在開始下山了，雖然一夜沒睡，卻覺得格外地精神飽滿，充滿了嚮往。天色仍然漆黑漆黑的，一條山道鋪展在我的眼前，有一種微白的反光。它的兩端都隱藏在黑暗裡，唯那截斷面被一盞高壓水銀燈打得通亮。我覺得這一刻自己的感覺狀態好極了，我很想即興寫一首喟歎人生無常題材的詩，但我摸了摸口袋，發現原來自己昨夜在出門時，忘了帶上紙與筆。

幾乎與此同時，兆正也正忙忙亂亂地從下口袋掏到上口袋。他早已走下了人行天橋，行走在一條窄窄的郊外泥路上。他並沒有在這一帶發現有電話亭，但他還是不肯放棄希望。他發覺自己又在暗暗地下定某個決心了，（他感到好笑：他是個總在下決心，但又總害怕去實現決心之人）他想再走多一段路，到了莘莊市內，他想他無論如何都能找到一個電話亭的。而現在，在經歷了整整一個不眠之夜後，他突然很想記錄點甚麼，但他發現，他在昨晚出門時也忘記帶上紙與筆了。

2001年8月21日
初稿於上海西康公寓寓所
2002年5月31日
再稿於香港太古城
2003年10月31日
定稿於滬港往返間

代後記

愛的反面

究竟有些甚麼
在愛的反面？

我不相信純粹到只是
怨、恨、妒，或
冰點以下的某種
固體

鏡的反面是水銀
剝落時仍能
照見個
支離破碎的
自己。

畫的反面是一片空白的
未曾落筆
色彩不曾
春天不曾
斷橋上許仙、白蛇娘子、篷船與
油紙傘的不曾

代後記

共枕的反面是夢，還是
醒？昨夜曾漆黑，漆黑間
偏有一具裸白，不信邪
扭動、喘息
具體到丘谷分明
抽象到一層雲煙，霧散
如手握一把
虛無

生的反面是死，是
百思不得其解的神秘
是假如根本從未來到過這個世界
從未愛，未因愛而產生出了
那種種、種種的
割捨不了
放心不下
遺忘不掉
欲罷不能
的話

假如這是一種今世
一種犧牲

愛的反面

一種忍受

一場馬拉松——

衝刺過後，會不會

心臟擴大而死

而因之成名，而從此發明出了一項

稱作為「愛」的

環球運動？

究竟有些甚麼

在愛的反面？

昏暗，似午夜。

一更、二更、三更、四更，五更之後

再沒更可敲，除了

晨鐘，除了

霞光萬道，除了愛

又新鮮，出爐如

再世旭日

原作於一九八九年十二月

偶閱舊作，摘詩一首，權充本文後記。

別裁人生的嘗試

吳正

一

在動手《長夜半生》（又名《立交人生》、《人生別裁》）這部長篇之前，我一口氣就寫了四部中篇。應該說，無論從題材還是寫法上，它們都與這部長篇有著一脈相承的關聯的。或者可以這樣說，它們是這部長篇啟動前的暖身運動，是一種台階的鋪砌。在這之前的再之前，大約已經有十五、六年之久了吧？當我完成了我的長篇處女作《上海人》（33萬字）之後，就一直沒再涉及過小說的創作。《上海人》是一部靠著回憶的激情噴瀑而成的小說。那時候，那個惡夢般的時代還剛過去不久，一切仍很鮮活，記憶猶新。

但有一日，我突然又想寫小說了。而且，這種欲望竟然強烈得就像要將生命活下去一樣的毫無疑問和無從回避。儘管我有點懷疑自己再度寫小說的能力和決心，但我拗不過我自己，終於還是老老實實地走到寫字枱的跟前，坐下。那是在2000年仲春裡的一個溫暖潮濕的夜間，此起彼伏的欲念在幽暗的房角裡蠢蠢欲動。事情出乎意料地順利，僅一個月的工夫，我便完成了我的第一個中篇《後窗》（四萬字）。

以後，我便陸續再寫。台階一級級地鋪砌上去，終於鋪到了非要動手寫一部長篇不可的地步了。我擴大了的視野開始回眸，它們越過了我的青少年期，我的初戀期，改革開放，十年文革，直達我那安謐而溫馨的童年時代。我彷佛正躺在哪裡，又像是母懷，又像是某種舒逸而遙遠的社會和人群的氛圍裡。但定神一想：現在的我不已是個兩鬢完全斑白了的準老人了嗎？而且，這種錯位了的感覺往往飄逸而來又飄逸而去，帶點兒神經質的衝動，像是一縷稍現即逝的氣息，又像是天空中不斷飄過的朵朵浮雲，沒有來由也不續去蹤。

想一想這是一種甚麼樣的感覺吧！但這種感覺卻是異常地真實而且準確。尤其對我們這代人而言，半輩子做人所穿越的時光斷面幾乎相當我們祖輩好幾代人才可能經歷的。有時感覺，這是一條悠長而又深邃的時光隧道，自己正漫步其中。兩邊的展櫥五光十色，目不暇接，而展品雜亂無章、高低錯落，既熟悉又陌生。就是這種感覺，我很珍重它，不願讓它受到絲毫破壞或者改觀。它不是情節——人物的傳統的小說敘述功能，它只是一種氛圍，強烈而迷人的氛圍。

我把它忠實地，儘可能原汁原味地記錄了下來，再對它進行了某種創作層面上的技術剪裁。於是，一部新的長篇便誕生了。出人，也出我自己的意料之外：這回分娩出來的竟然是與《上海人》完全面目全非的另一胎！

二

要聲明的一點是：從沒刻意要去提倡某某主義或追隨某某派別——事實上，我對學院派的類似課題從沒感過興趣，更妄談去鑽研了。我想，「自我」便是那盞我提著它走過創作漆黑長廊的唯一的提燈。

但無論如何，我明白，眼下這部長篇很可能是部帶點兒這樣那樣「異類」色彩的作品。不少人說看不明白；不少人說小說的情節人物場景描寫的技法都與基本的創作原理有悖；不少人甚至會說，顛三倒四，故作玄虛，一派胡扯！還有一些熟悉我一貫創作風格的作家和學者朋友則可能會歎息，說，怎麼他突然就不像從前的那個他了呢？

但，都不是這些。在創作的過程中，一個作家無法自控。事實上，也沒有必要刻意去自控。既然，創作是一種無中生有，思維如何合成，感覺如何合成，這是件天才曉得的事。

你要做的只是靜靜地坐下來，等待——等待某種啟示的到來。但有一點，你必須做到。那就是保持心境的絕對（或者說儘可能的）純淨與透明，儘量化解一切功利念頭的污染。這與進入氣功狀態時的意守丹田有點相似。每一小格純淨度的提升今後都能在你作品的品質之中反映出來。於是，一切便有點水到渠成的味道了：想到甚麼寫甚麼，想怎麼寫就怎麼寫；厭惡甚麼拋棄甚麼，喜歡甚麼揀起甚麼。而有些，曾經是自己喜歡的，讚賞的，追求的，但寫著寫著突然就發現不認同了，不喜歡了，甚至生出厭煩來了，那就將它毫不猶豫地拋棄掉。老實說，我對自己都有點弄不清，摸不透，別說他人會怎麼想，讀者會怎麼想了。

三

於是乎，「立交人生」便建造出來了。一個或半個世紀之前，當城市遠不是那麼擁擠，交通遠不是那麼繁忙，生活的節奏遠不是那麼緊張的時代，「立交橋」這種建築概念怎麼會兀自冒生出來呢？

道理是一樣的：需要以及需求才是產生的直接原因和動力。

當然，在我的小說中，這種所謂「立交」是抽象的。但又並不抽象到哪裡去：時空交錯，意識交錯，角色交錯，現實以及夢境的感覺交錯。我突然就發覺：畢加索和達利筆下的一個個變了形的人物和一幅幅變了形的景像是如此真實！

還有一點，就是對於人物（潛）意識礦藏的發掘。我始終認定：這些沉睡中的記憶是一批珍貴無比的創作素材。要看作家有沒有這份決心、能力和勇氣去將它打開了。我是個電腦盲，至今都無法摔掉紙與筆的拐杖來進行寫作。但這一次，我想借用的比喻恰恰是有關電腦網路的：這就像你一扇 Window 一扇 Window

地進入，你愈走愈遠，你愈探愈深。那一刻，當五角大樓最機密的全球作戰計劃圖表都突然呈現在你眼前的時候，你想，你面對著電腦光屏的將會是一副甚麼樣的狂喜然而又是驚呆了的神情呢？

弗洛伊德，這位偉大的、天才的廿世紀初的心理學的奠基者告訴你說，這一切都不是沒有可能的。

怎麼可以說這一切都是不真實的呢？我要說：真實，異常真實！無比真實！而且真實得都有點近乎於透明了。這是我們這代人回首生活來到時的最確切的感受。尤其對於我，二十六年前，文革剛落幕，我通過羅湖橋，從當時的一個全球最封閉最黑暗的地域頃刻之間進入到一個最光鮮最色彩最自由的世界中去。又過了十年，我又從同一座橋上走了回來，回到了那個曾是自己熟悉不過了的，如今卻已變得面目全非了的故鄉和故鄉人中間。一切就如活在一幕幕的電影場景裡，蒙太奇，便不再是甚麼文學和影劇作品的創作手法了，它成了你真實生活結構體系裡一個組成部份了。於是，人物便在小說所鋪墊出來的那派時代與社會氛圍的水土中一個個自然而然地成長起來，事先並不預設任何假定。於是，「我」便分解了，分解成了作者以及小說人物的雙重存在。這有點像自己飄浮在半空中，俯瞰著自己在幹些甚麼的感覺，並以此來增強小說表述上的中性度、透明度、清醒度以及視野度，同時又不失投入度。這是一種神奇又有點毛骨悚然的感覺；而這種寫法，可以說是我的一種突發奇想的「發明」。我涉讀的中外文學著作甚有限，或者，此法的使用者一早就大有人在。但既然我一無所知，我就有權認定這是我的「發明」，我擁其「專利」。當然，這是在說笑，其實，這種形式最適用我當時的感覺罷了，如此而已，沒甚麼特別。

四

還有，便是對於這部小說整體結構定型的考慮。說到這一點，就不得不涉及到現代人的孤獨感，強烈得無法排遣的孤獨感。而這，又正是現代人對生活感受的核心。現代社會，就心理而言，人心不是愈來愈打開，而是愈來愈傾向龜縮，龜縮進心的內核中去，內核深處的某一個心理暗匣中去（這也就是為甚麼在當今世界，心理醫生和心理治療能大行其道的緣故）。當然，這些都是以美式生命哲學為代表的全套西方價值觀向著全球每一個角落輸出的結果。話說到此，就已經開始涉及某個其他領域內的課題了，就此打住。但，你就不得不承認，這是現代人類所面對的某種可怕的精神虛無症。人人行走在一條互相不能真正溝通的人生單行道上，偏偏天又暗下來了，更暗下來了。心慌心亂心驚心忧，但還不得不提著那盞正變得愈來愈黯淡下去的信仰的提燈壯膽而行。路的盡頭在哪裡？盡頭又各有甚麼結局在等待著你我呢？

這便是我為甚麼要讓小說的主人公在黃昏時分選擇一種離家外出，漫無目標一路向前走去的原因。一條是具形的柏油大馬路，另一條是抽象的人生來道以及去路，並行立交，時合時分，疑幻疑真。更以此展示每個小說人物半世人生間的記憶細節，交織關係以及心理互滲，當時代的大背景豎起，如同巨型的舞台佈景，一拉一扯之間便改變了季節改變了色彩改變了晴雨明灰的調子，藏進了一份相對強烈的時代反差感。而有些看似是十分細微的人生道具，在小說中重疊出現，反覆被點睛，其實，其中是充滿了各種暗示和隱喻的。

五

同是個作家，每人對文學創作的終極目標和標準的理解差距會很大。有點兒生命追求的作家是無法控制自己的創作路線圖的——我指的還不僅是某一部作品，而更是他一生的創作軌跡。我十分欣賞一位作家的如下一段表述語言：「假如我永遠十八歲，那我三十八歲的作品誰來替我寫呢？……謝天謝地，我已經三十八歲了，我很滿意我可以寫出三十八歲的東西來。將來我六十八歲了，我還渴望我能夠寫出六十八歲的東西。一個藝術家的藝術創作能夠完整無缺地展示他的一生，我認為，這是一個藝術家最大的幸運」（畢飛宇：《玉米》後記）。

三十八歲和十八歲對人生的理解完全不同；同理，六十八歲的也不同於三十八歲的。

十六年前，我完成了第一部長篇《上海人》，那時我剛踏入壯年，回首青年時代，澎湃的激情，繽紛的色彩，自以為洞察世事的目光已臻於爐火純青。這回，我的這部《立交人生》是完成在我快要踏出中年這個人生階段的一刻。回首大半世人生，蒼桑歷數眼前。一切激情都沉澱了下去，剩下一些感慨一些冷笑一些自嘲，也都一一吞入肚中。人像一葉孤舟，在芸芸的人海之上飄浮著。就是這種可怕的，來自於內心深處的孤獨感讓我完成了我的第二部長篇。再以後，我便老了。但我相信，我至少再會寫多一部長篇的。

這部仍未出世的作品的形式、內容、語言、情節、人物各會呈現啥個模樣？那要看世界在我年老了的眼中會是啥模樣而定。站在今天的立點上，這是個謎——對於所有關心我的人，讀我書的人以及我自己。

六

其實，就某種意義而言，小說創作是件非常樂事，儘管在創作的過程中總難免會有舉步維艱的時刻。這是一片你為你自己創造的虛擬世界，供你逃逸——從那個你無法忍受卻又對它無可奈何的現實之中逃逸而出。於是，你的心魂便自由了，你生活在夢中，但你又不妨將錯就錯地就把它當作是你的真實世界。你投入了，深深地，不可救藥地投入了，甚至當你完成了一部小說作品後的很長一段日子裡，你都無法回過神來，無法從那片虛擬的世界中自拔出來。我相信，不少古今中外的小說家的佳作都是在這種心態中完成的。

再說回我自己，說回我的小說。講起來也有點稀奇：這部長篇的起點本來也只是另一部中篇，叫「遊男」。是寫一個沒有人名只有人稱的「他」一路夜行時的不斷的心理回歸。但寫寫，就覺得有點不過癮了。我又寫多了一個第一人稱的「我」，來作為「他」的一種分身和投影。當然，其中也就難免要出現「她」了。但「她」是合一的，當「她」分身時，「她」會分屬於「我」以及「他」。

到了這一步，中篇也就擴容為了一部長中篇或短長篇了。就這麼一部基本結構的小說，在不知不覺的演變中就出現了目前這部《立交人生》的雛型。沒人刻意要追求點甚麼，真的，沒有。

當然，眼下的這部 21 萬字的長篇已經是第三稿了，是在對那些片斷式的情節以及人物以及背景作出的統籌與結構改造中完成了它的最後一道工序，從而讓它成為了一部長篇小說結構意義上的「正式產品」。

如此一部結構可塑性極高的小說是有一個很明顯的特點的。那便是：它幾乎可以無止境（或者說：相對無止境地）將飛入它引力圈內的一切感覺與細節的流隕都一一吞噬進去，從而令她本身不斷再壯大卻還不至於顯示出甚麼太大的結構與內容上的不協調的痕跡。為此，我的一些作家和編輯的朋友都向我提了不少合理化建議，旨在增強小說的可讀性和人物的可看性。但不知怎麼的，我有點不想再幹下去了，我固執地覺得：這已經到火候了，我不想把話都說盡。我在此打住，為小說堅定地圈上了最後一個句號。同時，也為自己迢迢的創作征途立起一塊界石碑來。或許，我需要的是另一次的等待，耐性的等待。等待哪一天我又感到我非要再寫點甚麼了的時候——就像三年前的我那般。

2004 年 3 月 31 日

於香港

立體創作與當代

吳正

一　創作的立體性

甚麼叫立體創作？也就是說：創作的立體性如何體現？以及體現在哪裡？這個問題說不太清楚。說不清是因為：創作究竟是怎麼回事以及立體究竟是個甚麼樣兒的本身就不易說清的緣故。

一般認定，作家在方格稿中填入文字（現在電腦化了，方格稿也改成了五筆字形、拼音或其他形形色色的輸入法了），畫家在畫布上塗抹上色彩，作曲家在五線譜的溝渠裡放養進他的「蝌蚪」，這叫創作。但，這是平面的創作，是對「創作」這一概念的原始詮釋。一個優秀藝術家的創作是無時無刻不在進行之中的，是與其生命的存在過程同步的。比如說，月下的散步與沉思（它是「月光曲」和「荷塘月色」的產母）；比如說，在黃河渡口極目瞭望時的驚心動魄感（它是「黃河大合唱」和「黃河之水天上來／奔流到海不復回」詩句的源頭）；又比如，身處教堂、廟堂以及任何宗教場所時的那種虔誠感以及對宿命的悟覺（這很可能是尼采和老莊哲學體系的地基）；再比如，置身於森林草原河谷，當你充分融入到大自然中去時，你難道就不認為它們與貝多芬的「田園」與拉赫瑪尼諾夫的鋼琴協奏曲之間存在著某種必然的聯繫嗎？

當然都是有的。寓動於靜，融靜於動。立體創作告訴你一個秘密：在藝術領域內，任何元素都是可以相互轉換的。而在它們的轉換公式中存在著一個常數，這才是那個關鍵的密碼。如何找到它，提取它，然後將它乘以某個單元值之後，你便可以計算出另一種量值來了。

讓畫家手中的畫筆寫出詩句來；讓作曲家的音符畫出畫卷來；讓作家們手指敲打著的電腦鍵盤擺脫科技的地引力虛構出一片畫面感和旋律感的天地來，儘量利用他山之石來化作吾嶺之玉，這種努力，我謂之「立體創作」。

立體創作還有一層意思。作家任何時候都不宜用任何「流派」或形式來自我定格（哪怕這只是一種暗藏於心底的「隱性定格」），要知道：理論永遠只是追隨創作之後產生的一種概括或企圖概括。將其自套的作家與端一小板凳，踏上，然後懸樑自盡的悲劇沒太大差別。因此說，文學是有著它極大的隨意性和可塑性的。是一件作家想將它拉長就拉長，壓扁就壓扁，搓圓就搓圓的東西。正如「小說」這種文體，你為甚麼就不能叫它作「大說」，「中說」，或僅僅只是「說說」而已呢？當然都是能的。其實，命名不表示點甚麼，一切都無從定論。還有一個更大的假如。假如在古代，我們的祖先從來就沒有發明出我們今天所熟悉的那種文字，以及運用這些文字來結構出的一種叫「文學」的東西來的話，我們又將何為？說到底，我們肯定也能找到某種文化和文明的形式來宣洩我們的感受來交流我們的經驗來感動我們的人生的。但它又叫甚麼呢？不知道它叫甚麼。但有一點可以肯定：它是一種不叫文學的文學。那就讓我們生命的一部分活在那個假設之中去吧，想方設法地去找尋出那部分不叫文學之文學的蹤影來吧。然而，文學（小說）創作的某些終極宗旨仍是不可被改變的：反映社會，反映人群，反映生活，反映歷史，反映人之所以為人的本質，即：人性。在這幾大原則覆蓋下的任何創作形式都是可取的，都有其存在的價值。

二　當代

甚麼是當代？當代就是我們天天都在經歷著的當下生活。當代是另一種立體。當代被我們經歷了之後便立即劃入了「現代」的範疇之內。由於時代裂變係數的高速累增，「當代」這一概念所能涵蓋的時期變得愈來愈短促，它變得不再縱向，而是橫向了。

當代是相對於古代而言的。那古代又是甚麼呢？古代是平面的。這是時光玩弄的一種把戲。當某一時代離我們愈行愈遠時，它便愈趨平面化了。因為生活在當代的我們對已逝日子（時代）的理解只可能是平面的。這與正在我們身邊展開的那種有視覺有嗅覺有觸感的日日夜夜形成了一種鮮明而又強烈的反差。沒有甚麼特別的原因，因為只有讓你經歷過和經歷著的生活才是最可靠的生活，才是能讓你真正用心靈去感受的生活，除此之外，沒有第二種可能。當我們企圖從一大堆史料中去鉤沉出素材來結構我們的小說時，我們往往會感覺失望，感覺不踏實，發現：無論如何努力，我們都沒法子讓作品真正地立體起來（予作者的感受，也予讀者的感受），道理就在於此。

這是一層意思，還有另一層。

另一層意思是：我們正經歷著的「當代」，其獨特的立體感也是空前的，是以往任何時代所無法想像和比擬的。我們正生活在一個形態多元，意識「克隆」，信仰解體，人格與物格均高速裂變的時代。它們分裂後又重新組合，互滲互透，互置互換，互相衝突之後又互相勾結，它們織出了一張奇特的巨網來了。你生活在網中，於是，你的感覺即使不想立體也不得不立體起來了。打些比方，二十一世紀的各類學科都呈現出了互相滲透的態勢：數理中有文學、哲學；文學中有數理、天文、政治、金融、企管；醫學中有人文、心理、老莊道儒。而我們更是難以將金融市場學歸屬到哪一類性質的學科中去。再說人吧。如今的文人，文不文、武不武、商不商、官不官，像甚麼？如今的忠臣，忠不忠、奸不奸；如今的奸臣，奸不奸、忠不忠；他們又各像甚麼？如今不少的官僚也都可以出版它一部兩部著作的（叫不叫人代筆，不得而知），或參股開他家廠礦企業去過過老闆癮的；甚至還可以走上大學的講堂講一課「企管學」甚麼的。還有，如今的妓女也都不太像傳統意義上的妓女了，她們倒更像淫婦，更像蕩婦，還有點兒像淑女了。像我們的女企業家了，像我們的女作家、女詩人了，也像我們的女官僚了。像做了婊子也不必勞其大駕去立甚麼牌坊了，或者說，立了牌坊也不妨再做多幾回婊子的了。你說，如今的甚麼還像甚麼？但社會對此已熟視無睹，並漸漸地認同了這一切。不倫不類，這是當下生活方式的特色。「不倫不類」是一種表達法，而另一種呢？另一種就叫「立體」。而表現立體的當代，不用立體的創作形式，能行麼？

三　我和我的創作

我出生一個江南的書香世家。祖父是一位清末民初的醫家兼書法名家。父親是經濟學家，上世紀三十年代中期畢業於上海復旦大學，後又一直留在大學裡執教。直至六十年代初離滬赴港。赴港後的父親因應時勢，改換了職業的性質，他擔任了某大企業的高層主管及董事，主謀商務。我是在 1978 年初赴港與父母團聚的。之後，結婚、生女。將父業接手，並以一種純自我的思路與方式將其發展了開來。其間，時晴時雨，風生浪起。有沾沾自喜的日子，也有顧此失彼的時候。但無論如何，我還是一關又一關地闖了過來，非但沒有破產，應該說，還算經營得法，將原有事業基礎的年輪擴大了一圈。但不覺老之將至，殘忍的霜白已不知在何時爬上了我的烏鬢。我在對某些東西漸漸失去興趣的同時，對另一些東西卻興致勃勃了起來。正因為如此原因，我便毅然地對我從前所從事的人生事業劃上了一個永久的句號。地殼的變遷開始進入穩定期，火山不再頻密爆發，一切冷卻了下來。

你看，這大半個人生歲月，三語兩句便能將它說完（說不說得好，這又是另一回事），但同時，假如要寫它部多卷體的長篇巨著的話，你也不會說是缺乏素材。可見思緒表達功能的伸縮性之大。寫作者的思點從何處切入決定了寫出來的會是一個甚麼樣的故事版本。這叫甚麼？這就叫文學。

其實，陪伴我這人生之道一路走來的還有我的文學創作。起先是詩歌，後來是小說。當我還是一個十五六歲的少年時，我就迷上了詩歌：抒情詩、哲理詩、敘事詩、十四行詩；長詩、短詩、超短詩；唐詩、宋詞、白話詩、現代詩；拜倫、雪萊、濟慈、普希金、艾青……有時候，一行詩句就可以把少年時代的我弄得熱血澎湃，通宵失眠。而且，為了能讀到、讀懂更多的詩，我還死啃英語（我在中學堂裡學俄語——這是那個時代的教學大綱所規定的）。除了英語之外，我還學音樂、拉提琴。這是因為：我總覺得詩與音樂也是某類譜系上的同宗弟兄。有位英國女詩人寫過一首短詩，僅三行。我讀到的是原文，但因語言淺白，涵意清澈見底，讀後竟然至今不忘：你死了／把孤獨留給了我／直到我也死去。文學的元素是文字，文字表達的深淺繁簡與讀者記憶功能間的那種對應關係由此可見一斑。

前文說到失眠，我想在此發揮多兩句。不要一說到文人、作家，一談起書香門第，就以為整天都在幹些操琴吟詩，捋鬚壁題之類的清雅活兒。藝術家與生俱來的還有他們強烈的焦慮個性。我不知道我的祖父與父親是怎麼樣的，但我知道我自己的情形。而我相信，我人格之中的某部份基因正是他們遺傳給我的。作家的焦慮症源自何處？我想有兩點：一是對客觀世界中一切存在的現象與物件都過份敏感之故。二是又要設法將他所敏感到的一切都能在文學表達的象限內找到恰如其分的對應點。這自然是件很有難度的事，然而，作家他懷著的卻是一種不達目的誓不甘休的決意。而假如，你還是個立志要在「立體創作」這一思維領域裡下番功夫的人的話，這種焦慮症狀更會加重。你老兄是在燃燒自己照亮文學，照亮作品，照亮作品中的人物——雖然我必須承認，我自己並沒有那種要去照亮這照亮那的偉大胸懷，但至少，我也希望能擦亮一根火柴，在茫茫的夜色裡點燃一朵小小的燭光吧？

正是這種個性與努力讓我在進入中年之後的長長八年中飽受了抑鬱症非人的折磨與痛苦，並在近乎於沒頂的打擊之下奇跡般地存活了下來。我必須說，抑鬱症的本質是一種精神腫瘤，吸盡你精神的能量後，讓你乾枯而亡。抑鬱症也是一座人生的孤島，隨著病情的加劇，你感覺海面愈拉愈闊，而你能力的小舟再也無法抵達人群熱鬧的彼岸了。在這座無人的孤島上，只有寫作陪伴我，只有作品理解我，只有文字同情我，只有作品中的人物願意傾聽我無窮無盡的絮叨。創作，成了我裸露著的靈魂能得以藏身的最後一枚硬殼。

說來也夠慘的：1976 年以前是政治，去港後，轉變成了社會與生存環境對我的擠迫。到如今，如今一切枷鎖都已打開，卻沒有想到中年人生後的心理與情感因素又攪起了波瀾，遂使生命再度失衡。創作生涯這一路走來，始終泥濘，始終崎嶇，始終得不到應有的認同、支持與理解。從前是那批人，後來換成了這批人，而從前的那批人恰好就是今天的這批人——時代的變遷讓一切秩序都顛倒了過來。社會不能容忍你這麼個立志要成功為作家的人，從前有從前的原因，現在有現在的理由。藝術家永遠孤獨。人們覺得你可厭可煩，失態自閉、擾人清夢。而我呢？我卻在精神極端困苦的同時意外地收穫到了一份充實，這便是我的小說。

這樣的生活、創作與健康境況注定了我的創作會從詩歌轉向小說，並最後停留在了小說上，不想動了。生活在我的眼中顯得如此奇詭博大，如此立體交錯，要表現這麼一種生活，真還非用小說這種文學載體不行。再說了，我也必須在我小說的虛擬世界中尋找能繼續生存下去的勇氣和慰藉——這是人求生的本能。其實，在這之前，我也曾用一種嚴謹的寫實風格寫過一部三十三萬字數的長篇小說《上海人》（1986年）。當時，社會和讀書界的反響都頗強烈，作品被改編成影視和廣播劇目，流傳甚廣。然而在今天的回首裡，覺得這部小說裡描述的一切，頂多也是山脈、河川和森林。雖有些氣勢，也有些所謂「畫卷」的意味，但都是地表式的、地貌式的，總之，是在地殼的表面上做文章。在今日的我的潛意識深處，流動著的是一條潺潺的人性小溪，細小但極具靈性。每時每刻，她都處在一種幻變之中，她唱著歌，穿谷入林，時而隱沒於地下，時而又淙淙地露其真容了。這當然是年齡的增長帶給我的一種人生悟覺，但更是上蒼對我忍受抑鬱症痛苦的一種慷慨補償。所謂意識流，原來「意識」就是如此這般地「流」了出來！我讓自己的思緒隨著這股清泉一路奔流而去，沒有目標，也不預先設定流程。我只知道：這叫快樂，叫有趣。偶然興來，我會讓自己在這塊或那塊岩石上站立一會兒。岩石佈滿了青苔，散發著一股青蔥的幽香。這讓我童年和青少年的記憶復活。我站在那兒，東看看西瞧瞧，歇歇腳緩口氣兒。我讓自己的思路集中、聚焦。儘可能地作些寫實主義的敘述與描繪，一了我在創作習慣上某種隱匿了的宿願。完了，我又逐波而去了。我連自己也弄不清，怎麼走著走著，就「創造」出了這麼一個十分個性化的敘事文本來了呢？這究竟是一種病態的宣洩呢，還是文學創作？——或者，這本來就是一回事。

四　關於藝格

性格、人格、藝格，三位一體。它們共同組成了一個藝術家的本位與本體。讀過《聖經》的人都知道聖父聖子聖靈三位一體的道理。後來，為把人類從罪孽中拯救出來，仁慈的天父遂決定將他其中的一種格位：聖子，切割了下來，降臨人間，成了耶蘇基督。他既通人性又通神性，因此，他同時能感受人間的痛苦以及天堂的快樂。他一直滯留於人間，直到他那被釘於十字架上的頭顱猛然垂落下來的一刻。他回到他的天父那裡去了，回歸了他的原位，並與另外二種格位重新結合，成為了一種完整意義上的上帝。

如此描述傳達的是一種甚麼訊息？而「他」又是誰？

當作家投入地創作時，他就將他的藝格切割了下來，降生到他作品的虛擬世界中去了。正因為這種藝格的存在，作品才有了靈性。我們老喜歡打的一個比喻是：背負十字架而行，卻渾然不知其中的涵意。處於創作酣態中的作家既痛苦又快樂，他同時在體會跋涉的艱辛和表達的舒暢。作為人類之中一份子的作家，他的另外兩種格性：性格和人格仍留待在他那裡，而他的藝格卻神遊在他的作品裡，體受著他創作出來的人物的痛苦與絕望，興奮和歡樂。直到那一刻，那一刻他為他的小說圈上了最後一個句號。他突然便感覺失落了，無緣無故。因為，他的藝格也於此同時回歸了，藝術家又變回了一個在精神存在意義上的完整體。你說，作家、藝術家的創作過程奇不奇妙？是不是也帶點兒宗教意味上的玄奧呢？不管別人是怎麼說怎麼想的，反正，這是我的感受。

因此，對一位藝術家作品的形態與風格的理解是建立在對其藝格的形成以及組合的了解基礎上的。

十五六歲的我，曾是一個脆弱而又敏感的少年。對梅雨的季節，對黃昏的氛圍，對晚春的氣息，對小巷對弄堂對那些低矮烏黑的民居，對對街誰家的那扇永遠緊閉著的百葉長窗，對晚飯時分從廚房裡飄逸而出的家常菜的香味，總之，對這都市中感知性較強的任何生活細節，我都敏感，都懷著一種莫名的憂傷。偏偏又在那時，我迷上了普希金，迷上了巴赫和蕭邦，迷上了《約翰·克利斯朵夫》，再加上那種朦朦朧朧的性覺醒。我感覺自己生活在夢與現實的邊緣地帶，既充實又虛無，而充實正是那種虛無感所帶給我的。學校一放學，我就一頭栽進了父親的書房裡（那時的父親已離滬赴港了），我獨自呆在那兒，享受著孤獨的幸福。我在那兒聽音樂，練琴。然後，我便打開了那盞垂目的湖綠色的枱燈。案頭堆放著一厚本一厚本父親留下來的英文原著，讀懂讀不懂，或讀懂有多少，我覺得自己漂浮了起來，我脫離了上世紀六十年代初中國社會的那一片紅彤彤的生活形態，我遨遊在自己的時空裡。

暮色漸變深濃的時候，我上街去。我穿巷鑽弄，專喜愛去接近那些最民俗的，最有生活動態的，因此也是最能令我動容動心的城市生活的場景。我見到一輛輛晚歸的自行車從狹窄的弄堂裡推了進來，那些飄逸的少女們，那些動人的少婦們，在家門口支起了撐腳，停好車，然後便消失在了低矮黝黑的門廊裡，宛若一個個不真實的幻影。沒人留意到我，只有我自己才知道自己的存在。但我享受這一切，這一切所帶給我的感受以及想像的美妙是無與倫比的，我陶醉於其中。

幾十年後，讓我罹患抑鬱症和寫就那些帶所謂「異化」味覺小說的情緒種子都在那會兒同時播下的。精神類疾病與藝術家的靈性互為皮毛互為表裡，孰對孰錯，孰美孰醜，孰取孰捨，根本就沒法分割清楚。

這是病態呢還是藝術？即使是弗洛伊德，也未必能說清道明。但弗洛伊德卻告訴了我們有關人格、性格、藝格之間的那種隱秘的聯繫。當然所謂三位一體說只是一種宗教化了的隱喻（我一向以為：宗教是人類一切文化形態的源頭。不同的宗教信仰決定了不同民族的文化情結與文明結構）。說得科學一點，心理學一點，人格、性格和藝格既有聯繫也有區別。人格是先天的，是與生俱來的，是組成人之精神個體的基因。性格與藝格當然源自於人格，但它們都分別滲入了後天的因素：生存環境，知識結構，人際交往，童年情結，記憶色塊等等。性格是面向世俗社會時的人格的外化與面具化，藝格則是在面對精神宇宙時的人格的聚焦與爆發。幾十倍，幾百倍，乃至上千倍的對於光能的聚焦力度終於點燃了一部藝術作品的靈感火種。

五　思緒的河牀

思緒的河牀有時候就是記憶的，是累積到了一定厚度一定濃度的記憶，經過重新分配和組合後的流程。但有時候也不是，它只是一種藝格的獨白。

我的創作習慣是記「印象稿」。然而連我自己都弄不清楚「印象稿」究竟是樣甚麼東西？因為印象稿並不能算是「稿」。我的那種奇特的創作習慣應該追溯到我早年的詩歌創作期。那時的我沒有任何發表欲，再說了，也沒有任何地方可供我發表作品。故，那時代的那種記錄完全是為了精神宣洩的需要，是純粹的，是遠沒烙上任何功利主義記印的。漸漸的，它形成為了我的一種複雜的少年情結。似乎每天不記點甚麼就算是虛度了一天，這是自己都無法向自己交代的一天，因而也是無法上牀去安眠的一天。後來，我成了作家，這種寫作心態仍舊保存，就像已爬上岸來生活的蜥蜴還保留著某種水族生活的習性一樣。

迄今為止，我記錄的「印象稿」已有數萬張之多，這都是些碎紙片，包括各類發票、車票、戲票和鈔票。還有他人來函的信紙信封的背面，形形色色的商業票據，當然偶爾也夾雜著幾張正規的白紙，但數量很少。紙上記錄的內容全是不連貫的，東拉西扯的，攀峰入谷的。有完整和不完整的句子，有詞彙，有單字，有符號。有中文，有英文，甚至還會有一段用五線譜記錄下來的「主旋律」，紅黃藍白黑，色色俱全。它們帶著我的汗味和體溫塞在了我的褲袋裡，或藏身在衣兜的隨便哪一隻口袋中——於是，我便感到踏實了。時隔十多二十年，當我將其重閱時，那種戲劇性的效果頓現：我無法清晰地判斷出當時的我（只知道那時候我是多麼年青，多麼精力蓬勃！）究竟在想些甚麼或打算說點甚麼，但我能見到一團團依稀的幻影在我的眼前晃動，既陌生又熟悉。我能傾聽到當年自己的「砰砰」的心跳，感受到他「突突」的脈搏。

我記「印象稿」的另一特點是喜歡將字跡寫得很小很小又很亂。東連西接，讓它們之間儘量形成一種印象意義上的互聯網關係。我酷愛那種「印象」和「情緒」們的熱鬧聚會，你一言我一句，永不冷場。或索性在那一方小小的領地上跳一回瘋狂的DISCO。在感覺上，愈是擠迫的「印象稿」愈有味，愈能在我重閱它們時，為我注入那種感覺和記憶重建的欲望與可能性。我不喜歡那種正規的方格稿箋，冷冰冰的，一本正經的攤在那兒，似乎時刻伸手向你索取點甚麼。我一看見它們的那副「勢利」腔就反胃。我偏愛那些形狀不規則的廢紙片兒，它們隨意隨便，既不功利也不勢利，我感覺我必定能與它們之間產生出某種感應來。我想：這與少年時代的我老喜歡穿街入巷，將自己溶入到最市井化生活中去的癖好是有著一脈相承關聯的。

記是記下了，但我卻完全不能確定這些我視若「命根子」的寶貝疙瘩究竟可以派上甚麼用場？但我明白，這是一種自然景致，環保優等，生態極佳，這也是一口口資源十分豐富的魚塘。它們可以在某一天蝶化為一首詩，一篇飄逸的散文，也可能成為我的一部長篇江河的潺潺的源頭。然而，多數的它們仍是完全用不上的，它們只是我一時情緒的宣洩，或只是一幅精神建築物的腹稿和草圖。但我不打緊也不來急，我會在某個情緒合適，氣氛也合拍的黃昏或清晨，扛著一枝魚杆來到塘邊垂釣。就算無功而返也無謂。我告訴自己說，反正魚兒都在塘裡養著呢，而讓魚兒養久養大養肥點又有甚麼不好？

當成疊成疊的「印象稿」擱在那裡時，我要做的事是築起一條河牀來，水是現成的，一旦將它們倒入河牀中去，它們便會按照某種既定的軌道唱著歌兒，歡快地流動起來了。

六　再說多幾句

癱瘓在輪椅上的霍金非但是一位偉大的科學家，也是位偉大的藝術家和哲學家。他的宏觀和具像思維的無限擴張與心理學大師弗洛伊德的微觀和抽象思維的無限內斂相互呼應。就某種意義而言，這兩位科學巨匠是作家們永久的精神導師。

從莫奈的油畫到德彪西的音樂到弗洛伊德的潛意識理論再到後一點時代的愛因斯坦以及至今仍存活在我們中間的霍金博士，可見人類對其生存本質的探討與認識在不同領域內的推進都能保持一種基本的平衡與平行。我們的文學創作也是對這種本質探究與表達的形式之一。

我們每一個人的生命，其實，也都是一個獨立的情感宇宙。四十歲前處於膨脹期，四十歲後開始縮塌。

根據霍金的理論，它最終會收縮成為一個極小極小的黑洞。一個能吞噬一切時光與生存細節的黑洞，而我們的生命也在此中止了。在這最後一刻來臨之前，我們用一生構築起來的是一條時光隧道。當我們的記憶力與想像力在這條隧道中自由穿行，並在某處突然驚愕相遇時，我們創作出來的小說作品又會呈現一種甚麼樣貌？——去問霍金？或者問你自己便足夠了。而只有具備了這麼一種創作能力的作家才有可能將他生命中的任何一個一閃而過的瞬間定格、定形、定影，變為永恆。

這也是我為甚麼每天每日要記那麼多「印象稿」的原因。這些小紙片上記載的片思斷緒不停地提醒我一些浩大得不著邊際的問題。諸如：我究竟是誰？我為甚麼會碰巧生活在這麼個時代，與這麼些雜色人等為伍的？其實，這是個很重要的生命提問，常常能為提升我作品的精神境界提供動力。藝術家自省式的發問就是向他的廣渺無際的內宇宙發射的一枚又一枚的探索火箭。

有一位作家在其創作隨筆中有一段很精彩的感覺描寫：我的寫作就像是不斷地拿起電話，然後不斷地撥出一個個沒有順序的日期，去傾聽電話另一端往事的發言。

或者也可以這樣來表達：你會不斷地接到一個又一個的電話。電話的彼端是一把沙啞、含糊、不連貫的聲音。聲音講不成一個完整的故事，但聲音極具征服力和誘惑力。它的每一個音節都真實無比，真實如生命之本身。這便是記憶的呈現狀態了。在我的那部中篇小說《姐妹》的末段中，我寫了那麼一個來自於海底深處的電話，疑幻疑真，其中隱涵著的便是這麼個意思。

創作談

無所謂古典還是現代，無所謂寫實主義還是意識流，無所謂具像、印象、還是抽象。為了甚麼而甚麼這件事的本身就沒有多大的意義。比如說，為現代而現代的結果是產生了後現代；為後現代而後現代的結果是產生了後後現代。如此直線式地延伸下去，如何了得？這不都要到達地極的邊緣了？記住：只有週而復始才會永恆，這既是一切宗教理論的「奧秘」，也是文學的。而鐘，就是基於這個原理而發明出來的一種計時器，簡淺又深奧。所以我們說，立體創作的目光將它們視作為的不是流派，而是工具和道具，是為我所用的一件件外套。出行、遠足、宴會、派對，還是下廚房；春夏秋冬還是颼風落雨，你總需要調換不同的衣衫鞋褲吧？就那麼隨便和隨意。我相信，當你儘可能地將一切屬於人類的智慧產品兼收並蓄，逐漸融會貫通於胸中，並最終成了你自身覺悟的一部分時，某種創作的思維與手法便也不期而至了。

二零零六年十二月三十一日

完成於滬港往返間

長夜半生

作者　吳正

策劃　拇指工作室

主編　Michelle Lee

責編　袁疆才

設計　Arthur Denniz

排版　吳江濤

出版　人文出版社（香港）公司

地址　香港新界白石角香港科學園西區 19W 大廈 981 室

網址　http://www.hphp.hk

電郵　info@hphp.hk

印刷　中華商務彩色印刷有限公司

版次　2022 年 12 月初版

分類　文學小說

ISBN　978-988-74703-2-8

定價　HK$160　RMB¥145　NT$598

發行　香港聯合書刊物流有限公司
台灣貿騰發賣股份有限公司

Facebook

Wechat

人文出版社 HUMANITIES PRESS